西洋 文學 16

英國中世紀詩歌選集

An Anthology

of Medieval English Poetry

沈弘 譯注

英國中世紀詩歌選集

An Anthology
of Medieval English Poetry

沈弘 譯注

國家圖書館出版品預行編目資料

英國中世紀詩歌選集＝An Anthology of
Medieval English Poetry
沈弘 選譯－－一版，臺北市：書林，2009.08
　　面；公分－－(西洋文學；16)

ISBN 978-957-445-307-8 (平裝)

973.51　　　　　　　　　　　　　　98011290

西洋文學 16
英國中世紀詩歌選集
An Anthology of Medieval English Poetry

選　　譯　沈　弘
編　　輯　劉怡君
校　　對　黎嘉儀
出 版 者　書林出版有限公司
地　　址　100 台北市羅斯福路 4 段 60 號 3 樓
電　　話　02-2368-4938．02-2368-7226
傳　　眞　02-2368-8929．02-2363-6630
發 行 人　蘇正隆
出版經理　蘇恆隆
業 務 部　北區 106 台北市新生南路三段 88 號 2 樓之 5 TEL: 02-23687226
　　　　　中區 403 台中市五權路 2 之 143 號 6 樓 TEL: 04-23763799
　　　　　南區 802 高雄市五福一路 77 號 2 樓之 1 TEL: 07-2290300
郵　　撥　15743873．書林出版有限公司
網　　址　http://www.bookman.com.tw
經銷代理　紅螞蟻圖書有限公司
　　　　　台北市內湖區舊宗路 2 段 121 巷 28 號 4 樓
　　　　　電話 02-2795-3656（代表號）　傳眞 02-2795-4100
登 記 證　局版臺業字第一八三一號
出版日期　2009 年 8 月一版
定　　價　500 元
Ｉ Ｓ Ｂ Ｎ　978-957-445-307-8

目　錄

CONTENTS

試論中古英語詩歌的特徵和意義（代序）

沈弘

　　曾經不止一次地有人問過我，中世紀英語詩歌究竟有什麼特別之處，值得我們花那麼大的精力去學習、翻譯和研究呢？這並不是一個可以輕易回答的問題，因為要說清楚這個問題，就必須涉及到歷史背景、語言的演變和詩歌傳統的創新和傳承等諸多領域的知識。而這些領域的相關知識又經常是被人們所忽視，並所知甚微的。

　　中世紀英語詩歌囊括了古英語（Old English）詩歌和中古英語（Middle English）詩歌這兩個部分。古英語又稱盎格魯撒克遜語（Anglo-Saxon），即西元五世紀從北歐移民來到不列顛的朱特人（Jutes）、盎格魯人（Angles）和撒克遜人（Saxons）所說的一種日爾曼方言。所以古英語詩歌的內容和形式都具有明顯的日爾曼語詩歌的特徵。

　　所謂中古英語詩歌，是指1100－1500年間人們用中古英語的各種方言在英國創作的詩歌作品。這是一個英國社會和文化急劇變動的歷史時期，由於1066年的諾曼人征服，盎格魯撒克遜王國頓時間土崩瓦解。諾曼第公爵威廉一世（William I）成為英國國王之後，立即引入了新的統治階層和文化，不僅整個盎格魯撒克遜人上流社會為說法語的諾曼貴族所取代，而且英國教會也改由諾曼人所把持。在這一時期中，英國流行著用拉丁語、法語和中古英語這三種不同語言寫成的文學作品。而且相對而言，在十二、十三世紀中在英國最發達的要數拉丁語文學，其次是法語文學。而英語

詩歌則退居到了一個相對次要的地位。只是到了十四、十五世紀，隨著英國民族主義情緒高漲，英語重新得到廣泛地運用，以及喬叟（Geoffrey Chaucer）、蘭格倫（William Langland）、《高文爵士》詩人（Gawain Poet）、高爾（John Gower）等用英語創作的詩人不斷湧現，英語詩歌才重新得以復興。

那麼，我們現在究竟有無必要來瞭解和研究中古英語詩歌呢？回答是肯定的。中古英語時期是古英語詩歌向現代英語詩歌進化的一個重要轉型期。而現代英語詩歌在形式、主題和體裁上的諸多傳統都是在這個轉型期中產生並奠定基礎的。正如學習中國文學史不能夠隨意跳過楚辭、漢樂府，以及魏晉南北朝的詩歌和駢文等重要的里程碑那樣，我們攻讀英國文學也斷然不能脫離那些在中世紀所確立的英語詩歌傳統。因為這樣一來，源遠流長的英國文學傳統就會無端被割裂，不僅使人難以理解那些膾炙人口的現代英語文學作品是如何從不列顛民族的肥沃土壤和燦爛文化產生和演變出來的，而且就連那些文本中所蘊含的豐富深層意義也會因此而變得蒼白和乏味。

下面我們嘗試從中古詩歌形式、主題內容和詩歌體裁等在這一特定時期中的變化來探討和分析一下中古英語詩歌的特徵和意義。

一

眾所周知，英國文學起始於盎格魯撒克遜時期。最早一位知名的詩人名叫開德蒙（Cædmon），生活在西元七世紀。據說這個不識字的牧牛人是在夢中從天使那兒得到詩意靈感，從而創作出《創世記》（*Genesis*）、《出埃及記》（*Exodus*）、《但以理書》（*Daniel*）、《朱狄司》（*Judith*）等一系列宗教組詩的。另有一位名叫琴涅武甫（Cynewulf）的詩人用古北歐語的字體在《基督》（*Christ*）、《裘利安娜》（*Juliana*）、《使徒們的命運》（*Fata Apostolorum*）、《埃琳娜》（*Elene*）等四首宗教詩歌作品的手抄本

中留下了他的名字。但古英語詩歌中最重要的一部作品無疑要數長篇史詩《貝奧武甫》（*Beowulf*）。這個被譽為歐洲文學中首部民族史詩和英國文學開山之作的詩作講述了高特族英雄貝奧武甫先後與殺人怪物格蘭代爾及其母親殊死搏鬥，把丹麥人從危難中解救出來，以及他在年老時以國王的身份再次出手，與濫殺無辜的一條火龍進行決鬥，並最終同歸於盡的故事。時至今日，美國的好萊塢還在熱炒這一經典的故事，將它拍成了大片。

然而，奇怪的是，在英國文學史中，生活在西元十四世紀（即中古英語時期後半期）的英國詩人喬叟卻被十七世紀著名詩人和文學評論家德萊頓（John Dryden）譽為「英語詩歌之父」，而這個說法被後來的英國詩人和文學史家們所廣泛接受。這又究竟是什麼原因呢？

其實答案非常簡單：無論古英語詩歌多麼優秀和影響深遠，但它們的基本形態跟現代英語詩歌相距甚遠，所以說，它們並沒有真正被後世的詩人傳承下來；而喬叟所創立的許多詩歌體裁和慣例卻正好相反，被後世的詩人廣泛接受和遵循。

如上所述，古英語詩歌實際上是日爾曼詩歌的一個分支，因此它具有日爾曼詩歌的所有特徵。日爾曼語言有一個顯著的特徵，就是每一個單詞的重音都往往落在第一個音節上，只有一些帶有首碼的單詞可以視為例外。由此引出的一個特點就是，在古英語詩歌中，頭韻佔據了一個重要的地位，而尾韻則幾乎是不存在的，只有極少數後期的作品可以視為例外。

為了說明這些特點，現舉出《貝奧武甫》的第4-6行為例：

Oft Scyld Scefing　sceaþena þreatum,
monegum mægþum,　meodosetla ofteah,
egsode eorlas.
謝夫之子希爾德多次從敵軍陣中，

　　從其他許多部落，奪取酒宴座椅，
　　威震四方。

　　這三行是典型的古英語頭韻詩歌：每一行詩的中間都有一個停頓，後者把詩行分成了兩個部分；前半行中一般有兩個重音是押頭韻的，例如第一行中的「Scyld」與「Scefing」、第二行中的「monegum」與「mægþum」，以及第三行中的「egsode」與「eorlas」；而後半行中則有一個重音是跟前半行中的兩個重音是押頭韻的，如第一行中的「sceaþena」和第二行中的「meodosetla」。

　　諾曼人征服英國的後果之一就是給古英語中引入了許多法語的辭彙和語法特徵，由此造成了古英語的演變，使之屈折形式弱化，並最終過渡到中古英語。法語的發音特點正好跟日爾曼語相反，後者的重音總是落在每個單詞的第一個音節，而前者的重音則都是落在最後一個音節。

　　語言的演變也直接導致了詩歌形態的變化。在創作於1200年前後的中古英語早期詩歌作品《貓頭鷹與夜鶯》（*The Owl and the Nightingale*）中，我們就發現古英語詩歌中原來佔有重要地位的頭韻已經悄悄地被法語詩歌中所特有的尾韻所取代，就連作品中詩行的長度也發生了變化，跟法語詩歌中最流行的八音節雙韻體（octosyllabic couplet）的形式變得十分相似：

　　　　Ich was in one sumere dale;
　　　　In one suþe di3ele hale
　　　　Iherde ich holde grete tale
　　　　An Hule and one Ni3tingale.
　　　　Þat plait was stif & starc & strong,
　　　　Sum wile softe & lud among.
　　　　An aiþer a3en oþer sval

& let þat vvole mod ut al;

& eiþer seide of oþeres custe

Þat alre worste þat he wuste.

& hure & hure of oþere[s] songe

Hi holde plaiding suþe stronge. (1-12)

春日裏我來到一個山谷，

位處萬籟俱寂的丘壑，

忽然我聽見有一隻貓頭鷹

在跟一隻夜鶯辯詰舌戰。

論爭尖酸刻薄，鋒芒畢露，

時而歸於沉寂，時而烽火再起；

兩者鬥嘴抬槓，各不相讓，

詛咒唾罵，穢語不堪入耳。

她們竭盡詆毀之能事，

力圖攻訐對方的個性：

尤其是針對各自的歌喉，

她們揶揄奚落，不遺餘力。

　　假如我們仔細檢查一下的話，就可以發現，古英語詩歌中的頭韻並沒有完全消失，幾乎每一行中都留下了它們的痕跡，其中第五行中的「stif」、「starc」和「strong」，以及第七行中三個以母音打頭的「aiþer」、「a3en」和「oþer」，其頭韻押得堪稱原汁原味。

　　當然，頭韻詩並不會那麼輕易地退出英國的詩壇。到了十四世紀的下半期，隨著英語重新成為法庭上正式使用的語言，英國詩壇曾經出現過一個頭韻詩的振興，一大批頭韻詩作品幾乎是在同一個時期內出現，其中包括像《珍珠》（*Pearl*）、《高文爵士與綠衣騎士》（*Sir Gawain and the Green Knight*）和《農夫皮爾斯》（*Piers Plowman*）等著名的作品。

　　然而，此頭韻詩非彼頭韻詩，中古英語的頭韻詩跟前面所提到過的古英語頭韻詩相比，已經起了很大的變化。首先，中古英語的頭韻詩行已經不像古英語的那麼規整和嚴謹，詩行有時長短不一，中間的停頓已經不那麼明顯，詩行內所押的頭韻少則兩個，多則四、五個。其次，有些作品把盎格魯撒克遜的頭韻詩體跟法語詩歌中的詩節和尾韻形式參雜在一起，形成了一種奇異的混合體。例如長詩《珍珠》就是採用了這樣的一種混合體：

> Perle plesaunte, to prynces paye
> To clanly clos in golde so clere
> Oute of orient, I hardyly saye,
> Ne proued I neuer her precios pere.
> So rounde, so reken in vche araye,
> So small, so smoþe her sydez were;
> Queresoeuer I jugged gemmez gaye
> I sette hyr sengeley in synglure.
> Allas! I leste hyr in on erbere;
> Þur3 gresse to grounde hit fro me yot.
> I dewyne, fordolked of luf-daungere
> Of þat pryuy perle withouten spot.　　(I 1-12)

哦，珍珠，你是君王的掌上明珠，
在黃金的襯托下格外晶瑩純潔；
按圖索驥，即使找遍整個東方，
都難尋見這麼珍貴的寶物。
圓潤無比，閃亮恰似日月光華；
玲瓏剔透，光潔有如鬼斧神工。
我畢生所見過的稀世珍寶中，
竟無一件可與此珠平分秋色。

悔不該當初失手將它掉在地上，
骨碌碌滾入了路邊一簇草叢。
我失魂落魄地四下翻找尋覓，
為失蹤的珍奇明珠黯然神傷。

　　倘若把上述詩節的每一詩行單獨抽出來看的話，它們都是比較典型的頭韻詩行，如第一行中的「perle」、「plesaunte」、「prynces」和「paye」；第二行中的「clanly」、「clos」和「clere」全都押著頭韻。但與此同時，這些詩行也是一個無可挑剔的十二行尾韻詩節，其韻腳為「ababababbcbc」。

　　《高文爵士和綠衣騎士》也採用了頭韻詩行與尾韻詩節相結合的混合體，但其具體形式跟《珍珠》又略有不同。全詩由101個詩節所組成，每個詩節可以分作兩個部分：前半部分是由行數不等的頭韻長詩行所組成，後半部分則是一個押尾韻的五行短詩節，其中第一行是個單音步詩行（monometer），又稱「短行」（bob）；後四行是三音步詩行（trimeter），又稱「副歌」（wheel），它們的韻腳為「ababa」。

　　上述這些形式各異的中古英語頭韻詩體可以被視作是一種特定過渡時期的詩歌形式。因為頭韻詩體逐漸被尾韻詩體所取代已經成為了一種不可逆轉的歷史趨勢。果不其然，到了十五世紀以後，頭韻詩體就基本上退出了英國詩壇，將其昔日的統治地位拱手讓給了來自法國和義大利的尾韻詩體。

　　儘管八音節雙韻體的通俗法語詩行形式早在十三世紀初就已經進入了英國文學，但是首先把這種詩歌形式推向極致的英國詩人卻是生活在十四世紀的喬叟同時代人和好友約翰·高爾（John Gower），後者那首長達33,000多行的《情人的懺悔》（*Confessio Amantis*）就完全是用八音節雙韻體發展而來的四音步抑揚格對句的形式寫成的。在他的這部詩歌傑作中，這種典型的法國詩歌形式已

經完全本土化了：

> Bot for al that lete I ne mai,
> Whanne I se time an other dai,
> That I ne do my besinesse
> Unto mi ladi worthinesse. (IV 1153-1156)
> 但儘管我克己忍耐，
> 等下一次機會來臨，
> 為我的心上人效勞，
> 我仍盡忠，萬死不辭。

　　這種四音步對句的詩歌形式雖然小巧精緻，富有彈性，在中古英語中傳播甚廣；但總的來說，它還是略顯輕佻，不夠穩重，尤其是在長篇作品中，往往聽起來會顯得比較單調，因此生命力並不算很強。在英語詩歌傳統中真正傳承下來，並且最終佔據了主流地位的詩歌形式是五音步抑揚雙韻體（iambic pentameter couplet），也就是喬叟在《坎特伯雷故事集》（*Canterbury Tales*）中所採用的詩歌形式：

> Whan that Aprill, with his shoures soote
> The droghte of March hath perced to the roote
> And bathed every veyne in swich licour,
> Of which vertu engendred is the flour;
> Whan Zephirus eek with his sweete breeth
> Inspired hath in every holt and heeth
> The tender croppes, and the yonge sonne
> Hath in the Ram his halfe cours yronne,
> And smale foweles maken melodye,

That slepen al the nyght with open ye

(So priketh hem Nature in hir corages);

Thanne longen folk to goon on pilgrimages ...

（General Prologue 1-12）

當四月用它甜美的雨水

徹底驅走了三月的乾旱，

並用漿汁滋潤每根莖脈，

憑藉其力量使花苞綻放；

當春風用它芬芳的氣息

令樹林和灌木發出綠芽，

還有綠苗，那初春的太陽

已走完白羊座的一半路程，

小鳥們整天不停地鳴叫，

連晚上睡覺都張著眼睛

（大自然就這樣使它們發情）；

這時人們便渴望去朝聖……　　（總引 1-12）

　　相對而言，這種五音步抑揚格的形式更加適合於英語詩歌的特點，同時也更富有表現力，所以它不僅被用於長篇的敘事詩，而且後來也被廣泛應用於短篇的抒情詩，如傳播最廣的十四行詩，以及在被改造成爲無韻的五音步抑揚格的素體詩（blank verse）之後，又被應用於馬婁（Christopher Marlowe）和莎士比亞的戲劇詩，彌爾頓的史詩和華滋華斯、雪萊等浪漫主義詩人的長篇詩作。

　　當然，喬叟對於英國詩歌的貢獻絕不僅僅侷限於奠定五音步抑揚格詩行的主導地位。在長期的詩歌創作生涯中，他曾經對於法國詩歌和義大利詩歌都做過精深的研究和刻意的模仿，並最終將這兩種不同民族詩歌的精髓都糅入了他的英語詩歌創作之中。在詩歌創作的最初階段，喬叟跟高爾一樣，受法語詩歌影響頗深，對於八

音節雙韻體的詩行形式情有獨鐘。他在翻譯長達7696行的法語長詩《玫瑰傳奇》時就已經嫻熟地掌握了這一特定的詩歌形式。在《公爵夫人之書》（*The Book of the Duchess*）、《榮譽堂》（*The House of Fame*）等早期詩歌作品中，他均駕輕就熟地採用了這種八音節雙韻體的詩歌形式。但是在〈維納斯的哀怨〉（「The Complaint of Venus」）和〈喬叟派往布克頓的信使〉（「Lenvoy de Chaucer a Bukton」）等稍晚一些的短詩中，他卻改而採用了義大利詩歌中極爲普通的，韻腳爲「ababbcbc」的八行詩節（ottava rima）。這是因爲他在作爲特使訪問義大利，並接觸到了但丁、彼得拉克（F. P. Petrarch）和薄迦丘（Giovanni Boccaccio）等人的詩歌之後，學習和模仿的對象發生改變的緣故。在《阿內裏達和阿薩特》（*Anelida and Arcite*）、《禽鳥議會》（*The Parliament of Fowls*）和《特洛伊羅斯和克瑞西達》（*Troilus and Criseyde*）等長篇詩歌作品中，他嘗試把義大利詩歌中常見的八行詩節改造成爲了一種新型的七行詩節（septet或rime royal），這種韻腳爲「ababbcc」的七行詩節因適合於用來敘述故事，因此廣受懷特（Thomas Wyatt）、莎士比亞等後世英國詩人的喜愛。而且特別値得指出的是，在《阿內裏達和阿薩特》的兩個對應的詩節中，喬叟還採取了一種韻腳爲「aabaabbab」的九行詩節。正是在上述這三種特定詩節的基礎上，文藝復興時期的英國詩人斯賓塞（Edmund Spenser）創造出了一種以他自己名字所命名，韻腳爲「ababbcbcc」的九行詩節形式（Sperserian stanza），並用於他的成名巨作《仙后》（*Faerie Queene*）一詩之中；十九世紀浪漫主義詩人拜倫在《恰爾德‧哈羅爾德遊記》（*Childe Harold's Pilgrimage*）這首長詩中所採用的也正是這種九行詩節形式。

　　除此之外，喬叟最早介紹到英語詩歌中的詩歌形式還有但丁（Dante Alighieri）在《神曲》（*Divina Commedia*）所使用過的三行詩節（terza rima），法國詩歌中的迴旋詩（rondeau）等。正是由於

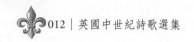

喬叟的詩名卓著,因此有相當多的後代詩人自覺地把他樹為學習和模仿的榜樣,所以我們可以說,單從英語詩歌形式的發軔和傳承這個角度來考察,喬叟就無愧於「英語詩歌之父」這個稱號。

二

　　中古英語詩歌的內容十分龐雜,但大致上可以分作抒情詩、辯論詩、編年史、浪漫傳奇、宗教諷喻詩等幾個大的部分。它們雖然具有濃郁的中世紀時代特徵,但也都對後來的英語文學分別產生了程度不同的影響。

　　抒情詩是中古英語詩歌中的一大特色。現在存留下來的古英語文學作品中幾乎找不到嚴格意義上的抒情作品。少數幾首偶爾被後人稱作抒情詩的古英語哀歌,如《第歐》(*Deor*)和《伍爾夫與埃阿德瓦瑟》(*Wulf and Eadwacer*),與十二、十三世紀中開始流行的中古英語抒情詩相比,其主旨大相徑庭。前者具有更強的敘事性,用繁複的修辭技巧來講述一個故事;後者則往往用非常簡潔的手段和形式來傳達強烈的情感,其最常見的題材是春天和浪漫愛情。在這一方面,中古英語的世俗抒情詩無疑受到了從十二世紀初從普魯旺斯開始發展起來的法語典雅抒情詩的影響。

　　有一首題為〈春天已經來到〉的短小抒情詩在中古英語時期的英國流傳甚廣,值得在此專門提論。該作品中頭一個詩節的原文如下:

> Sumer is icomen in,
>
> Lhude sing cuccu.
>
> Groweth sed and bloweth med
>
> And springth the wude nu.
>
> Sing cuccu.（1-5）

春天已經來到。
布穀鳥高聲叫！
種子生，草地綠，
樹木發出嫩芽。
布穀鳥婉轉啼！

　　從表面上看，這首通俗的小詩只是直白地表達了詩人在大地回暖，萬物復甦的春季所感受到的喜悅之情。但實際上，它也可以理解爲是一首愛情詩歌，因爲在詩中反覆出現的布穀鳥啼叫的意象反映出了布穀鳥發情求偶的急迫心情。這種曲折委婉的表現方式在中古英語詩歌中是極爲常見的。它甚至可以被解讀爲是一首宗教作品，因爲布穀鳥叫也可以被視作是表達一種精神渴求的意象。眾所周知，春天正是中世紀英國人外出朝聖的季節。喬叟在《坎特伯雷故事集》的總引裏告訴我們，每當春天發情，小鳥在樹上嘰嘰喳喳叫個不停時，人們的心裏就開始充滿了渴望，想要去遠方朝聖。

　　詩中另外一個有趣的地方在詩歌的原文中並沒有出現英語中表現「春天」的「spring」一詞，而是用「sumer」，即現代英語中的「夏天」（summer）。但是詩歌中無論是布穀鳥的啼叫，還是苗木發出嫩芽等意象，均是跟春天這個概念緊密結合在一起的。因此在這個特定語境中，「sumer」這個詞不可譯爲「夏天」，而必須是「春天」。

　　這究竟是怎麼回事呢？原來就跟古英語一樣，中古英語中並沒有專門表示「春天」和「秋天」的名詞，「summer」（在中古英語中一般拼寫爲「sumer」或「somer」）一詞可兼指春、夏，而「winter」一詞則往往兼指秋冬。尤其是在中古英語抒情詩中，「summer」一詞被十分頻繁地用來泛指春天。喬叟在長詩《禽鳥議會》（*The Parliament of Fowls*）末尾的一首迴旋詩中便將每年2月14日的聖瓦倫廷節（St. Valentine's Day），即後來演變爲現代西方情人

節的那一天，稱作「somer」。喬叟的同時代詩人蘭格倫在其長詩《農夫皮爾斯》（*Piers Plowman*）頭一行中也同樣將春天明白無誤地稱作「sumer」。

本文之所以這樣不厭其煩地咬文嚼字，追溯「summer」這個詞的來源和蘊義，主要是因為想說明在中古英語時期所形成的一些詩歌傳統和慣例對於後代的詩人會有直接的影響。例如莎士比亞在他的第18 首十四行詩裏說「Shall I compare thee to a summer's day?」的時候，我們就會馬上聯想到上述中古英語詩歌中關於「summer」的那個傳統，並且意識到詩人所用的意象實際上是指春天，而不是夏天。這個簡單的例子說明，讀一點中古英語詩歌作品，對於正確理解和欣賞現代英語詩歌是有好處的，有時甚至是非常必要的。

《貓頭鷹與夜鶯》（*The Owl and the Nightingale*）這首出現於1200年左右，長度為1796行的中古英語辯論詩（flyting）不僅創作時間早，而且文筆生動，構思巧妙，可以跟任何時代的文學作品相媲美。中古英語詩歌中這類辯論詩的出現不僅受到了當時拉丁語和法語詩歌中同類作品的影響，而且還受到了下面這兩個因素的制約：一個是當時的牛津和劍橋這兩個中世紀大學的教學模式就主要是通過辯論的形式來進行的，所以這兩個大學培養出來的學生對於辯論的程式是耳熟能詳的；二是當時英國的法庭中已經出現了律師辯護的制度，控方和被告方的律師們在法庭上唇槍舌劍地進行交鋒也是常見的場景。有研究證實，貓頭鷹和夜鶯在詩中的辯論過程完全是符合法庭辯論程式的，而且雙方不止一次地運用了法庭辯論的專用術語。

詩人描繪自己是偶爾聽到兩隻鳥之間辯論的。他於某春日來到一個幽靜的山谷，突然聽見貓頭鷹與夜鶯正唇槍舌劍，互相抬槓。夜鶯首先用尖刻的口吻對貓頭鷹的歌聲評頭品足，挑起了爭端。貓頭鷹也毫不示弱，針鋒相對地回擊詰難者，並進而威脅要用武力進

行決鬥。夜鶯拒絕動武，建議用適當的法律仲裁程式和辯論體面地解決問題，並提出讓吉爾福德的尼古拉斯少爺爲辯論的仲裁者。貓頭鷹對此建議表示同意。

　　詩中這兩個角色的個性在辯論過程中得到了淋漓盡致的表現。夜鶯伶牙俐齒，思路敏捷，在出發去尋求裁決之前，她又一次攻擊貓頭鷹的瘆人歌聲和夜飛癖好，但後者顯然更擅長於邏輯思維。她在自我辯護中宣稱自己的歌聲是對人們的警告，而且她從不像夜鶯那樣喋喋不休；至於有關她瞎眼的罪名純屬捏造，她能夠看見所有必要的東西。於是夜鶯改變了攻擊的策略，抱怨貓頭鷹的歌聲悲切，只有在嚴冬才能聽到，而非歡愉的夏日。貓頭鷹對此嚴詞辯駁：嚴冬時人類才最需要激勵振奮，而夏日只會導致淫蕩。在天寒地凍時，夜鶯就飛走了，而貓頭鷹則留下來幫助苦難中的人類。在貓頭鷹的淩厲攻勢下，夜鶯節節敗退，幾乎無言以對。但她強作鎮定，力圖以守爲攻，扭轉局面。她絞盡腦汁，宣稱自己唯一使大家都喜歡的唱歌本領，要比貓頭鷹所有的優點都加起來還強。貓頭鷹沉著應對，竭力強調自己在倫理道德上的優勢，說她雖然知道人類不喜歡自己，但還是盡力幫助他們，不惜爲他們流盡鮮血，甚至死了以後還被人做成標本，立在田裏嚇唬那些偷食穀子的麻雀。這時夜鶯突然宣稱自己已經在辯論中得勝，因爲貓頭鷹在誇耀自己的屈辱。她的歌聲嘹亮，引來了所有的鳴鳥，組成勝利大合唱。貓頭鷹惱羞成怒，威脅要召來所有猛禽對付她們。然而鷦鷯出面調停，提醒她們早先的決定，讓吉爾福德的尼古拉斯來裁定是非。於是辯論的雙方起身去尋找這位公正的裁判。

　　在這部諷喻作品中，夜鶯顯然代表了世俗愛情，而貓頭鷹則象徵著宗教倫理。但詩人在作品的諷喻跟敘事成分之間保持了一種平衡，使這兩隻鳥之間的辯論一波三折，高潮迭起。雖然詩中的諷喻明顯而連貫，但卻沒有壓倒敘事成分。兩位辯論者的性格刻畫栩栩如生。在遭到攻擊之後她們試圖掩飾痛苦，辯論占上風時又情不自

禁，爭論失敗時試圖以攻爲守。兩者中聰明伶俐的夜鶯無疑更容易討人喜歡，但是貓頭鷹的精明和韌性也令人印象非常深刻。

作爲一種特定的文學體裁，中古英語辯論詩並沒有能在後來的英國文學中爭得應有的一席之地，但是它對於後世詩人的影響力卻是毋容置疑的。在十五和十六世紀的蘇格蘭英語文學中，辯論詩曾經一度成爲頗爲時髦的文學體裁。即使是在十七世紀英國著名詩人彌爾頓的姊妹詩篇，《快樂的人》（*L'Allegro*）《幽思的人》（*Il Penseroso*）中，我們也可以清楚地看到中古英語辯論詩的影子。

中古英語文學的另一個獨特之處就是許多編年史的歷史著作，無論如何長篇累牘，也是用韻文體寫成，所以它們也算作文學作品。萊阿門（La3amon）的《布魯特》（*Brut*，約1200）就是這樣一部充滿傳奇色彩的鴻篇巨制。它以韻文的形式講述了有關不列顛民族的歷史和傳奇，其中包括許多有趣的典故，如不列顛民族的由來和各城市地名的來歷，以及著名的文學故事出處等，全詩共含有16,095行頭韻詩。

萊阿門首先介紹了有關不列顛民族由來的傳說：羅馬詩人維吉爾的史詩主人公埃涅阿斯的一個曾孫布魯特因在狩獵時誤殺了父王而被流放，在希臘找到了同族中已淪爲奴隸的特洛伊人，並且成爲他們的領袖。不久，特洛伊人起義，布魯特設下計謀，大敗希臘軍隊，並活捉了國王本人。後者被迫將公主伊格娜根嫁給了布魯特，並同時分給他三分之一的國土。但布魯特拒絕接受這些國土，並決意帶公主和特洛伊人離開希臘，因女神狄安娜曾托夢告訴他，在法國的西面有一個美麗富饒的地方，叫做阿爾賓（Albion），並預言布魯特的後代將在那兒繁衍騰達。布魯特得知這一使命後精神振奮，率船隊在經歷了千辛萬苦後終於到達了阿爾賓，他以自己的名字將這個地方重新命名爲「不列顛」（Brutain > Britain），而他手下的特洛伊人從此後也被稱作不列顛人（Brutons > Britons）。

　　萊阿門在長詩中羅列了眾多不知名的不列顛國王，以及重複描寫了各種入侵和打仗，就連生花妙筆也難避免由此造成的單調乏味。但詩人卻能以生動的細節描寫將很多人物刻畫得栩栩如生，並且首次用英語成功地敘述了英國文學中一些最偉大的故事：如李爾王與考狄利婭、高布達克，以及亞瑟王的輝煌戰績及其圓桌騎士。

　　莎士比亞《李爾王》的故事實際上就是直接取自《布魯特》的素材。李爾（Leir）本人創建了以自己名字命名的萊斯特城（Leicester這個英語意爲「李爾的城」）。他統治不列顛60年之後，決定將國家分給三個女兒：高納里爾（Gornoille）、雷根（Regau）和考狄利婭（Cordoille）。兩位大女兒靠甜言蜜語贏得了父王的歡心，而小女兒的直言不諱使李爾王大怒，並因此失去了繼承權，後被法王娶走。高納里爾和雷根分別嫁給了蘇格蘭王和康沃爾公爵。失去王位的李爾在分別受到兩位大女兒的虐待之後，不堪忍受，便帶著一位貼身僕人渡海來到法國。李爾獨自躲在野外，讓僕人先進宮去探考狄利婭的口風。後者得知眞相以後深感震驚，她給了僕人一百鎊銀幣和一匹好馬，囑咐他先將李爾隱蔽起來，好生招待。等40天以後再公開宣佈李爾王渡海前來巡視法國領地，屆時她與法王將舉行盛大儀式來歡迎他。40天後李爾帶著40名武士來到王宮時，考狄利婭裝出自己剛聽說消息的樣子。法王派人宣示全國，把自己隸屬於李爾王的王權之下。李爾在法國住到年底之後，想回不列顛。法王便借給他500艘軍艦的兵力，並讓考狄利婭陪伴他回國。李爾王召集了所有的朋友，一舉擊敗敵人，贏回了所有國土，並把它贈給了考狄利婭。他在不列顛住了三年以後，無疾而終。考狄利婭在不列顛又統治了五年，這時法王在渡海來不列顛時不幸淹死。聽到這個消息後，蘇格蘭王和康沃爾公爵密謀叛亂，並由他們的兒子摩根（Morgan）和庫尼達吉烏斯（Cunedagius）統率大軍捲土重來。考狄利婭落入叛軍之手，被迫自刎。但叛軍內部很快又起內訌，摩根戰敗被殺，庫尼達吉烏斯統治了不列顛35年。

高布達克（Gorbodiagus）是由湯瑪斯・諾頓（Thomas Norton）和湯瑪斯・薩克維爾（Thomas Sackville）所創作的英國文學史上首部悲劇《高布達克》（*Gorboduc*, 1561）的題材。高布達克本人是一位好國王，曾統治了不列顛五年。他的兩個兒子費魯斯（Fereus）和帕魯斯（Poreus）相互勾心鬥角。費魯斯在聽說帕魯斯要謀害他的消息以後，便逃往法國尋求庇護，並在那兒借了一支大軍侵犯英國。帕魯斯引兵迎戰，費魯斯死於混戰。他們的母親尤登（Iudon）悲痛欲絕，立誓要為死去的兒子報仇。她派六位女子持刀在深夜刺死了帕魯斯，而且親自割斷兒子的喉嚨，並殘忍地將他的手腳都割了下來。尤登的殘暴引起了公憤和全國各地的騷亂，而她本人最終也被憤怒的人民扔進了海裏。

亞瑟王和圓桌騎士的故事在這篇長詩中佔據了大量的篇幅。整個故事框架在該作品中已經相當完整，王后圭納維爾（Guinevere）、高文（Gawain）爵士和莫德雷（Modred）等主要人物都已經出現。萊阿門在法語詩人韋斯的同名原作中添加了許多新的細節描寫，尤其是作品中那些奇異的傳奇因素，其中包括亞瑟王誕生時出現的精靈，圓桌的奇異特質，亞瑟王預示莫德雷特陰謀的夢幻，以及亞瑟王最終受致命傷，不得不前往阿瓦隆尋求治療時的那種魔幻力量和神秘色彩等。正是因為有了這如此動人的描寫，許多不列顛人至今仍相信亞瑟王還活著，在阿瓦隆跟仙女們住在一起，並翹首盼望著他能早日歸來。

亞瑟王的性格在作品中也有一些新的變化。韋斯原作中的亞瑟王就像是一位諾曼國王和漂泊的騎士。在萊阿亞門的筆下，他已經成為一個富有個性的英格蘭君王形象，而且還具備了許多他所拼死厮殺的那個盎格魯撒遜民族的特徵。例如詩中對亞瑟王在決戰前整裝上陣的那些細節描寫就使人聯想到古英語史詩中貝奧武甫整裝待發的情景。

《布魯特》的題材決定了詩中有許多鏖戰的場景，而萊阿門充

分利用了這個機會。他運用鮮明的細節描寫來避免傳統作品中的單
調乏味。韋斯原作中泛泛而談的戰鬥場面在萊阿門的詩中因一招一
式的細緻刻畫而顯得有聲有色。後者的視覺想像和對戲劇性場面的
敏感在這兒得到了充分的發揮。在下面這個精彩的片斷中，亞瑟王
想像自己的勁敵巴德爾夫正站在河邊的小山上，俯瞰其全軍覆沒的
可怕情景：

> 此刻他站在小山上，遙望著亞芬河，
> 看到在河流中游戈著眾多鐵魚，
> 魚身上還繫著佩劍。它們遊姿笨拙，
> 魚鱗閃爍，就像是鑲有黃金鎧甲的盾牌，
> 它們的魚脊飄浮在水面上，像是戰矛。(10639-10643)

詩中的「鐵魚」這個意象，由於魚鱗與「鑲有黃金鎧甲的盾
牌」，以及魚脊與戰矛之間內在和富有表現力的類比而顯得格外醒
目。它以熟悉的傳統意象和特有的表現手法，分別與古英語詩歌
《出埃及記》的水中閃光盾牌和彌爾頓《失樂園》卷首墮落天使們
「飄浮的屍體」遙相呼應，在兩者之間架起了橋樑。

浪漫傳奇作為一種新的文學體裁首先出現在十一世紀的法國北
部，但是這種把敘述重點放在各種曲折的冒險和愛情故事，並借助
對於騎士制度的理想描寫，最終達到大團圓結局的文學體裁很快就
傳到了英國，並且成為了一種雅俗共賞，頗受歡迎的一種故事形
式。

在植根於英國土壤的眾多浪漫傳奇故事中，有兩個作品的情節
跟莎士比亞著名悲劇《哈姆萊特》（Hamlet）的故事原型，即薩克
索（Saxo Grammaticus）《丹麥史》中的阿姆萊特故事，有眾多吻合
之處，因此有必要在這兒簡單地介紹。

　　第一部作品，《丹麥人哈弗洛克》（*The Lay of Havelok the Dane*），是於十三世紀用當時常見的四音步雙韻體寫成的。英國國王艾瑟爾沃爾德（Athelwold）臨死前指定戈德里奇（Godrich）伯爵作爲幼年公主戈德博魯（Goldborough）的監護人，但邪惡的伯爵篡權後將公主監禁在多佛城堡之中。接著敘事場景轉到了丹麥，那兒也上演了類似的一幕：國王選定戈達德（Godard）伯爵作爲王子哈弗洛克（Havelok）和兩位公主的監護人。戈達德奪取王國後先殺死了兩位公主，然後密令一位漁夫格裏木（Grim）淹死年幼的王子。但從睡嬰嘴裏噴出的一道神秘火光使格裏木確信他是王族後代。所以他與妻子收養了這個孩子，並且逃往英國，在那兒將孩子撫養成人。哈弗洛克長大後也以打魚爲生，後因一個偶爾的機會當上了戈德里奇伯爵的幫廚，並因年輕英俊，力大無比和運動技能贏得了大家的尊敬。出於篡奪王位的陰謀，戈德里奇強迫公主嫁給了身份卑微的幫廚哈弗洛克，但新娘也從後者嘴裏奇異的光中獲知了丈夫的王族血緣。他倆在格裏木兒子們的陪伴下回到了丹麥，並在烏比伯爵的支持下，發動人民起義，打敗並絞死了戈達德。哈弗洛克登基後率大軍前往英國，生擒戈德里奇，並將其處以火刑。故事以大團圓的結尾而告終。

　　哈弗洛克與阿姆萊特都是作爲落難的丹麥王子來到英國，倆人都娶到了英國公主，重返祖國，並被擁戴爲丹麥國王。然後他們又都率大軍回到英國，戰勝英軍，成爲英國國王。而且這兩位丹麥王子身處逆境時，都曾靠裝瘋賣傻來擺脫困境。最後，他們潛返丹麥時，都曾喬裝打扮，以掩人耳目。這些相同的細節描寫都說明兩者之間存在著某種必然的聯繫。

　　第二部作品《漢普頓郡的貝維斯》（*Bevis of Hampton*）的某些細節跟阿姆萊特故事也具有驚人的相似之處。作品的主人公一直受到繼父和親母的虐待，因爲後者曾唆使她現在的丈夫謀害了自己的前夫，南漢普敦伯爵蓋伊（Guy）。遭繼父陷害，並被遣往東方的

貝維斯（Bevis）後來贏得了一位撒拉遜公主約西安妮（Josian）的
愛情，但險些死於她父親的謀害。貝維斯在戰勝敵人和妖魔時顯示
了驚人的彪悍和勇氣。與此同時，公主也憑藉魔術和殺人維持了自
己的貞潔，以等待心上人的歸來。就在她因絞死新婚丈夫而被判死
刑的危急關頭，貝維斯及時趕來搭救了她，並立即使她皈依了基督
教。然後他倆雙雙回到英國，在那兒擊敗並殺死了貝維斯的繼父。

　　該故事通過渲染和烘托主人公與弒其親父的繼父之間的矛盾，
並且運用了旨在害死主人公，但卻陰差陽錯的密封信函這一細節，
使讀者不由地聯想到莎士比亞《哈姆萊特》主人公的相同命運。

　　然而，中古英語的浪漫傳奇作品中影響最大的還是關於亞瑟王
和圓桌騎士的故事，而《高文爵士與綠衣騎士》（*Sir Gawain and the
Green Knight*，1375－1400）則被公認爲是描寫亞瑟王傳奇的最佳英
語詩作。該詩由四個部分所組成。第一部分講述在亞瑟慶祝新年除
夕的晚宴上，素以勇敢著稱的高文爵士成功地接受了綠衣騎士的挑
戰。第二部分描述了四季的轉瞬即逝，高文爵士按誓言出發去尋找
綠衣騎士，一路上經歷艱難險阻，但終於在離綠色教堂不遠處受到
一位城堡主人的殷勤款待。第三部分主要講他在城堡逗留期間，受
到美貌女主人的色相引誘，高文沒有被淫欲所折服，但卻藏匿了女
主人送的綠腰帶。在最後一部分中，高文在新年來到之際，辭別城
堡主人，前往綠色教堂找綠衣騎士決鬥。由於心裏有愧，致使最後
他在綠衣騎士砍他頭時稍有躲閃而受了擦傷。高文以羞愧的心情起
誓以後一定要忠於自己的誓言。

　　需要說明的是，亞瑟王和圓桌騎士的故事在中世紀法國文學中
也很發達。一般來說，英國亞瑟王傳奇的源頭可以追溯到十二世紀
蒙默思的傑佛瑞（Geoffrey of Monmouth）的拉丁語作品《不列顛諸
王紀》（*Historia Regum Britanniae*，1136）和萊阿門的《布魯特》。
但有證據表明，在傑佛瑞的《不列顛諸王紀》出現很久以前的西元
九世紀，亞瑟王的傳奇故事就已經在法國廣爲流傳。十二世紀的法

國詩人克雷蒂安・德・特洛亞（Chréstien de Troyes）就是這種法語口頭傳說的集大成者。他所創作的一系列浪漫傳奇作品，如《朗斯洛》（Lancelot, 1165）等，被公認爲是該系列中的最佳作品。法語作品注重「典雅愛情」（courtly love）的細膩心理描寫，熱衷於渲染朗斯洛與王后圭尼維爾（Guinevere）之間的私通，並將朗斯洛列爲圓桌騎士中的佼佼者。而英語作品中從不涉及朗斯洛與圭尼維爾之間的曖昧關係，並將高文視作是騎士道德的典範。高文雖然也具有人性的弱點，但他潔身自好，追求倫理道德的完美，這些品德卻是克雷蒂安・德・特洛亞筆下的朗斯洛所難以企及的。

　　中古英語詩歌中一個非常重要的部分是宗教諷喻作品，因爲基督教教會在中世紀的英國社會中佔據了支配性的地位。而且教會闡釋聖經的方法也直接影響到了文學作品的表達方式。例如中世紀的神學家們認爲聖經的文本至少包含有四個層次的蘊意：第一層就是文本的字面意義（literal sense）；第二層是文字的諷喻意義（allegorical sense）；第三層是寓言性的意義（moral sense）；第四層爲聖經的預示意義（anagogical sense），即他們認爲，在新約中的一切事物都可以在舊約中找到預兆或答案。我們在閱讀《珍珠》和《農夫皮爾斯》這類宗教諷喻作品的時候，就一定要顧及這四個層次的意義。

　　《珍珠》（Pearl）是一首構思精巧的夢幻詩。詩中貫穿始終的一個重要意象就是作爲稀世珍品的珍珠。像珍珠這樣的珠寶在中世紀被認爲具有特殊的力量和意義：由於它圓潤的形狀、無瑕的表面和晶瑩的珠白，珍珠自然而然地跟天國歡樂永恆和無限的性質掛上了鉤。詩中的敘述者在詩的開頭失手讓珍珠掉到了地上，骨碌碌地滾下了山坡，他遍尋不得，心灰意冷，於是便撲在草地上，墮入了夢鄉。冥冥之中，他的靈魂飛上了九重霄，環顧四周，到處是一片壯麗的自然奇景：山坡上的峭壁像水晶一般晶瑩，樹葉宛如精製純

銀一般閃亮，樹上的累累碩果發出誘人芳香，成群的禽鳥色彩斑斕鮮豔。這妊紫嫣紅的綺麗風光又使他重新振作起來，信步來到一條奔騰的溪流邊。彼岸的神奇景觀更使他神往，然而最令他感到驚喜的是對岸溪灘上坐著一位素衣縞服的清純少女，她的臉龐使他覺得非常熟悉。他仔細端詳她的花容玉貌，頓時體驗到一種銷魂狂喜降臨到了他身上。那少女嫋嫋婷婷站起身，緩緩走下溪流堤岸，身上飾滿了名貴珍珠，其中她胸前的那顆更是光鑒照人，顯得格外純潔和完美無瑕。直覺告訴敘述者：「她對我要比姑表姨侄更親近」。至此我們才意識到，珍珠的丟失實際上是一個諷喻，意指他失去了心愛的幼女。

敘述者向少女傾訴了自己的思念，少女神情肅穆地責備他不該認為自己喪失了心愛之物，因那顆珍珠已被收藏在珍寶櫃之中；而且他也不該為此事怨天尤人，因一切都是按照自然規律而發生。敘述者茅塞頓開，不由地想要跨越溪流，與彼岸的少女同行。少女又駁斥他的這個願望，說這是狂妄自大的表現，由於人類遠祖所犯下的原罪，人必須先經歷可怕的死亡，才能夠跨越此河，接受上帝審判。敘述者急忙承認自己的過錯，轉而請求少女把他們分別以後的情況原原本本地告訴他。珍珠姑娘進而告訴他，當珍珠失落時，她正處妙齡，天主羔羊便將她明媒正娶，封為天后，永享榮華極樂。敘述者不敢相信這一切都是真的，因為她在世上活了還不到兩年，既不會取悅上帝，也不會祈禱，就連天父和信條都弄不清楚，怎麼可能一步登天，成為天后？從而引出少女的大段解釋，她先引用耶穌在《馬太福音書》中所講一個有關葡萄園主向幫工付工錢的寓言，說明天主對於先來後到者都是一視同仁的。進而她又告訴我們，正如《新約：啟示錄》所示，天主羔羊共有144,000位「妙齡少女」作為新娘。

敘述者再次向她請罪，並懇求她介紹一下在幸福之城中的生活情況。珍珠姑娘復述了《啟示錄》中對於新耶路撒冷城的描述：

「那城市完全用閃亮純金鑄成，像塊擦拭得光滑剔透的水晶」；城牆根基的十二個層次都是用不同的珠寶裝飾，它們分別象徵著各種德行。那兒還有十二扇大門，每一扇門都是一顆名貴珍珠，每顆珍珠在《聖經》中都代表著各猶太民族的名稱，按它們誕生的年份排列。城內沒有汙物，人們路不拾遺，夜不閉戶，過著一種烏托邦式的理想生活。隨著少女的講述，敘述者隔河遙望，對彼岸充滿了無限嚮往之情。

此時詩中的情節逐漸達到了高潮。敘述者在若明若暗的朦朧中仿佛看到有成千上萬的妙齡少女從天而降，她們全都同樣裝束，頭戴王冠，身裹白色紗衣，上面裝飾著華貴珍珠。她們由羔羊領隊，歡欣鼓舞地翩翩走過像玻璃一樣發光的純金路面，同時盡情謳歌那走在隊伍前列的羔羊。後者的衣衫雪白純淨，神情質樸無華，然而在他的心口卻豁開了一個大窟窿，鮮血從那兒噴湧而出。就在這時，他在天國淑女的行列中瞥見了珍珠王后，便不顧一切地向前助跑幾步，想要縱身躍入溪流，拼死遊過河去。但神力強行把他從夢幻中拉回，他在美麗花園中悚然驚醒，悲歎自己無緣進入那閃光仙境。但他最終還是從這個夢幻中領悟到了有關珍珠諷喻的真正含義：

> 尊崇天國君王，勇於悔過自新，
> 便可輕易做一個善良基督徒；
> 因無論白晝黑夜，我都發現主
> 就是上帝、天尊和最好的朋友。
> 我躺在這山間的碧綠草地上，
> 為珍珠的丟失而昏厥和甦醒。
> 從此後我一直對主忠誠不貳，
> 靠基督的賜福，我牢牢記住。
> 賜福以麵包和酒的形式出現，
> 就如教士向我們顯示的那樣。

> 主讓我們成爲他的忠實信徒，
>
> 並像華貴珍珠那樣取悅上帝。
>
> 阿門，阿門。（1201-1213）

　　至此，詩歌又引出了珍珠這個意象的第四種含義：它不僅代表了天國的特質、敘述者的幼女、耶穌的天后，而且還象徵著善良基督徒的美德，即每個基督徒都需要認眞修煉積德，以求自己的品德像珍珠那麼圓滿。

　　《農夫皮爾斯》有三種不同的文本，據信都是威廉·蘭格倫（William Langland）的作品。其中的B文本有7,242行，被公認爲文學價值最高。它由主人公威爾（Will）的一連串夢幻所組成。威爾這個名字是個雙關語，它既是詩人「威廉」（William）這個常見名字的縮寫形式，也有「意志」的意思。他在夢中看見了英國社會的縮影和「七大罪惡」的懺悔，隨後他在尋找眞理的過程中，聽到各種諷喻性人物對於「善」（Dowel）、「中善」（Dobet）和「至善」（Dobest）這三種境界的解釋，終於思想有了昇華，決心走遍天涯，一定要找到作爲基督化身的農夫皮爾斯。

　　全詩總共描述了威爾的十個夢幻。在作爲總引的第一個夢中，威爾漫步於「眞理」高塔和「虛僞」地牢之間的「俗世」平原，看到了芸芸眾生們在那兒忙忙碌碌地追逐俗世的名利，包括貴族和賤民、商人、說唱藝人、流浪漢和乞丐，其中最引人注目的是貪婪的教士和僧侶，他們狼狽爲奸，用行騙和販賣贖罪券來搜刮民脂。接著他又看見國王登基和執掌朝政的情景，它轉眼間變成了一場老鼠議會的鬧劇，將當時的英國政治形象地表現爲群鼠利慾薰心，惡貓肆意橫行。那兒還有無數律師在「口若懸河，闡釋法律」，但塵世間依然綱紀廢馳。這時聖教夫人（Holi Chirche）從眞理高塔上走下來，向威爾解釋他所看見的高山、幽谷和平原的寓意，並奉勸他要潔身自好，不受魔鬼的引誘和欺騙。威爾大驚失色，急忙跪倒

在地，請求寬恕。他求聖教夫人爲他的罪孽祈禱，並告訴他該如何做才能拯救靈魂。後者的回答是：「試遍所有珍寶，惟有眞理最好。」在隨後的大段說教中，聖教夫人數次重申了這句格言。

爲了教會威爾如何識別虛僞，聖教夫人還將一個名爲獎賞（Mede）的豔麗女子指給他看，並且告訴他，明天獎賞就要嫁給虛僞（Falsnesse）這個魔鬼的後代，因而威爾將有機會見識一下婚禮上的醜劇和來賓。威爾果然在婚禮上看到了形形色色的人物，其中跟獎賞最爲親近的似乎是聖職買賣（Symonye）和民法（Cyvylle）。當欺詐（Favel）作爲媒人，將新娘交與虛僞完婚時，謊言要求聖職買賣和民法審查和宣讀由虛僞本人草擬的特許狀。聽完民法尖嗓子的高聲宣讀之後，神學（Theologie）怒不可遏，當眾對這樁婚姻的合法性表示異議，要求大家去倫敦，請那兒的大法官裁定這婚姻的合法性。虛僞的親信欺詐（Gile）當下拿出大量的金幣，要謊言去賄賂法庭錄事和買通僞證。當虛僞和欺詐率眾人上路時，眞理催動坐騎率先趕到王宮，將此事通報了良心（Conscience）和國王本人。國王大怒，降旨要嚴厲懲罰這幫窮兇極惡的傢伙。可是畏懼（Drede）在門口偷聽到了這個命令，便迅疾地去向虛僞報信，要他趕緊帶上嘍囉們逃命。於是這幫烏合之眾一哄而散：虛僞倉皇出逃到了遊乞僧中間，狡猾被商人強留下當了店鋪的學徒，謊言（Lyere）也被贖罪僧們收留，剩下膽小的獎賞因恐懼而顫抖不已，只好束手就擒。但由於其慷慨的賞賜，獎賞在王宮裏被奉爲上賓，就連法官老爺們和國王的幕僚都來安撫她和向她獻殷勤。一位懺悔牧師願以一馱小麥的代價爲她赦免所有的罪孽，並爲她傳遞秘密資訊，以籠絡騎士官吏和挫敗良心。國王試圖爲獎賞和良心這兩者做媒，並且得到了獎賞的一口答應，但遭到良心堅決反對，由此引出獎賞與良心之間一場激烈的當庭辯論。國王無法說服良心，便只好命令後者去把理智（Reson）請來作爲國王顧問掌管朝政。理智在斷案中明察秋毫，仗義直言，給獎賞定了罪，因而深得

國王的歡心。國王宣佈理智和良心將成爲他終生的顧問。

從第五節起，威爾開始了他的第二個夢幻。他看見理智在曠野上向全王國的臣民佈道，告誠大家要恪守其責，崇尚眞理。懺悔（Repentaunce）也上前闡發這一主題，號召大家悔罪和改過自新。於是七大罪孽紛紛登場，對各自的過失進行懺悔。當饕餮（Gloton）也準備去教堂坦白自己罪孽時，酒店老闆娘貝蒂（Beton）用好酒爲誘餌，在路上攔住了他，並把他騙進了酒店。雖然還是早晨，可那兒已經聚集了十幾個人猜拳勸酒和做物品交易，好不熱鬧。饕餮當下入席，把懺悔之事全都忘到了腦後。此番狂飲之後，饕餮在家整整昏睡了兩天，醒來後揉著眼睛，開口第一句話就問喝酒的碗在哪裡。在妻子的責罵和懺悔的喝斥下，饕餮發誓齋戒，以後每個星期五都滴水不進，直到他嬸子禁欲（Abstinence）准許他開戒爲止。

在罪人們被赦免之後，有上千人聚集在一起祈禱聖子聖母，求恩惠與他們同行去朝拜眞理。但因無人慧眼識途，他們如困獸般迷失於山川之間。這時農夫皮爾斯（Piers Plowman）站出來爲大家解惑，可是當他詳細地描述了一路上要經過的艱難險阻以後，香客們紛紛怨聲載道，說如此險惡的路程若無嚮導指引，恐怕寸步難行。皮爾斯告訴大家，他還有半畝地需要耕作，只有把它深翻和播種之後，他才能脫身來做他們的嚮導。人群中的騎士主動建議大家幫助農夫幹活，說自己雖然從沒幹過農活，但願意竭盡全力學習。皮爾斯藉眾人相助，平整土地頗有起色。但過了不久，就有人開始偷懶：有的裝作殘疾人，想贏得別人的憐憫；有的則企圖撒野，公開向皮爾斯挑戰。後者招來饑餓（Hunger），狠狠地教訓了那些無賴。在饑餓的威脅下，人們個個揮汗如雨，參加了勞動的行列。眞理得知這個消息後，恩准賜予農夫皮爾斯贖罪券，赦免了他及子孫的所有罪孽。但有個教士對此贖罪券的眞實性提出了質疑，皮爾斯一怒之下，撕毀了贖罪券，並且宣稱此後他將不再辛勤勞作，爲填

飽肚子而忙碌，他要用祈禱和懺悔來代替他的犁。教士和農夫的爭吵聲將威爾從第二個夢中驚醒。

從第八節起，威爾花費了大量時間來尋找「善」、「中善」和「至善」，可是僧侶們對此作出的解釋在他聽來深奧莫及。在他此後的三個夢中，威爾分別跟代表學術的各種人物（思想、理智、勤學、學問、博士、聖典、想像）有一系列遭遇和交往，而他對於「善」的真諦所進行的探索在良心的家宴上達到了高潮。席間關於「善」的討論中，一個貧嘴的游乞僧博士充當了學術階層的最拙劣代表；甚至連學問本身也承認自己對他的表現感到臉紅。討論中給人印象最深的發言來自寒微的朝聖客忍耐（Pacience），他對於仁愛（Charite）作了晦澀而熱情的講演。這番充滿理想主義的話既擊退了遊乞僧，也嚇走了學問（Clergie）；但它卻點燃了良心的熱情，後者當即決定隨忍耐出發去朝聖。因為他堅信忍耐和良心結合在一起，世間就沒有解救不了的苦難，和平會降臨所有君王，而異教徒也都會皈依基督教。

忍耐和良心在路上碰到了一個說唱藝人，名叫豪金（Haukyn）。他身穿神聖教會的宗教外衣，誇誇其談，吹噓自己的業績和善行，但細看之下，他衣服上面有眾多斑駁的污點。這些污點分別象徵著人性中的弱點和他自身的罪孽。良心首先委婉地建議他用悔罪來刮去外衣上的污垢，然後用懺悔來清洗和絞乾，最後用善意和天恩來印染此衣，使它光豔如新。忍耐則向豪金大力推薦節欲、信仰和貧窮。豪金終於被說動了心，開始痛悔他得罪上帝的每一件事。他連聲求饒，為祈求天恩而抽泣悲鳴不已，這時威爾又被驚醒。

在離開豪金這個外部社會生活的代表之後，威爾開始走進一個內心世界。他在第六個夢幻中碰到了靈魂（Anima）。威爾向他刨根問底，想要知道世上所有的學問和技藝。但靈魂責怪他重犯了亞當的錯誤，即求知和理解的強烈欲望，因為這種欲望會使人偏離

神聖的善而變得驕矜。靈魂還借用樹的意象，攻擊教會是邪惡和腐敗的根源，因爲教士言行不一的虛僞行徑給民眾樹立了壞榜樣。他同時還強調了仁愛的力量，由此引出威爾的下一個問題：「何爲仁愛？」靈魂在解釋這個問題時，指出由於仁愛涉及到了內在的品德，所以需要農夫皮爾斯的幫助，他進而點明了皮爾斯就是基督：

> 「因此靠外表或學識很難辨認他，
> 言行也無濟於事，只有看意念；
> 而世上沒人能做到，教士也不行，
> 惟有農夫皮爾斯——『彼得即基督。』……」
>
> （XV 209-212）[1]

　　威爾仍不明白仁愛的蘊義，於是靈魂又用樹作比喻來進行解釋：仁愛樹的樹根紮在人的身體上，俗稱寬恕，而種樹的花園稱作心臟，樹葉是憐憫（Mercy），樹幹是神聖教會法律，花是卑賤言語及和顏悅色，樹名爲忍耐，結出果實乃是仁愛（Charite）。它由自由意志（Liberum Arbitrium）料理，並由農夫皮爾斯督促除草鬆土。威爾因聽到皮爾斯的名字驚喜過望而昏厥在地，又做了一個夢。

　　在第七個夢中，皮爾斯帶威爾參觀花園，並向他詳細解釋了支撐仁愛樹那三根支柱的功效。威爾要求嘗一下那果實的滋味，皮爾斯便從樹上搖下了一些果實。這時等候多時的魔鬼大搖大擺地跑出來，掠走了代表聖徒的果實，並將他們都打入了地獄。皮爾斯拿起棍子追趕魔鬼，想要奪回果實。由此引出了聖經中人們熟悉的耶穌殉難故事。

　　最後三個夢幻緊緊圍繞著光明與黑暗，仁愛與邪惡之間的一場決戰，具體表現爲兩場戰鬥：第一場是基督與魔鬼的比武，基督似

---

1. 皮爾斯的同源異體名彼得的拉丁語原意爲「石頭」，所以《新約‧哥林多全書》10：4中說：「那磐石就是基督。」另在《馬太福音》16：18中，耶穌對大門徒彼得說：「你是彼得，我要把我的教會建造在磐石上。」

乎被擊敗，但實際上卻是大獲全勝；第二場是圍城，反映出基督信徒們的暫時挫折。

威爾在夢中分別遇見了兩位尋找三位一體聖子的亞伯拉罕（Abraham），即信仰（Feith）和摩西（Moyses），即希望（Spes），以及心急火燎地趕往耶路撒冷比武的撒瑪利亞人。這時，路上有個旅客遭強盜打劫，身負重傷，奄奄一息。信仰和希望在路過時都遠遠迴避，不敢去解救，但當撒瑪利亞人（Samaritan）看見那人時，他馬上就上前搶救，將他包紮後又送到六、七英里遠的旅店，並拿出兩個銀幣，讓旅店老闆代為照顧，才又重新上路。威爾見後，跟上去請求做他的僕人，並在路上向他請教了有關三位一體的問題。緊接著就是比武的場景：首先是彼拉多（Pilatus）在法庭上裁決把耶穌釘上了十字架後百般折磨，然後又逼他喝下了致命的鴆毒。在基督殉難後，彼拉多又命令手下人將他解下刑架，並命令一位名叫朗吉諾（Longeus）的瞎眼猶太騎士持尖利長矛刺穿了基督的心。但矛頭濺出的血啟開了騎士的雙眼。朗吉諾得知真相後悔莫及，雙膝跪地，請求耶穌饒命。

在第十九節中，天恩（Grace）賞賜給農夫皮爾斯四頭公牛，即四部福音書的作者路加（Luk）、馬克（Mark）、馬太（Mathew）和約翰（Johan）、四頭閹公牛，即四位早期中世紀教父和神學家古斯丁（Austyn）、安布羅斯（Ambrose）、格列高利（Gregori）和哲羅姆（Jerom），又拿出四大美德（謹言慎行、止怒窒欲、堅忍不拔和正義公道）的種子，讓皮爾斯將其種入人類靈魂。皮爾斯在播完種子以後，又用《新約》、《舊約》這雙犁耙平整土地，使仁愛能與四大美德糅和，以抵禦罪惡。為儲存糧食，天恩還要皮爾斯蓋了一個大穀倉，稱作同心堂（Unitee）──即神聖教會。驕矜窺見皮爾斯在耕種莊稼，便召集起一支大軍，前來攻打同心堂。良心率基督徒修築工事，奮勇抵抗。驕矜的第一輪攻擊歸於失敗，因「俗人的節操加上教士的德行，／使統一的神聖教會固若金湯」。但是

假基督召募了數百名遊乞僧，又捲土重來，還是由驕矜（Pride）執掌大旗。良心再次號召世人保衛同心堂，齊心協力抗禦魔鬼的大軍。在自然的幫助下，敵人的攻擊暫時被擊退。但是良心犯了一個致命的錯誤：在浴血鏖戰之中他不顧貧窮的警告，接受遊乞僧參加到保衛同心堂的隊伍中來。後來良心請來一位精通懺悔的醫生救助被罪孽打中的傷患和病人，但有人討厭這位醫生的猛藥，便投書上告，要求換個用藥更平和的郎中。在荒淫無度（Leef-to-live-in-lecherie）的推薦和內疚（Contricion）的堅持下，良心只好同意由遊乞僧諂諛（Flaterere）來治療傷患。諂諛用奉承的油膏使人們忘掉了內疚和懺悔，個個昏昏欲睡，結果失去了抵抗的能力。良心後悔莫及，發誓要去尋找農夫皮爾斯，以便回來報仇雪恨。長詩在此嘎然而止。

《農夫皮爾斯》的結構固然十分複雜和鬆散，但貫穿其中的一條紅線就是主人公的成長過程。夢幻者威爾的形象在閱讀過程中逐漸變得明朗：開始他跟俗世平原上的人並無二致，後來作者又刻意使他的形象認同於這些俗人的代表豪金，直到威爾在遊歷和幻夢中開闊眼界，並冥思頓悟之後，詩人才最後將他含蓄地昇華為良心，從而圓滿地完成了他的人生探索。

蘭格倫所採用的詩歌格律是他從小在沃斯特郡就熟悉的頭韻詩，因為那兒也是萊阿門的故鄉。這種詩體的主要特徵是每一詩行中都有數個相同的重讀音節，每行中間有個停頓，通常第二個半行的第一個重讀音節跟前半行中的兩個重讀音節押頭韻，並由此形成特有的鏗鏘節奏。《農夫皮爾斯》中由於夾雜著眾多的拉丁語和法語辭彙，所以這些本來十分嚴謹的規則有所鬆懈，頭韻顯得更為隨意和自由，偶爾也會出現個別尾韻，詩行中間的停頓也越來越不明顯。但總的說來，作品的古樸神韻依然存在。可惜到了十五世紀，這一傳統詩歌體裁迅速衰落解體，被當時成為英國詩壇主流的五音步抑揚詩體所取代而成為絕響。

　　由於篇幅的關係，本選集並不足以反映中古英語詩歌的全貌。
該時期最重要詩人喬叟的兩部代表作，《坎特伯雷故事集》和《特
洛勒斯與克麗西德》，都已經分別由上海的黃杲忻和北京的吳芬譯
成了漢語，故本書中只選譯了喬叟一首短小的抒情詩。中古英語
時期眾多的詩體浪漫傳奇和長篇說教性宗教詩歌作品在本書中也都
沒有選錄。萊亞門的《布魯特》和高爾《情人的懺悔》因原作篇幅
太長，因而我只是選譯了其中的部分段落。另外，我翻譯的蘭格倫
《農夫皮爾斯》已由中國對外翻譯公司於1999年全文出版。經該出
版公司的同意，本書中選取了B文本全詩21個詩節中的四個詩節，
以饗讀者，特在此表示感謝。

　　本書的編譯工作得到了中國「九五」國家社科基金和國家教委
回國人員科研啟動基金的支持，在此一併表示感謝。同時感謝下列
各位在本書編譯過程中對我的幫助和支持：我的博士論文導師李賦
甯先生最早將我領入中世紀英國文學的殿堂，本書的出版是他多年
教誨的結晶。美國哈佛大學的但尼爾·多諾古（Daniel Donoghue）
和德里克·皮爾索爾（Derek Pearsall）兩位教授曾慷慨地為我提供
資料和解答疑難問題。英國布里斯托爾大學的約翰·伯羅（John
Burrow）和埃德·普特（Ed Putt）這兩位教授也曾親自為我指點迷
津。中國對外翻譯公司的賈輝豐先生作為《農夫皮爾斯》一書的責
任編輯，為核對原稿也付出了不少心血。原三聯出版社的沈昌文先
生在國內學術類圖書出版普遍不景氣的情況下，曾經幫我聯繫出版
社，並親自刪改過我的譯稿，這對我無疑是一個極大的鼓勵。最
後，輔仁大學康士林教授數次邀請我訪問臺灣、中研院李奭學教授
的積極引薦，以及臺北書林出版公司決定在臺灣出版繁體字版，對
此我表示深切的感謝。

沈弘

2008年7月於杭州外東山弄

英國中世紀
詩歌選集

An Anthology

of Medieval English Poetry

春天[1] 已經來到

春天已經來到。
布穀鳥高聲叫！
種子生，草地綠，
樹木發出嫩芽。
布穀鳥婉轉啼！

牡羊呼喚羊羔，
母牛舔仔生情，
閹牛蹬，雄鹿跳，
布穀鳥歡聲鳴！
咕咕咕，咕咕咕，
布穀鳥舒喉唱，
堪稱如醉如癡！

咕咕咕，咕咕咕，
布穀鳥盡情啼！

---

1. 這首詩的原文題目爲：“Summer is icumen in”，然而由於中古英語中沒有
「spring」一詞，「summer」既指「夏天」，又可指「春天」。從上下文來
看，這兒顯然指的是春天。該詩作者是匿名的，正如大多數其他中世紀作品一
樣。因爲那時的習俗是崇尚權威，詩歌作者很少會顯露自己的名字，作品更多
是沿襲傳統。正如中世紀的雕塑一樣，詩歌作品也是公共藝術。

春天[1]

春天隨愛來到城裏，
帶來了花朵和鳴鳥，
以及所有歡樂；
山谷裏充滿了陽光[2]
和夜鶯的甜蜜歌聲，
眾鳥齊聲歡唱。
枝頭喜鵲嘰嘰喳喳，
冬日憂傷一掃而空，
香草鬱鬱蔥蔥；
眾鳥歌聲直衝雲霄，
冬去春來，欣欣向榮，
林間歌聲回蕩。

玫瑰綻放出紅色花蕾，
小樹上嫩綠的葉子
轉瞬間變得鬱鬱蔥蔥。
月亮放出溫柔的光芒；
百合花純潔白無瑕，
還有細葉芹和百里香；
野鴨在嘎嘎地求偶，
動物在忘情地纏綿，

---

1. 這首詩中用來指代春天的中古英語名詞是「Lenten」，與基督教的大齋節（Lent）有關，後者是指每年復活節（Easter）前爲期四十天的齋戒和懺悔。具體日期大約爲三、四月份。
2. 這裏用來表示陽光的原文是「Dayes-yës」（day's-eyes）。中世紀英語的詩詞語言富於表現力，善於利用複雜的比喻和生動的描述性短語，一般採用複合名詞的形式。

而溪水靜靜地流淌。
多情的人兒啊心碎了；
我也是其中的一個，
備受著愛情的煎熬。

月亮放出溫柔的光芒，
宛如那莊嚴明亮的太陽，
鳥兒們都在盡情歌唱。
露水浸濕了起伏的草地
動物們用隱秘的呼喚來
傳遞資訊，並和諧共存。
蚯蚓在泥土下成長生息，
姑娘們出落得亭亭玉立，
俊秀挺拔，眉目傳情。
倘若得不到其中一位，
我將放棄世間的歡樂
即刻躲入陰暗的森林。

愛麗森[1]

在三月和四月之間，
樹上都長出了嫩芽，
小鳥在盡情地歌唱，
抒發對春天的喜悅。
我卻經受愛情煎熬，
迷戀上漂亮的姑娘。
她可為我帶來歡樂，
　　我全在她掌心之中。
　　幸運之神向我招手，
我想這是天意所在——
因所有女人我都不中意，
惟獨只有愛麗森。

她的頭髮顏色金黃，
眉毛棕色，眼睛黑亮，
她朝著我嫣然一笑，
面容姣美，鼻子小巧。
倘若她不肯接受我
作為她的終生伴侶，
那我將會捨棄生命，
　　自尋短見倒地而死。
　　幸運之神向我招手，
我想這是天意所在——
因所有女人我都不中意，

---

1. 〈愛麗森〉（"Alysoun"）是一首13世紀在英國流行甚廣的愛情詩歌，有許多不同的版本。這兒所選譯的是一個較長的版本。

惟獨只有愛麗森。

黑夜裏我輾轉難眠，
無怪乎我瘦骨伶仃：
淑女，這全是爲了你，
是單相思令我憔悴。
世上沒有任何才子
能描繪出她的魅力；
她頭頸比天鵝白淨，
　　城裏最俏麗的女郎。
　　幸運之神向我招手，
我想這是天意所在──
因所有女人我都不中意，
惟獨只有愛麗森。

徹夜思念使我疲憊，
像磨坊池塘的積水。
因我一直焦慮不安，
怕夢中失去心上人。
忍受心中一時痛苦，
遠勝於永久的悲傷。
人間最靚麗的美女，
　　敬請聆聽我的歌聲：
　　幸運之神向我招手，
我想這是天意所在──
因所有女人我都不中意，
惟獨只有愛麗森。

在萬木叢中[1]

在萬木叢中，
在萬木叢中，
山楂花含苞怒放
在萬木叢中。

她將是我的愛人，
她將是我的愛人，
世上最美麗的姑娘
她將是我的愛人。

---

1. 〈在萬木叢中〉（"Of everykune tree"）是一首世俗的情歌，它用具有催眠性的
   韻腳（aaba aaca）傳神地表現了一位情郎心上人的形象。

西風[1]

西風，你將何時刮起？
把細小的雨珠灑向大地。
基督啊，但願心上人就在我懷裏，
而我又回到自己的床上。

---

1. 〈西風〉（"Western Wind"）是一首在中世紀英國流傳甚廣的抒情短詩。從字面
   上看，它顯然是描寫了世俗的愛情。但也有評論家將它解釋爲一首宗教作品，
   因爲依照在《舊約·雅歌》中奠定的傳統，中世紀的人們往往用世俗愛情的意
   象來表達對天國的嚮往和對上帝的愛。

我來自愛爾蘭[1]

我來自愛爾蘭，
而且是來自
愛爾蘭的聖地。

好心的先生，我請求你，
看在聖徒的份兒上，
請快到愛爾蘭來
跟我一起跳舞。

---

1. 〈我來自愛爾蘭〉（"Ich am of Irlaunde"）是一首中世紀伴舞的頌歌，第一個詩節中的三行詩是重複的疊句，應由參加跳舞的人齊唱。第二個詩節則顯然是由一個女子領唱或獨唱的，緊接著又回到疊句。按理說這第二部分應該有好幾個詩節，而這部作品可能只是個殘篇。

少女躺在沼澤地上[1]

少女躺在沼澤地上，
躺在沼澤地上，
整整七個夜晚——
整整七個夜晚——
少女躺在沼澤地上，
躺在沼澤地上，
整整七個日日夜夜。

她的食物美味爽口，
她究竟吃什麼？
報春花的花朵——
報春花的花朵——
她的食物美味爽口，
她究竟吃什麼？
報春花和紫羅蘭花的花朵。

她的飲料甘甜芳香，
她究竟喝什麼？
清涼的井水——
清涼的井水——
她的飲料甘甜芳香，
她究竟喝什麼？

---

1. 〈少女躺在沼澤地上〉（"Maiden in the mor lay"）在14世紀的文學作品中曾多次被提及，說明它是一首流傳頗廣的歌謠。而對於「少女躺在沼澤地上」這麼一個神秘的意象，評論家們眾說紛紜，曾提出過各種截然不同的闡釋。有人認為她代表了聖母瑪利亞或抹大拉的瑪利亞在荒野中懺悔的形象；也有人強調這首作品的世俗性質，將這位少女形象解釋為井神或是水中的精靈。

沁人心脾的古井清泉。

她的閨房賞心悅目，
何處是她閨房？
鮮紅的玫瑰花——
鮮紅的玫瑰花——
她的閨房賞心悅目，
何處是她閨房？
紅玫瑰花再加上白百合花。

整夜守護著玫瑰花[1]

整夜守護著玫瑰花，玫瑰花，
我整夜地躺在玫瑰花旁。
雖不敢斗膽去偷摘玫瑰，
但最終我卻捧走了鮮花。

1.〈整夜守護著玫瑰花〉（"Alnight by the rose"）這首詩跟〈在萬木叢中〉有些類似，也許是流行情歌的一個片斷。中世紀詩歌常常用玫瑰花來代表情人，最典型的例子莫過於法語長詩《玫瑰傳奇》（*Roman de la Rose*）（約1280）。喬叟（Geoffrey Chaucer）曾將那首長詩譯成中古英語。

女子哀歌[1]

主啊，主啊，請保佑我們，
詹金跟愛麗森
一起快樂地歌唱[2]。

從耶誕節我們的行列中，
我聽出了快活的詹金
那歡快的歌聲，
願上帝保佑。

詹金在耶誕節
開始了彌撒講經，
使我的靈魂得以淨化。
他的聲音是那麼宏亮：
「願上帝保佑！」

---

1. 〈女子哀歌〉（"Chanson de femme"）是戴維斯（R. T. Davies）所編輯《中世紀抒情詩選集》（*Medieval English Lyrics: A Critical Anthology*. London: Faber and Faber, 1963）中的第70首。「詹金」（Jankin）這個親暱的稱呼最常用於鄉村的情郎。這首詩中的社會背景和專門用語正好跟喬叟《巴斯婦的序曲》相符。該婦人的第五任丈夫也名爲詹金，而且她管他叫「我們的牧師詹金」（III 595）和「這個快活的牧師詹金」（III 628）。這兩個詹金原來都是教區牧師。

2. 從開頭這寥寥數行，我們可以判斷出該詩描寫的是教堂裏的愛情這一主題，而且敘述者顯然是個女子。而「詹金」這一鄉村情郎稱呼也與下一詩節中「快活的」這個形容詞相符，這兒的風格顯然不同於莊重高雅的宮廷詩歌。

浪遊之歌[1]

現在樹枝抽出了新芽，
而我備受愛情的煎熬，
輾轉難眠。

當我騎馬出遊，
在外整天漂泊，
我看見一位少女
在縱情歌唱：
「願泥土裏緊他！
熱戀的人呀心碎了，
可我還將活下去！」

聽見這歡快的歌聲，
我立即縱馬前往，
發現她站在草坪上
和一棵大樹下，
臉上神情飛揚。
我問道，「美貌的少女，
爲何你歌唱個不停？」

於是甜美的少女
簡潔地回答：
「我的情人曾經發誓

---

1. 〈浪遊之歌〉（"Chanson d'aventure"）是戴維斯《中世紀抒情詩選集》中的第
   19首。〈浪遊之歌〉這一體裁通常是由獨具特色的第一行詩所決定的。在迭句
   或疊句後面，以「當我騎馬出遊」開頭的抒情詩準是首〈浪遊之歌〉。

將愛我海枯石爛，
但他後來變了心。
我定讓他悔恨交加，
痛不欲生！」

無情的美女[1]

喬叟

你的雙眼會突然置我於死地；
我忍受不了它們的美麗，
因爲它們深深地刺傷了我的心。

只有你的話語才能迅速治癒
我心中剛剛經受過的創傷，
你的雙眼會突然置我於死地；
我忍受不了它們的美麗。

我發誓要向你說出心裏話，
你就是主宰我生死的王后，
只有用死才能證明我的心。
你的雙眼會突然置我於死地；
我忍受不了它們的美麗，
因爲它們深深地刺傷了我的心。

美貌從你的心裏驅走了憐憫，
可惜我已無必要再顧影自憐，
因蔑視用鐵鏈拴住了你的慈悲。

你已爲我無辜死亡付出代價，

---

1. 〈無情的美女〉（"Merciles Beaute"）是傑佛瑞·喬叟（Geoffery Chaucer, 1340？
   －1400）早期所寫一個愛情三部曲。雖然詩中的敘述者是以第一人稱的口吻說
   話，但在中世紀的抒情詩中，「我」並不一定代表作者本人，因爲抒情詩歌作
   品主要是用來供大家吟唱和抒發情感的。該詩採用的迴旋體（rondeau）體裁起
   源於中世紀的法國詩歌，喬叟可能是最早採用該詩歌形式的英語詩人。

千眞萬確，我沒有必要撒謊。
美貌從你的心裏驅走了憐憫，
可惜我已無必要再顧影自憐。

天哪，自然賦予了你絕世美色，
沒任何男子能獲得你的慈悲，
無論他付出過多少痛苦艱辛。
美貌從你的心裏驅走了憐憫，
可惜我已無必要再顧影自憐，
因蔑視用鐵鏈拴住了你的慈悲。

由於逃離愛神時我體態臃腫，
故而不怕再深陷狹隘的牢房。
重獲自由身，我對愛神不屑一顧。

他盡可以在回答時說三道四，
我卻毫不顧忌，只想直抒胸懷。
由於逃離愛神時我體態臃腫，
故而不怕再深陷狹隘的牢房。

愛神已將我從他名單上劃去，
他也從我的帳本中徹底消失，
從此再也不會有任何的瓜葛。
由於逃離愛神時我體態臃腫，
故而不怕再深陷狹隘的牢房。
重獲自由身，我對愛神不屑一顧。

你的容貌美麗而光豔[1]

你的容貌美麗而光豔，
如海上明星，
那光芒比太陽更明亮，
母親和處女，
我呼喚你，你看到了我，
夫人，為我向耶穌祈禱
聖母啊，
我必須來此向你祈求，
　　馬利亞……

夫人，舉世無雙的佳人
無刺的玫瑰，
你生下耶穌，天國君主，
神聖的恩惠。
普天之下你超凡越聖，
夫人，你是天國的王后，
出類拔萃，
溫柔的處女，你是聖母
聖靈造就。

---

1. 〈你的容貌美麗而光豔〉（"Of on þat is so fayr and briyt"）是一首歌頌聖母馬利
亞的詩歌。中世紀曾經流行聖母崇拜，大家都把聖母馬利亞看作是凡人與上帝
之子耶穌基督之間進行溝通的一個橋樑，往往要通過她去向基督提出籲請和請
求寬恕。

夕陽照在十字架上¹

現在太陽落在樹林後面，
馬利亞，我爲你的美貌²感到悲哀。
現在太陽落在樹梢後面，
馬利亞，我爲你和你兒子感到悲哀。

---

1. 〈夕陽照在十字架上〉（"Now goth sonne under wod"）是戴維斯《中世紀抒情詩選集》中的第6首。
2. 原文中的「rode」是個雙關語，它既指「美貌」，又可指「十字架」。這首詩是13世紀初一位盎格魯－諾曼作家在冥思耶穌受難時記錄下來的。他想像馬利亞在基督把她託付給聖約翰時，引用了《舊約·雅歌》（1:6）中的詩句：「不要因日頭把我曬黑了，就輕看我。」這首詩以具體與抽象意象的大膽結合而撼人心魄：馬利亞經過一天暴曬後「黝黑」的面容（rode），其炙傷在日落時最爲痛苦，太陽落在「樹林」和「樹梢」的後面（「樹林」和「樹梢」這兩個詞都強調了十字架的物質現實），也許還有基督死後墜入地獄的意思。

基督怨詩[1]

你們這些過路人
請等一等。
請看，我所有的朋友，
哪兒還有人像我一樣。
我被三顆鐵釘
緊緊地釘在十字架上，
還有一枝長矛刺穿了我的腰，
傷口一直延伸到我的心臟。

1.這首基督怨詩（"The Complaint of Christ"）是戴維斯《中世紀英語抒情詩選
　集》中的第46首。該詩的引喻是《舊約·耶利米哀歌》（1:12）中的一段：
　「你們這些過路人難道對此無動於衷？看天下，哪兒還有比我更深的哀愁？」
　耶利米的話被預言性地加以理解，並讓它出自在十字架上受刑的基督之口。它
　經常被用於耶穌受難日的禮拜儀式之中。

我歌唱一位處女[1]

我歌唱一位處女，
　　其美貌舉世無雙：
她所選中的兒子
　　堪稱是王中之王。

他靜靜地降臨
　　來到母親的身旁，
就像四月的晨露
　　落到了芳草之上。

他靜靜地降臨
　　來到母親的閨房，
就像四月的晨露
　　落到了鮮花之上。

他靜靜地降臨
　　來到母親的臥床，
就像四月的晨露
　　落到了樹枝之上。

身兼母親和處女，
　　眞可謂天下無雙：
這樣的一位淑女
　　不愧爲上帝之母。

---

1. 〈我歌唱一位處女〉（"I Sing of a Maiden"）是一首有關聖母馬利亞未婚而孕的
  宗教抒情詩。詩中的他是指聖子耶穌基督。

搖籃曲[1]

睡吧，睡吧，小寶貝，
為什麼你哭得這麼傷心？

睡吧，睡吧，小寶貝，
你過去是那麼執拗和任性，
現在卻變得溫柔和溫順，
　　來拯救那凄慘的人類。

但我知道上帝之子，
是為我的罪孽而受難；
寬恕我吧，主！我做了錯事；
　　當然，我將不再重犯。

我違背了天父的意願，
選擇了一個命運可悲的蘋果[2]；
為此我失去了我的繼承權，
　　而你現在為此哭泣。

我從樹上摘下一個蘋果；
上帝曾禁止我摘取；
為此我願被打入地獄，
　　假如你停止哭泣。

---

1. 〈搖籃曲〉（"Lullaby"）見於蘇格蘭國家圖書館收藏的《律師手抄本》
　（*National Library of Scotland MS Advocates*）18.7.21，寫作日期為1372年。後由格林
　（R.L Green）刊印於《英國頌歌選》（1962）。
2. 暗諷《舊約‧創世紀》第3章中亞當和夏娃偷食禁果，犯下原罪，被逐出伊甸
　園的故事。

睡吧，唉，你這小寶貝，
你這小貴族，你這小國王；
人類是你哀痛的根源，
　　　而你卻一向熱愛人類。

正因爲你如此熱愛人類，
你還將經受更多的痛苦，
在頭上、腳上，還有手上，
　　　而你還將有更多的哭泣[3]。

這種痛苦抵消了我們的罪孽；
這種痛苦把我們帶到你耶穌身邊；
這種痛苦幫助我們去逃脫
　　　邪惡魔鬼的欺騙。

---

3. 即指《新約‧馬太福音》中耶穌爲救贖人間罪惡，甘願被釘死在十字架上。

愛指引著我[1]

是愛把我帶來，
是愛讓我成爲
人類，你的同伴。
愛滋養了我，
愛指引著我，
是愛把我帶到了這兒。

是愛殺死了我，
是愛吸引著我，
是愛把我放入靈柩。
愛給我安寧，
因我選擇愛，
以昂貴的代價爲人贖罪。

請你別害怕，
我日日夜夜
都在思念和追求你。
只要得到了你，
我便稱心如意，
我已通過戰鬥贏得了你。

---

1. 〈愛指引著我〉（"Love me broughte"）見於蘇格蘭國家圖書館收藏的《律師手
抄本》18.7.21，後由布朗（Carlton Brown）刊印於《14世紀的宗教抒情詩》
（*Religious Lyrics of the XIVth Century*），1924年，第84頁。詩中的「我」指救世主
耶穌基督，爲救贖人類罪惡來到人世，甘願犧牲自己的性命，用鮮血洗刷人間
的罪惡。

基督聖體節[1]頌歌

睡吧，寶貝；睡吧，寶貝；
獵鷹叼走了我的心上人。

它叼著他一會兒飛上，一會兒飛下；
它把他帶進了一座果園。

果園深處有一座別墅，
裏面懸掛著紫色的帷幕。

別墅裏擺著一張床，
四周的裝飾富麗堂皇。

床上躺著一位騎士，
他的傷口日夜流血。

床前跪著一位少女，
她為他而日夜哭泣。

床邊還立著一塊石頭，
上面寫著「基督聖體」。

---

1. 基督聖體節（Corpus Christi）是指西方用來祭祀「耶穌聖體」的節日。按照基督教的傳統，在每年春天到來的時候，設有一系列紀念耶穌基督的宗教節日。其中最重要的當然是復活節（Easter），它定於每年3月21日至4月25日之間北半球春分月圓後的第一個星期天。這個星期天的前一個星期五是耶穌受難節（Good Friday）。復活節後的第七個星期天是聖靈降臨節（Pentecost）。其後的第一個星期天是三一節（Trinity Sunday）。而三一節這個星期天之後的星期四就是基督聖體節。

主在墳墓裏得到了新生[1]

同黑龍[2]的戰鬥已經結束，
我們的勇士基督挫敗了敵人；
地獄的大門被砰然打開，
十字架的勝利象徵升起在眼前，
魔鬼惡毒的聲音在嗦嗦發顫，
被解救的靈魂能獲得極樂，
基督用血爲我們償清了贖金：
Surrexit dominus de sepulchro.
（主在墳墓裏得到了新生。）

惡龍撒旦被關進了地獄之中，
這條匍匐的大蛇呲著致命的毒牙，
恰像一隻吃人的老虎霍霍磨牙，
躺在那兒長久地等待時機，
妄想讓我們落入它的魔爪；
慈悲的主不想讓這事發生，
他迫使它放棄它的獵物：
Surrexit dominus de sepulchro.

他爲了我們而慘遭殺害，
就像一隻被用作祭奠的羔羊[3]，
他又像雄獅重新站了起來，

---

1. 這是威廉・鄧巴（William Dunbar, 1456？—1513？）的一首短篇宗教抒情詩，主要用於復活節的禮拜儀式。威廉・鄧巴是15至16世紀蘇格蘭文學黃金時期中最偉大的詩人之一。
2. 龍的意象在西方文化背景中是邪惡的象徵。這兒的黑龍就是指撒旦。
3. 耶穌爲了救贖人類罪惡，寧願犧牲自己，故常被比作祭品羊羔。

巨人般升上了高高的天空：
光芒四射的黎明女神[4]冉冉升起，
在空中輝煌的阿波羅[5]高高懸掛，
這極樂的白晝來自黑夜：
Surrexit dominus de sepulchro.

偉大的勝利者重新升上天空
他曾爲我們的過錯而遭殘殺；
變得黯淡的太陽現又重現光輝，
驅散黑暗，我們又重建信仰：
基督教徒們被解救出苦難，
猶太人及其邪惡已遭到挫敗：
Surrexit dominus de sepulchro.

敵人受追擊，戰鬥已經完成，
牢獄被衝破，獄卒倉皇逃竄，
戰爭已結束，和平得以鞏固，
鎖鏈被砸碎，地獄重見光明，
贖金已支付，囚徒得以解放，
戰場被佔領，妖魔落花流水，
撒旦積聚的財寶被如數剝奪：
Surrexit dominus de sepulchro.

---

4. 黎明女神奧羅拉（Aurora）是羅馬神話中諸神之一，同一女神在希臘神話中叫做厄俄斯（Eos）。
5. 太陽神阿波羅（Apollo）是希臘神話中的光明之神，因其從不說謊，故也稱眞理之神。

貓頭鷹與夜鶯¹

佚名

> 春日裏我來到一個山谷，
> 位處萬籟俱寂的丘壑，
> 忽然我聽見有一隻貓頭鷹
> 在跟一隻夜鶯辯詰舌戰。
> 論爭尖酸刻薄，鋒芒畢露，
> 時而歸於沉寂，時而烽火再起；
> 兩者鬥嘴抬槓，各不相讓，
> 詛咒唾罵，穢語不堪入耳。
> 她們竭盡詆毀之能事，
> 力圖攻訐對方的個性：
> 尤其是針對各自的歌喉，
> 她們揶揄奚落，不遺餘力。
> 夜鶯能言善辯，首先發難，
> 她棲息於灌木叢之中，
> 端坐在平滑的樹枝上，

---

1. 《貓頭鷹與夜鶯》（*Owl and the Nightingale*）大約創作於1200年前後，作者很可能就是詩中被夜鶯和貓頭鷹都推崇的「吉爾福德的尼古拉斯」（Nicholas of Guildford）。這部作品存在於兩個不同的手抄本之中，其中一個由大英圖書館所收藏（MS. Cotton Caligula A IX f. 233 r），而另一個由牛津大學的博多利圖書館所收藏（MS. Jesus College Oxf. 29）。這首長詩曾被文學史家克爾（W. P. Ker）譽為中世紀英語書中最奇妙的一部作品。這首詩不僅創作時間早，而且文筆生動，構思巧妙。貓頭鷹與夜鶯辯論這個題材在12世紀的歐洲文學中屢見不鮮，但大多是用拉丁語或諾曼法語寫成。而此詩作者獨闢蹊徑，採用英語寫作，為傳統框架注入了新的活力。這是一首諷喻詩（allegory），夜鶯快樂活潑，是世俗愛情的象徵，而貓頭鷹老成持重，代表了宗教倫理。與其他中世紀諷喻作品不同的是，此詩避免一味抽象說教，而是將說理和敘事巧妙結合，並加以栩栩如生的細節描寫，賦予兩隻鳥人的思想和情感。兩隻鳥的爭辯，有理有據，精彩連連，使讀者在不自覺中加入其中，積極思考，從而使得這兩隻鳥成為諷喻現實生活的一面鏡子，讀來頗為發人深省。該詩採用八音節雙韻體，這也是源自法國的詩歌形式。

周圍奼紫嫣紅，花團錦簇，
樹籬狹窄密閉，枝葉繁茂，
還夾有蘆葦和蓑衣草。
她輕舒銀喉，引吭高歌，
其聲啼囀悠揚，餘音繚繞：
使人誤以為這嫋嫋之音
是來自豎琴或者風笛；
它倒更像是來自豎琴或風笛，
而非出自任何生物的喉嚨。
附近還有個古老的樹椿，
貓頭鷹就在此吟唱定時祈禱，
樹椿上長滿了常青藤；
這就是貓頭鷹的邸宅。
夜鶯看到了那貓頭鷹，
輕蔑地將她從頭瞧到尾，
她鄙薄自己的這位對手，
因人們都認為後者可憎可恨。
「怪物，」她說，「你快滾吧！
我真不願意再看到你，
說真的，你那張醜陋的臉
常使我失去唱歌的興致；
每當你在我的面前出現，
我就心裏發沉，舌頭打結。
聽到你淒厲的刺耳噪音，
我寧願啐痰，而非唱歌。」
貓頭鷹直等到暮色降臨
便再也無法忍耐下去了，
因她的心變得如此沉重，

並且因激憤而氣喘吁吁：
「你現在認為我唱得如何？
因我歌聲中沒花腔顫音，
你就以為我不會唱歌？
你幾次三番地來作弄我，
說些激怒和羞辱人的話。
假如我能用爪子捉住你，
（願老天保佑這事能發生！）
或者你離開那根樹枝，
那你就會唱另一種聲調。」
夜鶯對此當即反唇相譏：
「假如我不涉足林中空地，
並能找到避風雨的場所，
對這恐嚇我就無所畏懼；
只要我靜守著這灌木叢，
便可對你的威脅漠然處之。
我知道你生性冷酷無情，
總是欺凌孱弱幼小之輩。
而且一旦你抓住了機會，
就會肆無忌憚地攻擊她們。
因此所有鳥類都憎恨你，
大家都必將會把你趕走，
並會聲嘶力竭，全力以赴，
緊緊地追在後面攆你。
那時你的模樣會醜不忍睹，
其實很多方面你都讓人噁心：
你身材矮小，頭頸又短，
你的頭簡直比身體還大；

黑炭一般的眼睛睜得賊亮，
就像是用菘藍畫出來似的。
你雙目圓瞪，彷彿要把
爪子抓到的東西撕個粉碎。
你的嘴巴真是又硬又尖，
像釣魚鉤一樣彎成曲形。
你整天用它嘮叨個不停，
而這就算是你的一首歌。
但你對我身體構成威脅，
想用你的爪子來撕爛我。
你更應該去吃那只青蛙，
它躲在磨坊的嵌齒輪底：
蝸牛、老鼠等骯髒的生物
正是你自然和合適的食物。
你黑白顛倒，晝伏夜出，
正顯示出你變態的詭計。
你不僅可怕，而且齷齪，
我是指你的那個巢窩，
還有你那骯髒的食物，
你以此養活了一大家子。
你深知他們做了些什麼，
使那巢窩髒得一塌糊塗：
他們坐在那兒像是瞎了眼。
對此有句俗話說得好：
『那些弄髒自己巢窩的傢伙
理應受到詛咒，遭遇不幸。』
從前有只獵鷹在孵小鷹時
沒有看管好自己的巢窩：

因而有一天你乘虛而入，
在那兒下了一個污穢的蛋，
後來那些鳥蛋被孵化以後
變成一窩嗷嗷待哺的幼鳥。
獵鷹給它們帶來了食物，
她環視著巢窩，看幼鳥進食：
她發現幾乎有一半的巢窩
已經被一個外來者所污染。
於是獵鷹對幼鳥大發雷霆，
她大聲而嚴厲地責罵它們：
『告訴我，這到底是誰幹的？
因這不符合你們的天性：
定是有人想要捉弄你們。
告訴我你們是否知道些什麼？』
於是先後有兩隻幼鳥報告：
『我知道這是誰人所為，
它就是那個大腦袋的傢伙：
但願那腦袋給它帶來厄運！
我們應該把它攆出去，
並且扭斷這傢伙的脖子！』
獵鷹聽信了幼鳥的話，
捉住了那只醜陋的小鳥，
並將它從巢窩扔了出去，
喜鵲和烏鴉頓時將它撕碎。
人們將它改編成了寓言，
儘管這個故事並不完整。
所以無用之人也是如此，
因他來自一個罪惡世家。

他可以出入於上流社會，
但隨時會暴露出自己背景，
即他是從臭鳥蛋中孵出，
儘管他居住在華麗之巢。
一個蘋果可以從樹上落下，
它曾在那兒長大成形，
但它儘管可以滾得很遠，
卻總能顯示出來自哪棵樹。」
上面就是夜鶯的原話，
在發表完這長篇訴狀之後，
她的歌聲變得嘹亮激昂，
宛如撥動了豎琴的高音弦。
與此同時貓頭鷹凝神細聽，
眼睛緊盯著地面；
她坐在那兒，義憤填膺，
活像是剛吞下了只青蛙：
因為她知道，並心裏明白，
夜鶯的歌聲是在嘲弄她。
然而她胸有成竹，應答如流：
「為何你不飛到林間空地，
顯示一下我們兩個中間
誰的羽毛亮麗，色彩鮮豔。」
「不行，你有尖銳無比的利爪，
很難說你是否會用它來對付我。
你那有力和強健的利爪，
用來抓東西就像一把鐵鉗。
你跟你的同夥一樣狡猾，
企圖用說好話來引我上當。

但我不想按你說的那樣做；
我明白你是想故意誤導我，
你真該為自己的假話害臊！
因你的騙術已經路人皆知！
快將你的詭計藏在黑暗之中，
而用功績來掩飾罪過。
當你想要做壞事的時候，
千萬注意別讓人看見：
陰謀只能帶來恥辱和仇恨，
假如它一覽無遺，惹人眼目。
你的欺騙伎倆並不成功，
因為我警覺，能夠躲避它們。
你的虛張聲勢也無濟於事：
我在決鬥中會以智謀取勝，
並不像你那樣只會用蠻力。
而且我棲息的樹枝又寬又長，
儼然就是座堅固的堡壘。
智人曰：『善飛翔者技高一籌。』
我們應該停止爭吵，
因為這樣的空話於事無補；
讓我們用適當的審判程式，
用公正友好的語言解決問題。
因儘管我們可能意見分歧，
我們仍可以心平氣和，
既不用吵架，又不動干戈，
而是有理有節，體面地申訴。
這樣大家都能暢所欲言，
並都能尊重法律和理智。」

貓頭鷹問道，「誰來主持仲裁，
對我們做出合法的評判？」
「我知道誰行，」夜鶯急忙回答，
「關於這一點無需斟酌的討論，
吉爾福德的尼古拉斯少爺[2]，
他穩重明智，而且說話謹慎，
判斷事物時既穩健又慎重，
對於各種罪孽則疾惡如仇。
他對於歌曲也有很深造詣，
孰優孰劣，他一聽便可定奪。
他能夠分辨正確與錯誤，
也能甄別欺詐、黑暗和光明。」
貓頭鷹聽完後沉思片刻，
然後她做出如下回答：
「我同意讓他當我們的裁判，
儘管他年輕時有些放蕩，
附庸風雅，尤其偏愛夜鶯
及其他溫柔嬌小的生物，
但我知道他現在已更為成熟。
他不會被你外表所蒙蔽，
以至於因為思念舊情
而將你置於我的地位之上。
你絕不會博得他的歡心，
使他為你而作出錯誤判斷。
如今他老成持重，深謀遠慮，

---

2. 根據近代學者的研究，吉爾福德的尼古拉斯（Nicholas of Guildford）很可能就是該詩的作者。因為在詩的結尾處，這位作者借鷦鷯之口吹噓自己的智慧，並且表達了對於仍住在偏僻地方過清苦日子的不滿。

放蕩行為對他已失去吸引力。
他再也不會輕浮張狂，
而是浪子回頭，走上了陽關道。」
　　此時夜鶯已是嚴陣以待，
絞盡腦汁，收集了眾多武器。
「貓頭鷹，」她說，「請坦誠告訴我，
為何你舉止怪僻，行為變態？
你唱歌總是在晚上，而非白天，
而且你唱的純粹是哀歌，
你用這歌聲也許會嚇跑
所有聽到你歌聲的人們：
你對同類們的驚呼怪叫
讓人聽了心裏發慌，頭頂發麻。
因此人們無論聰明蠢笨，
都以為你在哭泣，而非唱歌。
還有你在晚上飛翔，不在白天：
我對此有理由疑惑不解。
因為只有躲避正義的東西
才會喜歡黑暗，憎恨光明。
所有傾向於罪惡的東西，
都喜歡把黑暗作為自己契約。
有句格言，儘管未經潤飾，
經常被眾人掛在嘴上，
因為阿爾弗列德國王[3]說過：

---

3. 阿爾弗列德國王（Alfred the Great, 849-901）是英格蘭西南部西撒克遜人的國王
（King of Wessex），也是英國歷史上最偉大英明的國王之一。他在位時
（871-901）曾親自率領人民抗擊丹麥侵略，並身體力行，為發揚古英國文化提
供了贊助，因此深受人的愛戴。詩人在後文中經常提及他，將其作為格言智慧
的來源。

『人總是迴避瞭解自己弱點的人。』
我想你自己也是這樣，
因為你總是在夜裏飛翔。
還有一件事我總是在想，
你在黑夜裏眼睛雪亮，
而白天卻是兩眼抹黑，
既看不見樹，也看不見溪流。
在大白天你卻什麼也看不見，
因此人們還有一句格言，
『邪惡的人就是這樣生活，
他從來看不到善良的事物，
而是一肚子歪門邪道，
以便沒人能夠欺騙自己。
他熟知所有陰險的手段，
並會迴避任何善良的做法。』
你所有的同類全是這樣，
他們都不喜歡見到光明。」

　　貓頭鷹長時間地側耳聆聽，
臉上露出極其惱怒的神情。
最後她說：「你雖然叫夜鶯，
但稱作『嘮叨鬼』更為恰當，
因為你的廢話實在太多。
那條長舌也該歇一歇了！
你以為自己今天出夠了風頭：
現在該輪到我來試試運氣。
請閉上嘴，輪到我發言了，
看我到底怎麼來收拾你。
聽聽我是如何洗清自己罪名，

不必用別的，只須說實話。
你說我白天匿影藏形，
對此我根本就不想否認。
可是聽好，我來告訴你為什麼，
整個理由其實非常簡單。
我的鐵嘴強健而又堅固，
鷹爪駭人，既尖利又修長，
所有的鷹類全都是如此。
我按照自然賦予的方式生活，
這正是我的快樂，我的嗜好，
無人能因此對我橫加指責。
我自己的模樣眾所周知，
自然的法則使我橫眉怒目。
因而小鳥們都怕見到我，
前者擦著地面，在灌木叢中飛，
她們嘰嘰喳喳，對我出言不恭，
並成群結隊，對我發起攻擊。
而我則寧可安神養性，
靜靜地待在自己巢窩裏。
因對我自己並無任何好處，
假如我將小鳥們驅散，
對她們高聲責罵，嘮叨不停，
或像牧人那樣嘴裏不乾不淨。
我也不喜歡對人挑剔指責，
因而我對她們都敬而遠之。
有一句明智的格言諺語
在人們的口中流傳甚廣，
即『不要去責備傻瓜低能兒，

也別跟火爐比賽打呵欠』。
很久以前我曾經聽說
阿爾弗烈德說過這樣的話：
『別涉足爭吵唾罵的是非之地，
讓愚人去吵架，你走自己的路。』
我聰慧內秀，遵從這一勸告。
阿爾弗烈德在另一個場合
還說過一句流傳甚廣的格言：
『凡是跟污穢打交道的人，
絕難保持完美的清白之身。』
沼澤地裏的烏鴉鼓噪獵鷹，
哇哇叫著，似乎要圍攻後者，
難道你就因此貶低獵鷹？
那獵鷹遵從明智的勸告，
揚長而去，讓烏鴉在後面聒噪。
但你還指責我其他事情，
說我根本就不會唱歌，
而且我所有基調均是哀歌，
讓人聽了心裏發忧，頭頂發麻。
這全是說謊，我的歌聲悅耳，
曲調渾厚，聲調洪亮高亢。
凡是跟你的高調不相符的，
你都認為難聽和可怕。
我的聲音雄渾而又嘹亮，
宛如巨型號角發出的轟鳴；
而你的聲音就像支短笛，
用一株未成熟的蘆葦做成；
實際上我歌唱得比你還好。

你嘮叨起來像是愛爾蘭教士；
但我只在晚上合適的時間唱，
此後又在就寢時引吭高歌，
第三次歡歌則是在半夜時分：
我下一次施展歌喉，
是在黎明將至的破曉時分，
當我看見啟明星出現在天際。
就這樣我用歌喉來行善事，
並提醒人們遵守時間。
但你卻是徹夜地歌唱，
從夜幕降臨一直唱到天明，
因而你的歌聲連綿不斷，
就像茫茫長夜無止無息。
你可憐的歌喉總在發出噪音，
無論黑夜白天，從不停止間斷。
就這樣你用聒噪的囀鳴
撞擊住在鄰近人們的耳膜，
使得你的歌聲如此廉價，
以致人們都不拿它當回事。
因為每一種快感持續過久，
便會使人感覺它無關緊要：
無論豎琴、風笛或是鳥鳴，
一旦過度，就會招致反感。
不管那歌聲是多麼快樂，
假如它沒完沒了，毫無節制，
也會最終變得索然無味。
所以說，你只會糟蹋自己歌喉。
實際上阿爾弗烈德曾經說過，

你在書本上也可以看到：
『事物若使用不當，或被濫用，
就會失去它本來的價值。』
對於快樂，你可以盡情享受，
但過度放縱只會帶來厭惡。
故每一種快樂如一成不變，
便會最終失去它的快感，
只有上帝的天國是個例外，
它恆久不變，永遠令人嚮往。
儘管你不斷從那籃子裏獲取，
但它卻永遠裝滿了東西、
這就是上帝天國的奇蹟，
它不斷給予，但卻始終如一。
你還對我橫加指責，
說我在視力上存有殘疾。
你這麼說是因為我善夜飛，
而白天卻看不清東西：
一派胡言！我什麼都能看得見
我具有完好無缺的視力：
因為無論天色多麼昏暗，
都不能妨礙我看清事物。
你一定以為我白天不飛，
是因為我什麼也看不見。
野兔整個白天都隱蔽伏臥，
然而它的視力完好無缺。
倘若獵狗突然向它撲來，
它就會像脫弦之箭般逃走，
轉彎抹角地跑過崎嶇小徑，

盡情施展它慣用的伎倆，
一蹦一跳地飛跑而過，
慌不擇路地奔向隱蔽之處。
所有這一切，假如視力不好，
野兔根本就無法做到。
而我的視力跟野兔一樣好，
儘管白天我並不拋頭露面。
當勇敢的人們參加戰爭時，
他們跋山涉水，南征北戰，
當他們蹂躪了眾多民族，
並在夜晚設宴慶祝勝利時，
我便跟在這些勇敢者後面，
奮力揮翼，給他們做伴。」
夜鶯在心中默默記下了
這長篇大論，並沉思良久，
琢磨著對此該怎麼回答。
因她無法強詞奪理地駁斥
貓頭鷹剛才說的一席話，
後者思路敏捷，條理清晰。
她有些後悔自己失言，
把醜話說到了這個份兒上，
心裏發慌，害怕自己的回答
隔靴搔癢，說不到點子上。
儘管如此，她仍大膽出擊，
因面對氣勢強大的敵人，
保持冷靜乃是明智的做法，
這樣才不會被視作膽小鬼：
假如你逃跑，敵人就驍勇；

而你若強硬，敵人就投降。
當他看到你不是膽小鬼，
野豬也會變成馴服的仔豬。
因此儘管夜鶯心裏發慌，
她仍鎮定自若，出言不遜。

410

「貓頭鷹，」她說，「你為何如此，
整個冬天都唱悲傷的曲子？
你就像是雪地裏的母雞，
整天悲歎她所經受的痛苦。
冬日裏你的歌聲忿詈淒涼，
而到夏天你就成了啞巴。
這全是因為你惡意的怨恨，
才使你不能分享眾人快樂。
看到幸福降臨到我們頭上，
你就會有滿肚子的嫉妒。
你的舉止就像個吝嗇鬼，
看到別人快樂，他就不高興：
抱怨和皺眉成了家常便飯，
每當看見別人歡天喜地。
他最想看到的東西就是
每個人的眼裏都含著眼淚。
倘若人群騷亂，打得你死我活，
他則會無動於衷，漠然處之。
你的行為恰恰就是這樣：
當大地冰封，雪花飄揚，
世人們都忍受苦難時，
你就會從黑夜唱到黎明。
但我卻把幸福帶往四方，

人們都樂於聽到我的歌聲，
為我的到來而歡欣鼓舞，
甚至在這之前就額手稱慶。
樹上和草地上的鮮花怒放，
還有潔白美麗的百合花，
也為我的歌聲爭相開放，
催促我儘快飛到她的身旁。
色澤鮮紅，爭奇鬥豔的玫瑰
也從茂盛的刺叢中探出臉來，
請求我看在她的情分上，
為她歌唱一支抒情小曲。
無論黑夜白天，我從不拒絕。
我唱得越多，就越能取悅人，
用我的歌聲帶來無窮歡樂。
但我從不無休止地歌唱，
因每當我看見人們快樂，
就想適可而止，免得他們生厭。
每當我的使命完成以後，
我就會知趣地轉身飛走。
當人們惦念收穫的麥捆，
秋天將綠葉染成棕紅色時，
我就會告別眾人，打道回府：
因為我不喜歡冬天的掠奪。
一旦看到惡劣的嚴冬來臨，
我就會回到自己的故鄉，
並隨身帶回了人們對我
來此獻藝的摯愛和感激。
難道我的任務和使命完成後，

還應該滯留嗎？不！幹嘛不走？
這樣做既不知趣，又不明智，
吃了閉門羹，還在盤桓羈留。」
貓頭鷹側耳聆聽這番演講，
試圖將每個字都記入腦海，
然後她費盡心機地考慮
該如何構思得體的答詞：
倘若害怕掉入辯論的陷阱，
就得隨時隨地反省自己。
「你剛才問我，」貓頭鷹答道，
「為何我偏在冬天歌唱和嚎叫。
自從開天闢地，上帝創世，
人世間就已形成風俗習慣，
每個人都在特定的時間
探親訪友，盡享天倫之樂，
在家庭居室內飲酒茗茶，
談笑風生，互致親切問候。
尤其是在耶誕節的前後，
當達官貴人與平民百姓
晝夜不停地歡慶歌舞時，
我就竭盡全力幫助他們。
然而除了娛樂和唱歌之外，
我還在考慮其他的東西。
至此，我對於你的指責
可以作出直截了當的回答：
因為夏日有助於滋長驕矜，
容易將人們的思想引入歧途：
故而人們往往忽視心靈純潔，

造成行爲不檢，淫蕩成風。
自然界生物也進入發情期，
雌雄交配，堪稱顛鸞倒鳳：
就連馬廄裏的那匹公馬
也對母馬充滿了野性渴望。
你自己也不能超逸脫俗，
淫蕩是你所有歌曲的主題。
就在繁殖期到來的前夕，
你變得格外多情和亢奮；
當你想要表達自己意願時，
就連一句話都講不清楚：
你就像山雀一樣喊喊喳喳，
用嘶啞的嗓音發出咯咯聲。
你的歌聲變得連籬雀都不如，
後者貼近地面在灌木叢中飛。
當你的發情期結束時，
你的歌曲也就銷聲匿跡。
夏季裏農夫們也會思春發情，
亢奮激情，道德淪喪，腐化墮落，
然而這些並非是爲了愛情，
只是農夫們一時性情所致；
因爲他們一旦達到了目的，
其輕率魯莽也會很快消退，
在寢合交歡，濫施雲雨之後，
他們的愛情也就蕩然無存。
而你的心情與此完全相同，
每當情緒低落，低頭冥思時，
你的歌喉也就完全喪失。

在你樹枝上，事情也是如此，
每當你幹完風流事以後，
你歌聲中就出現不和諧音。
而當漫漫的長夜降臨，
帶來凜冽和嚴酷的霜凍，
只有在這個時候才能看清
究竟誰是勤勉和勇敢者。
在艱難時刻才能夠發現，
誰勇往直前，誰止步不前。
在貧寒歲月最能夠考驗
誰才真正可以擔當重任。
嚴寒時我精神抖擻，嬉戲歌唱，
為自己的歌聲而怡然自得。
任何嚴冬我都無所畏懼，
因我並非意志薄弱的可憐蟲。
此外我還幫助了許多人，
他們大多手無縛雞之力，
整天憂心忡忡，生計艱難，
急切盼望能獲得溫暖。
為他們我經常引吭高歌，
用歌聲減輕他們的痛苦。
怎麼樣？還有什麼可說的？
你是否已經低頭認輸？」
「不行，不行！」夜鶯急忙反對，
「我對你還有另外一項指控：
對此爭執下結論還為時過早。
請閉嘴，聽我細細道來，
因為我只需提出一項指控，

便可足以推翻你所有辯辭。」
「但這是不合法的，」貓頭鷹說，
「按你的請求，你已結束指控，
而我也已經作出了答辯。
但是在進行裁決之前，
我還要對你提出一項指控，
因為你已經對我這樣做了，
你得盡全力作出答辯。
告訴我，你這可憐的東西，
除了你那刺耳的歌喉外，
你究竟還有什麼別的用處？
你確實派不了什麼用場，
儘管可以算作個碎嘴簍子。
你的身材短小，體質羸弱，
而你的答辯也是平庸差勁。
你對人類能帶來什麼好處？
至多不過像只可憐的鷦鷯。
阿爾弗烈德有句話英明
（說真的，它可謂是至理名言）：
『沒人能夠單憑一支歌
而長久地受大眾崇拜；
若除唱歌外什麼也不會，
那就無異於一個廢人。』
所以你只不過是個窩囊廢：
唯一能幹的就是要貧嘴。
你的羽毛顏色又黑又髒，
看起來像個骯髒的小球。
你並不漂亮，也不強壯，

身材既不夠結實，又不夠長。
凡是美的特徵都跟你無緣，
就連善良也離你很遠。
還有件事我要向你指出，
你既不性感，又不乾淨。
你喜歡接近人們的住所，
那兒長滿荊棘和茂密樹枝，
人們常去這種地方尋歡作樂。
你來到那兒，並住了下來，
迴避其他更乾淨的地方。
當我晚上追逐田鼠時，
經常可以在茅坑裏看到你，
在樹叢裏面，在蕁麻中間，
你坐在隱蔽之處引吭高歌。
我經常在那兒找到你，
即人們拉屎撒尿的地方。
你攻擊我所吃的食物，
說我喜歡一些骯髒的東西。
但是說真的，你又吃些什麼？
除了那些蜘蛛和骯髒的蒼蠅，
還有蠕蟲，只要你能發現
它們在樹皮的縫隙中間？
然而我能夠做有益的事，
因我能保護人類的房屋。
而且我的工作非常有價值，
我還能保護人類的食物。
我能夠逮住穀倉裏的老鼠，
還有晚上教堂裏的耗子，

因為我珍視上帝的住宅。
所以我要清除噁心的老鼠，
只要我力所能及，
就不讓任何歹徒進入那裏。
雖說我的癖性是不願意
在所有其他的住宅裏唱歌，
但在樹林裏我還有幾棵大樹，
樹枝上長滿了茂密的葉子，
樹幹上還纏繞著常青藤，
一年四季全都是鬱鬱蔥蔥，
那綠色從來都不消退，
無論是下雪，還是霜凍。
在那兒我有堅固的城堡，
而且冬暖夏涼，四季如春。
假如說我的家明亮又常青，
那你的家就是黑暗而隱蔽。
你還講過一些其他事情，
對我的雛鷹瞎嘮叨一氣，
說它們的巢窩不乾不淨。
但此過錯為其他動物共有：
因馬廄的馬和牛棚裏的牛
全都遵循各自的稟性。
而搖籃裏的新生嬰兒，
無論其出身卑賤或高貴，
年幼無知時都做過一些
他們成年後所摒棄的事情。
難道嬰兒能避免這些事嗎？
即使它們發生，那也情有可原。

—

還有一句老話發人深省：
『情急時就連老嫗也會疾走。』
但我還想要說明一點，
請你先到我的巢窩裏，
檢查一下它的佈局構造。
你若聰明便能學到東西。
我的巢窩中空而又寬敞，
雛鷹伏臥在裏面舒適無比；
圍繞著巢窩的外邊，
全都有精心編織的褶邊。
只有必要時雛鷹才去那兒，
你所抱怨之事我都嚴令禁止。
我們參照了人類的住所，
並按其式樣來建造此巢。
人類除其他便利設施外，
在他們的屋角還有個廁所，
因為他們不願意走得很遠，
而我的雛鷹也是如此。
現在請閉嘴，嘮叨夫人！
你從沒遇到過如此麻煩：
我的質問你根本無法答對。
請收起你的斧頭！該結束了。」
夜鶯聽到這番話以後，
茫然失措，幾乎說不出話來。
她不勝驚奇，捫心自問，
自己是否還懂得其他——
是否除了唱歌什麼都不會——
任何有益於人類的事情。

對此問題她必須找到回答，
否則她就得敗陣而逃：
然而要反駁真理和正義，
毋容置疑更是難上加難。
當一個人陷入困境時，
會不得不求助於狡詐手段。
他會身不由己，大言不慚，
喬裝打扮自己，以操縱別人。
他必須花言巧語，口若懸河，
用好聽的話語來掩蓋內心。
然而好話易於洩露天機，
假如說話者言不由衷；
即便巧舌如簧者也會出醜，
倘若舌頭不能代表人心。
但儘管情況已是如此，
知情者仍能得到安慰：
因為當人們不知所措時，
往往能夠做到急中生智。
於是心中充滿恐懼的節骨眼，
也是狡詐開始出現之時。
阿爾弗烈德有一句老話，
至今仍為人們所津津樂道：
「當困難達到了危急關頭，
補救方法也就近在咫尺。」
因為悟性產生於煩惱之中，
並由於煩惱而得以成熟。
因而人決不會坐以待斃，
除非他的才智已山窮水盡。

可一旦他失去了悟性，
那便會江郎才盡，一籌莫展。
假如他不能保持理智，
便絕難於再情急智生。
阿爾弗烈德的至理名言
自古以來就爲世人所傳頌：
「當困難達到了危急關頭，
補救方法也就近在咫尺。」
與此同時，夜鶯絞盡腦汁，
用精心構思的巧妙答辯
來應付艱難和窘迫的困境。
她窮竭心計，深思熟慮，
終於峰迴路轉，柳暗花明。
「貓頭鷹！」她說，「你剛才問我，
除了在某些時候唱歌外，
我是否還會幹別的事情，
將幸福帶給廣大的人民。
你爲何要打聽我的技能？
我一個指頭就抵你全部技能，
我所唱過的一支小曲，
就遠勝過爾輩所有的歌。
聽著，讓我來告訴你爲什麼。
你可知道人爲何要誕生？
他的出世全爲了天國之樂，
那兒有永恆的音樂和歡樂。
每一個身懷技能的好人，
都義無反顧地奔向天國。
因此人們在神聖教堂歌唱，

牧師們也為他們譜曲，
使得人們能因歌聲而牢記
他們畢生所追求的目標：
這樣就不會忘記天國歡樂，
而因渴求最終得到它們。
就這樣通過注重教會的訓誨，
領悟天國極樂有多麼幸福。
牧師們、僧侶們，還有教士們，
凡在有宗教團體的地方，
都必須在半夜即起身，
謳歌讚頌那天國之光。
我盡己所能幫助他們，
無論黑夜白天都領唱聖歌。
他們因我歌聲而興趣倍增，
更加喜歡吟唱他們的禱文。
我出於向善目的而提醒人們，
使他們在心中保持歡樂，
並告訴他們必須追求
那永恆不變的天國極樂。
貓頭鷹，現在你只能坐以待斃。
在這點上你已無言可對：
我們可去任何地方接受裁決，
哪怕是去羅馬見教皇本人。
然而你先別著急認輸，
我還有件事要對你說，
此時我敢以英格蘭打賭，
你決不會再抵賴狡辯。
為何你要指責我的缺陷，

笑我身材的瘦弱和矮小，
並且還說我沒有力氣，
因為我既不高大，又不壯實？
但你言不及義，鬼話連篇，
盡說些不著邊際的謊言。
因為我不僅多才，而且多藝，
並因此而變得渾身是膽。
我具有悟性和歌唱技巧，
故而我不必指望別的能力。
阿爾弗烈德說得真好：
『單憑力量無法抵禦技巧。』
憑技巧往往會帶來勝利，
而靠蠻力則會屢屢敗北。
依靠計謀，也許不費吹灰之力，
便可攻克固若金湯的城池。
精心構築的堡壘被摧毀，
勇猛的騎士也翻身落馬；
有害的膂力並沒有用處，
智慧卻永遠不會失去價值，
你到處都可以看到這一點，
即這樣的智慧天下無敵。
例如馬要比人更為強健，
但正是因為它沒有悟性，
才會在馬背上馱著重負，
並且還領著一大隊役馬。
它得忍受棍棒和馬刺的折磨，
或被繫在磨坊的門上。
它得聽從人們的擺佈：

就因為它沒有任何智慧，
所以它空有一身的蠻力，
但仍須服從小孩的指揮。
人憑藉其力量和智慧取勝，
任何其他生物都不是他對手。
即使其他力量全加在一起，
仍無法戰勝人的智慧，
因為人依靠他的技巧，
可以打敗所有其他生物。
同樣，單憑我的一支歌曲，
便可勝過你整整一年的勞碌。
我因技巧而受到世人愛戴，
你因蠻力而被世人所唾棄。
你不是因為我只會唱歌
而瞧不起和蔑視我嗎？
假如有兩人參加摔跤比賽，
並都竭力想摔倒對方，
其中一個知道很多絕招，
但卻只能自己心裏有數；
而另一人只會一種招數，
但在實戰中卻十分管用，
一下子就可把對方制服，
頃刻間對手們便紛紛倒地。
他憑這手絕技便足以取勝，
幹嘛還要顧及其他招數？
你說你能做很多有益的事，
而我卻跟你截然不同。
把你所有手腕加在一起，

但我的智慧仍比你強；
狐狸總是被獵狗逮住，
而貓卻可以平安無事，
儘管它只會一種騙術。
但狐狸並沒這麼好的運氣，
雖然它知道許多詭計，
以致它想欺騙每一條狗。
因它知曉筆直和彎曲的道路，
它也懂得如何掛在樹枝上，
使獵狗失去追蹤的獵物，
並且再回到荒郊野地。
此外，狐狸還能爬過樹籬，
從它的老路上拐個彎，
又折回到它出發的地方。
於是獵狗失去了獵物的蹤跡；
它不知道該前進或後退，
因各種氣味已混雜在一起。
而假如狐狸的伎倆失算，
它就只能夠鑽進地洞。
因此儘管它詭計多端，
卻仍不能倖免千慮一失，
雖然它既精明又靈活，
但到頭來還是保不住紅狐皮。
而貓只知道一種手段，
無論在山上或是在沼澤地；
可它是個絕頂的攀援者，
靠這絕技它保住了灰貓皮。
對我來說，也是同樣如此，

我的一項技能可勝過你一打。」
「等一下！等一下！」貓頭鷹說，
「你這種做法太陰險毒辣：
你所說的話都添油加醋，
所以聽起來似乎都很眞實；
你的話都是些甜言蜜語，
表面上很有道理，似是而非，
使得所有聽到你講話的人，
都以爲你是在說實話。
且慢！且慢！你就會得到回答。
當你的謊言被最後揭穿，
你的嘴臉被世人所看清，
而你的虛偽也會最終被發現。
你說自己爲人類而歌唱，
教誨他們如何完成人生旅途，
直至聽到天國永恆的歌聲。
但是使我感到奇怪的是
你居然敢如此公開地撒謊。
你眞的以爲光憑你歌聲
就可以輕鬆地把人領入天國？
不！不！他們必定會發現，
遠在他們到達天國之前，
他們還得哭天抹淚地
請求上帝寬恕他們的罪孽。
我奉勸那些人作好準備，
他們必須哭泣，而不是歌唱，
因世上沒有人能倖免罪孽。
所以人在到達天國之前，

還得用眼淚和哭泣來贖罪，
因為先吃苦才能後嘗甜。
上帝知道，我對此已經盡力！
我從沒給人類傳過瞎話：
因為我的歌聲既表達渴望，
但也包含了一些悲歡，
這樣便使人能關注自身，
為其違規抗命而痛哭流涕。
我用我的歌聲來敦促他
為自身的罪孽而呻吟不已。
莫非你對這一點尚有爭議：
即我哭泣都比你唱歌強。
假如正義應排在邪惡之前，
我的哭泣自然強於你的歌唱。
儘管有些人一生清白善良，
他們的心靈純潔無瑕，
然而他們也渴望離開俗世。
人生在世對他們是一種不幸：
因儘管他們本身已經得救，
但他們環顧所見均是苦難。
他們為別人而聲淚俱下，
並為後者請求基督寬恕。
我對這兩種人都給予幫助；
我的嘴有著雙重的治癒能力：
對於善人，我鼓勵他們渴望，
當他們憧憬天國時，我就歌唱。
對於罪人，我也同樣幫助，
因我訓迪他們人類痛苦所在。

但我還要從其他角度駁斥你：
因當你棲息在樹枝上時，
你用輕佻肉麻的靡靡之音
引誘人們去迷戀肉欲。
天國的歡樂被你全然忽視，
因你根本沒能力表達此事；
你所歌唱的只是淫蕩，
從你身上根本找不到神聖：
也沒人會把你的花腔顫音
當作教堂裏牧師的聖歌。
但我還要跟你說一件事，
看你是否能作出合理回答。
你爲何不爲其他民族唱歌？
他們更需要你的歌聲。
你從未到愛爾蘭去唱過歌，
也從沒來過蘇格蘭王國。
爲何你不曾渡海去挪威，
並爲加洛韋[4]的人們而歌唱？
那兒的人們孤陋寡聞，
缺乏任何基本的歌唱技能。
你爲何不爲那兒的牧師效勞，
教他們唱你的花腔顫音，
並用你的聲音向他們展示
天使們是如何在天國謳歌？
你的行爲像股無用的泉水，
它從湍急的溪流分離出來，

4.加洛韋（Galloway），地處蘇格蘭和英格蘭的邊界。

並且不顧乾裂的山間坡地，
徒勞無益地白白流到平原。
但是我一向走南闖北，
也可以說是名揚四海。
從東方到西方，無論遠近，
我都一直恪守自己的職責，
用怒號來警告各地的人民
別被你有害的曲調所勾引。
我用歌聲來敦促人們，
不要再沉溺於他們的罪孽；
我命令他們必須立即停止
自欺欺人的愚蠢行為：
因為他們最好在現世痛悔，
而別在來世成為魔鬼爪牙。」
夜鶯此時已經是怒形於色，
並且似乎感到奇恥大辱，
因為貓頭鷹剛才責備她
棲息在樹枝上，勾引人們
去住所的後面，或雜草中間，
到那兒去滿足淫蕩肉欲。
她強坐在那兒沉思片刻，
因她心裏頭十分明白，
憤怒會剝奪一個人的智慧。
阿爾弗烈德國王曾經說過，
「被人憎恨者難有好下場，
慍怒者難以據理力爭。」
因憤怒會激起心頭熱血，
使之像洪水般洶湧澎湃，

結果會讓激情佔據上風，
而人則會完全喪失理智。
這樣智力就會失去靈光，
難以分辨眞理或正義。
夜鶯充分意識到了這點，
所以她先讓自己怒氣消退。
她心境好時能言善辯，
而生氣時只會喝斥罵人。
「貓頭鷹！」她說，「現在聽我說，
你必將跌倒，因你的路數不對。
你說我躲到住所的後面：
沒錯，可那是我們的住所。
在那兒老爺夫人同寢共眠，
而我就在旁邊引吭高歌。
你以爲聰明人會犯傻，
離棄陽關道，去走泥濘路？
或以爲因自己巢窩骯髒，
太陽就再也不放光輝？
難道我該爲了根空心木頭
而放棄我合適的位置，
不在老爺和他情人的床邊，
自由自在地引吭高歌？
我的權利和我的法則
就是遵循最高尚的事物。
然而你也吹噓自己的歌聲，
說自己能尖聲淒厲地叫喊；
你還宣稱自己指引人類
爲他們自己的罪孽而懺悔。

然而一旦人類都悲歡痛哭，
彷彿他們正忍受痛苦煎熬，
倘若大家都像你一樣嚎叫，
他們只會給靈魂帶來恐懼。
人應該靜思，而非癲狂，
他必須為自身罪孽而哭泣。
然而在頌揚基督的時候，
他就該呼喊和盡情高歌。
在適當的時候唱教堂聖歌，
就沒有聲音和時間限制。
你尖叫哀歎，而我縱情歌唱；
你善於哭泣，但我充滿歡樂。
你只會嚎叫和哭天抹淚，
想要放棄塵世間的生命！
你總是拼命地高聲呼喊，
彷彿眼珠都要迸出眼眶！
下面兩種態度孰優孰劣：
人應該快樂，還是應該焦慮？
但願這就是我們倆的命運：
即你終年焦慮，而我永遠快樂。
你還問我為何不離開此地，
到另一個國家去唱歌。
決不！我幹嘛非去那個
幸福從不降臨的國家⁵？
那兒既不富饒又不溫暖，
而是一片荒蕪貧瘠的土地，

---

5. 從下面的描述看，這個國家很可能是指位於北歐的挪威。

峭壁和山峰都高聳入雲，
大雪和冰雹是家常便飯。
彼國令人恐懼和厭惡，
那兒的人們強悍而又可怕，
而且從沒有過和平友好；
人們從不介意其生活方式。
他們貪吃鮮魚和生肉，
就像豺狼一樣撕咬搶奪；
他們也喝牛奶和乳清，
因除此之外便別無選擇；
他們既無紅酒，又無啤酒，
就像野獸那樣苟且偷生；
他們身著未經鞣製的裘皮，
就像剛從地獄歸來的罪人。
儘管有善人訪問過他們，
就像以前來自羅馬的主教，
他教給他們良好的習俗，
並讓他們摒棄自身的罪孽，
但他最好還是待在家裏，
因他所有的努力都將白費。
你更容易教會一隻狗熊
去攜帶和使用盾牌長矛，
卻不能教會那些野蠻人，
讓他們來聆聽我的歌聲。
我去那兒唱歌又有什麼用呢？
哪怕我長年累月對他們唱，
到頭來也將是對牛彈琴：
因為無論用韁繩還是用籠頭，

無論是鋼製的還是鐵打的，
都無法約束他們的瘋狂行為。
但假如是個舒適美麗的國家，
且那兒的人民也彬彬有禮，
那我也會獻上我的歌喉，
因我能提供有用的服務：
為他們帶去仁愛的福音，
因我將吟唱教堂聖歌。
有條古老的律法曾經指出，
而且這句名言流傳至今：
『須在肥沃土地上耕耘播種，
才能指望獲得好的收成。』
在從不長花草的地方播種，
無疑是一種愚蠢的行為。」
貓頭鷹勃然大怒，幾乎按捺不住，
她聽完這番話，骨碌碌轉動眼睛：
「你說你看護人類的住所
要在有鳥語花香的地方，
而且床上要有兩個情人，
互相將對方擁在懷裏。
當你施展歌喉——我知道在那裏——
在住所旁邊準備要向
女主人灌輸不正當的愛情，
你用纏綿動聽的歌聲
教唆對方去放縱那種
傷風敗俗和罪惡的激情。
老爺很快就得知了真情，
便設下了粘鳥膠和羅網，

以及其他機關來捕捉你。
轉眼間你就自投羅網，
不慎落入了一個陷阱，
並且夾傷了你的脛骨：
最終的厄運居然還是
你被判決由野馬分屍。
不信你可以再試試看，
去勾引一下主婦或女僕：
你憑歌聲也許會馬到成功，
到頭來卻在羅網中掙扎不已！」

　　當夜鶯聽到這句話時，
她恨不得自己是個男子漢，
能持劍舉矛衝上前去；
可既然她做不到這一點，
便只能將巧舌作爲武器。
如歌詞所說，「雄辯勝於刀劍」，
故她求助於自己的口才：
阿爾弗烈德說，「雄辯勝於刀劍」。
「什麼！你用這話來羞辱我？
可最終是那位老爺丟盡了臉。
他對妻子妒嫉得發狂，
以致他見了男人跟她說話，
就妒火陡起，簡直活不下去，
因爲他的心臟快要破裂。
他把妻子反鎖在屋裏，
這對她無疑是折磨和煎熬。
我對她懷有惻隱之心，
爲她所受折磨感到惋惜，

便用歌聲來爲她逗樂，
並經常早起晚睡，樂此不疲。
這就是那位騎士爲何恨我，
他出於惡意對我恨之入骨，
並將其恥辱轉嫁到我身上，
但這最終傷害了他自己。
亨利國王得知了此事，
願上帝寬恕他的靈魂！
於是他放逐了那位騎士，
後者在國王的領地上
胡作非爲，犯下了眾多罪行，
甚至抓住了那只小鳥，
並且將她判處爲死刑。
這對我們夜鶯可是種榮譽，
而那位騎士卻因此失去幸福，
並付給我一百英鎊金幣。
我的鳥兒從此平安無事，
享受眞正的幸福和歡樂，
並且心情舒暢，揚眉吐氣。
就這樣我報了一箭之仇，
從此後說話更加直言不諱；
而且自從這事件以後
我也變得更加活潑歡樂。
現在我可隨心所欲地歌唱，
沒有人膽敢再冒犯於我。
可你這可憐蟲！你這陰屍鬼！
你絕找不到，也不會知道
自己可藏身的空心樹幹，

以防人們來剝你的皮。
因少男與少女，老爺和奴僕，
都切齒痛恨地要追殺你。
一旦他們看見你閑坐於此，
他們就會在兜裏裝上石頭，
並且用石頭扔你，砸你，
將你這把老骨頭砸成碎片。
但倘若你被打倒或擊中，
那你可就眞正派上用場了。
因人們會把你掛在棍子上：
於是你那邪惡而寬大的身體，
還有你那可怕的頭頸，
就可用來保護田裏的莊稼。
活生生的你竟毫無用處，
可作爲威嚇物卻十分出色。
因爲地裏已經播上了種子，
而籬雀、金翅雀、白嘴鴉和烏鴉，
若看見田頭掛著你的屍體，
就絕不敢越雷池一步。
還有春天樹枝都發出新芽，
地裏的種子也正發芽，成長；
但只要有你被掛在田頭，
就沒有鳥兒敢去啄食它們。
你活著時既骯髒又討厭，
直到死後才能派上用場。
現在你也許可以知道，
當你仍然活著的時候，
你的模樣是多麼的可怕，

因即使你死後被掛在田頭，
那些以前激烈反對你的鳥兒，
依然對你感到驚恐萬狀。
人們有理由對你抱有敵意，
因你總是歌唱他們的苦惱。
無論早晚，你所歌唱的東西
總是有關人們的不幸：
當你在夜晚尖聲嗥叫時，
人們都對你怕得要死。
你一張嘴唱歌，那兒就會死人，
你總是預示著某種災禍。
你的歌預示著財產損失，
或是某位朋友的破產；
或者是警告房屋將被燒毀，
強盜的侵犯，或小偷的光顧。
你也會預示牲畜的瘟疫，
或是鄰居們將經受苦難，
或是妻子將失去丈夫，
或是你預告傾軋和爭吵。
你總是在歌唱人們的災禍，
你使他們感到悲傷和痛苦。
無論何時，只要你張口唱歌，
准是關於某種人類的不幸。
正因如此，人們對你退避三舍，
這也是為何他們用棍子、石頭、
草皮和土塊扔你，砸你，
令你山窮水盡，無處藏身。
你這社會預言家活該倒楣，

因你總是在宣揚無益的隱秘，
頻頻帶來不愉快的消息，
喋喋不休地談論不祥的事宜！
但願全能上帝和平民的
詛咒和懲罰全落在她頭上！」
貓頭鷹不失時機，急切地
作出嚴厲而強硬的答辯：
「什麼！」她叫道，「你是牧師嗎？
未任聖職，就想把人革出教門？
因你是在執行牧師的職責。
我還不知道你竟是個教士，
我懷疑你是否能主持彌撒，
儘管你深諳教會的詛咒。
但正是你舊時的惡意
才使你將我再次革出教門。
但對此詛咒我只須回答：
『開路！』正如馬車夫所說[6]。
你為何嘲笑我的先見之明、
我的悟性和我的能力？
毋容置疑，我確實智慧過人，
熟知將來要發生的事情：
我能預知災荒和入侵，
我知道人們是否能長命百歲，
我還知道妻子會否失去丈夫，
以及哪兒會有敵意和報復。
我知道誰註定會被絞死，

---

6. 原文中的「開路」（Drah to þe）是中世紀馬車夫趕馬的一句吆喝。它用在這
裏有輕蔑和嘲弄的含義。

或是遭遇其他類型的不幸。
假如人們在一起列陣打仗，
我也知道哪方將被打敗。
我還知道牲畜是否會遭瘟疫，
以及野獸是否會橫屍荒郊。
我知道樹木是否會開花，
以及麥田是否會豐收；
我能預知房屋是否會著火，
及人們究竟是步行，還是騎馬。
我知道船是否會在海上沉沒，
以及雪是否會覆蓋大地。
而且我還通曉更多的事物：
我博聞強記，滿腹經綸。
我對於《福音書》的有關知識，
遠甚於我將告訴你的內容：
因爲我經常要去教堂，
並從那兒學到了許多智慧。
我深諳眾多象徵的意義，
以及許多其他的事情。
倘若有人要大聲表示反對，
我也會事先就知道這些。
正是因爲我洞察一切，
所以我經常陷於憂傷和沉思：
每當我預見有某種災禍
正在降臨，我便高聲疾呼，
忠告人們對此提高警惕，
並且做好準備和防範。
因阿爾弗烈德有一句名言：

『你若能預見災難的降臨，
那就幾乎等於阻止了災難。』
假如人們能經常保持警覺，
那沉重的打擊也會隨之減輕。
正如飛箭也可以避開；
倘若你看見它正脫弦而來。
因爲你可以側身躲避，
如及時看見它正朝你射來。
倘若有人蒙受失勢的恥辱，
爲何要將罪名加在我身上？
儘管我預見到了他的災禍，
但災禍降臨並非我的過錯。
當你看見有某個瞎子
因看不見腳下的道路，
摸瞎出錯，向壕溝走去，
並掉進壕溝，粘了一身泥。
難道你會因爲我預見一切，
因而責怪我使這一切發生。
我的先見之明也是如此：
當我停在樹枝上的時候，
我就知道，並看得清清楚楚，
災禍正降臨在某個人身上。
難道說那個渾然無知的人
就可以因此而責怪我嗎？
難道就因爲我比他聰明，
他便可因其不幸而責怪我嗎？
當我看見有某種災禍
正在降臨時，我就尖聲呼叫，

認真地告誡人們做好準備，
因為災禍正向他們走來。
儘管我時而嗥叫，時而悲鳴，
這都是來自上帝的意志。
為何人們要因此而責怪我，
莫非我講的實話激怒了他們？
儘管我長年累月警告他們，
災禍卻並不因此而更臨近。
但我對他們唱是因為
我想要讓他們心裏明白，
當我的叫聲傳到他們耳朵時，
某個災禍已經迫在眉睫。
因為沒有人能夠肯定
自己可以免於推測和恐怖，
即某種不幸已經接近他，
儘管他自己還看不見。
因此阿爾弗烈德說得好，
而且他的話就是福音，
『無論是誰，一個人境遇越好，
就越要注意照顧自己。』
還有，『人不應該過分信賴
自己財富，儘管他富可敵國。
因為再熱的東西也會變涼，
再潔白無瑕的東西也會變髒，
再可愛的東西也會變得可憎，
再快活的人也會生氣，
而所有並非永恆的東西，
及所有世俗的幸福，都會消逝。』

現在你可以清楚地看到，
你所說的東西愚不可及：
因為你所有羞辱我的話，
同樣會導致你自己的毀滅。
無論事情如何發展，每個來回，
你都搬起石頭砸自己的腳；
所有你用來罵我的話，
到頭來都給我增添了榮光。
除非你再重新開始找藉口，
你將只會給自己添加恥辱。」
與此同時，夜鶯靜坐歎息，
她焦慮萬分──並有充分理由──
因為她聽到貓頭鷹的辯駁，
看到後者能言善辯的方式。
她感到既焦慮又困惑，
不知該說些什麼作為回答，
然而她還是反省了自己。
「什麼！」她說，「貓頭鷹，你瘋了嗎？
你在吹噓一種奇怪的智慧。
你不知道它來自何處，
是巫術把它領到了你這兒。
可憐蟲，你若還想跟人交往，
就得首先洗淨巫術的影響，
否則你就必須從這兒逃走。
因為所有精通巫術的人
自古以來就受到教堂牧師
的親口詛咒──就像你這樣，
因為你從未放棄過巫術。

我剛才就把這個告訴你了，
而你用輕蔑的口吻反詰我，
問我是否接受俸祿的牧師。
然而對你的詛咒如此普遍，
即使整個國家都沒有牧師，
你仍然會成為一個逃犯。
因為孩子們都覺得你討厭，
大人們則叫你卑鄙的貓頭鷹。
我曾經聽說——千真萬確——
人首先得精通天文曆書，
才能正確預知事情的發生，
就像你所自稱的那樣。
除了遠望天上的星辰之外，
可憐蟲，你對天文有何見識？
普通的牲畜和人都這麼做，
但仍然對天文一無所知。
就連猿猴也可以看書，
翻動書頁，然後再合上書本。
但它仍然對書中的內容
一竅不通，摸不著頭腦。
你可以裝模作樣地觀察星星，
但絕不會因此變得聰明。
但你這卑鄙的傢伙卻罵我，
用惡毒的語言來責備我，
說我在靠近人類居所處唱歌，
以及教唆主婦們放棄誓言。
彌天大謊，你這可惡的東西！
我從沒有破壞過婚姻。

我確實在貴婦人和美女
雲集的地方唱歌和演說，
我歌唱的主題確實是愛情。
因爲好妻子在婚姻中可以
更好地熱愛她們的丈夫，
而非她們各自的情人；
少女則可以選擇愛情，
同時並不損害她們的名聲。
而且用眞摯的感情來愛戀
她所選擇的單身男人。
此即我教授和推薦的愛情，
它也是我所有演說的主旨。
但假如一位妻子意志薄弱——
因爲女子都是軟心腸——
並受某個蠢貨的誘騙，
後者苦苦地哀求和長籲短歎，
故而她誤入歧途，偶爾出錯，
難道我應因此而受責嗎？
儘管一個妻子想要暗中偷情，
但我不能爲此連歌都不唱。
女人可以盡情地調情求歡——
無論是誠實地，或是惡意地——
受我歌聲影響，她可隨心所欲，
無論是好的，還是壞的。
因爲世上無論多好的東西，
都會有可能做一些壞事，
假如有人將它引向歧途。
即使是黃金白銀等貴重金屬，

你也可以用它們來做壞事，
買來通姦和其他的罪惡。
武器可以用來保衛和平，
然而就像在許多國家，
那兒的壞人掌握了政權，
武器就被用來殺戮無辜人民。
我的歌聲其實也是一樣：
儘管歌聲貞潔，但也會被濫用，
故人們將它用於愚蠢行為
和其他各種罪惡的勾當，
但你會因此而責怪愛情嗎？
無論怎麼說，男女之間的
愛情從本質上說都是純潔的，
除非是偷情，在這種情況下，
它才變得摻假和墮落。
但願神聖十字架詛咒那些
違背自然法則的不肖子孫！
他們沒變成瘋子乃是怪事，
但他們確實已經癲狂，
就連孵蛋時都找不到巢窩。
女人的肉體生來就脆弱：
由於肉欲強烈，難以克服，
無怪乎它會最終占上風。
但儘管肉欲使女人鑄錯，
她們並沒有完全墮落，
只是在肉體障礙上絆了一跤：
有許多女子在失足之後，
又重新走出了欲壑泥潭。

所有罪孽也並非千篇一律，
因它們主要有兩種類型：
一種是由肉欲所造成的，
而另一種則具有精神性質。
假如說肉體使人酗酒、
懶惰、偷香竊玉和腐化墮落，
那精神就導致惡意和憤怒，
及因別人受辱而感到的快樂；
還有對物質的貪欲永不饜足，
從不顧及仁愛和恩惠；
還有因傲慢而野心勃勃，
並因驕矜而蔑視下層人民。
你能否坦誠地告訴我：
肉體和精神，哪一個更為惡劣？
你若願意的話，就可以說，
肉體的罪孽稍輕微些，
因為許多人的肉體純潔，
但其精神卻有惡魔的性質。
故沒有一個男人會斥責女人，
非難說她的肉欲太強；
但他卻會去責難淫蕩，
說它引來更大的罪孽驕矜。
假如說我通過歌聲足以
使主婦和少女們墮入情網，
我得為少女行為進行辯護，
假如你不誤解我的意思：
聽著，讓我來告訴你為什麼，
將事由原原本本從頭講起。

倘若少女偷偷地相愛，
她會按自然本性而失足跌倒，
因儘管她能偷歡一時，
但終究不會走得太遠。
她可以通過教會的禮儀，
合法逃避對罪孽的懲罰；
並可以隨後嫁給情人，
使其成為名正言順的丈夫，
以便能跟他公開在一起，
而以前他們只能偷偷幽會。
年輕少女對此事一無所知，
只是其青春熱血使她失足，
而某位愚蠢的傢伙運用
各種騙術將她引入歧途。
他來來往往，號令乞求，
對她獻殷勤，然後又冷落她，
就這樣不斷地長期追求她。
那少女又怎能不上鉤呢？
她對此事的後果有欠考慮，
只是出於好奇想試一試，
並學會了某些顛鸞倒鳳，
可以馴服野性的本領。
當我看見她臉上由愛情
給她帶來的緊張表情，
我禁不住出於憐憫而
避免對她唱歡快的歌曲。
就這樣我用歌聲訓迪人們，
這樣的愛情不會長久。

因為我的歌聲是短命的，
而愛情不會產生別的，只會
光顧這類少女，並稍縱即逝。
而狂熱的激情很快就冷卻。
我對她們唱一小會兒，
起調很高，但用低調結束，
而且過了一會兒以後，
便完全停止我的歌唱。
那個少女知道，當我停止時，
愛情就跟我的歌聲一樣，
它只能持續很短的時間，
它來得很快，去時也同樣如此。
通過我，那少女開始懂事，
她的糊塗變成了智慧。
在我的歌聲中，她清楚地看到
放蕩的愛情決不會長久。
但有一點我想要你知道，
我也憎恨妻子們的不忠。
假如已婚女子注意我的話，
她會看到我不在繁殖期唱歌。
儘管婚姻約束似乎顯得嚴厲，
但妻子不該聽笨蛋的教誨。
有一件事使我非常吃驚，
男人們怎麼會變得那麼壞，
使得他在心裏琢磨盤算，
要去勾引別人的妻子。
因它意味著兩種選擇之一，
不會再有其他的可能性：

要麼這女人的丈夫勇猛過人，
或者他就是既虛弱又卑賤。
假如他受人尊敬，膽量過人，
沒有一個有點頭腦的人
膽敢羞辱他，除非通過他妻子；
因他懼怕這位丈夫的憤怒，
以及由此而來的罰金
將會剝奪他對未來的渴望。
即使他並無任何恐懼，
這仍是邪惡和極愚蠢的行為──
去損害一位無辜的好人，
引誘其妻子背叛自己丈夫。
假如那女子的丈夫無足輕重，
而且身體虛弱，行動不便，
當這粗人在她身上求歡時，
又哪能引起她的激情？
當這樣的男人摸她大腿時，
又怎能使她產生愛情？
由此你可以清楚地看到，
當你勾引別人的妻子時，
既會引起悲傷，又會帶來恥辱。
因為假如她丈夫勇猛過人，
你誘姦她會造成麻煩。
假如她丈夫是個飯桶，
那勾引她又會有什麼樂趣？
你若回想起她的床上伴侶，
作樂時准會感到噁心。
我不知道任何自尊之人

此後怎能還有心來挑逗她。
只要想到她是在跟誰睡覺，
他的情愛便會煙消雲散。」
貓頭鷹很高興聽到這種指責，
因為她認為那只夜鶯，
儘管口齒伶俐，強詞奪理，
現在終於要吃點苦頭。
於是她叫道，「現在我已發現
少女是你最關心的對象；
你站在她們一邊，呵護她們，
把她們全都捧上了天。
那些已婚女子都要我作主，
她們把委屈全對我訴說。
因就像經常所發生的那樣，
妻子和丈夫之間時有摩擦。
因此男人難脫罪孽的干係，
他們喜歡那種放蕩的生活，
並把錢全都花在了女人身上。
他追求那些不正經的女人，
卻把合法的妻子丟在家，
那屋裏四壁蕭然，空空如也，
妻子則生計拮据，饑寒交迫，
既沒有食物，又沒有衣裳。
當他再回家來見妻子時，
妻子不敢有一聲埋怨：
他呵斥怒罵，暴跳如雷，
此外他什麼也不會帶回家。
她所做的一切都會激怒他，

她所說的一切都荒謬絕倫，
而經常當她安分守己時，
他會用拳頭揍她的牙齒。
天下沒男人不會像他那樣，
用此類暴行來虐待妻子。
這樣的妻子飽受凌辱，
無怪乎她偶爾也想尋點樂趣。
只有上帝知道！她情不自禁，
給丈夫戴綠帽子並非她本意。
因這類事情已屢見不鮮，
即妻子往往既溫柔又文雅，
面目姣好，而且體態輕盈：
故丈夫的行為更顯得卑鄙，
因他所寵愛有加的女人，
竟不如他妻子的一根頭髮。
這樣的男人多如牛毛，
雖妻子能夠循規蹈矩，
但其他男人都不可以和她講話，
假如她看了一眼別的男人，
或是跟他寒暄了幾句，
丈夫就會認為她背叛自己。
他用鑰匙和鎖將她關在家裏，
結果婚姻關係經常破裂。
因假如她被逼到了這一步，
就會不假思索，貿然從事。
當這樣的妻子奮起復仇時，
說三道四者都將受到詛咒。
有關此事，妻子們都向我抱怨，

而其怨言使我悲歎痛心。
當我看到她們的深重苦難，
我的心幾乎快要破裂。
隨她們一掬苦澀的眼淚，
並祈禱基督來保佑她們，
及時將她們救出苦海，
並給她們送來更好的丈夫。
還有一件事我可以告訴你，
即你舍出老命也找不到
對於這個問題的答案。
你的高談闊論都是徒勞的。
有眾多的商人和騎士
體貼入微地愛護妻子，
當然還有許多莊稼人。
於是好妻子就投桃報李，
小心服侍丈夫吃飯和睡覺，
用溫柔舉止和親切話語，
想盡各種辦法，嘗試各種手段，
以便博得丈夫的歡心。
丈夫離家去闖蕩江湖，
一心想掙得全家的生計，
於是乎，好妻子心生悲哀，
因掛念丈夫在外的旅行。
她唉聲歎氣，牽腸掛肚，
心中充滿了難言的苦惱。
妻子由於丈夫的緣故，
白天獨立支撐，晚上心驚肉跳；
時間對於她似乎漫長無比，

每一步都像是整整一英里。
當她周圍的人入睡以後，
我獨自在她門外聆聽：
因為我最瞭解她孤苦的心，
所以晚上專為她而歌唱：
而且我的歌由於她之故，
被部分改編成了哀歌。
就這樣我分享了她的哀愁，
這也是為什麼她歡迎我。
我盡力給予了我的幫助，
因為她力圖走正確的道路。
但是你使我無端地生氣，
結果我的心幾乎被壓碎，
使得我連說話都很困難。
然而我還將繼續指控你，
你說人們對我恨之入骨，
每一個人都充滿對我的仇恨，
用石頭和棍子攻擊我，
並且打我，把我撕成了碎片。
此外，當他們殺了我之後，
就把我高高地掛在樹籬上，
以趕走喜鵲，還有烏鴉，
不讓它們吃地裏的種子。
儘管如此，我為人們做了好事，
甚至為他們灑盡了鮮血。
我用死來為人類效力，
這對你幾乎是不可能的。
因為儘管你死後屍體乾癟，

你的死卻並無任何益處。
我絲毫不知你有何用場，
因你只是一個可憐的東西。
而假如我現在突然死去，
至少我還能有某種用處。
我可以被綁在小木棍上，
並豎在樹林深處的某個地方，
這樣人們就可以用它
來引誘和捕捉林中小鳥，
並通過我的幫助得到
和烹製鳥肉作為人的食物。
但你對人類卻毫無用處，
無論是生前，還是在死後。
我不明白你為何要養後代，
無論死活他們都毫無用處。」
夜鶯聽了貓頭鷹一席話，
她跳上一個正開花的枝頭，
使自己停得比以前更高。
「貓頭鷹，」她說，「你現在聽著，
我不想再跟你再辯論下去，
因為你已經詞窮理屈。
你吹噓說人類都憎恨你，
每一個人都對你發怒，
你又是嗥叫，又是呼號，
悲歎自己命運的不幸。
你說孩子們抓住了你，
把你高高掛在一根棍子上，
拔你的羽毛，拼命搖撼你，

還有人要把你做成威嚇物。
在我看來你已經輸掉了辯論，
因你在吹噓自己的恥辱。
你的確似乎已經繳械投降，
因你在吹噓自己的羞辱。」
當她說完了這些話語，
夜鶯飛到一個開花的枝頭上，
隨後她調整了自己的嗓音，
用尖銳清澈的高音唱了起來。
這聲調傳遍了四面八方，
很快就朝夜鶯飛來了
畫眉鳥、鶇屬類鳥和啄木鳥，
還有大大小小的各種鳥類。
因它們以為夜鶯已經
挫敗了貓頭鷹，所以它們歡呼，
並且用各種不同的聲音歌唱，
樹林中一片歡樂的氣氛。
正如人們齊聲羞辱賭徒，
後者擲骰子輸掉了賭局。
貓頭鷹聽到了這歡呼聲，
便高聲喊道：「你們結黨營私，
可憐的傢伙，想要反對我？
不！不！你們還不夠強大。
那些飛來的鳥兒在喊什麼？
你似乎領來了一支反叛大軍，
但你們在離開前就會得知，
我們鷹類的力量有多麼大。
因為所有那些喙角彎曲，

爪子尖銳而又彎扭的鳥兒，
它們都屬於我的同類，
假若我呼喚，他們就會趕來。
還有公雞，那位勇猛的武士，
他自然會跟我站在一起，
因爲我們都有洪亮的聲音，
而且晚上都露天而棲。
假如我搖旗吶喊來反對你們，
我將會帶來一支強兵勁旅，
使你們的驕矜頓時破滅：
在我眼裏，你還不如根稻草！
你們等不到夜晚的來臨，
就會被殺得片甲不留。
但是當我們來這兒的時候，
就已達成了共同協定，
即我們應該相互遵守
最後得到的合法判決。
你是否想要違反這一協議？
我認爲這判決會對你太嚴厲：
因而你不敢等待最後判決，
可憐蟲，你希望打架和爭吵！
然而在發出戰鬥吶喊之前，
我還想要奉勸你一句：
即你應該放棄這爭雄決鬥，
趕快飛走，以保住性命。
因憑我尖利的爪子發誓，
假如等我強兵勁旅的到來，
你將唱另一曲調，並詛咒戰爭。

因為你們當中還沒有一個
敢於面對我的威猛外貌。」
就這樣貓頭鷹決然說道,
因儘管她不會馬上就
召集起她那鷹類大軍,
然而她還是想要使用
這豪言壯語來回答夜鶯。
有許多人對於操銳利長矛
和堅固盾牌並無擅長,
可在烽火狼煙的戰場上,
僅憑其犀利言語和外表,
便足以使敵人聞風喪膽。
但以歌唱技巧聞名的鷦鷯,
在這天早上匆匆地趕來
解救陷入困境的夜鶯:
因儘管她的聲音並不嘹亮,
但其嗓音圓潤而又激昂,
許多人都喜歡她的歌聲。
鷦鷯又被公認為聰明過人,
因她儘管不是在樹林中長大,
但她卻跟人類生活在一起,
並從後者那兒獲得了智慧。
她能隨意談論各種話題——
假如她願意,跟國王也可以。
「聽著,」她說,「讓我說一句。
什麼!你們膽敢破壞和平,
從而使國王威信掃地?
但國王並沒有死或老朽。

假如在他領土上破壞和平，
你倆會遇到麻煩和恥辱。
你們要盡釋前嫌，達成協定，
趕緊去聽取最後的判決。
並且就像事先說好的那樣，
讓這最後判決來結束辯論。」
　　「我很願意如此，」夜鶯說，
「但，鷦鷯，這並非由於你的說服，
而是出於我守法的本性：
我並不想讓無法無天
最終佔據辯論的上風，
我也不害怕任何判決。
說真的，我早就已經允諾，
尼古拉斯少爺智慧過人，
將對我們倆作出評判，
我仍然希望他能這麼做。
但我們上哪兒去找他？」
鷦鷯坐在菩提樹上回答：
「什麼！你們不知道他住在哪兒？
他的家就在波蒂沙姆，
多塞特郡[7]的一個村莊，
坐落在一條河的入海口；
他就在那兒宣佈正義判決，
並寫出許多充滿智慧的作品，
由於他的言辭和事蹟，
使得蘇格蘭變得更美好。

---

7. 多塞特（Dorset）是位於英格蘭西南英吉利海峽沿岸的一個郡。

你們要找他輕而易舉，
因他只有一幢孤零零的房子，
這該成為主教們的恥辱，
也是所有知道他名字
和事蹟的人們的恥辱。
他們為何不更聰明一點，
經常去向他請教各種事情，
並在各地為他設立歲入，
使他能夠始終伴隨他們？」
「當然，」貓頭鷹說，「說得對。
這些顯貴們真是鼠目寸光，
竟然怠慢了這位好人——
他是如此的博學多才——
並在設立年金時毫無選擇，
對他多有輕慢非禮之處。
對於親信他們十分慷慨，
就連小孩都能得到年金。
他們終究會意識到自己錯誤，
即忽視了尼古拉斯少爺。
但還是讓我們趕快去找他，
讓他對我們作出判決。」
「對，我們就這麼做，」夜鶯說，
「可誰將來宣讀我們的證詞，
並在我倆的裁判面前陳詞？」
「這一點你可以儘管放心，」
貓頭鷹說，「我將從頭到尾
逐字復述我們剛才的辯論；
假如你認為我說得不對，

你可以打斷我，並加以糾正。」
說完這番話，她們便動身前往，
兩方都未帶任何支持者，
徑直飛往那波蒂沙姆。
但她們的裁決究竟結果如何，
我也沒法子告訴你們，
此即這個故事的結尾。

布魯特[1] （選譯）

萊阿門

有一位當地的教士名叫萊阿門[2]；
他是利奧文諾思的兒子——願上帝保佑他！
他住在阿雷利的一座美麗教堂裏，
位於塞弗恩河畔，就在紅岩的附近[3]——
他在那兒研讀彌撒書，好生快活。

後來他想到了一個絕妙的主意，
即他要著書講述英國傑出人物的生平：
他們叫什麼名字，出生在什麼地方，
將古老英格蘭的那些歷代君王
一直追溯到上帝降下的氾濫洪水，

---

1. 這是一首編年史體例的長詩，創作日期也是在1200年前後。因全詩長達16,096行，故在此書中只能選譯其精華部分。該詩講述了傳說中早期英國君王的故事，其中最重要的是維吉爾（Virgil）史詩《埃涅阿斯紀》（*Aeneid*）中主人公埃涅阿斯（Aeneas）的重孫布魯特（Brut）如何漂洋過海，創建不列顛王國的故事；亞瑟王誕生，成長和他手下圓桌騎士的種種冒險故事；李爾王與他三個女兒之間關係的故事；國王高布達克（Gorbodiagus）與妻子尤登（Iudon），以及兩個兒子費魯斯（Fereus）和帕魯斯（Poreus）的悲劇故事，等等。這首詩是萊阿門（La3amon, *fl*. Late 12th century）用英國西部的方言寫成，主要的情節都是依據韋斯（Wace）的法語作品《布魯特傳奇》（*Le roman de Brut*）。所以無論從文學或語言學的角度來看，這部作品都可稱得上是中古英語時期最重要的作品之一。記錄這部作品的兩個手抄本均藏於大英圖書館（MS Cotton Caligula A ix; MS. Cotton Othon C xiii）。後一個手抄本在時間上要晚於前一個手抄本，不僅是個縮寫本，而且受火災的損害比較屬害。所以前一個手抄本被公認為要優越於後一個。本譯文主要依據了艾倫（Rosamund Allen）的一個現代英語譯本（*Lawman's Brut*. Transl. Rosamund Allen, J. M. Dent, 1992），同時也參考了中古英語的文本。
   這首詩中涉及很多戰爭場面，與韋斯原作不同的是，萊阿門把盛行於法國的八音節雙韻體改寫成頭韻體，形成達到剛強有力的氣勢。並加入大量生動的細節描寫，將戰爭中的一招一式刻劃得有聲有色，使讀者彷彿身臨其境。

2. 絕大多數的中古英語作品都是匿名的，即使少數作品中提到了作者的名字，我們也往往不清楚其生平和背景。這首詩的作者萊阿門（Lawman）就是這樣一個例子，我們只能從詩歌文中一段自述文字中對作者有最初步的瞭解。

3. 阿雷利（Areley）位於英國中南部的烏斯特郡（Worcester）；塞弗恩河（River Severn），因河口的巨浪而聞名；紅岩（Redstone）。

後者毀滅了世間所有的人類，
只留下了挪亞跟閃、雅弗和含，
以及跟他們一起登上方舟的四個婆姨[4]。
　　萊阿門出門旅行，走遍了全國各地，
終於找到了可作爲他底本的曠世奇書：
他選中了聖比德撰寫的那部「英語書」[5]，
第二部拉丁語著作出自於聖阿爾賓[6]，
以及把基督教傳入英國的聖奧古斯丁[7]，
他作爲自己全書藍本的第三本書，
其作者是一位來自法國的僧侶，
人們都稱他爲韋斯[8]，其書精彩紛呈，
韋斯將此書獻給了阿基坦的埃萊亞諾，
她是大名鼎鼎的亨利國王的王后[9]。

---

4. 《舊約・創世記》7：1－13。上帝在發洪水之前告訴挪亞（Noah）帶全家坐船
逃命，於是挪亞便帶著三個兒子，閃（Shem）、含（Han）和雅弗（Japhet），
以及自己的妻子和兒媳登上了方舟，存活了下來。閃與含後被視爲阿拉伯和希
伯萊民族的祖先。

5. 即比德（The Venerable Bede, 673-735）於西元731年完成的拉丁語著作，《英格
蘭人教會史》（*Historia Ecclesiastica Gentis Anglorum*），後由阿爾弗雷德大帝
（Alfred the Great, 848-899）主持翻譯爲古英語。

6. 聖阿爾賓（Saint Albin）是西元八世紀位於坎特伯雷德聖奧古斯丁修道院院長。
比德在《英格蘭人教會史》的一個原始文本的開頭部分曾經提到過他的名字，
所以評論家們一般認爲這兒提到的「拉丁文著作」就是指比德那本書的原文。

7. 聖奧古斯丁（St Augustine, ?-605/6）於597年受教皇格列高利派遣來到英國，在
坎特伯雷建立教堂，並成爲英格蘭首任基督教大主教。

8. 韋斯（Wace, c.1100-1171）是隨亨利二世的王后來到英國的法國詩人，曾用法語
創作了長達30,000行的詩體《布魯特傳奇》。該作品是萊阿門長詩《布魯特》
的真正底本。

9. 韋斯的法語版《布魯特傳奇》是獻給亨利二世（Henry II）的王后阿斯坦的埃
萊亞諾（Eleanor of Aquitania）的，其讀者對象是宮廷的侍臣和仕女；而萊阿門
的英語版是爲偏遠地區的英國民眾創作的。這也從一個側面反映了當時這兩種
語言的社會地位。
阿斯坦的埃萊亞諾是一個很有個性的女子。她起初是法蘭西國王路易七世的王
后，但是她於1152年3月跟路易七世離婚，並在八星期後嫁給了諾曼第和安茹
公爵亨利。亨利在斯蒂芬死後成爲了英格蘭的國王，他的妻子便成爲了英格蘭
王后和英國文學藝術的贊助人。

萊阿門把這些書攤開在面前，並翻動書頁，
滿心感激地凝視著它們——願上帝對他仁慈！
他用手指夾住羽筆，用它在羊皮紙上寫字，
摘錄下他認爲可靠的那些段落，
並把這三個文本壓縮成一部完整的書[10]。
然後萊亞門祈求每一位仁慈的善人
（看在全能上帝的份兒上）
在閱讀本書，並從中獲得啓迪時，
都能按照規定的格式默念如下祈禱：
首先爲作者父親的靈魂，謝他養育之恩，
然後爲他母親，是她生下了這個兒子，
最後爲作者的靈魂，保佑他平安。阿門[11]。
　　於是身爲教士的萊阿門心中充滿靈感，
按本書所寫的故事順序逐一細細敘來。

10.在上述這段中，萊阿門把自己描述成一個彙編者，而非作者。這種做法在中古英語文學創作中極爲普遍，當時的文學作品都是靠人書寫在羊皮紙上的，並且在寫作過程中要經常參閱其他人的作品。作者自稱「走遍了全國各地」去查閱資料，足以說明當時搜集素材的困難。

11.上述這段文字是作者的祈禱或稱請願，這在中世紀的作品中也很常見。詩人們認爲自己的幸福有賴於大人物的提攜，而只由通過這樣明確的祈禱才能贏得恩寵。

布魯特的傳說[1]（38-1254行）

話說希臘人悲劇性地攻佔了特洛伊城[2]，
將城市夷爲焦土，對人民趕盡殺絕，
而這全是爲了給墨涅拉俄斯的王后報仇，
（她名叫海倫，這位絕色的異國女子
帕里斯·亞歷山大靠陰謀詭計才贏到手）[3]：
十萬條性命爲了她竟生靈塗炭，毀於一旦。
在那次歷史上最爲殘酷的激戰中，
埃涅阿斯親王[4]心懷悲痛，安然脫身，
但當時他只隨身救出了一個兒子；
除了阿斯卡尼俄斯[5]，他再沒有別的孩子。
親王帶著手下隨從撤到了海岸邊：
跟他走的還有侍臣、僕人，及其家屬，
他率領眾人攜帶其財產來到海邊，
在那兒他們整整裝滿了二十艘船，
然後揚帆遠行，去穿越那冰冷的大海。
在暴風雨和凜冽寒風中人們經受了磨難，

---

1. 在這個傳說中，詩人講述了不列顛民族的來歷。維吉爾（Virgil）史詩《埃涅阿斯紀》（*Aeneid*）中主人公埃涅阿斯（Aeneas）的重孫布魯特（Brut）在一次狩獵中誤殺了自己的父親，因此被流放到希臘。在那他找到了已淪爲奴隸的同族人特洛伊人，並成爲他們的領袖，爲爭取自由而戰。經過奮戰，他們終於大敗希臘軍隊，卻毅然決定帶著戰利品離開，尋找自己能立足的國土。終於來到位於法國西南的阿爾比恩（Albion），並以自己的名字將該地改名爲不列顛（Brutain）。
2. 特洛伊城（Troy-town），古代小亞細亞西北地方城市，位於今土耳其西北，處於聯結歐亞的樞紐地帶。
3. 海倫（Helena）是希臘國王墨涅拉俄斯（Menelaus）的妻子；她與特洛伊王子帕里斯·亞歷山大（Paris Alexander）私奔，成爲了特洛伊戰爭的直接導火線。
4. 關於埃涅阿斯（Aeneas）的故事，請參見維吉爾的《埃涅阿斯紀》，楊周翰譯，人民文學出版社，1984年。
5. 根據傳說，阿斯卡尼俄斯（Ascanius）後來創建了阿爾巴隆加（Alba Longa），即羅馬的前身。

遭遇千難萬險後他們終於發現了陸地；
在義大利登陸，離如今的羅馬城不遠；
沒過多久他們就光明正大地建起了羅馬。
就這樣埃涅阿斯親王帶著所有的隨從
千里迢迢地飄洋過海，進行長途奔襲，
一路躊躇遲疑，繞行折返了眾多的海角。
在義大利上岸後，他得到了眾多的慰藉，
這兒他找到了充足的食物，並畢恭畢敬，
用貢品和珍寶來祈求能獲得和平。
在台伯河[6]的入海口他踏上了陸地，
離現在的羅馬所在地僅一箭之遙。
當地的那位國王名叫拉丁努斯[7]：
他血緣高貴，財產殷實，顧問智謀過人，
但已老態龍鍾（這也是上帝的旨意）。

　　埃涅阿斯來到那兒，拜見了年邁的國王，
後者率所有的侍臣隆重地接待了他。
他賜給客人許多土地，並答應要給更多，
沿著海岸線它們一眼望不到邊，
王后坐立不安，但又覺得難以拒絕。
國王膝下有一獨女，對她寵愛有加，
他將她許配給未來的駙馬埃涅阿斯，
並在退位後還要給他所有的國土，
因沒有兒子的事實總是令國王傷心。
公主名叫拉薇尼婭[8]——即後來的王后——
她年輕美貌，深受所有男人的喜愛。

---

6. 台伯河（Tiber River）是流經羅馬的義大利第二大河。
7. 拉丁努斯（Latinus）。
8. 拉薇尼婭（Lavinia）。

但有一個名叫圖努斯的托斯卡納王[9]，
他對美貌的公主傾心已久，並向她發誓
定要娶她作爲自己至高無上的王后。
此時那家喻戶曉的消息傳到他耳中，
說拉丁努斯國王已經把拉薇尼婭，
他最珍愛的公主，許配給了埃涅阿斯。
圖努斯頓時如雷擊頂，萬念俱灰，
因爲他深深地愛慕著她，並已向她許願。
由於受這一侮辱的折磨，圖努斯挑起戰火，
跟埃涅阿斯進行了一場殊死的決鬥，
在這對高貴敵手的浴血肉搏之後，
圖努斯倒在了戰場上的血泊之中，
身軀被剁成了兩半——生命已化爲青煙。
　　埃涅阿斯含情脈脈地娶拉薇尼婭爲妻：
在新國王和王后的統治下，全王國
國泰民安，繁榮昌盛，這對新人也情深意篤。
當埃涅阿斯迎娶拉薇尼婭，並贏得民心後，
他建起一座牆高溝深，固若金湯的城堡；
並按王后的名字，把它叫做拉維尼烏姆[10]；
這是向王后表示敬意，他非常愛慕她。
在婚後的四年中，他們之間相敬如賓，
四年後國王逝世——朋友們爲此深感悲痛。
拉薇尼婭當時已經懷上了國王的孩子；
孀居的王后不久就得到一個兒子作爲慰藉：

---

9. 托斯卡納王圖努斯（Turnus, Duke of Tuscany）。
10. 王后的名字Lavinia在拉丁語中屬陰性，而城堡的名字Lavinium屬中性，即須將
　　-a的陰性詞尾改成-um的中性詞尾。整個城堡就是羅馬的前身。

按祖先名字他起名爲西爾維厄斯·埃涅阿斯[11]。
跟父親從特洛伊來這兒的兄長阿斯卡尼俄斯
對於這位王室的小兄弟更是倍加呵護，
（阿斯卡尼俄斯雖是他兄長，但卻另有生母，
他母親克羅莎是普里阿摩斯國王的女兒，
她被絕望的丈夫埃涅阿斯丟失在特洛伊。
就在那次戰鬥中敵人從他手中搶走了她）[12]。

　　阿斯卡尼俄斯統治了這個著名國家很長時間，
並建起了後來以阿爾巴隆加著稱的要塞。
這個要塞僅在短短幾年中就全部竣工；
他出於對弟弟的愛把它送給了繼母，
還有拉維尼烏姆城堡[13]及其周邊的土地，
後者是他父親仍在世時所建造的。
他容許她有生之年都在那兒居住。
但她搬走了被他們視爲神靈的塑像，
那是埃涅阿斯及其手下從特洛伊帶來的；
她將它安放在阿爾巴隆加，但它轉瞬消失，
由魔鬼親自駕馭長風運送回了原處。

　　英勇的阿斯卡尼俄斯作爲國王
在那兒統治了國家整整四十三年，
還有那些在那兒安居樂業的人民。
然後他的生命不由自主地走到了盡頭。
他向弟弟西爾維厄斯，拉薇尼婭之子，
移交了父親埃涅阿斯曾擁有的所有國土。

　　阿斯卡尼俄斯有個兒子也叫西爾維厄斯；

---

11. 西爾維厄斯·埃涅阿斯（Silvius Aeneas）。
12. 阿斯卡尼俄斯（Ascanius）；克羅莎（Creusa）；普里阿摩斯國王（King Priam）。
13. 拉維尼烏姆城堡（the castle of Lavinium）。

這孩子跟他叔叔同名，但活的歲數更短，
因他後來中了自己兒子射出的箭而死。
這孩子長成英俊青年時愛上了一個姑娘：
後者是拉薇尼婭的親戚——他瘋狂地愛上了她——；
事情的結果就像在其他任何地方一樣：
這位年輕姑娘懷了孕，不久即將分娩。
阿斯卡尼俄斯當時仍是統治全國的君王。
當人們得知那個女人準備要生孩子時，
身爲國王的阿斯卡尼俄斯召來了
全國各地精通算命相面的巫師術士，
他想借助那些邪惡的代理人來弄清
在那女子的子宮裏到底是個什麼東西。
他們占卜相面，各顯神通；魔鬼也夾雜其中，
並通過這些歪門邪道發現了痛楚之源：
即那女子懷上了兒子，一個奇特的嬰兒，
他命裏註定將要毀滅自己的父母：
因這孩子他們都將死去，並飽受死亡痛苦，
他自己也會因父母之死而遭受放逐，
要等很久以後才能獲得人民的尊敬。
這些命運都被巫師們指出，並被眞情驗證。
當十月懷胎以後，那嬰兒在要塞[14]中
準時出生時——那位女子便因難產而死。
嬰兒在母親撕心斷腸的痛苦中平安降生。
孩子起名爲布魯特[15]，他果眞安然無恙。

　　這孩子茁壯成長，深受關愛，並恪守操行；

---

14. 指前文提到的阿爾巴隆加（Alba Longa）要塞。
15. 布魯特的名字有兩種拼法，一個是拉丁語中的形式Brutus，另一個是英語中的形式Brut。

剛滿十五歲他就到森林裏去學習打獵，
由父親帶著他，這是一次致命的旅行：
他們發現了眾多高大健壯的成年牡鹿，
父親包抄到它們後面——儘管這並沒有必要——
將牡鹿趕向兒子（給自己卻帶來了災難）：
年輕的布魯特搭箭上弦，引弓待發，
他瞄準了帶鹿角的牡鹿——但射中的卻是父親，
那箭徑直穿透了胸骨！布魯特失聲慟哭：
眼看著死去的父親躺在地上，他心如刀絞。
當這消息傳到了本家的親戚當中，
說是他放箭射殺了自己的父親，
他們便把他驅出國界，將其終身放逐。
他懷著深切的自責和悲傷飄洋過海，
來到了希臘人中間，在那兒他找到了來自
特洛伊的同胞，後者在亡國後失散四方，
其女王來自普裏阿摩斯之子海倫努斯的家族，
來自特洛伊的人數不少，但他們全是奴隸，
包括他自己在內，許多人本是國王的後裔；
特洛伊人逃亡來到希臘堪稱曠日已久，
男人們都飽經風霜，女人們則花枝招展，
而且他們的羊群也繁衍生息，華蓋如雲。

　　布魯特來到希臘還沒過多長時間，
便成為廣受歡迎的人物，贏得各方支持，
因為他和藹可親，善於討人喜歡，
他非常慷慨大方——但只是對效忠他的人——
人們只要看他一眼就會立馬喜歡上他，
他們將自己的寶貝送給他，殷勤地招待他，
他們對他提出明智的勸告，私下對他說，

假如他有膽量，敢於冒險採取行動，
並帶領他們逃出希臘這個國家，
擺脫奴役，使他們都能得到自由，
那麼他們就會擁他為王，做人民的領袖：
「我們共有七千名身體強健的武士，
並不包括婦女，她們不能夠擺弄武器，
也不包括兒童和牧人，後者須照料牲畜，
因為我們將要忍受許多的艱難困苦，
假如我們能擺脫所有的敵人，獲得自由。」
所有在場的人都相信他們定能重獲自由。

  在希臘有一個剛滿三十歲的年輕人，
他名叫阿薩拉庫斯[16]，具有貴族的血緣，
他父親是著名武士，他本人也驍勇過人
他父親是希臘人，但他母親卻來自特洛伊，
後者只是個妾，在家庭中的地位卑微。
然而幾年後卻傳出個令人震驚的消息，
父親在彌留之際居然背棄了本家的所有人。
他遺贈給兒子阿薩拉庫斯三座華麗的城堡，
以及那些城堡周圍附帶的所有土地。
阿薩拉庫斯只有一個兄弟，其母屬明媒正娶；
按照希臘當地所流行的異教習俗，
那孩子該繼承父親遺產，而他憎惡自己兄弟，
因他靠父親饋贈霸佔了那些堅固的城堡；
嫡親兒子想把它們奪回來，但沒成功。
於是屠殺和爭吵紛起，還有惡意的毆鬥，
阿薩拉庫斯武藝高強：他跟希臘人多次搏殺，

16.阿薩拉庫斯（Assaracus）是支持布魯特發動起義的一名希臘武士。

並從自己那個強大部族中獲得極大支持，
即跟他母親有關，從特洛伊城來的男人們：
由於都是同胞，他們之間有很濃的親情。
阿薩拉庫斯以很隱秘的方式提出勸告，
即特洛伊人應該堅定地積極進取，
並推舉那位叫布魯特的武士作為頭領。
布魯特溫文爾雅地接受了他們的效忠：
他向全國各地都送去了他的指示，
命令特洛伊人都聚集在他的周圍。
那些武裝起來的男人和女人，無論貧富，
他都將他們召集在一起，派進了森林，
只留下了七千勇士駐守在那些要塞裏。
然後他派出數目不詳的騎馬信使，
去各地徵用他們急需的糧食和武器；
所有那些不太重要的人都派了到山後面，
他本人帶著自己的人馬充作先鋒和殿後。

　　接著，他在跟別人仔細商討後作出決定，
發佈一張字斟句酌，措辭謹慎的公報，
用得體妥帖的話語向潘德拉蘇斯[17]致敬，
並派專人將它護送到王宮，該信全文如下：
「由於特洛伊民族所蒙受的世事羞辱
和懸而未決的指責，我們作為他們的後代，
在這個國度中過著令人感到恥辱的生活
（他們形同奴隸，幹著低人一等的工作），
所以他們聚集在上述民族的旗幟之下，
以便這個民族可以從您手中獲得自由。

17.潘德拉蘇斯（Pandrasus）是希臘的國王。

他們一致推舉我作爲他們的首領。
我的城堡裏駐守著七千名武士，
在山裏我另外還有幾千名士兵：
他們寧可在山林裏靠吃樹根活命，
就像野豬那樣在樹叢裏刨土掘根，
也不願繼續在您的國家裏再受奴役；
您不應因他們嚮往自由而感到驚詫：
他們請求得到您的友誼，並賦予他們自由。
如上所示，這些就是他們要對您說的話，
請求您酌情和平和寬宏大量地解決問題；
他們也向您表達他們的誠意和友誼。
若不接受此請求，您的日子也不會好過。」

　　國王一把抓過這封信，怒氣沖沖地將它看完；
用這樣的口吻對他說話，他感覺有點陌生；
當最後他開口說話時，發出的卻是如下威脅：

　　「他們作出此等行動，定會自食其果——
我臣民的奴隸居然要求我對他們低聲下氣！」

　　他當即向全國頒佈命令（因他是一國君主），
要求大家，無論貧富，都前來王宮報到，
包括所有能夠舞槍弄刀的男性公民，
違者將被處死或砍手。所有的適齡男人，
騎馬或是步行，匆匆地趕來王宮集合。
國王威脅布魯特和阿薩拉庫斯這倆人，
說他要調動大軍將他們團團圍住；
假如他能夠用優勢兵力來制服他們，
他們全將被處絞刑，在大樹上吊死。

　　布魯特得到報告——此消息千眞萬確——
說潘德拉蘇斯國王的軍隊正在向他逼近，

這是支雄師勁旅（但其中有人註定要喪命）；
布魯特作出對自己最爲有利的決定：
他率領手下最驍勇善戰的士兵
迴避鋒芒，退入了深山老林和沼澤荒原，
其目的就是牽著國王大軍的鼻子，
將他們引入自己最熟悉的崎嶇小路。

布魯特派手下的精兵強將設下埋伏，
他率領三千將士，準備給敵人以迎頭痛擊；
國王騎著高頭大馬，率麾下的鐵甲兵趕到。
布魯特以迅雷不及掩耳之勢發起了攻擊，
他專挑那些手持鋒利兵器的希臘人決鬥：
後者對於這突降的滅頂之災猝不及防，
他們全都驚恐萬狀，轉身抱頭鼠竄，
離他們不遠處有一條叫阿隆卡的小溪，
有幾千名將士在潰逃時跌進了溪中。
布魯特率兵乘勝追擊，對敵人緊逼不捨，
揮舞利劍長矛，將國王軍隊殺得落花流水：
無論陸地水面，到處都是敵軍的屍體。
國王本人得以逃脫：他眼見朋友紛紛落馬。
成千上萬人以不同的方式喪失了性命。
國王自己只有一個親弟弟，別無其他，
他名叫安蒂戈諾斯[18]：在希臘頗有盛名。
國王看見弟弟的軍隊被打得七零八落，
向水面和陸地四下潰散，橫屍遍野。
安蒂戈諾斯親率先鋒官和近衛軍，
向布魯特發起猛攻，想把他一舉殲滅：

18.安蒂戈諾斯（Antigonus）。

兩軍浴血鏖戰，將生死置之度外。
任何在場的旁觀者都可以清楚看到，
那九死一生的危險情勢有多麼險惡：
那兒千百顆人頭落地，無數肢體分離，
許多人英勇奮戰，許多人落荒而逃；
更有許多人因殊死決戰而命喪黃泉。
特洛伊人給所有敢於逼近的希臘人以痛擊：
布魯特生擒了潘德拉蘇斯國王的弟弟，
將他押下戰場，對能俘獲他而深感慶幸；
他給這俘虜特別加上手銬腳鐐，以防萬一，
對跟他一起抓獲的戰俘也依法炮製。

　　當這個不幸的消息傳到了國王耳中，
即他弟弟安蒂戈諾斯已被敵人活捉，
國王立即向全國各地發佈通告，
命令所有健壯男子，無論騎馬還是步行，
緊急護送他前往斯帕拉廷城堡，
後者是全希臘最堅固牢靠的要塞。
根據他的判斷（但事實並非如此），
布魯特肯定是在這個城堡裏關押著
最近這次戰鬥中捕獲的戰俘，嚴加看守，
而且因為有這麼多要犯，他本人也在那兒。
但布魯特神機妙算，佔據了主動權，
他迅速派遣了六百多名騎士駐守該城堡；
自己卻帶著人質，匆匆轉移進了森林。
國王率大軍向城堡浩浩蕩蕩地開來，
把它圍得水泄不通，因裏面有他的死敵。
他在城堡的四面全都派駐了軍隊，
他們經常用撞錘來攻打城堡，

抬著頂端包鐵的木椿猛攻不止，
用樑木和卵石互相展開了殊死搏鬥；
在希臘火藥[19]的火球下攻城者紛紛倒地，
使得城堡前血流成河，橫屍遍野。

　　城堡裏的騎士們堅守崗位，寸步不讓。
國王的武士們無法有效地消滅他們，
相反，自己的傷亡人數卻成千上萬。
國王目睹自己損兵折將，心如刀絞：
他決定再做一次攻擊城堡的努力，
至於城牆裏面的人，一旦他攻佔城堡，
他定要將他們斬盡殺絕或活活燒死。
他命令手下人挖一條又大又深的壕溝，
把他的軍隊全圈在裏面，周圍蓋上荊棘，
然後隱蔽在那壕溝裏，體驗攻城的結果。
國王怒髮衝冠，當即發下了重誓：
若不看到敵人死亡，他絕不離開那裏。
在城堡裏有許多人，每天需要很多給養：
糧食快要用盡，但有這麼多人必須吃飯。
於是他們選出一個最能幹的人作為信使，
派他去找他們全都衷心熱愛的首領；
他們用美好的言辭給後者帶去了問候，
並懇求他率全部人馬前來營救他們：
無論何時，他們對他的忠誠決不會改變。

　　布魯特在這緊急關頭下定了決心，
他以堅定的信念說出了下面這番話：
「幫助自己的支持者就等於幫自己：

19.希臘火藥（Greek fire）是指古代和中世紀人們在戰爭中使用的一種觸水即燃的
　火器或燃燒劑。

只要我還活著，就不惜為朋友拼命！」
　　有一個名叫阿納克勒圖斯[20]的希臘貴族，
他跟國王的弟弟一起被捕，關在森林裏。
布魯特邁著堅定的步伐走到他面前，
一把揪住他的頭髮，似乎想要殺死他，
將鋒利的刀刃架在這個人的脖子上，
布魯特一字一句地跟這位希臘貴族說：
「惡棍，按我說的話去做，否則你要完蛋，
若有半點違抗，你的首領也得去死；
但假如你願意合作，你們倆人都能活命。」
　　「陛下，」阿納克勒圖斯回答，「我按您說的做，
我要竭盡全力幫助我的首領和我自己。」
「沒錯，」布魯特說，「這樣做對你有好處。
既能保全你性命，又能使你倆成為我好朋友。」
布魯特向他鄭重起誓，自己決不食言。
這位天下最優秀的騎士向他作出保證：
「阿納克勒圖斯，我親愛的朋友，今晚你得上路，
（最好是等大家都上床睡覺的時候）
你們得離開這兒，去尋找國王的軍隊。
當你遇見那些守護國王的騎士們時，
你會發現七百名最精銳和勇敢的士兵；
把他們叫到身邊，悄悄地對他們說：
『我是阿納克勒圖斯，剛剛逃離苦海，
剛剛擺脫布魯特對我強加的奴役。
我還可以告訴你們：我帶來了國王的弟弟，
把他從死囚的地牢裏解救了出來，

20.阿納克勒圖斯（Anacletus）。

布魯特把他關入死牢，因明天他就要被處死。
但我把他秘密地隱藏在森林裏。
騎士們，快跟我來吧！讓國王繼續睡覺，
我們要悄悄地走，別發出任何聲音，
就像我們是出發去偷別人東西；
而我將徑直把你們帶到我首領那兒去，
他被藏在森林深處的樹枝下面。
假如你們能夠把他帶來交給國王，
他將會大喜過望，你們也會得到嘉獎，
因為那是他弟弟，而且是獨一無二的弟弟。』」

　　他跟那些騎士原本認識，他們認出了他，
所以他們相信他說的話全是真的。
雖然他們都極其奸詐，但他既然做叛徒，
任何一個奸詐的人他都能引其上鉤。
阿納克勒圖斯走在前面，騎士們緊隨其後，
按布魯特的指示走進一個有溪流的山谷，
布魯特在前頭和後面都布下了伏兵；
這是條很長的道路，路旁便是深澗和陡壁。

　　布魯特率領他兇猛的軍隊從天而降，
全部活捉了國王的騎士，沒一個能逃脫；
他處決一批，捆綁一批，留下了最好的騎士，
按他所認為的最佳方案將他們處理完畢。
然後他召集起軍隊，把他們分為四個縱隊，
要求所有的人都要證明自己的價值：
無論年齡大小均須在決戰中奮勇爭先：
那些正在抵禦敵人圍剿的剽悍武士
必須十萬火急地趕往國王的宿營地；
「我禁止我手下所有忠誠的扈從，

（憑我們之間存在的深厚友誼起誓）
夜間行軍時有任何魯莽和不合情理的行爲，
誰也不能說話或發出任何的聲響，
直到他們聽到我吹出的嘹亮軍號。
因我將親自帶領你們去找國王的帳篷。
一跳下戰馬，我就會發出進攻的命令；
而我勇敢的武士們，你們一聽到命令
就奮勇衝殺，把敵人從睡夢中驚醒！
讓所有的希臘人都躺倒在地上，
作爲我們的死敵，他們命裏註定要滅亡。」

　　所有士兵都嚴格遵守了布魯特的命令，
後者親自把他們帶到了國王的帳篷前；
布魯特跳下馬，奮力吹響了嘹亮的軍號，
特洛伊人聽到後，潮水般地湧向希臘人：
他們用駭人的殺戮把敵人從睡夢中驚醒！
田野上滾動著頭顱，到處都躺滿了屍體——
許多屍體被砍掉了手腳；敵人受到了重創。
成千上萬人從戰場脫逃，抱頭鼠竄，
布魯特及其夥伴生擒活捉了國王。
他自己毫髮無損，向手下武士振臂高呼：
「我抓住了國王，戰勝了他的士兵！
不要讓他們中任何人活著逃出森林！
與此同時，我將親自押送被俘的國王。」
就這樣，布魯特在這場決戰中大獲全勝。

　　他解除了自己斯帕拉廷城堡的圍困。
當夜色隱退，第二天的黎明來臨之際，
布魯特召集起自己忠心不貳的軍隊，
他命令所有忠於和愛戴他的士兵

將戰場打掃乾淨，把屍體都掩埋掉：
所有的遺骸都要投入漆黑的深洞，
大家一起動手，很快就完成了這個任務。
獲取的戰利品他全分給了麾下的騎士，
而且他還將友誼饋贈給所有愛將。

　　當所有這些完成以後，他還做了一件事：
他讓某部下爬到高處，大聲地通知大家，
第二天他要召集手下各部的最高首領
來參加他所主持的一個聯席會議。
他們果然準時前來：這天會上洋溢著歡樂。
武士們一起到來，所有那些彪形大漢，
他們的首領起身對他們說了下面這番話：
「聽好了，我的勇士們，聽好了，我的愛卿們，
下面討論一下你們想要我作出什麼樣的決定：
我已經使希臘人的國王戴上了鐐銬，
還有他的弟弟——我們現在已經占了上風——
他的臣民死傷慘重（為此他會更加恨我們！），
而且他所有的財產也捐給了我的部將；
我的主要顧問們，假如你們全都同意，
我現在就會親手用刀割下他的腦袋：
假如你們願意，我可以使他慢慢地死，
但假如你們提出異議，我也會將他釋放，
條件是他須付高額贖金，用金子和銀子，
以及他的財富來贖回他自己的生命。」
　　於是那些令人生畏的騎士作出了回應：
有的人主張他們確實應該將他處死，
布魯特應該擁有那兒的國土，並成為國王，
但有人並不同意這樣做，他們的主張如下：

「把國王交給我們，還有他所有的金銀財寶，
給我們綾羅綢緞、駿馬和漂亮的衣服，
給我們這個王國角落上的一小塊土地，
把人質也交給我們，以便這些要求都能實現。」
會上有許多人都想發表自己的意見，
以表明究竟同意還是反對上述建議。
正七嘴八舌之際，梅姆布里修斯[21]高聲喊道——
他手握重兵，而且勇猛英武，相貌堂堂，
既明智又現實，知道如何才能說服人——：
「騎士們，你們胡說什麼，勇士們，你們難道失去理智？
在這麼多已經發言提出看法的人當中，
竟無一人對我們應怎麼做提供好的建議。
假如你能聽我說，我的布魯特陛下，
假如你們大家都相信我能提出更好的建議，
那我就向你們說說我認為最合適的做法。」
全場的人都喊道：「我們很想現在就聽聽。」
　　於是梅姆布里修斯用洪亮的聲音說道：
「讓我們從國王那兒得到真正的贖禮：
首先要他同意能保證使我們得到自由；
然後我們就要求得到他的女兒，
要他把女兒送給我們的布魯特陛下為妻；
還要讓他給我們足夠的糧食，以免再挨餓，
還有他的金銀財寶和他的純種駿馬，
還有他手下隨從嘗過的所有山珍海味，
還有他國內現有全部可以航海的船，
以及能使船開動起來的所有必需品，

21.梅姆布里修斯（Membricius）。

即海員所需物品和武器，從而使我們
可航海前往任何我們可生存發展的地方，
並且能夠不間斷地長距離海上航行，
或深入內陸探察，以尋找方便和適合於
我們建立國家的地方。讓我們現在推舉
我們當中至高無上的首領布魯特做國王，
把原國王的女兒伊格諾根[22]選為王后。
但假如我們同意跟希臘人一起留在這裏，
他們就是我們的死敵，因我們敵對已久，
我們屠殺了他們的親人（後者已長眠於地下）：
因為失去的親人，他們會對我們恨之入骨。
他們一心想玩弄惡毒的詭計來挫敗我們，
這樣他們就會在跟我們的對抗中占上風。
我們已經用武器殺戮了成千上萬名希臘人，
又用雙手掐死了同樣數目的敵人同胞。
指望和解必將會導致特洛伊人的滅亡：
假如我們相信他們，就會遭受巨大損失，
他們人數的增加必然會使我們的人數減少。
我重申這一點，因為我知道這是個事實，
無論是從顯要權貴，還是從卑賤下人，
都找不到一個跟我們沒有私仇的希臘人。
因此，你們能作出明智判斷的人若同意的話，
讓我們離開這個人民都憎恨我們的國家：
我們將掠走所有財產，只給他們留一丁點兒；
他們會因貧窮而只能過非常窘困的生活，
而我們假如理智的話，則可以滿載而去，

22.伊格諾根（Ignogen）。

因為我們將帶走這個國家的所有財富，
而留在這兒的希臘人會陷入赤貧的困境：
這樣我們的財富就能壓倒他們的貧窮。」
話音剛落，會場裏響起一片贊同聲。
假如有人正好在場，他就可能會聽到
嘰嘰喳喳的議論聲、喧囂聲和眾人的歡呼聲。
他們都高喊著：「梅姆布里修斯說得沒錯。」
大家都喜歡他的這番話，簡直精彩極了。
於是他們把國王從地牢裏拖了出來，
同時還有他的弟弟，把他們倆人一起，
戴著手銬腳鐐，帶到了布魯特的面前。
他們對國王高喊著充滿敵意的詛咒，
說他應該被吊在大樹頂上處以絞刑，
或以駭人的酷刑用野馬給他分屍，
倘若他不肯讓他們自由地離開這國家；
他必須把能拿到的所有財產都分給他們，
還有他所有那些能夠航海遠行的好船，
並讓他女兒伊格諾根做布魯特的王后。
國王低頭仔細考慮了自己可行的策略，
他感到絕望，因聽到的全是最壞的消息，
死亡的恐懼在滋擾著他的情感。
於是潘德拉蘇斯垂頭喪氣地回答他們：
「你們這麼想要我女兒做王后，但又把我
和我弟弟安蒂戈諾斯關在一起嚴刑拷打；
你們殺死了我的隨從，還想得到我的財寶，
要我把最心愛的女兒嫁給那可怕的傢伙；
但手腳被捆住的人不得不低頭屈服。
我同意你們的要求，儘管心裏並不情願，

但假如你們願意留在我這個國家的話，
我可以把三分之一的國土送給布魯特，
並給他所有追隨者自由，跟他們重新修好，
我也將把女兒伊格諾根嫁給你們的首領；
我們應該通過這個聯姻而互相成為親戚，
一起過安定的生活，並共同繁榮昌盛。」
布魯特慨然作答，他天生就是位領袖，
「我們絕不同意這個條件：我們要離開這兒，
而你也得趕緊設法保住自己這條小命：
快把我們要的東西拿出來，假如你還想活命。」
國王向全希臘每個地方都頒佈了命令：
要人民交出王室所擁有的全部財產，
並將停泊在海邊的所有船隻都裝滿糧食，
航海所需的給養全都被補充備齊，
因只有這樣才能從死敵手中贖回國王。
希臘人民完成了國王指示他們做的事情：
海船都隨時待發，艙內貨物滿到了舷緣。
國王把最心愛的女兒也交給了布魯特；
整個協議都得到了履行。於是大軍開拔，
那些威猛的武士們徑直來到了海邊，
一路上布魯特王受到了喝彩和歡呼；
布魯特牽著伊格諾根的手，把她領到了船上。
他們收起了船上的纜繩，豎起了桅杆，
一陣清風鼓起了徐徐展開的片片篷帆：
三百二十艘船隻魚貫駛出了港灣，
其中有四艘裝得滿滿當當的大商船
載著布魯特所擁有的最好的武器。
它們迅疾地經過淺灘，離開了希臘本土，

駛向了此時風平浪靜的遼闊大海。
經過兩天兩夜在海上的飄蕩顛簸，
他們於第二天晚上終於到達了岸邊。
那是座名爲洛吉斯[23]的小島——島上空無一人，
既無男人，又無女人，只有穿越荒野的道路。
海盜們曾劫掠過此地，殺死了所有居民，
所以小島已被洗劫一空，找不到任何食品，
但那兒野獸觸目皆是，令大家甚感吃驚，
於是所有的特洛伊人都去圍獵野獸，
從那些野獸身上獲取他們所需的一切，
並盡可能多地將大量獵物抬到了船上。
他們在島上發現一個防禦設施完備的城堡，
所有的城牆都搖搖欲墜，大廳已經倒塌，
他們只找到了一個寺廟，完全用大理石建成，
富麗堂皇，完全是用於祭祀魔鬼的目的，
那裏面供奉著一個女性模樣的偶像，
形象俏麗，身材高挑，而且名字以異教方式
寫成狄安娜[24]；魔鬼對於她寵幸有加：
她靠魔鬼的幫助，創下了驚人的偉績，
作爲全世界茫茫林海中至高無上的女王，
在那些異教崇拜儀式中，她被尊爲女神；
那些跟她有關的信徒都是絕頂聰明之人：
因她會把即將發生的事全都預示給他們，
或是通過徵兆，或是借托他們的夢幻。

23.洛吉斯（Logice）據推測很可能是位於希臘西岸沿海的愛奧尼亞群島（Ionian islands）中的萊夫卡斯（Lavkás）。

24.狄安娜（Diana）是古羅馬神話中的狩獵、童貞和月亮女神。由於萊阿門寫作的十二世紀是基督教教會占統治地位的時期，所以作者將狄安娜稱作異教的女神，並把她跟魔鬼相提並論。

當過去島上的居民部落仍存在的時候，
他們就是崇拜這個偶像，並稱頌魔鬼。
布魯特從他的水手那兒瞭解了這一切，
後者曾經來過這兒，並熟悉這些習俗。
布魯特隨身帶了十二個足智多謀的巫師，
還有一個他所信奉異教信仰的祭司，
該祭司名叫格里奧尼[25]，出自名門貴族；
他來到了那個供奉狄安娜的地方；
布魯特帶著那十二名巫師走進了寺廟，
但讓大隊人馬停留在寺廟的外面。
在他的手中拿著一個用純金製成的碗，
金碗中盛著奶汁和一些加兌的美酒：
那奶汁來自布魯特親手射殺的白色雌馬鹿。
在祭壇上，他點燃了一個偌大的火堆；
並按祭禮規定圍繞那火堆走了九圈：
他將奶汁澆在火上，並以平靜的口吻說：
「敬愛和崇高的狄安娜女神，請助我一臂之力，
通過您的神奇法力給我指引和影響，
告訴我如何才能正確帶領我的部族
找到那片我們可安家立業的理想樂土。
我若征服那片土地，並讓我的人民擁有它，
我將以您的名義建一座壯麗的寺廟，
並將以最高的崇拜儀式將它尊為聖殿。」
布魯特如是說。
然後，他拿起從那只白色雌馬鹿身上剝下的皮，
就像是在鋪床一般，將它展開在祭壇前，

25.格里奧尼（Gerion）。

他跪倒在那張馬鹿皮上，後又全身匍匐，
他以這種姿勢開始打盹，繼而進入了夢鄉。
當他在地上睡著時，他似乎在夢中看到
女神狄安娜正含情脈脈地凝視著他；
臉上帶著迷人的微笑，答應了他的要求。
她把自己的一隻手放在他的頭頂上，
對躺在地上的他說了下面這番話：
「在法國西面，你會發現一片富饒的陸地，
就在大海圍繞的那個地方你們會得到賜福：
那兒到處都有飛鳥、遊魚和漂亮的野獸，
還有森林和湖泊，以及廣袤的荒原；
那地方到處都噴湧著清泉，令人心曠神怡。
在那個國度住著一些非常強壯的巨人；
阿爾賓是那兒的地名，但沒有居民。
你們會在那兒繁衍後代，建立新特洛伊，
而且從你的部族將會有後人登上王位。
你們光榮的後代將會統治這片土地，
在全世界都得到尊敬，而且將健康快活。」
當布魯特醒來以後，他感覺興奮異常；
不斷尋思著剛才夢境中女神如何對他
表現出溫情和慈愛；他對部下宣佈了
女神似乎是在夢中對他說過的原話。
他用最熱烈的言辭表達了對她的感謝，
並向她立下誓言（當然他必將實現它），
他將永遠跟隨她，並為她建立寺廟，
等他到達那片土地時將為她塑個金像，
還要用一生去實現她所表達的願望。
他們辭別了狄安娜，重新回到船上。

一路上乘風破浪，各船奮勇爭先；

連續三十個晝夜他們一直向前疾駛，

船的航線緊貼著非洲的海岸，全速向北，

過了西爾維烏斯湖，又過了腓利斯托斯湖，

船在拉斯基卡丹進入阿紮雷山旁的外海[26]。

在海上他們遭遇當時最猖獗的逃犯和海盜；

足足有五十條船——這些窮寇人數太多了——

向布魯特發起進攻，殺死了一些特洛伊人，

但布魯特後發制人：消滅部分海盜，生擒其餘，

還為自己得到了各種各樣的戰利品：

即海盜留下的財寶食品。他的名聲更加顯赫；

布魯特的部下也個個披金戴銀，面目一新。

從那兒出發，他們又繼續航行了許多天：

沿馬爾文河走了一段後，在茅利塔尼亞上岸[27]：

他們穿越了那個國家，屠殺了那兒的居民。

他們把在那兒所找到的食品和飲料

都運回了自己的船上，並覺得它們美味可口。

從這個國家他們帶走了一切想要的東西，

然後又急匆匆趕路，心裏喜出望外：

他們發了一筆橫財。接著他們來到天涯海角，

那兒有赫拉克勒斯[28]靠神力豎起的擎天大柱，

這些完全用大理石築成的柱子堅固異常；

---

26. 西爾維烏斯湖（Lake of Silvius）在Geoffrey版本中指鹽湖（the salt lake）；腓利斯托斯湖（Lake Philisteus）位於利比亞的的黎波里（Tripoli）與昔蘭妮（Cyrene）之間；拉斯基卡丹（Ruscikadan）是阿爾及利亞沿岸的一座古羅馬城；阿紮雷山（The mountain of Azare）屬於阿爾及利亞的阿特拉斯山脈。

27. 馬爾文河（Malvan）位於阿爾及利亞和摩洛哥（Morocco）的交界處，匯入地中海（Mediterranean）。茅利塔尼亞（Mauritania）

28. 赫拉克勒斯（Hercules）是希臘神話中最偉大的英雄之一，以英勇無比著稱，也是大力士的代名詞。

大力神所留下的界標顯示所有周邊地區

（浩瀚遼闊，一望無際）全是他自己的領地。

他們在那兒看到了喜歡惡作劇的美人魚[29]，

看上去酷似女人，但自腰以下便是條魚；

她們的歌聲是如此迷人，無論天日多長，

人們只要聽到那歌聲，便會忘卻渾身疲憊。

半人半魚，這種美人魚具有女妖的模樣：

其舉止具有如此的魅力，許多男人難以抗拒。

布魯特曾經從他的水手那兒聽說過

那些美人魚所慣常玩弄的鬼把戲。

他命令手下拴住纜繩，將帆繫在中桅上，

調轉船頭，以便能順風行駛，破浪前進。

美人魚紛紛游過來，從各方面圍住了他們，

想用可憎的挑逗來完全阻止他們前進。

儘管如此，布魯特平安無事地駕船通過，

繼續沿著航線前進；其他船隻跟在後面。

一位舵手高興地喊道，說他看見了西班牙海岸。

船隊駛進了港口；船上的人都歡欣鼓舞，

迫不及待地下船上岸，那兒的人民非常友善，

他們分屬四個部族，總共有數千人，

他們全都是好武士，打仗十分英勇，

而且這些人是他們的同胞，令人喜出望外！

這四個部族的人全都是來自特洛伊，

他們的首領阿坦納是特洛伊的元老，

正當希臘人攻破城池，並大開殺戒時，

就是他帶領這些人逃出了特洛伊。

29.韋斯把美人魚描述爲邪惡的妖女，而萊阿門則認爲她們只是「惡作劇」。

阿坦納去世後，科林諾斯成了他們首領[30]，

後者不僅體格強壯，而且身材高大，

他驍勇強悍，剛烈得活像是個巨人。

當布魯特到來的消息傳到科林諾斯耳中，

他感到驚喜；他從來沒有那麼高興過。

他倆互相會合，一次又一次地緊緊擁抱，

布魯特在交談中告訴他自己正尋找一個地方，

以便他能夠使他俊美的人民開拓那塊土地。

科林諾斯回答：「我們將跟你一起去，真的，

帶上我的侍從和部將去分享那片土地，

我們把你當作首領，並且尊你為王。」

他們從西班牙直接航行到了布列塔尼。

（他們稱該國為阿爾莫利卡，即現在的布列塔尼[31]。）

到達那兒時，他們將普瓦圖甩到了右面，

在那兒美麗的盧瓦爾河[32]匯入了大海；

布魯特把船在港灣裏停了一星期零一天，

並派人到各處探察那兒住著什麼樣的人。

對普瓦圖國王戈法來說，此事並非稱心愜意，

當他得知這一群群探子是在窺探他的國土。

國王命令他那些能言善辯的顧問們

立即出發前往有外來軍隊駐紮的海岸邊，

從那些人身上弄清他們究竟有何目的，

以及他們是否有謁見國王的和平誠意。

奉旨前往那兒的顯貴名叫努姆伯特[33]。

---

30. 阿坦納（Atenor）；科林諾斯（Corineus）。

31. 布列塔尼（Brittany）現為法國西部的一個地區；其古稱為阿爾莫利卡（Armorica）。

32. 盧瓦爾河（Loire）

33. 努姆伯特（Numbert）

科林諾斯已經到森林裏去圍獵野獸，
隨身帶著他的號角、獵狗和五百名貴族。
打獵路上他們遇見了國王的特使，
努姆伯特用洪亮的聲音對他們喊道：
「武士們從哪兒來？你們所做的事不合王法！
在皇家獵場裏狩獵，你們將為此而殺頭！
你們全然不把國王放在眼裏，真是罪該萬死；
國王的動物禁止狩獵：你們違法要定死罪。」
　　科林諾斯聞此勃然大怒，他走上前去，
疾言厲色地對努姆伯特說了下面這番話：
「爵士，你如此威脅我們，實在是愚蠢透頂；
你的國王若真的禁止打獵，那他絕不會發達。
但無論他如何禁止，我都決不會停止獵取
他的雄鹿、雌鹿，以及我能找到的任何其他野獸。」
此時暴怒的努姆伯特，皇家獵場的看守，
手中正好拿著一張巨大的射雕大弓，
他把箭搭在弦上，引弓待發：為此禍從天降。
懷著切齒的痛恨，他向對方射出一支箭，
那箭緊貼著科林諾斯的腰間嗖地擦過。
科林諾斯急轉身，躲過了這致命的一箭，
隨即像兇猛的獅子一般撲向努姆伯特，
以驚人的力量奪過了他那張巨弓。
他用弓劈向努姆伯特，將其頭顱砍成兩半，
後者的鮮血和腦漿同時迸出腦殼。
他手下的隨從如驚弓之鳥一哄而散，
逃到戈法國王宮中去報告這悲慘的消息，
即他忠誠的管家努姆伯特已被野蠻殘殺。
國王對此深感震驚，並陷入極度沮喪，

他派出使者前往他管轄的所有領土
去召集大軍：那些人命中註定要滅亡。
大軍集結完畢之後便匆忙地開拔，
前去圍剿把營寨紮在海邊的幸運兒布魯特。
布魯特足智多謀，早就做好了準備，
他將密探派進了國王的宮殿內室，
探知了他的軍隊部署和作戰方案。
密探們摸清情況後，便立即趕回，
回到他們駐紮在海港的首領身邊，
向他報告情報，它們後來均被證實：
「向您致敬，布魯特，我們最高的領袖！
戈法國王[34]已經糾集起了他的軍隊，
一支龐大而強有力的軍隊，而且他誇下海口，
說他們將徹底消滅每一個活著的敵人，
破壞船隻，使船上的婦女全都淹死。
他們不想在我們中間留下任何一個活口。」
布魯特將所有的青年人集中起來帶上了船，
接著把他所擁有的一切都分給了他們，
然後幸運兒布魯特向他的部下宣佈：
「你們，我鍾愛的武士們，聽好了我要說的話：
絕對不要隨便下船，除非我發出秘密口令，
告訴你們我是否在跟國王的決戰中占了上風。」
布魯特率領他的精兵強將直奔那條，
據探子報告，敵人前來冒犯的必經之路，
國王將帶他麾下人馬從那兒進攻特洛伊人。
於是兩軍交鋒，相互發起猛烈的進攻，

---

34. 戈法國王（King Goffar）。

在殊死搏鬥中，那些命數已絕的人紛紛倒下。
許多強悍的武士被刀劍長矛穿透了身軀，
鏖戰從早持續到晚：有無數的騎士喪命。
科林諾斯前來收集戰利品，他自言自語：
「真丟臉啊，科林諾斯！你難道不是個勇士？
快顯示出你的力量和你特殊的本領，
把所有這些普瓦圖人都擊倒在地！」
科林諾斯像一隻灰白色惡狼一般撲向敵人，
旨在對那羊群實施毀滅性的報復。
他用手抽出一把巨大而鋒利的寶劍：
劍鋒所及，人與物體無不紛紛倒地；
無論武士有多麼強悍，甚至還披著盔甲，
倘若碰到這把長劍，便再也站不起來。
當科林諾斯用它砍死兩百名敵人時，
那劍突然從劍柄處在他手中折斷；
科林諾斯此時已殺紅了眼，他大叫一聲：
「鍛造這把劍的那個人真該遭天殺！」
科林諾斯瞪著眼睛四下打量，怒髮衝冠，
從敵人手中猛地奪過一把偌大的戰斧，
將他所能追上的敵人全都砍成了碎片。
國王轉身逃跑，手下大軍頓時潰散，
而科林諾斯緊隨其後，奮勇追殺，
這位最兇猛的勇士對他們高喊道：
「戈法和你的部下，你們為何要逃跑？
你們要想趕走我們，就別這樣抱頭鼠竄！
在我們逃走之前，你們得更加英勇頑強些！」
無論步行或是騎馬的逃兵都不敢等他決戰。

國王有一名身經百戰的侍衛叫做蘇瓦德[35]；

他可以看到科林諾斯正向他們追來：

蘇瓦德身邊有三百騎兵作爲同伴：

他立即轉身，毫無畏懼地展開反擊。

但這位蘇瓦德並不能夠堅持多久；

因爲科林諾斯用神力將他擊倒在地。

他擊中了蘇瓦德的頭部，使其跟蹌倒地，

緊接著他一斧砍中了腰部，將他劈成兩半。

那兒再也沒人強悍得足以跟他交手抗衡：

科林諾斯將他們連同其骨頭打得稀巴爛，

把他們追得落荒而逃，留下了幾千具屍體。

從科林諾斯那兒逃跑的軍隊又遇上布魯特，

那兩人合力奮戰，殺死了他們追上的所有人。

當戈法明白大勢已去，只有自己脫身時，

他不顧留在後面的臣民，逕自逃往國外，

到法國喘息避難，因爲他在那兒還有朋友，

例如那兒的皇帝和十二位同輩的貴族，

他向後者講述了布魯特所犯下的暴行。

在法國有十二位效忠皇帝的顯赫貴族，

法國人稱其爲「十二門徒」——他們都是勇猛的武士；

人們尊稱他們爲「王」，而他們的確名符其實。

他們向戈法國王保證將自願替他報仇，

向他的敵人討還血債，以平息他的怒氣。

他們向全法國寄出了張榜告示，以募集士兵，

整整七個晚上，他們都忙於徵募武士；

而布魯特在阿爾莫利卡率領他的大軍，

35.蘇瓦德（Suard）。

爲他獲得的所有戰利品而感到揚眉吐氣。
他席捲了全部國土，燒毀了所有城鎮，
劫掠了整個國家，將其掌握在自己手中。
他巡視遍了那片國土，征服了每一個角落。
當他率大軍出行時，他們來到了一座山前，
它美麗而又陡峭，他仔細地凝視著山上；
並向手下詢問是誰建造了那兒的城堡。
那個固若金湯的城堡一旦建成，便屹立至今。
不一會兒以後，戈法國王的大軍尾隨而至，
強大的陣容裏幾乎包括了全法國的軍隊，
其中還包括了來自所有法屬領土的士兵。
當戈法國王從遠處望見那座城堡的時候，
他頓時心灰意冷，所有的感官都變得麻木：
他隨著他的強兵勁旅急匆匆地趕路；
他們被分成十二支縱隊，向各方面出擊，
而當特洛伊人從城堡出來發起衝鋒時，
他們一下子就把法國人摺倒了三千人。
儘管受到衝擊，但法國人仍站穩了腳跟，
然後那些惡棍們便開始猛烈地反擊！
他們將布魯特及其同伴趕回了城堡，
並在這次反攻中殺死了布魯特的一些部下，
而且整天他們都在瘋狂地向城堡發起進攻，
直到夜幕降臨以後，他們才不得不收兵。
城堡內人們驚恐萬分，午夜時他們開會商討，
決定要派科林諾斯出城前往森林探路，
並且讓他帶上自己屬下的所有士兵：
他們悄悄地溜出城堡，彷彿是去行竊，
潛入了城堡西面的森林和灌木叢。

布魯特留在城堡內，對其嚴防死守。
當黎明降臨，白晝又回到宇內人間時，
布魯特就像是一頭因被成群的獵狗
在森林中間圍攻困擾而激怒了的野豬。
布魯特下令讓部下全部穿起盔甲，
並拿上他們最好的武器，因他們必須戰鬥。
他們捲起了城堡的大門，勇敢地走出去，
向法國人發起衝鋒，後者也開始反攻：
短兵相接，浴血奮戰，雙方都異常英勇，
兩軍對壘變成了一場混戰，騎兵死傷無數。
話說布魯特有一個表兄弟名叫圖努斯，
他急切地盼望決戰，以至送掉了性命；
以各種不同的方式他殘殺了無數法國人，
光是用雙手他就掐死了數百個敵人，
但他不慎走散，離朋友們的距離太遠，
被敵人從各個方面夾擊，團團地圍住，
並且用武器刺傷了他，最後將他殺死。
布魯特發現他已戰死，便將他運回了城堡，
在城堡裏面他把表兄弟埋在一堵牆前面；
就因爲這個圖努斯，該城堡後改名爲圖爾[36]，
而這地方也終於因圖努斯而被稱作都蘭[37]。
布魯特如下山猛虎，在激戰中渾身是膽，
他想要以牙還牙，爲摯愛的年輕朋友復仇。
特洛伊人齊聲吶喊，向敵人猛烈進攻：
戰場上刀光劍影，恐怖的場面不斷地升級，

36.圖爾（Tours）現在是法國西部的一個城市。
37.都蘭（Touraine）現在是法國西部的一個地區。

鏖戰呈白熱化狀態：命數已盡者紛紛喪命。
屠殺場面十分兇殘；接著科林諾斯從森林方向
帶來了眾多生力軍，全力支持布魯特的進攻，
這一頭是布魯特，而另一頭是科林諾斯，
他們揮舞鋒利長矛，使敵人望風而逃；
所有他們能找到的法國人都被趕盡殺絕，
當地的田園變得荒蕪；人們遭到殺戮。
世上還未出現過如此絕頂聰明的人，
以至他能夠數得清楚那天陣亡的將士，
或猜出戰場上究竟躺有幾千具屍體。
然後布魯特吹起號角，召集起他的軍隊，
跟他們一起討論了許多面臨的問題，
並且作出一個決定：他們準備動身出發。
他們在全軍中發佈消息，正式宣佈
幸運兒布魯特即將要登船揚帆遠行。
於是他們帶著所有的戰利品回到船上，
不但有曾經屬於戈法國王的金銀財寶，
而且還有戰鬥中法軍陣亡者的財物。
當船隊駛出港灣時，士兵們歡聲雷動：
清風鼓帆送行；飛魚在船頭騰越，
海面異常平靜，士兵們心滿意足；
船隊向前航行，直到它們最後到達陸地，
托特尼斯的達特茅斯港灣[38]，布魯特欣喜萬分。
各船衝上沙灘後，全軍都下到了陸地：
就這樣布魯特得到了狄安娜許諾過的恩惠，
使他們在洛吉斯島上作了短暫的停留。

38.托特尼斯的達特茅斯港灣（Dartmouth haven, in Totnes）位於英國南部沿海的德文郡（Devon）。

特洛伊人盡情地狂歡，以示慶祝，
並用最懇切的言辭向上帝表達感激之情，
現在他們終於能夠盡情享受這種歡樂。
他們在鄉間發現了二十個龐大的怪物，
其名字我從未在民歌故事中聽說過，
只有一個例外，即它們當中首領的名字：
那個為首的怪物名叫戈格馬戈格[39]，
它是上帝的死敵，卻是惡魔的寵兒。
布魯特和他勇敢的部下發現這些魔怪後，
當即朝它們發射了鐵皮包頭的利箭，
怪物並不喜歡中箭，所以它們逃進了深山，
躲在人跡罕見之處的空曠洞穴之中。
隨後在一個大晴天，布魯特及其部下
正在用舉行虔誠的儀式來作為祈禱，
用食品和飲料的祭獻，以及節日頌歌，
用每個人都拿在手中的各種金銀財寶，
還有駿馬和衣服：殖民者心中洋溢著喜悅，
這群飄泊四方人們從來沒有這麼快樂過。
就在這時，從山上跑下來整整二十個
身軀又長又大，極其強壯的龐大怪物。
它們一起連根拔起直徑很粗的大樹，
把布魯特的士兵們衝得七零八落：
轉眼間它們就殺死了五百多名士兵。
它們是用樹幹和石頭發起的突襲，
而英勇的特洛伊人也奮力進行了反擊：
他們齊射出的飛箭使怪物落荒而逃；

39. 戈格馬戈格（Gogmagog）。

然後他們向怪物擲出槍頭鋒利的長矛：
敵人扭頭逃跑之時就註定了必然滅亡；
十九隻怪物被殺死，戈格馬戈格被活捉，
並隨即被押解到了布魯特的面前。
布魯特命令給它帶上沉重的手銬腳鐐，
這樣人們就可以來測試它驚人的力量，
讓它跟科林諾斯在布魯特面前角力摔跤。

　　布魯特坐在高高的山丘頂上進行裁定，
人們都一起聚集在海邊的懸崖上面。
科林諾斯扭動著肩膀走出來擺好陣勢，
巨型怪物也在大家面前展示其膂力。
人群中既有帶武器的男人，也有許多女人，
比賽角力的場地真可謂是萬頭攢動。
兩位對手將手搭在對方臂膀上做好了準備，
就像兩隻對峙的野獸：骨頭繃得咯咯響；
他們互相猛踢小腿，雙方用的勁還挺足；
他們頭顱頂到了一塊兒，旁觀者目不轉睛。
時而他們彎下身體，似乎要躺倒在地上，
可時而他們又躍起身，好像要疾駛而去；
他們閃亮的目光中顯示出刻骨的仇恨，
就像發狂的野豬那樣把牙咬得吱嘎作響；
一會兒他們臉色煞白，因狂怒而氣喘吁吁，
一會兒他們又滿臉通紅，瘋狂地扭作一團，
這兩個勁敵都一門心思想要征服對手，
無論是通過詭計、衝撞，或是無比的神力。
戈格馬戈格想出一個惡毒的詭計，用胸脯
狠狠地抵住科林諾斯，把他向後壓去，
一下壓斷了他連接脊樑骨的四根肋骨。

這暴行使科林諾斯受傷致殘，但他並不屈服。

幾乎沒有人指望科林諾斯還能夠活命；

但儘管如此，他還是想出了自己的計謀，

重新鼓起了勇氣，並且舒展他的臂膀，

猛地將戈格馬戈格拉過來，折斷了其脊樑，

他抓住對方的腰帶，狠狠地舉過頭頂；

作爲決鬥場地的懸崖頂是個突兀的怪峰：

科林諾斯將巨人惡狠狠地摔下了懸崖，

後者倒栽蔥似地掉下絕壁，摔得粉身碎骨，

還未等觸及地面，這個妖精就已解體。

就這樣，這個可憎怪物被打發進了地獄。

那懸崖的名稱直到今天，並將永遠

在各種語言中都表示戈格馬戈格的墜落。

就這樣，那些可怕巨人全都遭到了毀滅。

至此全島國都歸屬到了布魯特的手中；

特洛伊士兵靠勇氣克服了所有的困難。

於是他們的心中充滿了快樂和幸福。

接著他們建造了房屋，使自己安居樂業，

他們籌建了城鎮，並開始耕作土地：

在地裏播下了種子，或將它整修爲牧場；

他們精心耕作那兒的每一寸土地，

因爲視野所及全都是他們的戰利品。

當布魯特到達時，這塊土地稱作阿爾賓[40]；

而現在布魯特決定它不該再沿用此名，

於是便想用自己的名字來爲它命名：

他自己名爲布魯特，該地方便叫做「布魯泰恩」；

40.阿爾賓（Albion）是英國的古稱，在詩歌中仍經常使用。

而所有那些擁戴他為王的特洛伊人，

也因「布魯泰恩」這地名而被稱作「布魯頓人」[41]。

這名稱至今猶存，在一些地方仍在使用。

布魯特給他的最佳勇士科林諾斯

賞賜了一塊土地，以後者的名字命名：

因其主人是科林諾斯，所以這地名為「科林尼」[42]，

後來隨著那兒居民所使用語言的變化，

人們稱這地方為「康沃爾」（這真有點荒唐）。

特洛伊人原來的語言後也改稱為「布魯頓語」，

但自從格蒙特到來以後，英吉利人改變了它，

格蒙特趕走了布立吞人，他的部下是撒克遜人；

還有來自阿爾邁恩一角，並以其命名的盎格魯人，

從盎格魯人又演變到英吉利人和「英格蘭」[43]。

後來英吉利人征服了布立吞人，將其淪為奴隸，

後者從此再也沒能翻身，或具有發言權。

「布魯泰恩」歸屬布魯特，而康沃爾則歸科林諾斯：

布魯特接納了所有來投奔他的朋友，

並且賦予他們每個人最想得到的土地。

科林諾斯也召集起他所有的追隨者：

並分給他們每個人所特別喜歡的土地。

這些人繁榮昌盛，因為每個人都各得其所。

那個民族在不久之後人口繁衍得如此之多，

41.布魯泰恩（Brutain）這個名稱後來隨著英語母音的變化而逐漸演變為「不列顛」（Britain）；而布魯頓人（Brutons）一詞也演變成「布立吞人」（Britons），即古代不列顛島的凱爾特居民，或稱不列顛人。

42.由科林諾斯（Corineus）一名衍生來的「科林尼」（Corinee）這一地名，後來又演變成「康沃爾」（Cornwall）。該地方位於英國的西南部。

43.由於母音的變化，「盎格魯人」（Angles）一詞逐漸變為「英吉利人」（English），而「英格蘭」（England）一詞意為「英吉利人的土地」（Engleland）。

以至他們已獲得了無可限量的發展前景。

　　看著所有這些人，布魯特開始陷入沉思，
他看到了美麗而又險峻的巍峨山脈，
他看到了最爲壯觀綺麗的無邊草地，
他看到了河流湖泊，以及各種野獸，
他看到了水中的遊魚和天上的飛禽，
他看到了逶迤的草原和可愛的森林，
他看到了鮮花盛開和麥浪滾滾的農田；
這一切美景使他心中充滿了幸福；
然後他聯想到曾飽受驚恐的特洛伊城。

　　他繼續巡視這個國家，欣賞鄉間美景：
他找到了一個瀕臨河海的好地方，
在那兒建起了一個極其壯麗的城市，
既有民宅廣廈，雕樑畫棟，又有高大石牆，
當城市落成時，它顯得非常莊嚴肅穆。
布魯特已經爲此新建城市準備了名字：
他給它起了一個響亮的名字──「新特洛伊」，
以紀念他故鄉已經謝世的親人們。
過了很久以後，這塊地方的本地居民
把城市的舊名改稱爲「特洛伊諾馮」[44]，
此後又有許多的年份不斷地流逝，
布魯特的後代中出了個權傾一方的國王，
他名叫盧德，對於這個城市情有獨鐘；
該國王在這個城市中居住了很長的時間。
他在臣民面前親切地稱這個城市爲「盧德」；

44.特洛伊諾馮（Toynovant）即拉丁語的「新特洛伊」。

並且命令大家都隨國王將它改稱爲「凱爾盧德」[45]。
後來這名稱又有變遷，其形式注入了新的資訊，
全國各地的人都開始稱它爲「倫登納」；
隨後該城市曾一度淪陷，落入法國人之手，
按法語的習慣，人們把它稱之爲「倫德爾」[46]。
就這樣，這個城市自創立以來不斷變遷，
就這樣，此地方一代一代流傳了下來，
而城市中由布魯特建立的所有市鎮，
以及它們在布魯特時代曾廣爲流傳的美名，
都已經隨著居民的失散而蕩然無存。

　　當布魯特建成號稱「新特洛伊」的都城時，
他命令許多部下立即趕赴這個城市，
將它託付給他們中間最傑出的人選，
並用法律的形式賦予他們以立法權。
他指示他們要用博愛來作爲凝聚力，
每個人都須爲維護別人權力而日夜惕厲，
假如有人拒絕這樣做，便要受到懲罰，
至於犯下嚴重罪行，罪人就得被絞死。
由於這些好的法令，他們逐漸贏得了尊敬，
並成爲行爲正直的人，酷愛合理的言辭。

　　布魯特親自統治了這個國家二十四年，
王后伊格諾根爲他生下了三個健壯的兒子。
當父王逝世以後，他們都在一起商討後事，
隨即將布魯特葬在新特洛伊的市鎮之內，
後者的建成曾使得他們的父王滿心歡喜。

45.凱爾盧德（Kaerlud）意爲「盧德之城」。
46.倫登納（Lundene）；倫德爾（Lundres）。它們都是倫敦早期的名字。

接著這三個兄弟又互相會聚在一起，
懷著和諧與博愛之心把國家分割爲三塊。

　　這三兄弟中的年長者名爲洛克林，
他在兄弟中最富有智慧，最謹言愼行，
他也是最強壯有力和具有最敏銳的領悟力。
他分到的南方土地都隨其名而被稱做洛格雷斯[47]。
另一個叫做坎伯特，他是兄弟中的老二，
分給他的那塊地方就被稱做坎布里亞[48]，
這就是威爾士人所鍾愛的那片蠻荒的土地，
後由於蓋洛厄斯王后，它又改稱爲威爾士，
並由於瓜倫公爵，那兒的人被稱做「威爾士人」[49]。
第三位名叫奧爾巴納克，亨伯將給他帶來恥辱：
奧爾巴納克分到的是最北端的那片土地[50]，
如今人們習慣於稱那塊地方爲蘇格蘭，
但奧爾巴納克當時給它起名爲奧爾巴尼。
洛克林統治著東南方，奧爾巴納克在北方；
坎伯特則獨掌塞文河西面的所有地方。
這三兄弟分治這個國家，深受人民的愛戴，
就這樣平靜而安定地度過了漫長的十七年。
當這十七年過去以後，驟然間風雲突變，
有一個異族的國王從遠方來到這個國家；
他是匈奴人的國王，名字叫做亨伯；
這個異族人本性邪惡，其部下強悍兇猛，
他劫掠了許多地方，並征服了那兒的居民，

47.洛克林（Locrin）；洛格雷斯（Logres）。
48.坎伯特（Cambert）；坎布里亞（Cambria）是威爾士的古稱。
49.蓋洛厄斯王后（Queen Galoes）和瓜倫公爵（Duke Gualun）都是威爾士民間傳說中的傳奇人物。
50.奧爾巴納克（Albanac）；亨伯（Humber）。

還沿著海岸線洗劫了那兒的幾百個島嶼，
這幾乎包括從不列顛到日爾曼的所有島嶼。
亨伯國王與載著他全部軍隊的整個艦隊，
到達了奧爾巴納克的領地，與他部下交戰，
用盡了火攻、戰場廝殺和各種陰謀詭計。
奧爾巴納克率大軍向他發起猛烈進攻，
對方殊死反攻：英勇的武士紛紛戰死在疆場。
奧爾巴納克的所有軍隊都倒在了戰場上，
只有少數人臨陣逃脫，躲進了茂密的森林；
就連奧爾巴納克本人也在激戰中慘遭屠殺。
冷酷的亨伯給這個地方帶來了滅頂的災難，
以至那些從戰場上逃脫的軍隊越過邊界，
進入了布魯特的土地，去尋找強悍的洛克林：
他們原原本本將最殘酷的故事告訴了他：
他兄弟奧爾巴納克如何戰死，亨伯如何毀滅了他。
剩下的那兩個兄弟相互間達成了默契，
洛克林與坎伯特，以及所有忠於他們的人，
還有他們所能夠召集到的每一位騎士。
他們聲討亨伯的大軍陣容如此強大，
把亨伯氣得暴跳如雷：整個國家都跟他作對；
他率領兇猛的武士穿越了蘇格蘭海，
他們想要通過激烈的戰鬥征服不列顛。
洛克林和坎伯特聯起手來對付他們：
他們揮舞著自己的武器：悲傷降臨在敵人頭上；
亨伯終於吃到了苦頭（布立吞人大獲全勝），
他麾下軍隊盡數敗在洛克林和坎伯特手下，
而亨伯在危急之中縱身跳進了大河之中，
其追隨者也跟他一起都被淹死在河裏；

由於亨伯之死，此河也被命名爲亨伯河[51]。
此前亨伯曾率領其大軍橫掃了日爾曼，
毀掉了那兒的大部分土地，殺死了眾多的居民；
他從日爾曼部落中帶走了三個美麗的少女：
第一個名叫阿斯特里爾德[52]，這位高貴的公主
是當時世界上活著的人中最美貌的女子。
這些少女都在船上，跟亨伯的士兵們住在一起，
後者在亨伯上岸作戰時看守他們的財寶。
當亨伯戰敗，在亨伯河裏投水自盡以後，
洛克林和坎伯特登上了這些船隻，
來沒收亨伯國王所擁有的那些財物；
在水手群中，他們發現了那三位少女：
洛克林凝視阿斯特里爾德的目光裏充滿了柔情，
他把她摟進了懷裏，心中頓時充滿了歡樂；
於是他在她耳邊悄悄地說：「我將會照顧你；
你眞是個絕色的女子，我非常願意
（以最崇高的敬意）娶你做我的王后；
我這一生一世再也不會要別的女人，
因爲你給予我的幸福是我從前難以想像的。」
　　此時康沃爾王科林諾斯仍然健在，
他有一個自己最爲疼愛的獨生女兒；
洛克林曾立過一個婚約，要娶這位公主爲妻，
而且他曾當著所有侍臣的面發過誓。
但是爲了阿斯特里爾德，他即將要拋棄她。
　　這個消息傳到了康沃爾王科林諾斯的耳中，

---

51. 亨伯現在是指英格蘭東海岸的北海港灣，亨伯河及其支流流經近2500平方公里
　　的面積。
52. 阿斯特里爾德（Astrild）。

即他心愛的女兒已經失去了洛克林的愛情，
科林諾斯聞此大爲震驚，心如死灰，
他長途跋涉來到這個國家尋找洛克林，
在肩頭上扛著一個巨大的長柄戰斧。
他站在洛克林面前，用憎惡的目光掃視著他，
勇士科林諾斯說出了下面這番話：
「告訴我，洛克林，告訴我，你這個可惡的人，
現在快告訴我，你這個瘋子——你定將追悔莫及！
無人能把你從可恥的死亡中拯救出來——
你已經侮辱了我的女兒（她是我最心愛的孩子）
和我本人：你定將爲此付出慘重代價。
我跟你父親一起來到這國家，並帶過他的兵：
經過了千辛萬苦，經歷了無數次血戰，
多少次嚴酷的衝殺，多少次刀光劍影，
多少次遍體鱗傷，多少次輝煌的勝利，
我都在戰場上與布魯特並肩挺過來了，
他是我最親密的戰友和最勇猛的領袖。
爲此我將要你死，因爲你配不上這個父親：
你若是布魯特的兒子，就絕不會如此羞辱我；
出於對他的愛，我曾戰勝過許多可怕的巨人；
而你卻對我的功勞報以厚顏無恥的侮辱：
竟然拋棄我最珍愛的獨生女兒格溫多林，
而這全是爲了那名叫阿斯特里爾德的異族少女。
你根本就不知道她來自什麼樣的國家，
也不知道她父母究竟是哪位國王和王后，
而現在因爲愛她，你將得到可悲的下場：
你將被我這把鋒利的戰斧砍成肉泥。」
科林諾斯將戰斧舉過頭頂，猛地砍下來，

擊中了洛克林剛才站立在上面的一塊巨石；
把那石頭砍得粉碎，洛克林連連後退。
站在一旁的雙方侍衛急忙衝上前去，
將他們拉開；這時軍中亂做了一團：
人們七嘴八舌，相互叫罵，爭執不下。
接著，軍隊中資歷最老的武士集合在一起：
這些最受尊崇的英雄舉行了一個特別會議。
宣佈他們絕不能容忍，只是為了異邦珍寶，
就造成科林諾斯與洛克林之間的爭吵：
「但我們將發表意見，提出以下的忠告：
即我們把格溫多林作為洛克林的王后，
遵守我們對科林諾斯和洛克林立下的誓言，
並將保持人民對領袖的最深厚感情，
同時把阿斯特里爾德押送出這個國家。」
洛克林不得不表示同意，因它代表了民意：
所以他接受了格溫多林，娶她為妻，
而且他告訴大家（儘管他沒說實話）
阿斯特里爾德現在將被遣送到國外。
但他只是想騙他們，並沒有真的那麼做。
他找來一名對他忠心耿耿的侍從，
極為隱秘地命令他偷偷溜出王宮，
令他前往那個當時稱作特洛伊諾馮[53]的城市
（按我們的語言來說，它現在名為倫敦），
在那兒以最快的速度，並作為頭等大事，
建造一個漂亮而堅固的地下行宮：
那兒有用岩石砌成的牆和鯨魚骨的門，

53.特洛伊諾馮（Troynovant）一詞的拉丁文原義為「新特洛伊」。由於布魯特是
　特洛伊人的後代，所以不列顛人都自認為是特洛伊人的後代。

並要選一個適宜的地方，遠離人們的窺探。
行宮裏要備有大量煤炭和足夠的衣服：
床罩和紫色的衣裳，以及大量的金幣。
整壇的美酒、成堆的蠟燭和各種好玩的東西。
當行宮建成以後，要馬上趁夜色行動，
用秘密手段將阿斯特里爾德送進行宮，
這位忠誠的侍從辦妥了洛克林吩咐的一切。
（畢竟每個侍臣都得執行國王的命令！）
　　阿斯特里爾德在這地下行宮待了整整七年，
她從不出門，也沒人知道她在裏面，
除了洛克林國王和他最親近的侍從。
每當去特洛伊諾馮時，他就對可憐的格溫多林說，
在那兒他的神希望他能花一周時間來冥思，
須虔誠並與世隔絕：他只能這麼做，
因爲怕別人發現他去那兒是爲什麼目的。
格溫多林相信了他（說謊是他的拿手好戲）；
此間，洛克林耽於聲色，使阿斯特里爾德受孕，
還有格溫多林，他也使她懷上了孕。
阿斯特里爾德在她的地下行宮裏生了個女兒，
起名爲阿布倫；天下沒有比她更漂亮的孩子；
而格溫多林生了個兒子（她更爲他感到自豪）：
國王這位高貴的王子被起名爲馬登[54]；
這孩子茁壯成長，使每個人都很喜歡他。
當他已經學會走路，並且會跟人說話時，
洛克林國王帶著他可愛的兒子馬登，
把他送到了鄰國的科林諾斯那兒，

---

54. 馬登（Madan）。

以便後者能更好地訓練他，教他規矩，
而只要力所能及，科林諾斯非常願意這樣做。
緊接著，那暗中阻擊每個人的時間悄悄降臨，
大力士科林諾斯的生命終於活到了盡頭。
國王聽到了這個消息：這對他是個安慰。
當他確實弄清科林諾斯已經去世，
他就從部下挑選出十二名忠誠的侍從，
以便護送格溫多林回她父親的國土，
即回到康沃爾她自己的同胞那兒。
就這樣，格溫多林帶著兒子馬登回到故里；
為此她向周圍所有的同伴怨天尤人，
那些人都是她父親生前的部下和親信。
她召集起自己所有的朋友和親屬，
所有能聽她指揮，並為她打仗的騎士；
以及所有她所熟悉，肯為她賣命的朋友。
而那些她不認識的人也非常踴躍地
從各地趕來，為的是謀取高額的賞金，
因為她對那些剽悍的勇士絕不吝嗇金錢，
作為回報，她請求他們為自己主持公道。
洛克林國王已公開把阿斯特里爾德帶回了宮：
他覺得她嫵媚動人，便讓她做了王后：
但這種銷魂的快樂引來了眾多的災難。
有人通報洛克林，後者是這國家的君王，
格溫多林和她的大軍正朝這兒進發，
要為自己的冤屈向國王和王后報仇。
國王親率自己的軍隊前去抵禦她。
他們在一條河的岸邊進行了決戰，
這場在斯陶爾河畔的戰鬥異常殘酷。

在多塞特郡，國王洛克林殞命沙場[55]，
一支箭射中了他的心口，所以他當即咽了氣：
他命數已盡，跟許多士兵一起倒在了戰場上，
倖存者四下潰散，屁滾尿流，抱頭鼠竄。
格溫多林佔據上風，爲自己贏得了整個國家：
所以她率軍來到阿斯特里爾德居住的城堡，
捕獲阿斯特里爾德和阿布倫後，捆住其手腳，
並將她們倆全都扔進了深水潭中，
她倆雙雙淹死，遭到了悲慘的下場。
所以格溫多林現在成了國家的女王，
接著她頒佈了一個帶有一絲幽默感的法令，
即從此那條曾經淹死過阿布倫的河流
將以少女阿布倫來命名，而被稱做阿弗倫[56]，
出於對洛克林的愛，他曾是她的國王和丈夫，
因爲是他跟阿斯特里爾德生下了阿布倫。
就這樣她除掉了國王、新王后和他們的孩子。
那條溪流仍稱作埃文河，在基督教堂處入海。

55.斯陶爾河（Stour）；多塞特郡（Dorset），位於英國南部沿海地區。
56.阿弗倫（Avren）是阿布倫（Abren）法語變體，後在中古英語中又變異爲「埃
　文」（Avon）。埃文河流經英國中部，莎士比亞的故鄉斯特拉特福就坐落在
　美麗的埃文河畔。

李爾王的傳說[1]（1950-1886行）

布萊達德只有一個兒子：他名叫李爾。
在父王去世以後，他執掌了這塊著名的國土
整整一生，他的統治持續了六十個年頭。
他以卓著的技能建造了一個宏偉的城市，
並將該城市以自己的名字來進行命名：
它被稱做李爾之城（因為國王特別喜歡它），
用我們現在的語言它被稱做「萊斯特」[2]；
很久以前它曾是個非常雄偉壯觀的城市，
但後來由於發生了許多悲慘絕倫的故事，
所以城市也因為其居民的死亡而遭到毀滅。
李爾王統治了他全部的國土整整六十年。
他賢慧的王后為他生下了三個女兒：
大女兒高納里爾、二女兒雷根、三女兒考狄利婭[3]，
最後一個女兒在三姐妹中最秀雅貌美，
她父親愛她就像愛自己寶貴的生命。
隨著國王年事已高，舉止盡顯老態龍鍾，
他開始仔細考慮有什麼最妥善的方法
能在國王去世以後繼續治理這個國家。
他對自己說道（而這完全是一廂情願）：

---

1. 這個故事後於1604－5年前後被莎士比亞改編成了一部著名的悲劇。李爾王（King Lear）在垂暮之年，決定把自己的國家分給三個女兒。兩位大女兒靠虛偽的甜言蜜語騙得父親歡欣和繼承權，而小女兒因直言不諱激怒父親，失去寵愛，後嫁給法國國王。李爾因不再掌權，而相繼受到兩位大女兒的虐待，不得不遠赴法國投靠當年拋棄的小女兒，得到殷勤的接待。最終在小女兒的幫助下，重新收復國土，安享晚年。
2. 萊斯特（Leicester）是個複合詞，由Lei（李爾的）和cester（城堡）這兩個拉丁語詞彙所組成，意為「李爾之城」。
3. 高納里爾（Gornoille）；雷根（Regau）；考狄利婭（Cordoille）

「我將把這王國分給我的三個女兒，
並把王權和國土在我的後代中進行分割。
但首先得試探出她們中哪個跟我最親，
她將得到我寶貴國土中最好的那一塊。」
如此盤算好以後，國王就派人去叫
高納里爾，他將這位和藹殷勤的女兒
喚出了她的閨房，前來謁見她親愛的父親。
老國王坐在王宮寶座裏，說出了下面這番話：
「告訴我，高納里爾，我最親愛的女兒，
你心裏最真實的話語，你究竟愛我有多深；
爲得到這個王國的統治權，你認爲我價值幾何？」
就像世上其他女人一樣，高納里爾頗爲警覺，
她用如下的謊言來矇騙自己的父王：
「我最親愛的父親，正如我希望得到上帝的寵幸，
願阿波羅保佑我，因爲我最信任他，
在我眼裏，你要比全世界加起來更加珍貴，
然而我仍要強調一遍：你比我的生命更寶貴；
這全是我的實話，你盡可以相信我。」
李爾王對於他女兒的花言巧語確信無疑：
「我告訴你，高納里爾，我最心愛的女兒，
爲你的這番孝心，上帝將賜予你豐厚的獎賞：
我如今已經老朽，再沒有從前的勇武；
然而你比任何活著的人都更加愛我；
我將把寶貴的國土分割爲三個部分：
你將得到最好的一份，我最心愛的女兒，
而且你可以挑我手下最好的貴族爲夫婿，
我可以在全王國裏遴選你的如意郎君。」
然後老國王又把二女兒叫來詢問：

「親愛的女兒，雷根，你有什麼好話想對我說，
在這些勇敢的侍臣面前宣佈我對你有多親！」
接著她用智巧的話語（而非她的心）回答：
「世上所有的生物加起來也不如你珍貴，
你身上的一個臂膀就比我的生命更加重要。」
但她說話時並不比她姐姐更多一絲真誠，
她所有的謊話都被她父親信以為真。
於是國王在她的哄騙之下做了如下許諾：
「我將把全部國土的三分之一交到你手裏，
你還能從貴族中挑選你最鍾愛的郎君。」
此時人民的國王仍不願停止其愚蠢行為，
他下令把女兒考狄利婭召到了自己跟前；
三個女兒中她年紀最小，稟性也最喜歡說真話，
國王喜歡她要遠甚於喜歡她的兩個姐姐。
考狄利婭聽說了兩個姐姐告訴國王的謊言，
暗自決定她絕不學她們的樣子去說謊。
她要將實話告訴父王，不管他聽了高興還是悲傷。
於是那個走火入魔的老國王對她說道：
「現在我也想聽你親口說，考狄利婭，
願阿波羅保佑你，我的生命對於你有何珍貴？」
接著考狄利婭大聲回答，她沒有輕聲細語，
而是用逗樂和笑聲對她摯愛的父親說：
「你對我就像父親那樣親，我對你就像女兒那樣；
我跟你血脈相承，故我對你的愛忠誠而真實；
因我想得到恩寵，所以我還想再說一句：
你在人們心目中的價值跟你的權力有關，
當你擁有社稷江山，人們就會頂禮膜拜，
而一旦人失去了其財產，他的價值便一落千丈。」

小女兒考狄利婭說完這些，便坐下一言不發。
於是國王大發雷霆，其怒氣旁人難以平息，
他心裏只想著考狄利婭對他態度如何粗暴，
以及她把他看得那麼賤，不願意尊崇他，
像她兩個姐姐那樣一起用謊言來糊弄他。
李爾王臉色煞白，就像是一塊漂白的布，
就連他身上也是如此，因他憤怒得發狂；
他氣極而昏厥，倒在地上失去了知覺；
等他醒來後慢慢站起身，姑娘嚇得魂不附體，
當他的怒氣爆發出來時，其口吻冷酷無情：
「聽著，考狄利婭，我在遺囑裏給你留了什麼：
在女兒中我對你最親，而你現在卻最不愛我；
你將絕對拿不到我的一丁點兒國土，
我將在我真正的女兒當中分割我的王國，
而你的身價將會一文不值，一輩子受窮；
我從未夢想過你竟會如此地鄙視我！
為此你對我就像已經死去：快從我眼前和心裏消失！
按我的遺囑，你的姐姐們將會得到我的整個王國；
康沃爾公爵[4]將會娶高納里爾為妻子，
而蘇格蘭國王則會選雷根做他的王后，
我將會把所有的財富全都送給他們。」
而且老國王說到做到，就像他所決定的那樣，
姑娘也曾悲傷過，但卻從未像這時那麼糟糕；
她因為父親的盛怒而痛心疾首，心如刀絞。
她回到了自己的閨房，終日鬱鬱寡歡，
因為她不想對親愛的父親藏奸耍滑。

---

4. 康沃爾公爵（The Duke of Cornwall）。

姑娘因遭到父親的摒棄而進退維谷，
所以便選擇最保險的方法，待在自己屋裏，
在那兒忍受內心悲傷和無窮的憂愁。
並且就這樣持續了相當長的時間。
在法國有一位國王血緣高貴，秉性勇敢，
他名叫阿加尼普斯[5]，統領著精兵強將。
但作為年輕的國王，他尚未匹配王后；
他遣派信使渡海來到這個古老的國家，
前來謁見李爾王，向他致以殷勤問候，
並請求國王恩准將考狄利婭許配給他，
而他將會把她變成一個最高貴的王后，
並首先按她的請求做她最想做的事；
旅行家們品頭評腳地議論過這位公主的
花容玉貌和親切友善（他們向法王這樣報告），
有關她的驚世美艷和她的高貴端莊，
以及她如何堅韌不拔，舉止秀雅可愛：
在李爾王的國土上找不到第二個這樣的淑女；
阿加尼普斯向李爾王作了如上的致意。
後者仔細地考慮了他所應採取的行動；
然後他讓人寫了一封回函，用花體字謄寫，
並由自己的信使專程送往法蘭西王國。
國王這封被廣泛傳播的信中這樣寫道：
「其尊名為李爾的不列顛王國國王
向法蘭西的最高統帥阿加尼普斯致意：
願您的豐功偉績給您帶來崇高的榮譽，
您優雅的信函給我帶來了您的致意；

---

5. 阿加尼普斯（Aganippus）。

但我希望您意識到此信中提及的情況，
即我已經把我寶貴的國土分割成兩半，
並把它們分送給了我兩位非常親愛的女兒，
我還有一位小女兒，但我不在乎她去哪兒，
因為她取笑我，而且她宣稱我可鄙，
她還公然藐視我的皓首齙齒和行將就木；
她使我如此動怒，以至厄運將陪伴她終生；
關於我所有的國土，以及在那兒居住的所有人，
無論是我已經獲得的，或是我將獲得的，
我可以明白地告訴您，她都得不到一星半點，
但假如您要她，只是為了她是個誠實的姑娘，
我將把她留給您，並派船把她送到法國，
她可以帶走身上穿的衣服：別的什麼也沒有。
假如您準備娶她，那就仔細斟酌上述條件。
我已經說明我的理由，『一路順風』是我的祝福。」
這封信函被送到了法國的賢明君主手中，
他讓人把信讀給他聽，信中每個符號都沒遺漏。
然而國王思忖這肯定是一個奸詐的詭計，
李爾王也許是不肯將女兒許配給他，
於是他便更加狂熱地日夜思念那位少女，
這位日理萬機的國王對侍臣這樣說道：
「我已經金玉滿堂，並不想再招財進寶，
李爾王休想把那位少女從我身邊奪走：
不！我定要娶她做我高貴的王后，
讓她父親去廝守他所有的國土和金銀；
我並不要求得到任何財產：我自己就有很多，
我要的只是考狄利婭：而且我定要實現這願望。」
他讓信使將復函和口信帶回了不列顛，

請求李爾將他賢淑的女兒儘早送來，

而他將迎娶她，並向她致以崇高的敬意。

於是年老昏庸的國王令他令人稱羨的女兒

孤零零只攜帶身上穿的衣服，登船遠行，

渡過了湍急的海峽：她父親真是冷若冰霜。

法蘭西國王阿加尼普斯迎到了這位窈窕淑女，

並在全國臣民的贊同之下，將她加冕成為王后。

就這樣她在那兒住了下來，深受人民的愛戴，

而她的父親李爾王仍然生活在不列顛島上，

他已經把所有的國土都分給了兩位女兒。

他把高納里爾嫁給了蘇格蘭的國王，

後者名為馬格勞努斯，具有過人的膂力。

而他的二女兒雷根則嫁給了康沃爾公爵。

緊接著發生的事情便是在此後不久，

蘇格蘭國王與康沃爾公爵在一次秘密會談中

共同商議對退位的老國王將如何處置，

他倆的手中已經掌握了全部的國土，

作為恩賜，在李爾王的有生之年裏，

他們將容許他日夜隨身保留四十名侍從，

而且他們將向他提供獵鷹和獵狗，

使他能隨意到全國各地去打獵消遣，

在垂暮時仍能盡享一個歡樂的晚年。

他們這樣商定以後，便將其付諸實施，

李爾王起初喜歡這種安排──但後來卻吃盡苦頭。

所以李爾動身前往蘇格蘭人居住的地方，

去尋找女婿馬格勞努斯和自己的女兒。

老國王在那兒受到了隆重的接待，

而且他身邊有四十名騎士照顧他的衣食住行，

還有駿馬、獵狗，以及所有他需要的東西。
隨後不久又發生了下列這個事件，
高納里爾仔細掂量了她所應採取的策略；
她對她父親受尊崇的場面嗤之以鼻，
並開始就此向丈夫馬格勞努斯進行抱怨。
當他倆一起躺在床上時，她在他耳邊說：
「告訴我，我的夫君，我最心愛的人，
依我看，我父親正在失去他的理智，
他根本就沒有尊嚴，已經完全摸不著頭腦，
這個老朽似乎不久就會變得癡呆。
可他在這兒有四十名騎士日夜跟隨，
他養著這幫親信，以及後者的僕人，
還有獵狗和獵鷹──而我們則受到不公待遇；
他們不能貢獻任何東西，而花銷卻不少，
我們給他們的所有東西，他們都笑納了之，
從不為我們所做的一切而表示感謝；
此外，他們毆打侍從的行為嚴重冒犯了我們：
我父親身邊有太多這類遊手好閒的人；
讓我們將其中的四分之一馬上從這兒趕走，
他飯桌上有三十名騎士就足夠他調遣了。
我們自己已經有廚師來忙廚房裏的活，
我們也有了自己的腳夫和足夠的侍酒者，
讓我們把這夥人中的一些送到他們該去的地方，
上帝保佑，我可是再也不能忍受下去了！」
馬格勞努斯傾聽著王后嘮叨著此事，
並且用合乎道義的話語來回答妻子的抱怨：
「夫人，此話錯矣，難道你還沒有足夠的財產？
就讓你父親快活一下吧：他不會活得太久了！

想想看：假如外國的國王們聽說了此事，
即我們如何虐待他，他們會借此訓斥我們。
我們還是讓他隨心所欲地支配他手下人，
（這是我的勸告）因爲他過不了多久就會死的，
不管怎麼說，我們已經得到了他的半壁江山。」
高納里爾打斷了他的話：「我的夫君，你閉嘴！
讓我來策劃此事，而且我會作出安排！」
她派人到騎士們的住處去傳報她的計畫，
並且命令他們離去，因爲她拒絕再提供食品
給他們中間的許多親信及後者的僕人，
他們都是隨李爾王來到這個地方的。

　　李爾王聽說此事以後，頓時怒不可遏；
然後老國王以沮喪的口吻發出了哀鳴，
他忍著心裏的悲傷，說出了下面這番話：
「天該詛咒那個曾統治國家，並受到尊崇的人，
他把自己仍能統治的國家拱手讓給了孩子，
而此後他經常後悔自己不該這樣做。
現在我將離開這裏，徑直去康沃爾；
我將跟我女兒雷根好好地談一談，
她得到了海默里公爵和我寶貴的國土。」
老國王動身前往不列顛島的最南端，
去見雷根，因爲他已得不到好的勸告。
當來到康沃爾時，他受到了奢華的接待，
在頭半年裏，有一大幫隨從都跟他住在一起。
接著雷根對她的海默里公爵抱怨說：
「夫君，聽我說：我要講的全是實話，明白嗎？
我們犯了個大錯誤，接納我父親來這裏，
他還帶來了三十名騎士：這可是件麻煩事。

讓我們打發走二十名騎士，有十個就足夠了，
看那些人大吃大喝，可他們什麼也沒帶來。」
接著海默里公爵說道（他完全背叛了老岳父）：
「我對天發誓，他的侍從絕不能超過五個人！
五個人就足夠他調遣，因爲他無所事事，
他若想爲此離開這兒，我們馬上把他趕出去。」
正如他所討論的那樣，該計畫被付諸實施，
他們剝奪了李爾王身邊的侍從和僕人，
最後只給他保留下了區區的五個騎士。
當李爾王得知此事時，他陷入了痛苦的深淵：
他失去了所有的矜持，整日怨天尤人，
以悲傷和嚴肅的神情說出了下面這番話：
「可惡的財富，願你遭殃：你欺騙了多少人！
人們對你篤信崇奉之日，也是你負心背棄之時。
不久以前，距今天還不到兩個年頭，
我曾是個富有的國王，統領著我的騎士，
而現在我已經飽經挫折，坐在這裏兩手空空，
所有的財富都被剝奪——我真是欲死無門。
我過去住在我賢淑的女兒高納里爾身邊，
帶著三十名騎士一起住在她的國度裏，
我本可以還住在那兒，但後來又開始旅行，
原以爲會過得更好，但現在卻每況愈下；
我將回到蘇格蘭，跟我最親愛的女兒在一起，
請求她可憐我，既然她不肯尊敬我，
求她收留我和伴隨我的五名騎士；
我將在那兒度過餘生，忍受所有折磨，
只是暫時苟且偷生，因不會活得很久。」
李爾王接著出發去找住在北方的女兒；

但她只接待了他和隨行騎士三個晚上，
到了第四天，她以上天所有的權力發誓，
他要是在那兒住的話，侍從不能多於一人，
而倘若對此不滿的話，就讓他另謀高就。
李爾王雖飽經創傷，但從未像此刻那樣進退兩難。
於是老國王說道──他心裏宛如刀絞──
「該詛咒的死神！你爲什麼不要走我的命？
考狄利婭沒錯，我現在才明白並追悔莫及。
我的小女兒曾經跟我最親，堪稱心心相印，
後來她因對我說了實話而變得可惡，
她告訴我說人若失去了財富，便會遭人鄙視，
人們對我的評價不可能高出我權力的價值。
她這些話富有智慧，可說是千眞萬確；
當我擁有王國時，所有的臣民都愛戴我，
爲了國土和金錢，貴族們都跪倒在我面前；
如今我赤貧如洗；從此沒有一個人再愛我。
但我小女兒說了眞話：現在我才能理解她，
而她的那兩個姐姐對我卻是謊話連篇，
『說她們如何富有愛心，說我比她們的生命還珍貴』；
可我的女兒考狄利婭說出了肺腑之言，
即她愛我就像是一個女兒愛自己的父親；
我怎麼還能從親愛的女兒那兒要求得到更多？
現在我準備動身前去渡過那個海峽，
從考狄利婭那兒得知她將如何對待我。
她的誠實曾使我發怒，可我爲此名譽掃地，
因現在我被迫請求得到以前曾蔑視過的東西；
她絕不會無情無義，把我趕出她的國土！」
李爾帶著一個僕人，孤零零地前往海濱，

他上了一條渡船，那兒根本沒人認識他；

他們渡過海峽後很快就到達了港口；

於是李爾王便下了船，身邊只帶了一名僕人。

他們逢人便打聽王后的住處，以便儘快找到她：

那些本地的居民就指明了找王后的途徑。

李爾王來到一個地方，在休耕的土壟上躺了下來，

而他忠誠而溫順的僕人則獨自一人

先去謁見王后考狄利婭；他輕聲說道：

「美麗的王后，祝您昌盛！我是您父親的僕人，

您父親已來到這兒：他被剝奪了所有的土地。

您的兩個姐姐現在都已經背棄了他：

他身無分文地來到了您的國家：

請幫助他吧！您有能力和必要——他是您父親——這是對的。」

有好長時間考狄利婭王后坐著一言不發；

她的臉漲得通紅，就像是喝醉了酒，

僕人跪倒在她腳下——但很快就舒了口氣，

因當她張口說話時，口吻已充滿了善意：

「感謝阿波羅神，讓我父親到這兒來找我；

我聽到了最愛聽的消息，即他還活著。

我將會全力給他幫助（否則我寧願死）。

但是僕人，請你注意聽清楚我的指示：

我將託付給你一個裝滿財寶的小箱子，

不用說，那裏面裝著銀幣，足足有一百鎊。

我還將託付給你一匹日行千里的駿馬，

以便將這財寶送交給我親愛的父親，

並告訴他我向他致以最親切的問候，

讓他儘快趕到某個遠近聞名的城鎮，

找一家最豪華的旅店暫時安頓下來，

先讓他儘快得到自己最喜歡的東西，
如食品、飲料和體面而又漂亮的衣裳，
還有獵狗、獵鷹和毛色閃亮的駿馬；
讓他在房子裏配上四十名侍奉他的騎士，
既要富裕，出身高貴，還要穿戴整齊。
給他做一張好床，經常給他洗澡擦背，
給他做放血治療，量要小，但次數要多。
如果錢不夠用的話，就來向我索要，
我將會給他送去法國產的各種物品。
但他必須不讓人知道他來自何處，
他的騎士和僕人也不准有以前的主人。
　　「當四十天過去以後，他才可以讓人知道
他是我親愛的父親，在他的國家中稱作李爾，
穿越海峽的目的是爲了巡視自己的領地。
我將裝出以前不知道他已到法國的樣子，
跟我自己的夫君一起前去迎接他，
並爲我父親的意外到來而歡欣鼓舞；
不要讓人知道他是剛剛到法國的，
並且把這封信交到我的父王手裏。
所以現在拿走這個財物，注意舉止謹慎，
假如按我所說的去做，你終將得到補償。」
　　僕人拿了王后的財物，回去找他的主人，
並將聽到的消息轉告給了李爾王，
後者躺在休耕田野裏的一條壟上休息。
突如其來的快樂頓時緩解了國王的痛苦，
他用真心實意的口吻說出了這番話：
　　「時來運轉，否盡泰來；因禍得福者幸也。」
他們按王后的吩咐趕到了一個知名的重鎮，

並按她所說的作了一切該做的事情。
時光流逝，轉眼間四十天已經過去，
李爾王帶著他最喜歡的一幫騎士，
向他親愛的駙馬阿加尼普斯致以問候，
並在他送出的信中稱他來此地的目的
是爲了想跟他非常珍愛的女兒敘舊。
阿加尼普斯聽說李爾到來時微微一笑，
便帶著所有的隨從出發去迎接他了，
考狄利婭也一同前往，令李爾十分滿意。
他們互相又見到了對方，一再親吻不已，
他們來到了王宮，給所有人都帶來了驚喜：
宮廷裏人們吹響了號角，還有風笛齊鳴，
所有大廳的牆上都掛著色彩絢麗的壁毯，
所有的食品託盤和杯盞都是用純金製成，
而且每個人手上都戴著亮閃閃的金鐲子。
隨著提琴和豎琴的音樂，人們盡情歌唱。
國王派人在城牆上大聲地宣告國民，
說李爾王屈尊駕臨法蘭西王國的土地：
「現在統治本國的阿加尼普斯國王命令，
你們所有人都要向李爾王表示臣服，
只要他隨心所欲，願意在這兒住多久，
他就將在這個王國中成爲你們的君主，
而我們的國王阿加尼普斯願做他的下屬。
誰若希望得到生命和自由，就保持友善，
而誰若拒絕這樣做，必將立即受到懲罰；
國王敦促每個人都要遵守他的命令。」
民眾們紛紛回答：「我們同意執行命令，
無論在思想上還是在言語中都遵循國王的旨意。」

所有在場者在這同一年中都是這樣做的，
他們顯示出了最大限度的和睦與和解。
　　當整整一年過去以後，李爾王希望離開法國，
回自己的國家，他為此請求國王的同意。
阿加尼普斯國王用下面這番話回答他：
「沒有堅甲利兵的護送，您不可能登船遠行；
現在我將從自己國家的人民那兒借給您
五百艘裝滿騎士，揚帆待發的上好戰艦，
以及它們遠航所必需的一切物品。
而您的女兒考狄利婭，即法蘭西王后，
她將親率大軍，一路護送您回家，
一直送到那個您以前是國王的地方。
假如你們發現有任何人膽敢反抗，
剝奪您所有的權力和您王國的力量，
您們就勇敢地回擊他們，直至將他們消滅，
並奪取那個國家，把它交回到考狄利婭手中，
這樣，您去世以後，她就可以完全擁有它。」
　　李爾王將阿加尼普斯的話變成了現實，
而且他所做的完全符合他朋友的指示。
帶著心愛的女兒，他開始朝不列顛進發；
對於那些希望順從他王權的人，他修好和解，
對所有敢於違抗他的人則嚴厲鎮壓，
用自己的雙手，他終於又贏回了整個王國，
並把它送給了法蘭西王后考狄利婭；
在其後的一段時間內，形勢保持了穩定。
李爾王在重返自己國土後只活了三年；
然後其生命走到了盡頭，國王溘然長逝。
他女兒將其遺體陳列在李爾之城的

傑納斯神殿中，正如歷史書所述，
而考狄利婭用鐵腕統治了這個國家：
她在此做不列顛的女王整整五個年頭，
與此同時，法蘭西國王在渡海時不幸身亡，
消息傳來，考狄利婭頓時間成了遺孀。
接著蘇格蘭國王收到了一封密函，
說阿加尼普斯溺死，李爾王也已去世。
他當即穿越整個不列顛，來到了康沃爾，
要求強悍的公爵起兵在不列顛南部發難，
而他自己也將奪回不列顛的北部：
因爲這是奇恥大辱，而且令人勃然大怒，
即一位女子居然成爲統治這國家的君主，
而他們自己更好的兒子卻被剝奪了權利，
後者作爲姐姐的兒子在繼位時具有優先權：
「我們再也不能忍受：定要得到全部國土；
我們將贏得國土，並將它交到後代手中。」
他們燃起了戰火：深重的苦難接踵而來，
女王的侄子們召集起他們的軍隊；
他倆的名字分別是：摩根和庫尼達吉烏斯。
他們經常統領麾下大軍南征北戰，
他們總是乘勝追擊，進而凱旋而歸。
接著便發生了他們最喜歡看到的事件：
他們擊潰不列顛大軍，並活捉了考狄利婭，
把她關進死牢裏，加以嚴刑拷打，
他們心狠手辣，滅絕天倫，竟逼瘋了親姨，
後者難以忍受非人折磨，轉而自殘，
用一把鋒利的長刀結束了自己的生命。
這種用自刎來結束生命的方法堪稱慘絕人寰。

高布達克的傳說[1]（1952-2018行）

裹沃德國王的獨生子名叫格古斯蒂烏斯；

後者登位掌權才半年時間就一命嗚呼。

此後是西西里烏斯，但他也很快就命赴黃泉。

接著又是拉戈，他只統治了八個星期，

然後是基尼・馬克，他國王做了三十個星期；

緊接著是高布達克，他做了五年好國王。

國王有兩個兒子，而他倆都註定要交厄運；

大兒子名叫費魯斯，小兒子則稱帕魯斯。

這兩兄弟鬼迷心竅，相互間勾心鬥角，

以至於同室操戈，如同水火一般不相容；

他倆兄弟鬩牆，其行為完全違背了天倫，

兩者爭強好勝，在宮內挑起妒嫉和仇恨，

就連父親高布達克對他們也懼怕三分，

因為即使在王宮裏，他倆也會大打出手。

哥哥發誓繼位後將把全王國掌握在手中，

弟弟就惡語相向，「我將用長矛挑死你，

省得你在我還活著的時候就想掌權。」

帕魯斯卑鄙惡毒，對兄長恨之入骨，

他想要耍陰險的手腕來陷害哥哥，

費魯斯從可靠的內線處得到密報，

說他弟弟陰謀暗害他，頓時寢食不安。

---

1. 這個故事後來於1561年被湯瑪斯・諾頓（Thomas Norton，1532—84）演繹成了英國文學史上的第一個悲劇，在倫敦的內殿律師學院上演。不列顛國王高不達克（Gorbodiagus）的兩個兒子費魯斯（Fereus）和帕魯斯（Poreus）一直勾心鬥角。費魯斯因聽說帕魯斯蓄意要謀害他，便逃亡到法國去搬援兵，最終戰死在混戰之中。他們的母親尤登（Iudon）偏袒死去的兒子，居然派人去刺殺帕魯斯，還親自割斷兒子的喉嚨。她因此激起民憤，被投入深海淹死。

他無計可施，情急之中渡過海峽出逃，
求助於法蘭西國王，後者名爲西沃德；
他懇請後者提供保護，並答應臣服國王，
做他的忠誠騎士，日夜都不敢分心。
國王對他及隨行騎士的來臨表示歡迎，
將他收爲自己的侍臣，並給予殷勤的招待。
費魯斯在法王的宮廷裏整整待了七個年頭；
國王覺得他友善可親，王后也是如此。
當七年過去以後，他去向法蘭西國王告辭，
因爲他想要出發回到自己國家中去。
國王借給他一支法國最強悍的軍隊，
他自己也派人到法蘭西的全國各地，
去招募願意爲他而戰的所有騎士，
結果他集合起一支數量非常龐大的軍隊，
並將他們平安地運送到了不列顛的國土。
他們隨即開始發動進攻，大開殺戒，
於是他弟弟帕魯斯親率大軍前來反擊，
在激烈的決戰中，亂軍殺死了費魯斯，
並將來犯者殺得全軍覆沒，橫屍遍野。
他倆的母親是聞達尊貴的尤登王后，
她得知這可怕的災難後悲痛欲絕，
因她的小兒子殺死了他的親哥哥；
對她來說，死者更爲可親，生者更爲可惡。
經過痛苦抉擇，她決定要剝奪後者的生命，
帕魯斯在臥室裏全然不知厄運將至：
他酣然入睡，已經進入了香甜的夢鄉。
他母親懷著惡意悄悄進入了臥室，
手下六名女子分別手持鋒利的尖刀；

就這樣邪惡的母親謀殺了親生的兒子：
她割斷了他的喉嚨，（願她永下地獄！），
這該死的母親用刀將他大卸八塊，
他的手臂、雙腿和軀體都完全分了家。

　　隨後全國各地的人民都私下議論紛紛，
盛傳尤登王后如何殺死了自己親生的兒子，
以及在王國中已隨處可見的悲傷。
當時費魯斯已殞命，帕魯斯也已暴亡，
而母后則被剝奪了對王國的統治權。
因王族中無人可執掌統治王國的大權，
既無女流，又無男兒，只剩下傷心的尤登；
但憤怒的民眾會聚在一起，把她扔進了海裏。
於是王國出現內亂，全國各地烽煙四起；
人民因燒殺劫掠而遭受了巨大的痛苦；
搶劫蔚然成風，即使對方是自己的兄弟。
國家動盪不安，而對弱者則意味著災難；
到處都是饑餓和仇恨，以及最深重的傷害，
死於非命者難以計數，只有少數人得以倖存。

亞瑟王的部分傳說[1]（9604-10961行）

就在那裏尤瑟國王娶伊格尼作爲王后，

當時伊格尼已經懷上了尤瑟國王的後代，

這都是通過墨林的魔術，在他們結婚之前[2]。

很快就到了亞瑟註定要出生的時刻。

就在出世的那一瞬間，他被仙女們所接受，

她們一起對嬰兒念富有魔力的咒語：

首先給予他力量，使他成爲最偉大的武士；

其次給予他權力，使他成爲高貴的國王；

第三給予他高壽，使他能長生不老。

她們給予這位王位繼承人最優秀的天賦，

使他能夠成爲世間最慷慨大度的君主。

在眾仙子的庇護下，這孩子茁壯成長。

在亞瑟之後，伊格尼又生下一位千金——

她名叫安娜，是一位賢淑的姑娘——

後來她嫁給了洛錫安人的統治者洛特；

在洛錫安的國土上做了臣民們的王后。

尤瑟年近古稀，享盡了人間的幸福，

他的王國也國泰民安，既寧靜又開明。

當他垂暮年邁之際，讓重病纏上了身，

疾篤危殆：尤瑟·潘德拉貢臥病不起。

爲疾病所困，他在病榻上整整躺了七年。

---

1. 萊阿門筆下的亞瑟王的故事情節和韋斯版本大致相同，但加入很多細節描寫，
十分生動。亞瑟的性格也被刻畫得更加栩栩如生。

2. 伊格尼（Igerne）原是尤瑟國王（Uther the King）手下一名騎士的妻子。尤瑟在
看上伊格尼的美色之後，便在術士墨林（Merlin）的幫助下，冒充伊格尼的丈
夫高洛瓦（Gorlois）伯爵跟她睡覺，使她懷上了亞瑟。後來高洛瓦戰死，於是
尤瑟便娶伊格尼爲后。

接著，不列顛人變得墮落和道德淪喪，
他們頻頻犯下罪行，毫不顧忌後果。
與此同時，在倫敦的監獄裏鐐銬鎖身，
躺著在約克俘獲的亨吉斯特之子奧克塔，
以及他的同伴埃比薩，還有奧薩。
他們由十二名騎士晝夜不停地看守，
後者對於在倫敦到處閒逛已厭倦透頂！
奧克塔已經風聞有關國王生病的消息，
並與其職責是監視他的監獄看守閒聊：
「聽好了，騎士們，我有話對你們說：
我們在倫敦躺在戒備森嚴的監獄裏，
你們把我們關在這兒已經時間很久；
可我們卻本該舒舒服服地住在薩克森，
被財富寶物所環繞，而不該躺在這鬼地方。
假如你們站在我這邊，聽我的吩咐，
我會給你們土地和很多的金銀財寶，
這樣你們就會永遠富有，成為土地的主人，
並且像你們最希望的那樣度過一生，
我看你們不能指望從尤瑟國王那兒得到好處，
因為他現在隨時會死，他的軍隊會潰散；
到那時你們就會落得個兩手空空。
但你們這些傢伙想好了，對我們仁慈些，
記住，你們若是躺在這兒會願意怎麼做，
當你們本可以在自己的國家中盡享清福。」
奧克塔就這樣一再地跟那些騎士們嘮叨。
騎士們開始嘀咕，並進而開始作出決定；
他們低聲對奧克塔說：「我們會聽你的吩咐辦事！」
他們莊嚴宣誓將永不背叛新主人。

接著在一個刮著順風的漆黑夜晚，
那些騎士們在半夜時分偷偷地溜走，
帶著奧克塔、埃比薩和奧薩逃出了監獄；
他們沿著泰晤士河一路朝海邊跑去，
在那兒登上了船，逃到了薩克森的國土。
撒克遜人蜂擁而出，前來迎接他們；
他們穿過了這些最歡迎他們到來的人群：
他們得到了捐贈的土地和金銀財寶。
奧克塔仔細考慮了他所採取的策略；
他想要重返不列顛，為父親的冤死報仇。
他們糾集了一支規模龐大的軍隊，
並以摧枯拉朽的氣勢登船揮師南下：
他們一鼓作氣，直到艦隊到達蘇格蘭。
到岸後他們迅即登陸，發動了火攻！
撒克遜人殘忍無比：他們大肆殺戮蘇格蘭人，
並且用熊熊大火燒毀了三千個農莊；
成為刀下冤魂的蘇格蘭人不計其數。
這些壞消息傳到了尤瑟國王那兒：
尤瑟頓時間五內俱裂，黯然神傷，
他派人去洛錫安[3]找他最親密的朋友，
向他的女婿洛特致意，祝他健康，
而且指示他召集起全王國的兵力，
包括所有的騎士和自由民，並統領他們，
按照國家的法律把他們組成一支軍隊，
而且他指示身邊的騎士要忠於洛特，
並滿懷深情，就像他是本民族的國王。

---

3. 洛錫安（Lothian）位於蘇格蘭。

因為洛特是位好騎士，且身經百戰，
對手下每一位士兵都極其慷慨大度，
所以他將整個王國的攝政權都交給了他。
奧克塔挑起了戰火，洛特奮起迎敵，
他常在戰場上佔據主動，也常敗北；
不列顛人不屈不撓，但卻非常傲慢，
常常因為國王體虛年邁而對其非禮怠慢；
對洛特伯爵則任意鄙薄，嗤之以鼻，
他所有的命令他們都不肯嚴格執行，
而且還腳踏兩頭船——這帶來了更多麻煩！
這些情況很快都報告給了病中的君主，
說他手下的貴族都極其鄙視洛特。
現在我將在這同一部編年史中告訴你們
尤瑟國王如何來扭轉這糟糕的局勢。
他說他將親自趕赴在前線作戰的軍隊中間，
用自己的眼睛親自觀察誰最勇敢。
在那兒他為自己做了一副舒適的馬上擔架，
並在全王國境內召集起軍隊來進行防禦，
每一位男子都必須冒死立即趕到他的身邊，
為國王的恥辱報仇，否則就要喪命或斷臂：
「假如有任何人不肯立即前來充軍，
我將馬上處死他：把他砍頭或絞死！」
所有的男人都馬上來到王宮聚集：
他們無論胖瘦，都沒有在那兒耽擱。
國王立即率領他麾下的所有騎士，
馬不停蹄地趕往維魯拉米翁城堡。
尤瑟·潘德拉貢包圍了維魯拉米翁城堡，
奧克塔帶著他所有的士兵躲在城堡裏。

在當時維魯拉米翁是個繁華的地方，
聖奧爾本曾於此殉難，結束了自己的生命，
此後該城堡日益衰落，許多居民被殺。
尤瑟在城牆的外邊，而奧克塔在牆內，
尤瑟的大軍開拔到了城牆的跟前。
這威武之師向城堡發起了猛烈的攻擊：
但他們不能撼動那城牆上的一塊石頭，
千軍萬馬也傷不了守城敵軍的一根毫毛：
亨吉斯特之子奧克塔對此洋洋自得，
眼見著不列顛人從城前節節敗退，
並垂頭喪氣地撤回到自己的帳篷裏。
接著奧克塔對他的同伴埃比薩說道：
「尤瑟那個瘸子現在來到了維魯拉米翁，
躺在擔架上要求跟我們進行決戰！
他是想用他拐杖來給我們致命的一擊！
但明天天一亮，我們的大軍就要出動，
城堡的大門也將打開：我們將狠狠地教訓他們。
我們不會因一個瘸子而老是躲在城堡裏！
而將騎著我們高大的戰馬疾馳而出，
向尤瑟發起衝鋒，並擊垮他們所有的兵力：
所有那些敢來冒犯的人都註定要滅亡！
然後讓我們抓住那個瘸子，鎖上鐐銬，
把那個可憐的東西一直關到死為止。
他殘疾的肢體只有這樣才能痊癒，
還有他的風濕病：要用揍人的鐵棍！」
這就是奧克塔對同夥埃比薩誇下的海口，
但事情的發展跟他們所期望的截然不同。
　　黎明的曙光剛露出光芒，他們就打開屋門，

奧克塔、埃比薩和奧薩迫不及待地起身，
命令手下的騎士做好決戰的準備，
去掉門閂，打開城堡那兩扇巨大的城門，
奧克塔沖在前頭，後面緊隨著他的大軍；
他跟手下那些英勇的武士遇上了災難。
尤瑟意識到奧克塔正朝他們衝來，
想要出奇制勝，一舉擊垮他們的兵力。
於是尤瑟用洪亮的聲音大聲喊道：
「英勇的不列顛將士們，你們在哪裡？
現在就是上帝匡助我們的那一天；
威脅要關押我的奧克塔會發現這一點！
記住你們的祖先是多麼地英勇善戰；
記住我已經傳授給你們的無上榮譽：
絕不要讓那些異教徒踐踏你們的家園，
絕不要讓那些瘋狗來統治你們的國土；
而且我將向創造白晝之光的上帝祈禱，
並向高踞在天堂的所有聖徒們祈禱，
以便在戰場上我們能夠得到他們的幫助。
現在趕快前去迎戰；上帝會保佑我們，
全能的上帝會向我們的將士提供保護！」
　　騎士們開始縱馬馳騁，標槍飛蝗般擲向敵軍，
長矛被折斷，盾牌也被裂成了碎片，
頭盔被砸爛，士兵們倒在了戰場上。
不列顛人在激烈的戰鬥中英勇善戰，
而異教徒走卒們則紛紛倒地死亡：
奧克塔、埃比薩和奧薩全都被殺死！
一萬七千多個冤魂墜入了黑暗的地獄；
有許多人從戰場脫身，逃到了北部地方。

就在白天的時間裏，尤瑟手下的騎兵們
殺死和俘獲了所有前來冒犯的敵人，
夜色降臨時，整個戰役已經圓滿結束。
接著不列顛人全軍上下引吭高歌，
下面便是他們歡歌吟誦的歌詞：
「尤瑟・潘德拉貢來到了維魯拉米翁；
他是來冊封新騎士：奧克塔、埃比薩和奧薩。
他將其牢牢銬住，以示他們已加入了騎士團，
這樣，人們就可以在部落中間講述這故事，
並在整個薩克森王國都吟唱這首歌。」
於是尤瑟國王甚感欣慰，其愁眉頓展，
轉而對他十分敬重的軍隊發表演說，
年邁的尤瑟向部下說了下面這番話：
「撒克遜人認爲我簡直不屑一顧，
他們用輕蔑的口吻嘲諷我的年老體弱，
就因爲我是用馬背擔架運到這兒來的，
還說我已死，我的軍隊茫然不知所措；
但本王國已出現了一個偉大的奇蹟，
因死去的國王現在竟然殺死了活人，
並且迫使其他剩下的敵人望風而逃，
這全是遵循上帝的意旨而發生的。」
那些從戰場側翼脫逃的撒克遜人
如驚弓之鳥聞風喪膽，潰不成軍；
他們跨越了邊界，進入了蘇格蘭的領土，
並選舉英俊的科爾格里姆作爲國王，
在那兒招兵買馬，糾集起一支大軍，
號稱要重振其昔日軍威，揮重兵南下，
直撲溫切斯特去殺死尤瑟・潘德拉貢。

若果真發生這樣的事，那就鑄成了悲劇！

那些撒克遜人在秘密會議上商議：

「讓我們挑選六位聰明而機敏的騎士，

把他們當作狡詐的間諜派到王宮裏去，

讓他們在路上扮作乞討施捨者的模樣，

爭取跟高貴的國王一起待在王宮裏，

每天都能走遍那繁忙的議事大廳，

假裝成年老體弱，以博得皇家救濟，

還要垂耳傾聽那些不幸者的哀訴，

不擇手段地探聽情報，無論白天黑夜，

都要在溫切斯特城裏接近尤瑟‧潘德拉貢，

並懷著兇殺的意圖去刺殺那位國王。」

（那樣他們就可以實現所有的願望，

並且不必擔憂康斯坦丁的那位親屬）。

就這樣那些騎士在光天化日下出發了，

那些最邪惡的奸細身著受施者的服裝

來到了國王的宮內：他們給那兒帶來了隱患；

他們裝出身上有殘疾的樣子去乞求救濟，

並盡情地收集有關國王病情的消息：

以及人們如何才能謀害國王的生命。

接著他們遇見國王的某個貼身侍衛，

一個尤瑟的親戚和受他寵幸的騎士。

這夥奸細們，當他們全都坐在路邊時，

以友善的表情向這位騎士打招呼：

「閣下，我們是塵世間一群無助的弱者，

不久前我們還算是王國境內的大人物，

直到撒克遜人把我們趕到了海上，

他們搶走了我們的一切，剝奪了我們的財產。

現在我們是在為尤瑟國王誦讀祈禱詞；
作為交換，我們每天能得到一頓飯的施捨：
但在我們的乞食中根本就找不到魚和肉，
而且除了清水之外，沒有任何其他飲料，
我們只能清湯下飯，吃得這般皮包骨頭。」
那騎士聽完了這番哀訴，立即回轉身
來探望躺在臥室裏靜養休息的尤瑟，
並啟稟國王：「我的陛下，祝您早日康復！
在王宮外面坐著六個舉止風度相似的男子，
他們結伴而行，全都穿著麻布衣服。
他們原本都是塵世間這個王國中
有德行的大戶人家，擁有殷實的財產；
可現在撒克遜人已經把他們趕下了海，
所以在這世界上，他們被看作是窮光蛋，
除了麵包之外，再也得不到別的食物，
除了涼水，再也喝不到其他的飲料；
這就是為何他們在您的王國中乞討為生，
而他們卻在祈禱上帝讓您長命百歲。」
於是尤瑟國王說道：「讓他們進王宮來；
我要給他們衣服穿，讓他們填飽肚子，
正因為對上帝的熱愛，才使我活到了現在。」
那群狡詐的奸細來到了國王的臥室，
國王讓他們穿上好衣，給他們填飽肚子，
晚上還讓他們每個人都睡在自己床上，
而他們每個人則都心裏懷著鬼胎，
想他們怎麼才能萬無一失地謀害國王。
但他們根本就沒有機會殺死尤瑟國王，
所有想謀害他的陰謀詭計都歸於失敗。

　　緊接著有一次天上風雲突變，大雨如注，
有一位御醫從屋裏往外面大聲叫喊，
召來一名騎士侍衛以後，叫他馬上
跑到宮殿外面的一口井那兒去，
安排一名僕人負責保護井不受雨水污染：
「因為國王除了他所喜歡的冰涼井水之外
根本就不能忍受世上其他的任何飲水：
因那井水是治療他疾病的最佳飲料。」
那六名騎士剛剛聽到這段對話，
就迫不及待地想要使壞，摸黑到了外面，
直奔那水井處實施蓄謀已久的破壞。
他們立即取出六個閃閃發光的小瓶，
裏面裝滿了毒藥，即一種最苦澀的液體：
他們把那六瓶毒藥全都倒入了井中，
那全井的水頓時都受到了毒藥的污染。
接著那夥奸細為自己還活著感到慶幸，
他們全都溜之大吉，再不敢在那兒逗留。

　　很快就來了國王的兩位騎士侍臣，
他們手裏拿著兩個金制的高腳酒杯，
他們走到了井邊，用高腳酒杯裝滿井水，
便立即回到了宮內尤瑟國王的身邊，
直接走進了他臥床靜養的那個房間：
「您好，尤瑟陛下！我們現在來這兒看您，
並給您帶來了您最想要得到的東西：
即冰涼的井水；拿著它盡情地享受吧！」
生病的國王一骨碌在床上坐起身來，
喝下了一些井水，他馬上就開始流汗，
心跳變得微弱，臉色也變得黑紫，

他的肚子開始鼓脹：國王奄奄一息！
無任何解救方法，眼睜睜看著尤瑟國王死去，
而且每一個喝了這井水的人都必死無疑。
當侍臣們看到國王悲慘死去的樣子，
以及被毒死的國王的其他侍衛們，
那些手腳靈活的騎士馬上朝水井奔去，
費好大的氣力把水井重新封閉起來，
並用泥土和石塊在那兒堆起了一座小山。
接著王室的衛隊抬起國王的屍體——
一眼看不到頭的行列——爲他去送葬，
那些意志堅強的人們把他抬到了巨石陣，
他們要把他埋葬在他親愛的兄弟身旁：
好讓他倆永遠肩並肩地躺在一起。
然後全王國中地位最高的人會聚在一起，
部族首領們、武士們和受過教育的人們，
他們全都來倫敦參加一個盛大的集會。
這些強大的領袖們達成了一個共識，
即他們要派信使跨越湍急的海峽，
到布列塔尼去尋找那位最傑出的青年，
在當時世界上再也找不到像他那樣的人，
他名叫亞瑟，是所有騎士中的佼佼者，
並宣佈他必須馬上回到自己的王國，
因爲尤瑟現已去世，就像奧裏利厄斯那樣，
而且尤瑟・潘德拉貢沒有其他的兒子，
能在他去世以後來統治不列顛人，
能光明正大地接管這個王國，並治理它，
因爲在不列顛仍殘留著撒克遜人：
英勇的科爾格里姆及其成千上萬的同夥，

他們經常把可怕的災難帶給我們不列顛人。
不列顛人很快就挑選了三位主教，
以及七個智慧過人的驍勇騎士；
他們開始星夜兼程地趕往布列塔尼，
並且很快就來到了亞瑟的身旁：
「祝您身體健康，亞瑟，最高貴的騎士！
尤瑟國王在臨死前向您致以親切問候，
並請求您一定要親自到不列顛來
支持正義的法律和幫助您自己的人民，
像好國王該做的那樣來保護您自己的王國，
打敗兇惡的敵人，把他們趕出國土，
他還祈求上帝仁慈的兒子給予您幫助，
使您能成功地從上帝手中接過這片國土，
因為尤瑟·潘德拉貢死了，而您是他兒子亞瑟，
還有他兄弟奧裏利厄斯也已經去世。」
直到他們全都說完，亞瑟坐著一言不發：
一忽兒他臉色煞白，看不到一絲血色，
一忽兒他又滿臉通紅，情緒十分激動。
當他最終開口時，他所說的卻是好消息：
「上帝之子基督現在給予了我們幫助，
所以我的一生都將維護上帝的法律。」
說出上面這番話時亞瑟年方十五，
這些年的勤學苦練使他長得苗壯強健。

　　亞瑟立即召集他麾下的所有騎士，
命令他們每個人都準備好自己的武器，
並以最快的速度給坐騎備好馬鞍，
因為他想要立即出發前往不列顛。
這幫矯健的騎士揚鞭催馬奔向海邊，

在聖邁克爾山[4]集合起一支威武之師：
是大海把他們送上了南安普敦的一片海岸。
偉大的亞瑟翻身上馬，開始進發，
直奔最適合集結兵力的錫爾賈斯特。
在那兒不列顛軍隊全都會聚在一起；
當亞瑟抵達該城時舉行了盛大的歡迎：
歡聲雷動，鼓樂齊鳴，人們額手稱慶，
年輕的亞瑟在那兒被推舉上了王位。
當亞瑟成爲國王時，其作爲令人稱奇：
他對於任何人都慷慨地施捨食物，
作爲騎士中的佼佼者，他具有驚人的勇氣；
對年輕人他就像慈父，對老人則是撫慰者，
而對酒囊飯袋他卻是嚴厲無比；
他絕不容忍邪惡，但卻竭力維護正義；
他手下的每一位侍酒者和內宮侍從，
以及所有的男僕手上都戴著金飾，
他們身上穿的和床上鋪的全是上等布料；
他的每一位廚師都是了不起的勇士，
每一位騎士的侍從又同時是勇猛的武士。
國王受到了宮廷中所有人的極力擁戴，
他的品格超過了以前所有的國王：
無論是旺盛的精力，還是巨大的財富，
而且他的人格魅力受到了眾口交贊。
亞瑟成了模範國王，侍臣們都熱愛他。
凡是跟他王國有關的事全都遠近聞名。
國王在倫敦召開了一個盛大的集會，

---

4. 聖邁克爾山（St Michael's Mount）是英國康沃爾郡的一個島嶼，位於英吉利海峽的芒特灣，距海岸線有365米。

為此他麾下的所有騎士都受到了邀請，
還有貴族和平民也都來向國王致敬。
當他們全都聚齊時，場面蔚為壯觀，
最高貴的亞瑟國王在眾人面前站起身來，
他讓人搬來了不列顛最珍貴的遺物，
國王面對這些遺物下跪了三次：
武士們猜不透他會發佈什麼法令。
亞瑟舉起了右手：當著大家的面發誓，
在他的一生之中，無論有誰撐腰，
絕不讓撒克遜人在不列顛肆意橫行，
既不能隨意獲得土地，也不能享有特權，
而且他還要把他們當作敵人加以驅逐，
因他們殺死了康斯坦丁之子尤瑟·潘德拉貢，
而且還謀害了他的兄弟奧裏利厄斯，
為此他們在不列顛成了最受憎惡的人。
亞瑟當下命令他手下那些聰慧的騎士，
無論喜歡與否，都必須對天起誓
他們將永遠保持對於亞瑟王的忠誠，
並為撒克遜人殺害的尤瑟國王報仇。
亞瑟派人將公告送到全國的各個角落，
以徵募所有能夠跟隨他征戰的騎士，
號召他們趕快踴躍前來投奔國王，
而他將在自己王國中盛情款待他們，
向他們提供土地，以及金銀財寶。
國王由此召集起一支強大的軍隊，
他率領這支大軍日夜兼程來到約克，
在那兒歇了一夜，次日淩晨他又快馬加鞭
直搗科爾格里姆及其同夥的老巢。

因為奧克塔已經夭折，戰死在沙場
（他是亨吉斯特之子，來自薩克森王國），
科爾格里姆現在是撒克遜人的首領，
其前任是亨吉斯特及其兄弟霍薩，
還有奧克塔、奧薩，和他們的同伴埃比薩。
科爾格里姆當時對撒克遜人具有管轄權，
他靠嚴厲的權威來率領和引導他們：
跟科爾格里姆征戰的撒克遜人成千上萬。
科爾格里姆聽到了有關亞瑟王的消息，
說後者正率軍朝他撲來，要給他致命一擊。
科爾格里姆仔細考慮了他將採取的策略，
並且召集起他在北方的全部軍隊。
所有的蘇格蘭人都聯合在他的戰旗下：
皮克特人和撒克遜人都走到了一起，
許多不同背景的人全追隨科爾格里姆。
他率領一支強大的軍隊奮勇向前，
去迎擊亞瑟這位最出色的國王；
他提出要把國王殺死在自己領土上，
並將國王的所有追隨者一掃而光，
從而把這個王國掌握在自己的手中，
而將嘴上無毛的亞瑟送入地獄。
科爾格里姆帶著他的軍隊出發了，
浩浩蕩蕩，直到大軍來到了一條河流旁：
那河流叫做殺人不眨眼的道格拉斯[5]。
在那兒亞瑟率領麾下的騎士阻擊了他；
兩軍對壘，在河邊一塊空地上展開了激戰：

---

5. 道格拉斯河（River Douglas），位於英格蘭西北部，流經曼徹斯特（Manchester）。

那些強悍的勇士相互發起了猛攻，
宿命者紛紛倒地，陣亡者橫屍遍野，
到處都是血腥的場面，慘不忍睹；
長矛杆折成了數段，士兵們倒地呻吟。
亞瑟見此情景，胸中不免有惻隱之心；
經過仔細的考慮該採取什麼策略，
亞瑟後撤到了另一片更開闊的田野，
他的敵人以為他可能想要逃跑；
這使得科爾格里姆及其軍隊欣喜若狂！
他們認定亞瑟心中必然充滿了恐懼，
於是便搖旗吶喊，猛然地沖過河來。
當亞瑟看到科爾格里姆已近在眼前，
以及他們都在河流的同一堤岸上時，
最高貴的國王亞瑟高聲喊出下面這席話：
「你們看見了嗎？不列顛人，就在我們身邊，
有我們公然的敵人（願基督消滅他們！），
有那位來自薩克森的野蠻的科爾格里姆，
在這國土上，他的同胞殺戮了我們的祖先，
但全能上帝所指定的日子已經到來，
他必須結束自己的性命，他朋友也將滅亡，
否則我們自己就得死：絕不能讓他活。
撒克遜人必將遭受死亡和苦難，
而我們也將體面地為死去的同胞復仇。」
亞瑟拿起盾牌，護住了他的胸膛，
並開始像一隻大灰狼那樣橫衝直撞，
後者從大雪冰封的森林飛奔而來，
試圖任意蹂躪在平原上生息的獵物。
然後亞瑟向他所熱愛的騎士大聲疾呼：

「快向前奮勇衝殺，我勇敢的武士們，
大家一起衝鋒！我們必將獲得勝利，
而他們會像高高的大樹一樣側傾，
在狂風暴雨的沉重壓力下倒塌！」
三萬名武士手執盾牌衝向廣闊的戰場，
以雷霆萬鈞之力闖入科爾格里姆的行列；
刀槍上下翻飛，盾牌被砍得劈啪作響；
撒克遜人慘遭重創，被殺得人仰馬翻。
科爾格里姆看在眼裏，心裏感到悲哀，
他是來自薩克森王國最能幹的人。
科爾格里姆開始逃跑，迅速而又憤怒，
他的戰馬以超凡的神力載著主人
飛躍深不可測的河流，護送他遠離死亡。
撒克遜人開始沉入水底：他們大難臨頭。
亞瑟用槍尖威逼他們，不讓任何人上岸：
至少有七千名撒克遜人溺死在水中；
有些人開始垂死掙扎，就像是只仙鶴
在飛翔時受傷，從天上掉到了沼澤地上，
鷹隼們正俯衝著朝著它猛撲過來，
而獵犬們也從草叢中向可憐的鳥兒襲來；
此時無論陸上還是水中它都沒路可逃，
在鷹隼們的叮啄和獵狗們的撕咬下，
這只血統高貴的飛禽頃刻間命歸黃泉。
科爾格里姆慌不擇路地落荒而逃，
直到敗軍退到了約克城，他快馬加鞭
帶頭衝進城堡後，下令將城門緊閉：
在城內他還剩下了一萬人的兵力，
他們都是站在他這邊的尊貴公民。

亞瑟王親率三萬士兵對敵人緊追不捨，
領著這支精銳的大軍直奔約克城，
團團圍住了拼命抵抗的科爾格里姆。
七天前曾另有一支軍隊揮師南下，
鮑德爾夫國王，科爾格里姆的兄弟，
在海邊安營紮寨，以等待奇爾德里克。
因奇爾德里克當時是日爾曼的皇帝，
他完全是靠血緣而繼承了這個王位。
正當鮑德爾夫在海邊駐紮的時候，
他聽說了亞瑟在約克圍困科爾格里姆。
鮑德爾夫召集起手下的七千將士，
那些在海邊安營紮寨的剽悍武夫。
他們最終決定自己應該殺回馬槍，
放棄奇爾德里克，立即折回約克城，
去迎戰亞瑟王，並且消滅他的軍隊。
鮑德爾夫盛怒中發誓要把亞瑟送進墳墓，
他和科爾格里姆要做這王國的主人。
鮑德爾夫不再等待奇爾德里克皇帝，
而是當即開拔，率麾下的勁旅北上，
與摩拳擦掌的士兵們一起日夜兼程，
直到他們來到一片杳無人煙的森林，
距離亞瑟王的軍隊僅七英里之遙。
他原想趁夜色率七千驍勇騎士
出其不意地給亞瑟王以致命打擊，
從而擊敗不列顛人，將亞瑟置於死地。
但事情的結果卻跟他設想的大相徑庭，
因鮑德爾夫的扈從中有個不列顛騎士，
一個名叫莫林的亞瑟王親屬同胞。

莫林偷偷地離開隊伍，鑽進了森林，
穿越崇山峻嶺，直到他來到亞瑟帳篷前，
急不可待地向亞瑟王作了如下的報告：
「向您致敬，亞瑟，最值得讚美的國王！
我來這兒向您報告：我是您的親屬，
鮑德爾夫率一支善戰的軍隊來到了這兒，
準備於今晚突然襲擊您和您的騎士，
以便爲他已喪失元氣的兄弟報仇。
但上帝將通過偉力來阻止他這樣做！
特懇請您派出康沃爾伯爵卡多爾，
以及他手下的一些騎士和英勇士兵，
整整七百名奮勇爭先的沙場英雄，
我將給他們發佈指令，並引導他們
像剷除惡狼一般地去消滅鮑德爾夫。」
卡多爾和所有那些騎士們健步如飛，
直到他們來到鮑德爾夫的營帳附近，
他們從四面八方對敵人發起攻擊：
其鋒芒所及，敵人不是被殺，就是被俘，
霎時間戰場上增添了九百具敵人的屍體。
鮑德爾夫爲逃命偷偷地溜出戰場，
以兔走鳥飛的速度逃往荒涼的地方，
心猶未甘地離開了他忠誠的部下，
一路朝北方抱頭鼠竄，倉皇逃遁，
直到他碰到亞瑟派駐高地的大軍
將約克城堡圍住：國王神機妙算。
科爾格里姆跟撒克遜人仍在城堡內：
鮑德爾夫仔細考慮了他自己的策略，
即如何用計謀使自己得以馬上進入

那城堡，到達他兄弟科爾格里姆身邊，
後者是世上所有人中對他最親的一個。
鮑德爾夫把自己面頰上的長鬍鬚
刮得一乾二淨，他還給自己作了副眼鏡：
他剃光了半邊頭髮，手裏拿一把豎琴——
他從小就學會了這彈豎琴的絕技——
就憑這把琴他混進了國王的軍隊，
在那兒開始自彈自唱，供大家作樂，
人們不斷地用柔軟的枝條抽打他，
並不斷地掌他的嘴，就當他是白癡；
他碰到的每一個人都輕蔑地對待他，
所以沒人會想到鮑德爾夫的真實身份，
以為他只是個剛來到宮廷的小丑白癡。
他長時間地裝瘋賣傻，招搖過市，
終於使城堡內的人們得到了風聲，
即他原本是鮑德爾夫，科爾格里姆的兄弟。
他們向城外的鮑德爾夫拋出一根繩子，
生拉硬拽地把鮑德爾夫拉上了城牆：
就用這計謀使鮑德爾夫進到了城裏。
科爾格里姆及其騎士為此歡欣鼓舞，
並開始用嚴厲的口吻來威脅亞瑟王。
密切注視著他們的亞瑟能看出這種嘲弄，
他抑制不住心中陡起的驚人怒火，
立即下令他所有的騎士披上盔甲：
他想要強行攻佔這個堅固的城堡。
正當亞瑟即將對城牆發起攻擊時，
突然間貴族派翠克騎馬趕到了那兒，
他來自蘇格蘭，在那兒擁有大片的土地，

他立即翻身下馬，開始朝國王喊道：
「向您致敬，亞瑟，最值得讚美的不列顛人！
我希望向您宣佈一條新的消息，
是有關強大而瘋狂的奇爾德里克皇帝，
這人強悍而又英勇：他到了蘇格蘭，
在港口拋錨登陸後，正在焚燒民房，
並用殘忍的鐵腕控制了整個國家；
他有一支號稱囊括羅馬精銳的兵力；
一次在酩酊大醉時他竟誇口宣稱，
普天下誰都不敢抵擋他的攻擊，
無論是在曠野、森林，或任何其他地方，
您若要抵抗，他就會給您套上枷鎖，
屠殺您的人民，並且奪取您的國土。」
亞瑟從未經歷過如此悲痛的時刻，
他退到了城邊一個僻靜的地方，
召集麾下的騎士來參加緊急會議：
武士們、首領們和神聖的主教們，
他請求他們獻計獻策，該如何在王國內
靠自己軍隊的力量來維持他的尊嚴，
並抵禦強大而兇悍的奇爾德里克，
後者正試圖趕來支援科爾格里姆。
於是他身邊的不列顛人作了如下的回答：
「讓我們進軍倫敦，把敵人甩在後面，
假如他膽敢追上來，就給予迎頭痛擊：
他本人及其軍隊都註定要徹底滅亡。」
　　亞瑟完全接受了手下提出的建議，
他馬上讓軍隊開拔，一路直奔倫敦；
科爾格里姆在約克期待奇爾德里克，

奇爾德里克的軍隊橫掃了整個北方，
並巧取豪奪了那兒的大片土地：
他將整個蘇格蘭地區送給了一位侍臣，
並將諾森布蘭全都饋贈給自己的兄弟；
他本人霸佔了從亨伯河[6]到倫敦的國土；
他不想對亞瑟表示出任何的仁慈，
除非尤瑟的兒子亞瑟願意做他的封臣。
亞瑟率領不列顛所有的首領來到倫敦；
他向全國各地的軍隊發出了命令：
每一個願意聽從他指揮的男人
都必須立即啓程前來倫敦聚集。
於是整個英格蘭頓時充滿了痛苦，
到處都是哭泣、哀怨和無窮的悲傷，
饑餓和苦難降臨在每個人的門前。
亞瑟派遣兩名騎士過洋跨越海峽，
去謁見他最親密的堂兄弟豪厄爾，
後者是統治布列塔尼的卓越騎士，
懇請他星夜兼程，儘快趕到不列顛來，
來到這個國家幫助他的同胞兄弟，
因奇爾德里克控制了這兒大部分國土，
還有科爾格里姆和鮑德爾夫作爲聯盟，
想要把亞瑟王趕出他自己的國家，
並且剝奪他的遺產和尊貴的王國：
這樣他全家將因他失事而遭殃，
他們的名譽也將在這王國喪失殆盡；
到那時國王就會後悔自己根本不該出世。

---

6. 亨伯河（Humber River），英國英格蘭東部河流。

當布列塔尼首領豪厄爾聽說此事，

他馬上就召集手下最好的騎士，

命令他們立即以最快的速度上馬

前往法蘭西去找那些自由的騎士，

告訴他們必須十萬火急地趕來，

組成一支大軍趕到聖邁克爾山[7]：

（所有那些想要得到金銀犒賞，

並在塵世間追求前程功名的人們。）

他向普瓦圖派出了最出色的士兵，

並緊急調撥了一些人趕往佛蘭德，

另有兩人被派前往圖賴訥地區，

對加斯科涅也派出了精銳的騎士[8]，

請求對方派人趕往聖邁克爾山，

並且保證在渡海前給他們豐厚酬勞，

這樣可使他們更快地放棄自己的土地，

跟隨仁慈的豪厄爾穿越這個國家，

來援助最值得人們欽佩的亞瑟王。

當派去的騎士到達那兒十三天後，

新招募的士兵像冰雹一般湧向海邊；

那兒有兩百艘裝備完好的船隻，

裝滿士兵以後，它們立即揚帆起航：

風向和天氣正如人們所冀求的那樣，

使他們順利地在南安普敦[9]靠岸登陸。

從船上齊嶄嶄地跳下激憤的士兵，

肩上扛著他們的頭盔和盔甲上岸：

---

7. 聖邁克爾山（St Michael's Mount），位於英格蘭康沃爾郡（Cornwall）。

8. 普瓦圖（Poitou）；佛蘭德（Flanders）；圖賴訥（Touraine）；加斯科涅（Gascony）。

9. 南安普敦（Southampton），英國英格蘭南岸的城市。

長矛和盾牌黑壓壓地擺了一大片。
許多布列塔尼勇士傾吐豪言壯語：
他們不惜以自己的寶貴生命指天發誓，
說他們將藐視貌似強大的奇爾德里克，
那個咄咄逼人的皇帝已犯下滔天罪行，
假如他不肯夾著尾巴滾回日爾曼，
而要靠浴血死戰來企圖站穩腳跟，
並率領手下強悍武士繼續爲害的話；
他們就不得不在此留下最珍貴的東西：
即他們的頭顱、雙手和閃亮的頭盔，
這樣他們就將會在陸上喪命黃泉；
像邪惡的異教獵狗一般墮入地獄。
最值得欽佩的國王亞瑟住在倫敦，
他從最可靠的情報來源那兒獲知，
強大的豪厄爾已經來到了不列顛，
率三萬名騎士徑直到達了南安普敦，
還有無數擁戴亞瑟王的民眾跟隨。
亞瑟聞此好消息不由地喜出望外，
他率領眾人親自前往迎接堂兄弟。
他倆一起來到喜氣洋洋的王宮裏，
他們互相親吻擁抱，親切地問候致意，
不多時那兒就聚集起眾多的騎士。
就這樣兩支威武雄師會合在一起，
豪厄爾將繼續統領他那三萬名騎士，
而亞瑟則親自指揮著四萬名士兵。
他們馬上起兵，直接朝北部進發，
目標是奇爾德里克皇帝圍攻的林肯，
但迄今他仍未能攻克那兒的城堡，

因爲在城內有七千名英勇的士兵，
他們日夜守衛，前赴後繼，視死如歸。
亞瑟率領著大軍朝這個城市進發，
他嚴厲地命令部下無論白天還是黑夜，
都必須像竊賊那樣靜悄悄地趕路，
穿越窮鄉僻壤，並放棄大聲喧嘩：
他們的號角和喇叭都必須原地扔掉。
亞瑟挑選了一個善良而勇敢的騎士，
派他潛入林肯城堡去見守城的將士，
而且他須口若懸河，說服人們放心，
因爲在半夜時分最值得欽佩的亞瑟王
將來這裏，他還會帶來許多剽悍騎士：
「而你們裏面的人在那時刻必須警惕，
一旦聽到外面嘈雜聲，就須打開城門，
立即衝出城去消滅你們的敵人，
狠狠打擊強悍兇狠的奇爾德里克，
那時我們就可以好好地教訓他一頓！」
恰好半夜時分：月亮在正南方閃耀，
亞瑟率領大軍向城市猛撲了過來：
士兵們一言不發，就像竊賊那樣安靜，
他們大步流星，直到能完全看清林肯，
這時勇敢的亞瑟就開始大聲疾呼：
「你們在哪兒，我的騎士和戰鬥中的勇士？
看見奇爾德里克居住的帳篷了嗎？
他與科爾格里姆和鮑德爾夫在一起，
那些給我們帶來悲劇的日爾曼蠻族，
和從薩克森給我們帶來災難的壞人，
他們滅絕了我家族中最高貴的親屬：

康斯坦斯、康斯坦丁和我父親尤瑟，
還有我伯伯奧勒利烏斯‧安布羅修斯，
以及成千上萬我尊貴的同胞兄弟。
讓我們衝上前去，把他們打倒在地，
以便爲我們的家族和王國報仇雪恨。
現在讓所有的騎士一起發動衝鋒！」
亞瑟揮鞭催馬前行，全軍蜂擁而上，
就像大地被熊熊烈火所吞噬一般；
人們爭先撲向奇爾德里克的帳篷，
而第一個在那兒發出戰鬥吶喊的人
就是英勇的武士，尤瑟的兒子亞瑟；
他以國王的威嚴和勇氣大聲喊道：
「現在願上帝溫順的母親馬利亞保佑，
而我正向她兒子祈禱，求他幫助我們！」

聽了這番話，他們開始用長矛來瞄準，
刺殺和打擊所有那些靠近他們的人，
從城裏出來的騎士也大步朝他們趕來。
假如他們退回城裏，那就是死路一條，
倘若逃到森林裏，他們也將被消滅：
即使逃走，他們仍然會遭到攻擊。
書上並沒有記載任何這兒有過的戰鬥，
而在不列顛王國，毀滅是如此常見，
因爲來到這兒的是最不幸的民族！
這兒流血成河：人們相互攻擊殺戮，
死亡在此司空見慣，大地也迴響著其聲音。
奇爾德里克皇帝有一座孤獨的城堡，

位於林肯郡的平原[10]——他正躲在那裏面——

它最近剛剛建成，防衛非常森嚴，

裏面還有科爾格里姆和鮑德爾夫，

他們看見自己的軍隊損失慘重，

便急不可待地馬上換上了盔甲，

從城堡裏溜了出去，其勇氣已完全喪失，

並且慌忙地逃往卡利頓的森林[11]。

他們的身邊還剩下七千名騎兵，

而他們的身後留下了大量陣亡將士，

足足有四萬名日爾曼人殉命沙場：

所有來自日爾曼的人全都命乖運蹇，

而且所有的撒克遜人都慘遭屠殺。

　　隨後最值得欽佩的亞瑟王獲知

奇爾德里克已經逃到了喀裏多尼亞[12]，

而且科爾格里姆和鮑德爾夫也跟他

逃進了茂密的森林和崇山峻嶺。

於是亞瑟率領六萬名騎士緊追不捨：

這些不列顛的士兵包圍了整個森林，

從其一端他們砍倒了七英里的樹林，

一棵接一棵，他們砍樹可真夠神速！

亞瑟用招募來的軍隊封鎖了另一端

整整三天三夜：這使敵軍聞風喪膽。

科爾格里姆意識到他掉入了陷阱

（他在那兒已經斷糧，經受著困苦煎熬），

10.林肯郡的平原（the plain of Lincoln）。

11.卡利頓（Calidon）。

12.喀里多尼亞（Caledonia）是不列顛王國北部地方的古稱，面積大致相當於現在的蘇格蘭。

他們和馬匹均得不到任何幫助。
於是科爾格里姆這樣向皇帝呼籲：
「請明白地告訴我，奇爾德里克陛下，
我們是否有任何理由躲在這裏？
我們為何不出發，召集起我們的軍隊，
向亞瑟及其騎士公開發出挑戰？
我們寧可為了榮譽而戰死在疆場，
也不能像這樣躲在森林裏活活餓死。
我們已飽受皮肉煎熬和世人鄙視；
或許我們可直接向亞瑟尋求停戰，
請求他的寬恕，並提交人質給他，
以便與那位高貴的國王結成聯盟。」
奇爾德里克躲在城堡裏聽上面這番話，
他用非常哀傷的口吻回答如下：
「假如你兄弟鮑德爾夫也同意這樣做，
而且得到我們這兒更多盟友的支持，
即我們應該向亞瑟企求和平並訂立條約，
那麼我就會像你所要求的這麼做，
因為亞瑟在這王國中被視為至尊者，
受到他臣民的擁戴，並有王家血緣；
他純屬王家世系：他是尤瑟的兒子，
而且在驍勇騎士靠激戰來定勝負的
許多民族中經常會發生這樣的事，
即他們開始贏得的東西往往會最後輸掉，
對我們來說，此時此刻的情景正是如此，
但只要我們能活下去，就准會有轉機。」
從騎士們那兒立即傳來直率的回答：
「您說得好，我們都贊同這個提議。」

他們選派了十二名騎士受命前往
森林邊緣上亞瑟王正在休息的涼亭。
其中一位騎士用剛毅的聲音開始喊道：
「亞瑟王，請您放行：我們有話對您說！
是奇爾德里克皇帝派我們來到這裏，
還有科爾格里姆和鮑德爾夫倆人；
他們懇請得到您現時和永久的寬恕：
作為您的封臣，他們將為您揚名，
而且他們將向您提交許多的人質，
並把您視為君主，這將是您最喜歡的，
只要他們可以活著從這兒離開，
回到自己的國家，把壞消息帶回去；
因為我們在這兒經歷了許多磨難：
在林肯我們留下了最親愛的同胞，
有六萬人橫屍疆場，慘遭屠殺，
而假如您發慈悲，動惻隱之心，
恩准我們乘船離開這兒，渡海回家，
從今後我們再也不會回來騷擾，
因為我們已經在這兒失去了摯愛親屬，
只要我們還有一口氣，就絕不再回來！」
於是亞瑟放聲大笑，然後高聲回答：
「由衷感激支配所有決定的全能上帝
使強悍的奇爾德里克在此吃盡了苦頭！
他讓其勇猛的騎士瓜分了我的國土，
還計畫要把我趕出自己的祖國，
把我視為可憐蟲，搶走我全部的國度，
還要毀滅我全家，懲處我所有的親屬。
但事情的結果就像是傳說中的狐狸：

正當它在森林裏最趾高氣昂的時候，
它能自由地玩耍，還有禽鳥作爲美餐，
爲了攀岩的樂趣而尋找險峻的懸崖，
在蠻荒之地挖掘其他野獸的巢穴，
隨心所欲地到處遊蕩，從未吃過苦頭，
自以爲是這世界上最勇敢的生物，
而恰在這時，有人帶著號角和獵狗，
發出驅使狗的呼喊聲，朝著它爬上山來，
獵人們的吆喝聲和獵狗頸上的鈴鐺聲
驅趕著那狐狸去穿越山谷和窪地：
它衝進密林去尋找自己的巢穴；
並在最近的一個地方拼命鑽進了洞穴。
從此這勇敢的狐狸被剝奪了幸福，
人們從四面八方掘開了洞穴，
於是這天之驕子變成了最可憐的東西。
「此即強悍的奇爾德里克的寫照：
他企圖一手霸佔我全部的王國，
但現在我把他驅趕到了死亡邊緣，
正琢磨著要砍他的頭還是要絞死他。
現在我決定讓他活命，並向我求饒；
我既不砍頭，也不絞死他，而是放他一命，
只讓他最重要的顯貴做我的人質，
撒克遜人離開前還得交出戰馬和武器，
這樣他們就可以灰溜溜地回到船上，
並越洋渡海，回到他們美麗的國家，
安安分分地居住在自己的王國裏，
宣揚和傳播有關亞瑟王的消息，
即我如何因我父親的緣故放走他們，

以及出於慷慨大度，輕饒了可憐蟲。」
在此事上亞瑟缺乏明智的判斷力，
當時也沒人敢於站出來糾正他的錯誤；
而他很快就會為此而追悔莫及。
奇爾德里克從藏身處出來向亞瑟投降，
並跟手下所有騎士一起成為他的封臣，
奇爾德里克交出了整整二十四個人質：
他們都是經過特別挑選，且出身貴族。
他們放棄了自己的戰馬和精製盔甲，
自己的長矛和盾牌，還有佩帶的長劍：
所有他們擁有的財物都被迫放棄；
他們開始徒步旅行，直到抵達海岸，
那兒有漂亮的船隻停泊在海邊。
他們遇上了順風和非常宜人的天氣：
一艘艘又長又大的船隻駛離了海岸，
乘風破浪，將陸地遠遠地拋在了後面，
直到他們再也看不見遠處的地平線。
海面非常平靜，正符合他們的心願；
他們將船靠在一起，並排向前滑行，
甲板碰著甲板；人們在一起互相交談，
決定他們要回到那個該死的國家，
為自己摯愛的同胞兄弟報仇雪恨，
殺人如麻，將亞瑟的國家夷為平地，
還要攻克那兒城堡，盡情地燒殺搶掠。
他們已經在海上航行了那麼長時間，
從英格蘭至挪威的航程快要過半；
他們馬上調轉船頭，定下回陸地的航線，

並且抵達了托特尼斯[13]的達特茅斯海岬；
撒克遜人欣喜若狂，當即棄船登陸。
剛回到陸地，他們馬上就大開殺戒：
他們趕跑了正在田裏耕作的農夫；
絞死了所有管轄這一地區的騎士；
所有盡職的妻子他們都用刀子捅死，
所有年輕的姑娘則被他們輪姦致死，
他們把僧侶們放在火炭上煨烤折磨，
國王的僕人們全被他們用亂棒打死；
他們搗毀城堡，使田園變得荒蕪，
教堂化爲灰燼，人民陷入深重苦難！
母親懷抱中的嬰兒被活活淹死；
繳獲的牲畜也被他們宰盡殺絕，
拖到他們的營地後燉煨或燒烤，
他們搶走了所有能夠帶走的東西。
他們整天都在歌頌那位亞瑟王，
宣稱他們已經爲自己贏得了家園，
後者將在他們自己的牢牢掌握之中，
他們將在這兒度過多天和夏日，
假如亞瑟有足夠的勇氣想來這兒
挑戰強悍而又兇狠的奇爾德里克，
「我們將用其脊椎骨來建造一座精巧的橋，
從這位可敬國王身上剔出每一塊骨頭，
用優雅的金鏈把它們串在一起，
並把它放在大家必經的門廳裏，
以向強大而富有的奇爾德里克致敬！」

13.托特尼斯（Totnes）位於現在英國靠海的德文郡（Devon），瀕臨達特河。

所有這些都是他們羞辱亞瑟王的把戲，
但時隔不久，形勢發生了戲劇性的變化，
他們的吹噓和把戲都變成了恥辱，
無論在哪裡，人在得意忘形時都會這樣。
奇爾德里克皇帝在各處都所向披靡：
他攻陷薩默塞特後又佔領了多塞特[14]，
並對德文郡的人民實施趕盡殺絕，
對待威爾特郡他更是殘忍無比；
還奪取了延伸到海邊的所有土地；
最後他命令手下人立即開始吹響
號角和銅喇叭，以便召集起他的大軍，
因為他想要在出發前去圍攻巴斯[15]，
而且還要在海岸線上封鎖布里斯托爾[16]；
在到達巴斯之前，他們全都大言不慚。
皇帝抵達巴斯，將城堡圍得水泄不通，
城堡內的守軍同仇敵愾，奮勇抗敵，
全副武裝地登上了城牆嚴防死守，
他們成功地抵禦了強大的奇爾德里克。
奇爾德里克皇帝與其同伴就地紮營，
科爾格里姆、鮑德爾夫和其他許多人。
亞瑟王正在北方，對此一無所知，
他率軍橫掃蘇格蘭，收復了所有失地：
奧克尼和加洛韋，還有馬恩島和馬里[17]，
以及以前是它們附庸的所有領土。

---

14. 多塞特（Doset），位於德文郡東邊，英國南部沿海地區。
15. 巴斯（Bath）是英格蘭西部靠近威爾士的一個古城，以羅馬人留下的溫泉澡堂而著稱。
16. 布里斯托爾（Bristol）離巴斯很近，使英格蘭西部的一個重要城市。
17. 奧克尼（Orkney）；加洛韋（Galloway）；馬恩島（the Isle of Man）；馬里（Moray）。

亞瑟以爲這已是鐵板釘釘的事實，
即奇爾德里克早已夾著尾巴滾回了家，
並且他再也不會回到這兒來了。
　　然而亞瑟王從部下那兒得到消息，
說奇爾德里克皇帝又來到了這國家，
並已經在南方造成了巨大的災難。
於是最令人欽佩的亞瑟王當眾宣佈：
「我很遺憾自己寬恕了兇惡的敵人，
而沒在那高山森林中將他徹底消滅，
或用我這把利劍將他碎屍萬段！
現在這就是他對我善行的回報！
但創造白晝之光的上帝會幫助我，
爲此他將經受最劇烈的痛苦
和最嚴酷的決鬥，因爲我將殺死他，
我還將處死科爾格里姆和鮑德爾夫，
而且他們的支持者都將被處以死刑。
假如天國統治者希望這樣做的話，
我將體面地懲處他所有邪惡的罪行；
倘若我的心臟還在胸膛裏跳動，
而且創造月亮和太陽的主願意我這樣做，
那奇爾德里克將永遠不能再欺騙我！
接著最令人欽佩的亞瑟王發出號召：
「我威武勇猛的騎士們，你們在哪裡？
快上馬，快上馬，大名鼎鼎的武士們，
我們將火速趕往南方的巴斯城堡。
讓人們趕快豎起高高的絞刑架，
並讓我們的騎士把那些人質押上來，
他們將在這些絞刑架上被吊死。」

他就地處決了所有二十四名孩子，
後者全來自撒克遜人的顯赫貴族家庭。
接著又有人給亞瑟王送來了消息，
說他堂兄豪厄爾重病纏身（這使他傷心），
住在克萊德河畔的鄧巴頓[18]，而他不得不
在十分匆忙的情況下告別他出發，
直到他率領大軍到達了巴斯平原，
在那兒亞瑟王及其所有騎士都下了馬，
神色嚴峻的將士全都換上了盔甲，
亞瑟王將其隊伍分成了五個部分。
當隊伍部署完畢後，他先巡視了隊陣，
接著他披上了用鋼絲編織而成的盔甲，
它顯示出一位精靈般鐵匠的高超手藝：
該盔甲號稱威加，出自威塔吉之手。
他用鋼製脛甲護住了自己的雙腿；
在腰間他掛上了寶劍卡利伯恩，
這是在阿瓦隆用魔術製作而成的。
他戴著高聳的頭盔，用好鋼鍛成，
上面還飾嵌著許多鑲金的珠寶。
它原屬於血緣高貴的國王尤塞——
世人稱之為戈斯惠特，與眾截然不同。
他在肩頭挎上了一個珍貴的盾牌，
它在不列顛語言中被稱作普裏德溫[19]，
盾牌上面有用赤金鏤刻的圖案，
那是一幅最為珍貴的聖母肖像。

18.克萊德河畔的鄧巴頓（Dumbarton by the Clyde），克萊德河是蘇格蘭最有名的
　　河流，其源頭位於南部高地的沼澤地，河流長約170公里。
19.普里德溫（Pridwen）。

他手裏握著一支長矛，稱作羅恩[20]。
當披掛停當後，他便跨上了戰馬，
於是乎旁人就能夠有機會看到
這位統領千軍萬馬，最英俊威武的騎士：
從未有人在其他任何地方曾經看見過
比儀態高貴的亞瑟更出色的騎士。
然後，亞瑟朝他的部下高聲喊道：
「快看，在我們前頭，那些異教瘋狗們
曾用邪惡的詭計屠殺過我們的先人，
在我們眼裏，他們是最可惡的東西。
讓我們現在向他們發起猛烈的攻擊，
為我們的種族和王國報仇雪恨，
徹底洗清他們給我們所帶來的恥辱，
當他們追波逐浪，來到達特茅斯時。
他們已完全背棄誓言，並已沮喪到極點：
在主的神力相助下，他們都註定要滅亡。
現在讓我們以聯合陣勢向前移動，
動作都要靜悄悄的，就像我們並無敵意，
當走到他們跟前時，我會親自發令：
我將一馬當先，衝在你們的前面。
現在我們要騎馬悄悄地穿過田野，
無論是誰，行軍時都禁止大聲喧嘩，
但要全速前進。現在讓主保佑我們！」
於是偉大的亞瑟催動坐騎出發，
一馬當先地疾駛在平原上，向巴斯進發。
這消息傳給了強悍而兇狠的奇爾德里克，

20.羅恩（Ron）。

說亞瑟率領其大軍南下與其決戰。

奇爾德里克及其勇猛的部下也都上馬，

並握緊武器，他們深知亞瑟是其勁敵。

最令人欽佩的亞瑟王注意到了這一點；

他看見一個異教伯爵率領七百名騎士，

氣勢洶洶地朝著他猛撲了過來，

那伯爵本人沖在那支突擊隊的前面：

亞瑟自己也正好是大軍的先導。

堅毅的亞瑟手中握緊了羅恩長矛，

這位勇敢而頑強的國王嚴陣以待，

他催動戰馬向前，使大地都為之震動，

並把盾牌舉在胸前：國王怒髮衝冠！

他舉矛刺穿了博雷爾伯爵的胸膛，

一下子就要了他的命；國王振臂高呼：

「敵軍先鋒已經喪命！願上帝保佑我們，

還有那位生下聖子的天國女王。」

最令人欽佩的亞瑟王又接著喊道：

「衝啊，衝啊！第一個回合我們已經得勝！」

不列顛人以摧枯拉朽之勢撲向惡棍們，

他們用戰斧和利劍重創了那些野蠻人。

奇爾德里克的士兵頓時倒下了兩千多人，

而亞瑟卻毫髮無損，未折一兵一將！

頓時間撒克遜人成為最淒苦的可憐蟲，

而日爾曼人[21]則是天下最悲傷的民族。

亞瑟揮舞寶劍，使眾多的對手肝腦塗地，

那寶劍所及之處，敵人紛紛喪命。

21.撒克遜人（the Saxon）是日爾曼民族（the Germanic）中的一個部族。西元五
世紀，他們從北歐渡海來到了不列顛王國。

國王渾身上下活像一隻暴怒的野豬
在與眾多家豬爭搶燕麥和橡樹果實。
奇爾德里克意識到這點，開始轉身逃命，
當他穿越埃文河[22]，以尋覓藏身之處時，
亞瑟像猛獅一般向他們突然撲來，
敗軍們紛紛掉入河中，許多人被淹死；
河中足足有兩千五百人沉入水底，
失落的武器在河中搭起了一座鐵橋。
奇爾德里克率一千五百名騎士過河逃命，
想偷偷溜到海邊去登船越洋渡海。
亞瑟瞥見科爾格里姆朝山上跑去，
試圖從環繞巴斯的群山間突圍逃走，
鮑德爾夫率領七千騎士緊隨其後，
以為在山上可以找到立足之地，
用堅守來防禦並挫敗亞瑟的軍隊。
接著最令人欽佩的亞瑟王又注意到
科爾格里姆也佔據有利地形頑強抵抗，
於是國王奮不顧身地高聲喊道：
「我勇敢的武士們，向山上的敵人進發！
昨天科爾格里姆還是最勇猛的人，
現在卻像山羊般佔據了那個山頭：
在陡峭的山坡上用其羊角來與人決鬥；
可後來有只野狼沿山坡朝它們爬去；
儘管只有一隻狼，而且沒有狼群做伴，
儘管在羊圈裏足足有五百多隻山羊，
但野狼仍將抓到山羊，把它們全部咬死。

22.埃文河（River Avon），位於英國西南部，流經布里斯托（Bristol）。

我是野狼,他是山羊:那傢伙命數已盡!」
最令人欽佩的亞瑟王又振臂高呼:
「昨天鮑德爾夫還是位最勇敢的騎士,
此刻他正站在小山上,遙望著埃文河,
看到在河流中游戈著眾多鐵魚,
魚身上還繫著佩劍。它們遊姿笨拙,
魚鱗閃爍,就像是鑲有黃金鎧甲的盾牌,
它們的魚脊飄浮在水面上,像是戰矛。
這些都是在不列顛罕見的景色:
山上的這種野獸,溪流中的這種鐵魚;
昨天那皇帝還是個最大膽的君主,
如今他成了隨身攜帶號角的獵人,
他帶著狂吠的獵狗穿越廣闊平原;
可就在巴斯附近他放棄了狩獵:
他正在逃離獵物:所以我們要反戈一擊,
用實際行動來戳穿他的牛皮和誑言,
這樣我們才能重獲主人的真正權利。」
國王一邊嘴裏說著上面的這番話,
一邊在胸前高高地舉起他的盾牌,
並且抓緊他的長矛,開始策馬飛馳,
就像小鳥在天上飛速掠過一般,
跟在國王身後的是兩萬五千多名
憤激和全副武裝的勇猛騎士。
他們如勢不可擋的鐵流向山上湧去,
與科爾格里姆的軍隊展開了殊死決戰。
科爾格里姆奮起迎戰,左衝右突,
在第一個回合中就殺死五百多人。
最令人欽佩的亞瑟王注意到了這一點,

他橫眉豎目，怒不可遏，髮指皆裂，
就這樣偉大的亞瑟開始高聲疾呼：
「你們在哪裡，不列顛人，我勇敢的士兵？
在我們的面前是最兇惡的死敵！
我的勇猛武士，讓我們把他們碾得粉碎！」
亞瑟右手握劍，砍中了一名撒克遜人，
而那把名貴華麗的劍觸到了他的牙齒，
接著他又刺倒了那位撒克遜人的兄弟，
後者的頭顱和頭盔一起掉落在地上；
他立即又揮劍將一個騎士斬成了兩半。
不列顛人見此情景，鬥志深受鼓舞，
他們用自己的銳利長矛和戰斧利劍
給予撒克遜人以最沉重的打擊。
撒克遜人像秋天落葉般紛紛倒地喪命，
成百上千個屍體在戰場上堆成了小山，
成千上萬名士兵還在不斷地喪命。
接著科爾格里姆看見亞瑟朝他撲來：
由於屍體擋路，科爾格里姆來不及躲避；
鮑德爾夫正在他兄弟身邊浴血奮戰。
這時亞瑟以挑戰者的口吻大聲喝道：
「我來了，科爾格里姆！跟你決一死戰，
我們將用你最不喜歡的方式來個了斷！」
說完上面這番斬釘截鐵的話以後，
國王高舉起他的寶劍，使勁砍下去，
正中科爾格里姆的頭盔，並直劈下去，
穿透了盔甲下的防護層，直至其胸膛，
他又揮動右手，朝鮑德爾夫砍去，
把他的頭顱和頭盔一起割了下來。

亞瑟王之死（14217-14297行）

莫德雷特[1]在康沃爾招募了許多騎士；
他十萬火急地向愛爾蘭派去了信使，
他十萬火急地向薩克森派去了信使，
他十萬火急地向蘇格蘭派去了信使，
他答應所有想得到土地或金銀的人，
只要他們火速前來集合，便可稱心如意。
他從各個方面都爲自己做好了防護；
任何聰明人在必要時都會這樣做。
痛心疾首的亞瑟王得到了消息，
說莫德雷特在康沃爾招募了大批騎士，
並打算留在那兒，等亞瑟來一決高低。
亞瑟向全王國都派出了他的信使，
命令所有仍然活著的男人都趕來見他，
只要他們還能夠扛著武器前去打仗，
除了那些忠於莫德雷特的王國叛徒，
儘管他們也許會來，他也斷然拒絕；
倘若誰敢蔑視國王所頒佈的命令，
國王就會將他就地逮捕，活活燒死！
有大批的人們應召前來踴躍參軍，
有的騎馬，有的步行，就像天降的白霜。
亞瑟率領這支大軍前往康沃爾。
莫德雷特得到消息後倉皇迎戰，調動了
一支龐大的軍隊：許多人註定要死。

---

1. 莫德雷特（Modred）是亞瑟王的侄子，後陰謀篡權，與亞瑟王相互混戰而死。

兩支大軍同時都向泰馬河[2]畔進發：
那地方稱作駱駝津[3]——願它載入青史。
在駱駝津聚集了整整六萬名士兵，
還有幾千名後援；莫德雷特統領大軍。
接著，強悍的亞瑟王率領其大軍
也來到這裏；然而等待他的卻是個悲劇！
在泰馬河畔兩軍對峙，擺下了戰場，
士兵們搖旗吶喊，展開了殊死決戰，
揮舞著他們的長劍，砍向敵人的頭盔：
短兵相接處戰矛撞擊，火星四濺，
盾牌被砸成碎片，而箭、矛也被折斷：
兩支大軍的所有人馬都捲入了混戰，
泰馬河水變成了一股鮮血的洪流。
混戰之中，不能辨認誰是真正的武士，
同室操戈，更難以判斷武藝誰優誰劣，
因每人都在砍殺，無論騎士還是侍從。
莫德雷特混戰中被劍擊中，一命嗚呼，
他麾下所有的騎士也都在激戰中喪生；
亞瑟王的侍臣們，無論其職位的高低，
全都喋血疆場，飲恨於泰馬河畔，
還有圓桌騎士[4]中的全部不列顛人，
以及所有受到亞瑟栽培的外國騎士。
亞瑟遭到了利劍和戰戟的重創，
身上留下了十五處可怕的傷口，
其中最小的傷口都能塞進兩個手套！

---

2. 泰馬河（River Tamar）。
3. 駱駝津（Camelford）。
4. 圓桌騎士是指亞瑟王手下最精銳的那些騎士，因他們會餐的圓桌而得名。

在戰場上橫七豎八躺著的二十萬人中，
幾乎沒人能從這場血戰中僥倖逃命，
只剩下了亞瑟王和他手下的兩名騎士。

亞瑟王受到了致命傷，奄奄一息；
一名同族的年輕人來到他身旁，
他是康沃爾伯爵卡多爾的兒子，
名叫康斯坦丁[5]，是國王的親隨。
亞瑟王躺在地上凝神注視著他，
懷著悲傷的心情說出下面這段話：
「你好，康斯坦丁，卡多爾的兒子。
我現在把整個的王國託付給你，
你要畢生盡心盡力地保護不列顛人，
並保持我以前為他們制定的所有法律，
以及在尤塞統治時期的所有好法律。
我將要前往阿瓦隆[6]去找美麗的仙女，
即去找阿甘特這位最漂亮的仙后[7]，
她定會為我撫平我身上的每一個傷疤，
用她的靈丹仙藥治癒我的傷口。
此後我將會重新回到我的王國，
跟所有不列顛人共用我的餘年。」
就在他說話時，從海上乘風破浪
駛來了一艘小船，由海浪推動著它。
船上有兩個穿著盛裝的妙齡仙女，
她們馬上就把亞瑟王抬到了船上，

---

5. 康沃爾伯爵卡多爾（Cador, the Earl of Cornwall）；康斯坦丁（Constantine）。
6. 阿瓦隆（Avalon）是亞瑟王傳奇中的重要島嶼，位於英格蘭西南的格拉斯頓堡
   （Glastonbury）。
7. 阿甘特仙后（Queen Argante）。

輕輕地放下，然後載著他飄然而去。

事情的發生跟墨林[8]以前所預言的相同：

即亞瑟王逝去時人們的悲傷難以估量，

不列顛人至今仍相信他現在還活著，

跟阿瓦隆的美麗仙女們住在一起，

不列顛人至今仍在期待著亞瑟回來。

能知道亞瑟王下落真相，並告示世人的

那位智者還在娘胎裏沒生下來。

然而過去有過一位名叫墨林的賢人，

他曾言之鑿鑿地預言過亞瑟的命運，

以及亞瑟將如何再回來幫助這兒的人民。

8.墨林（Merlin）是亞瑟王傳奇故事中的一位巫師和賢人。

奧費歐爵士[1]

侠名

我們經常讀到，而且發現
學者們在書中反覆渲染，
那些用豎琴伴奏的謠曲
講述種種奇妙的傳奇故事。
它們有的演繹戰爭和苦難，
表現人們的欣喜和歡笑；
有的專門揭示陰謀和狡詐，
及歷史上有過的偶然事件；
有的是令人捧腹的幽默故事，
還有許多是有關仙境探奇。
在流傳於世的所有謠曲中
大多數都歌頌真正的愛情。
它們全都發端於不列顛，
先是口頭相傳，後被寫入書中；
古代膾炙人口的英雄傳奇

---

1. 《奧費歐爵士》（*Sir Orfeo*）是中古英語詩歌中最著名的一首布列塔尼謠曲
（Breton lay）。這種篇幅短小的浪漫傳奇體裁是由法蘭西的瑪麗（Marie de France,
12世紀）所奠定的，後者獻給英國國王亨利二世的十二首法語謠曲是用優雅的
八音節詩行寫成的。奧費歐即古希臘神話中的樂聖俄耳甫斯（Orpheus）。他
的故事在中世紀主要是通過奧維德（Ovid, 43 BC-AD 18）的《變形記》
（*Metamorphoses*）、維吉爾（Virgil, 70-19 BC）的《農事詩》（*Georgics*）和波伊
提烏（Boethius, c.475-525）《哲學的安慰》（*De Consolatione Philosophiae*）而傳到
英國來的。它對於後世的文學創作，尤其是詩歌創作，產生了巨大的影響。
該詩開篇呈現一幅甜蜜和諧的畫面：奧費歐國王擅彈豎琴，技藝高超，休羅狄
斯夫人（Dame Heurodis）美貌絕倫，心地善良。隨後不幸降臨，羅狄斯夫人
被抓去冥府，而奧費歐也決定自我放逐，以洗衷思。歷經十年磨礪，奧費歐偶
然與妻子重逢，並終於靠琴藝向冥府國王贏回妻子。結尾又回復安靜祥和的畫
面。
全詩主要描寫有關婚姻愛情的動人故事，並不像其他傳統騎士故事過多渲染騎
士價值，具有濃郁的浪漫氣氛。

盡被不列顛人編成了謠曲。
每當他們在各地聽說了
任何精彩刺激的冒險傳說，
他們馬上就會拿出豎琴，
將其譜成謠曲，並冠以題目。
關於往昔流傳的英雄冒險，
我雖記不全，卻也略知一二。
聽著，各位尊貴的老爺大人，
讓我來吟唱那奧費歐爵士。
奧費歐爵士在世間萬物中
最喜歡的就是彈豎琴的樂趣；
每個技藝精湛的豎琴好手
無不向他致以崇高的敬意。
他無師自通，學會了彈琴，
並且勤於練習，精益求精；
從此以後，世上再也找不到
比他彈奏得更好的豎琴手。
無論何人，只要他能有機會
坐在奧費歐的面前，以便
聆聽那娓娓動人的悠揚音樂，
他准會飄飄然如臨仙境，
感覺到一種天國的銷魂狂喜，
因為那豎琴聲美妙絕倫。
奧費歐作為堂堂的國王
是全英國最有權勢的君主，
他體魄剽悍，而且英勇善戰，
既慷慨豪爽，又溫文爾雅。
他父王是普路托國王的後代，

而母親則出自朱諾王后的門第[2]，
兩者因其功德及赫赫聲名
都曾被人當作神祗來崇拜。
這位國王寄居在色雷斯[3]，
那是個防禦工事堅固的城市；
誰人不知溫切斯特在古代
曾經被稱做是色雷斯城？
國王有位遠近聞名的王后，
她的名字叫休羅狄斯夫人[4]，
世上有血有肉的女子當中
無人能有她那驚豔的美貌，
還有她心中的仁愛和善良；
言語難以描繪她的完美。
就在五月初的一個早上，
暖風習習，使人心曠神怡，
嚴冬的冰雪酷寒一掃而光；
田野裏到處都鮮花盛開，
還有那千嬌百媚的絢麗花蕾
正掛滿綠葉枝頭，含苞待放。
那位貌美的休羅狄斯夫人
帶著兩名貼身的俊俏侍女
於前晌時分出門去踏青，

---

2. 在古羅馬神話中，普路托（Pluto）是冥王，朱諾（Juneau）是主神朱庇特
   （Jupiter）的妻子，奧費歐的原型俄耳甫斯（Orpheus）則是主掌音樂和詩歌的日
   神阿波羅與主管史詩的繆斯卡利俄珀的兒子。詩人把異教神祗比作早期英國君
   王，以及把奧費歐的父母視為普路托和朱諾的後代是遵循了中世紀的文學傳統。

3. 古代神話中的俄耳甫斯是色雷斯人。色雷斯（Thrace）位於希臘東北部，是希
   臘與土耳其和巴爾幹地區各國接壤的橋頭堡，也是連接歐亞大陸的連接點。

4. 在古代神話中，俄耳甫斯娶了一位居於山林水澤的仙女，名叫歐律狄斯
   （Eurydice）。

一塊兒來到一個果園旁
觀賞鮮花如何綻放出芳香，
聆聽鳥兒怎樣快樂地歌唱。
她們三人都停下來歇息，
圍坐在枝葉繁茂的果樹下面，
沒多久這位美麗的王后
就躺在草地上進入了夢鄉，
侍女們不敢貿然將她喚醒，
便讓她靜靜地在那兒休息。
於是她一覺熟睡到了下午，
直到上午時光已完全流逝。
可當她從睡夢中驚醒時，
她號啕痛哭，發出淒厲的尖叫，
雙手互相絞扭，連連頓足，
因手指抓破面頰而血流滿面；
她華麗的袍子已被撕成碎片，
並因眩暈譫妄而更顯癲狂。
王后身旁的那兩位侍女
見此大驚失色，再也不敢上前，
而是轉身逃回王宮去報信，
將此事通知侍衛和騎士，
即休羅狄斯王后中邪發狂，
叫他們趕快前去制止王后。
騎士們蜂擁而出，還有仕女，
以及六十多位宮廷的侍女。
他們一同在果園找到王后，
將她抓住以後舉過頭頂，
並最終將她帶回內宮臥室，

用繩子將她手腳緊緊捆住。
然而她仍然是聲淚俱下，
拼命試圖脫身，奪門逃走。
當奧費歐得知了這個消息，
他肝腸寸斷，心如刀割一般。
當下便領著十名貼身騎士
直奔王后被軟禁的那個臥室，
當著她的面沉痛地問道：
「親愛的妻子，究竟出了什麼事，
使一向都很恬靜文雅的你
變得這般暴跳如雷，尖叫不已？
你皮膚光滑的雪白軀體
已被你手指抓得遍體鱗傷。
還有你玫瑰色的紅潤臉頰
變得灰暗慘白，跟死屍一般，
而且你那些纖細的手指
也全都變得蒼白和血跡斑斑。
唉，你那雙楚楚動人的眼睛
看起來就像男人見到了死敵。
啊，夫人！請你為我而息怒，
快停止這撕人心肺的尖叫。
告訴我你為何落到這種地步，
以及我怎樣才能幫助你？」
於是她終於安靜地躺下身來，
默默垂淚，像斷線的珠子一般，
對國王她說了下面這番話：
「唉，我的夫君，奧費歐爵士，
自從我倆的完婚之日起，

我們相互間就沒紅過臉，
因為我愛你勝於自己生命，
一貫如此，就像你對待我。
但是我們現在必須分手，
盡你所能吧，因為我不得不走。」
「天哪！」他回答，「我已全無退路。
你要到哪兒去，以及去找誰？
無論去哪兒，我都跟你在一起；
我去哪兒，你也得跟著我。」
「不，不！夫君，你絕不能這麼做。
讓我告訴你整件事的原委。
今天早上我躺下來休息，
並在那個果園旁邊睡著時，
有兩個威武騎士來到我身邊，
從頭頂到腳底全副戎裝，
他們大聲命令我趕緊出發
前去謁見他們高貴的國王。
起初我斗膽拒絕了他們，
因我不敢跟他們走，也不想去。
他們飛身上馬，疾馳而逝。
不一會兒，他們的國王駕到，
後面跟著一百多個騎士，
還有同樣數目的貴婦人，
他們全都騎著雪白的駿馬，
就連甲冑衣袍也都乳白皎潔。
我從未見過如此的場面，
這群人雍容華貴，宛如天仙。
那國王頭上戴著一頂王冠；

它並非用白銀或赤金製成，
而是用一塊無價的寶石，
耀眼奪目，勝似天上的太陽。
眼見著那位國王向我走來，
我身不由己地被他帶走，
而且不可理喻地使我騎上了
在他身旁的一匹小牝馬，
把我一直帶回了他的王宮。
宮殿裏應有盡有，富麗堂皇，
他還帶我參觀了城堡和高塔，
河流、森林和鮮花盛開的林地，
以及他國內的所有財富。
接著他又把我護送回家，
一直送到了那個果園裏，
然後他這樣嚴厲地叮囑我：
『聽好了，夫人，明天你必須
在這株果樹下來準時赴約，
因為你必須再跟我回去，
並且永遠跟我們住在一起。
假如你不願意，或試圖反抗，
不管到哪裡，你都會被抓住，
並會被凌遲車裂，五馬分屍，
直至你玉隕香消，命歸黃泉。
然而即使你被撕成了碎片，
我們仍將把你的屍體帶走。』
當奧費歐國王聽說了此事，
「哦，天哪！」他說，「這真是禍不單行。
我寧肯獻出自己的性命，

也不願失去我的愛妻王后。」
他逐一向左右臣僚尋求良策，
但無人能夠爲他指點迷津。
轉眼間夜色流逝，黎明將至，
奧費歐披掛停當，全副武裝，
召集起近千名赳赳武士，
人人剽悍威武，個個兵器精良；
他親率大軍護送王后赴約，
一直把她送到那株果樹下。
他們用盾牌將她團團圍住，
並發誓要堅守各自崗位，
寧願在當天全體肝腦塗地，
也絕不讓王后被他人擄去。
然而就從眾武士的中間，
王后還是被那些精靈所攫去，
其詭秘手段必屬魔法無疑，
誰也無法猜測王后的命運。
於是人們因悲傷而放聲痛哭，
國王踉蹌地回到自己的臥室，
像石頭般倒在地板的上面；
他的悲痛和呻吟是如此動情，
它差點兒就要了他的命。
但是這一切都無濟於事。
他召集起手下所有的武士，
全是名聲顯赫的男爵和伯爵；
當他們聚集在大廳裏時，
「愛卿們，」他說，「當著你們的面
我宣佈由我的王宮總管

從此擔當起治國的重任。
他將全權代理起我的職責，
來治理全王國屬下的臣民。
因為我已經失去了王后愛妻，
天下最美麗和完美的女性，
從今後我再也不想留戀紅塵。
而要做遁世苦行的隱士，
在淒寒孤寂的荒郊野嶺
一輩子與野獸飛禽相伴為生。
當你們得知我已於世長辭，
就重新召集一屆新的議會，
為你們選出一位新的國王。
盡力做好我所遺留的事務。」
此時大廳裏響起了抽泣聲，
它很快就變成震耳的哭喊；
騎士們，無論老少，或正當年，
都悲傷得說不出一句話來。
他們都不約而同跪倒在地，
請求國王改變他的決定，
不要拋棄他們去獨自遠行。
「吾意已決，」他說，「不可更改。」
他撇下了他的整個王國，
身上只披了件香客的斗篷。
他脫掉身上所有其他衣裳，
沒穿外衣、襯衫，或戴兜帽，
隨身只帶上了他的豎琴，
便赤腳走出了都城的大門；
身邊沒跟任何僕人或侍臣。

哦，天哪！臣民們都泣不成聲，
看著這位曾頭頂王冠的國王
自我流放時竟然衣不遮體。
穿越森林，翻過山丘深谷，
他來到了杳無人煙的荒原中。
在那兒沒有東西可滋補身體，
所以他常年總是形銷骨立。
過去他曾經身穿貂皮狐裘，
床上還鋪著紫色的亞麻床單，
如今他躺在凹凸不平的地上，
身上蓋的只是樹葉和乾草。
往昔他擁有城堡和高塔，
河流和開滿鮮花的森林，
現在當雪花和霜凍降臨時，
這位國王只能用青苔禦寒。
過去他麾下有威猛的騎士
和俏麗的仕女對他頂禮膜拜，
如今他身邊只有空曠荒原，
以及出沒無常的劇毒蛇蠍。
他曾經盡情享受人間榮華，
飽嘗過玉液瓊漿、山珍海味，
而如今他須整天刨坑掘土
才能挖到填肚充饑的樹根。
夏日裏他靠摘樹上野果爲生，
還有那些於事無補的漿果。
寒冬時他四下尋覓，但只能
找到些樹根、乾草和樹皮。
由於此類含辛茹苦的磨難，

他瘦骨伶仃，遍體佈滿傷痕。
天哪！誰又能說清這位國王
十多年來經受的痛苦酸楚？
他臉上鬍鬚漆黑而又濃密，
一直垂過了腰間的麻索。
過去曾是他生命歡樂的豎琴，
也被藏入一株枯樹樹幹裏；
每當天空晴朗，陽光普照時，
他會馬上取出心愛的豎琴，
縱情彈奏，忘卻一切煩惱。
動聽的音樂傳遍了森林，
引來林海中的無數野獸
圍坐在他身旁凝神賞樂，
還有色彩斑斕的各種禽鳥
也飛來棲息在周圍樹叢中，
屏息聆聽如醉如癡的琴聲：
那音樂娓娓動聽，餘音嫋嫋；
當他最後停止奏樂的時候，
飛禽走獸仍遲遲不願離去[5]。
除此之外，他還經常能看到
在赤日炎炎的夏日早晨，
冥王率其手下前呼後擁地
來到周圍的林子尋歡打獵，
他們搖旗吶喊，號角齊鳴，
夾雜著獵犬吠叫，震耳欲聾；

---

5. 在奧維德的《變形記》（11. 1 f.）中，俄耳甫斯的豎琴音樂不僅能感動飛禽走
   獸，而且還能駕馭草木岩石。中古英語詩人對此作了改動，顯然是為了使這個
   傳說顯得更加合理。

但他們並不帶走任何獵物，
也不知道他們後來去向如何。
有時候他還能看見冥王
似乎統領著他的威武之師，
身邊有一千名戎裝騎士，
每一個都雄赳赳，披堅執銳，
堪稱燕頷虎頸，威風凜凜，
高擎色彩絢麗的各種旌旗，
每人手執出鞘的鋒利刀劍；
可他不知他們前往何處
他還見過更加奇異的場景：
騎士與仕女們一路翩躚起舞，
身著典雅盛裝，舞姿輕盈，
步法嫻熟優美，儀態萬方；
伴隨著鼓點和號角的節奏，
以及各種民間音樂和謠曲。
有一天他在冥王身邊看見
六十位信馬由韁的仙女，
綽約多姿，宛如枝頭的小鳥。
行列中看不到其他男性騎士[6]，
每人手臂上都停著獵鷹，
沿著河岸悠閒地騎馬放鷹。
那兒本是禽鳥的世外桃源，
無論是野鴨、蒼鷺，還是鸕鶿。
每當水鳥受驚飛出藏身之處，
就被虎視眈眈的獵鷹盯上，

6.在中世紀手抄本的插圖中確實能找到婦女手持獵鷹參加狩獵的情景，
　但純粹由女性組成狩獵隊伍在真實生活中較為罕見。

並最終成為後者爪下的冤魂。
奧費歐目睹此景撫掌大笑。
「好極了，」他說，「真是精彩之極！
老天在上，我定要去親身參與。
此事原是我的拿手好戲。」
他起身朝那個方向走去，
但偶爾瞥見一位女騎士，
其音容笑貌，及服飾裝束，
無不令他確信眼前此人
正是王后休羅狄斯無疑。
他定睛凝視，她也回眸顧盼，
倆人眼目傳情，相對無言。
當她看見往昔富貴騰達的他
如今落拓潦倒，枯槁憔悴時，
不禁流下了傷心的眼淚。
別的仙女們看見此情景，
便迫使她催馬離開了那兒；
因她再也不能跟他聚會。
「天哪，」他說，「我真是苦命。
為何死神還遲遲不肯降臨？
嗨！我悔恨自己經歷此事後
仍然求生不得，求死無門。
嘿！我的一生可謂苦海無邊，
竟不敢要求我自己的妻子
快快來到身邊，或開口說話。
天哪，為何我的心不會破碎？
說真的，」他說，「無論發生什麼事，
不管那些仙女們會去何方，

我都會義無反顧地跟隨她們，
因我早把生命置之度外。」
他隨即束緊了身上的斗篷，
並將豎琴挎到了背脊上，
沿著仙女們的足跡緊追不捨，
將艱難險阻都踩在了腳下。
仙女們騎馬進入了一個岩洞，
奧費歐風塵僕僕，接踵而至。
進洞後約莫三英里左右，
他來到了一片美麗的平原，
耀眼明亮，就像夏日的太陽，
一馬平川，到處都鬱鬱蔥蔥，
周圍看不見山丘和深谷。
平原中他看見一個城堡，
外表富麗堂皇，尖塔高聳入雲。
圍繞那城堡的高大城牆
晶瑩澄澈，像水晶般閃閃發光，
整個城堡裏有近百個高塔，
要塞的防禦工事固若金湯；
拱壁從壕溝處拔地而起，
形成一個個金色的穹隆；
塔樓的圓頂上還雕刻著
形態各異的飛禽走獸。
塔樓裏面有寬敞的大廳，
它們都用寶石相嵌而成。
就連最不起眼的那些圓柱
也全都是用赤金所鑄成。
所以那兒總是有無窮光芒，

因為即使在漆黑的夜晚
那些珍貴寶石也會發光，
其亮度絕不亞於正午的太陽[7]。
無人能夠描述或甚至想像
那兒所特有的奇珍異寶。
無論誰見了都肯定會以為
這就是天堂裏最漂亮的地方。
仙女們來到城堡前翻身下馬，
他也想方設法，尾隨前往。
奧費歐上前去敲城堡大門，
守門人頃刻間來到了門口，
並詢問他究竟有何貴幹。
「好極了，」他說，「我是江湖藝人，
想來為您老爺吟唱助興，
假如他本人願意的話。」
守門人很快就打開了大門，
讓他順利地進入了城堡。
進城以後他便四下打量，
看到了城牆內橫七豎八，
到處都是被當作死屍帶到
此地的人，儘管他們仍然能動。
有的沒頭，但卻昂然挺立，
有的被利劍砍掉了雙臂，
有的被長矛刺穿了身體，
有的歇斯底裡，全身被捆緊，

7. 在《新約・啟示錄》中，對於聖城耶路撒冷有類似的描寫：「城中有神的榮
   耀。城的光輝如同極貴的寶石，好像碧玉，明如水晶」（21.11）。另一首中
   古英語詩歌《珍珠》（977 ff.）也遵循了這一傳統。

有的盔甲披身，坐在馬上，
有的在吃飯時噎住了喉嚨，
有的是在洪水中被淹死，
有的則是在烈火中被燒焦。
產婦們在分娩時痛苦呻吟，
有的死於非命，有的精神錯亂，
還有其他許多人躺在地上，
就像大白天仍在睡懶覺。
他們就是這樣被仙女擄獲，
並帶到這幽界冥府來的。
接著他又瞥見自己的妻子，
他最珍愛的休羅狄斯夫人，
躺在果樹下面長眠不醒：
從其服飾他認出就是她。
在看完這些奇異景色後，
他來到了國王的宮殿裏。
那兒他又目睹了壯觀奇景，
在一個珠簾彪煥的寶座上
端坐著在冥府掌權的國王，
還有那美貌動人的王后。
他們的王冠服飾耀眼奪目，
使他的眼睛難以正視其光芒。
當他看清所有這一切時，
奧費歐跪倒在國王面前：
「啊，陛下，」他說，「倘若您願意，
敬請欣賞我的豎琴彈奏。」
國王答道，「你是何許人也，
為何會來到這幽界冥府？

我本人從未請你來這兒，
也沒有派手下人去抓過你。
自從開始在冥府掌權以來，
我從未見過有人如此魯莽，
竟敢闖進這兒來找我們，
除非他是我們派人召來的。」
「陛下，」奧費歐說，「請相信我，
您見到的只是個江湖藝人；
而且這也是我們的習俗，
去主動拜訪權貴們的府第。
儘管我們也許會不受歡迎，
但我們仍必須表演獻藝。」
於是他徑直坐在國王面前，
拿出他悅耳動聽的豎琴，
並且嫻熟地調節好音調，
彈奏出美妙醉人的旋律，
以致宮廷上下的所有人
都前來聆聽這玉宇仙曲，
並匍匐在豎琴樂師的腳下，
對他的音樂崇拜得五體投地。
國王全神貫注，豎耳靜聽，
沉醉於餘音繞樑的優美謠曲。
這音樂為他和仁慈的王后
帶來了無比的享受和樂趣。
停弦放撥，一曲終了之時，
國王對奧費歐大加讚許說：
「藝人，我很欣賞你的音樂，
現在你向我提出任何要求，

我都會滿足你的願望。
你快說吧，看我能否做到。」
「陛下，」他說，「我有一個請求：
請您高抬貴手，賞賜給我
在果樹下面熟睡的那個
面如冠玉，窈窕秀雅的夫人。」
「不行，」國王回答，「這可辦不到。
你們倆人根本就不般配！
因為你身材消瘦，衣衫襤褸，
而她卻花容玉貌，落雁沉魚。
所以把這天香國色許配給你
就太卑鄙和不近情理了。」
「啊，陛下，」他說，「尊貴的國王，
然而更為卑劣和下流的事
就是國王您親口說瞎話。
所以，陛下，就像您剛才所說，
我將得到任何想要的東西，
您必須守信，不能出爾反爾。」
於是國王答道，「既然這樣，
就把她交給你帶走算了；
我希望你能儘量享用她。」
奧費歐跪倒拜謝國王。
他緊緊地抓住妻子的手，
想儘快地離開這個冥府，
並且逃出那駭人的幽界，
沿著他來的原路回到地面。
他離開陰間後長途跋涉
回到了遙遠的溫切斯特，

即他原來居住的城市，
那兒現在誰也不認識他。
但以防別人認出其身份，
他不敢貿然公開進城；
而是投宿於乞丐的陋屋，
在那兒他跟自己的妻子
雙雙隱姓埋名，掩人耳目，
裝扮成貧困的江湖藝人，
借此打探國內音信和消息，
以及誰在執掌王國的權柄。
跟他同住一屋的那位乞丐
不厭其煩地向他講述傳聞：
先前王后怎樣橫遭擄掠，
於十年前隨仙女們遠去，
以及國王如何將自己流放，
無人知曉他後來去了何方，
還有王宮管家如何繼位，
諸如此類乞丐還講了很多。
第二天快到中午的時分，
他讓妻子單獨待在家裏；
自己穿上向乞丐借來的外衣，
並將那把豎琴背在身上，
獨自沿大路朝城裏走去，
將自己置身於眾目睽睽之下。
驍勇剽悍的伯爵和男爵們，
市民和貴婦人全都盯著他看。
「瞧，」他們說，「這是什麼怪人！
他的頭髮長得像一團亂麻！

瞧他的鬍鬚垂到了膝頭！
而且他像樹幹一樣枯瘦。」
正當他在街上行走的時候，
迎面碰上了他的王宮總管，
於是他大聲向對方喊道：
「王宮總管老爺，請行行好！
我是來自異國他鄉的琴師[8]；
請您周濟行善，解囊相助。」
王宮總管回答，「來吧，跟我來；
凡是我有的，你都可享用。
每一位好琴師都是我的客人，
因爲我主人奧費歐的緣故。」

　王宮總管在宮裏擺下宴席，
他身邊坐滿了達官貴人。
那兒有不少號手和鼓手，
還有豎琴樂師和提琴師。
他們演奏了各種優美樂曲，
奧費歐靜穆地坐在大廳裏，
一直聆聽到他們表演完畢。
然後他拿出豎琴撥動琴弦，
彈奏出最美妙動聽的旋律；
世間從未有過這悅耳的音樂，
人們全都聽得如醉如癡。
王宮總管素來目光敏銳，

8.詩歌主人公從遠方歸來時，先將自己喬裝打扮，以進行試探—這是歐
　洲文學傳統中非常熟悉的一種慣例。最著名的例子就是荷馬史詩《奧德賽》的
　主人公在海上漂泊了十年以後，回到故鄉時也是先扮成乞丐，進入宮殿去進行
　試探的。

他一下子認出了那把豎琴。
「藝人，」他說，「你得告訴我們，
你從哪兒得到了這把豎琴？
現在你必須回答這個問題。」
「陛下，」奧費歐回答，「當我在
異國他鄉獨自漂泊流浪時，
曾在一個荒涼山谷中見過
被獅子撕碎的屍體殘骸，
上面還有豺狼尖齒的痕跡。
屍體旁我找到了這把豎琴。
這大概是十年以前的事。」
「啊，」王宮總管喊道，「天殺我也！
那就是我的國王奧費歐。
可憐我失去了這麼好的主人，
留下孤零零的我可怎麼辦？
天哪，真該詛咒我的降生！
他怎麼會這麼苦命和不幸，
他怎麼會死得如此悲慘！」
說完他昏厥在地，像死了一般。
侍臣們急忙將他救醒，
並勸他說生活本來就是如此：
人必有一死，此病無藥可醫[9]。
奧費歐國王此時已經明白
他的王宮總管忠誠可靠，
對國王懷有真摯的感情；
所以他站起身對大家說：

---

9. 這是在中世紀英國流行的一句諺語。

「王宮總管，你仔細聽好了，
其實我就是國王奧費歐，
因長期在貧瘠的荒原裏苦修，
業已經受了巨大的磨難，
並且從陰間完整無缺地
救回了我的休羅狄斯王后，
還把這位仁慈優雅的夫人
帶回到了這都城的邊緣，
寄住在一個乞丐的陋屋裏。
而我獨自一人喬裝打扮，
偷偷摸摸地進城來這兒
爲的是試探你是否忠誠，
現在我已經知道你忠心不貳，
你根本沒有理由值得悔恨：
當然了，不管別人怎麼說，
你將來都會繼承我的王位。
但你若對我的死訊幸災樂禍，
你就會馬上被趕出王宮。」
這時在場的所有人都看清
這藝人原來就是奧費歐國王，
王宮總管在認出他之後
急忙推開桌子向他跑去，
一下子就跪倒在他的腳下，
眾臣僚也紛紛隨之效仿。
他們異口同聲地高喊道：
「陛下，您是我們的君主和國王。」
他們都爲他的安在欣喜若狂，
馬上把他帶到一個房間裏，

幫他洗澡，並刮去了鬍鬚，
並爲他穿上了國王的衣袍。
然後他們浩浩蕩蕩地列隊，
吹吹打打，而且載歌載舞，
用大禮將王后接回了宮中。
主啊，那樂曲聲熱鬧非凡！
因爲看到他倆安然歸來，
可謂是舉國歡騰，喜極而泣。
於是奧費歐國王被再次加冕，
還有王后休羅狄斯夫人，
他倆白頭偕老，幸福快樂，
此後的國王就是王宮總管。
後來不列顛吟游詩人得知
該奇蹟如何發生的故事，
於是便把它編成了動人謠曲，
並用國王的名字爲它命名：
如今這謠曲就叫做〈奧費歐〉；
故事曲折精彩，曲調優美動聽。
就這樣奧費歐解除了煩惱。
上帝保佑我們平安無事。阿門[10]。

10.這最後一句話是行吟詩人結束謠曲的套話。

珍珠[1]

佚名

I

哦，珍珠，你是君王的掌上明珠，

在黃金的襯托下格外晶瑩純潔：

按圖索驥，即使找遍整個東方，

都難尋見這麼珍貴的寶物。

圓潤無比，閃亮恰似日月光華；

玲瓏剔透，光潔有如鬼斧神工[2]。

我畢生所見過的稀世珍寶中，

竟無一件可與此珠平分秋色。

悔不該當初失手將它掉在地上，

---

1. 《珍珠》（Pearl）和《純潔》（Cleanness）、《耐心》（Patience）、《高文爵士和綠衣騎士》（Sir Gawain and the Green Knight）等其他三首中古英語詩歌都一起保存在大英圖書館所藏的一部看起來很不起眼和匿名的手抄本（British Library MS. Cotton Nero A. x）之中。這四首詩歌雖然都是匿名之作，然而其所採用的方言、短語和意象都有著某種程度的相似之處，所以評論家們傾向於認爲這四部作品出於同一位匿名詩人之手，並將這位匿名詩人稱作「高文」詩人或「珍珠」詩人。但經過長期的爭論和探索，學者們仍然無法確認這位匿名詩人的真實身份。在英國文學史中，《珍珠》和《高文爵士》的地位正在不斷地水漲船高，因爲這兩部作品除了具有精巧的詩歌結構之外，還具有豐富而鮮明的意象，細膩的人物性格刻畫。悅耳的音樂效果，以及美妙動人的語言。詩人通過夢幻描寫和旁徵博引等手法，達到了諷喻的效果。夢幻詩體裁的傳統可追溯到13世紀法國詩人紀堯姆·德·洛里斯（Guillaume de Lorris）和讓·德·默恩（Jean de Meun）的《玫瑰傳奇》（Romaunt of the Rose）。

   《珍珠》這首詩的敘述者在開篇時自稱丟了一顆奇異的珍珠，隨後在哀傷中進入了一個綺麗的夢境。夢中看到一位素衣縞服的清純少女，周身佩戴圓潤珍珠，敘述者甚爲眼熱，倍感親切。那少女勸他不要怨天尤人，因他丟的珍珠已被收入寶盒，一切皆是上帝的安排。少女又告知珍珠姑娘已被天主羔羊明媒正娶，在天國永享極樂。敘述者雖想與之同往，但因懷有原罪，不得進入，最終悚然驚醒。敘述者一面哀歎自己無緣仙境，一面又似乎悟出了珍珠的真正含義。該詩既是一首哀歎幼女夭折的挽歌，又是一首論述基督教教義的宗教諷喻詩。

2. 晶瑩澄澈和圓潤無比的珍珠在中世紀的英國經常被視爲完美無缺的象徵，因此在佈道文中，牧師們經常將它跟基督教的美德聯繫在一起。

骨碌碌滾入了路邊一簇草叢。
我失魂落魄地四下翻找尋覓，
爲失蹤的珍奇明珠黯然神傷。

就在它[3]從我手中滑落的地方，
我流連往返，企盼著能夠尋回
失去的寶貝，並驅走自身晦氣，
重新獲得往日的幸福和健康。
然而憂慮沉重地壓抑在心頭，
難以平息我胸中的滿腔悲憤。
可同時我似乎能夠隱約聽見
在靜穆中有一種美妙的歌聲。
儘管她已身陷污泥，但每當我
想到她姿色，心裏便充滿溫柔。
大地啊，你毀掉了華美的珍寶，
我那顆純潔無瑕的絕世珍珠。

那地方需要撒上芬芳的香料，
因稀世珍寶在那兒化爲塵土。
潔白、靛藍和鮮紅的花朵綻放，
都在明媚的陽光下閃閃發亮。
那兒的花朵和果實不會凋謝，
因爲地下埋著那顆稀世明珠。
每顆陳年穀粒都能長出新苗，
否則就沒有小麥可以供收穫。

---

3. 在這一行中，詩人用了中性的代詞「它」來指稱珍珠，而在這前後他卻用了陰性的人稱代詞「她」，這就爲後面出現的那位身上裝飾著珍珠的女子埋下了伏筆。

大凡善行都來源於別的善行：
每顆種子終將都會開花結果。
因那顆晶瑩無瑕的名貴珍珠，
所有的花卉都將會破土成長。

就在上面所描述的那個地方，
我走進一個綠色成蔭的花園，
那正是金秋八月的收穫季節，
農人揮動鐮刀割倒了玉米稈。
在珍珠滾落的那一片山坡上，
樹陰碧草相映成輝，色彩斑斕，
隨處可見紫羅蘭、生薑和紫草，
及妖紫嫣紅，花團錦繡的牡丹。
奇葩盡顯嬌媚絢麗，光彩奪目，
花園裏到處洋溢著奇異的芳香。
我敢斷定就是在這片草地上，
隱藏著那顆潔白無瑕的珍珠。

園地前我鬱鬱不樂，撐緊雙手，
憂慮使我愁眉不展，心灰意冷。
我心中流血的傷疤隱隱作疼，
儘管理智不讓我再怒髮衝冠。
我慨然哀歎蹤跡全無的珍珠，
竭力抵禦不自量的理性判斷。
儘管基督本性教我如何自慰，
可是憂傷依然使我意志消沉。
俯身撲在開滿鮮花的草地上，
我聽憑濃郁的花香直衝腦門；

就在那潔白無瑕的珍珠上面，
我頓時間如墮煙海，陷入昏睡[4]。

II

我的靈魂悠然飛上了九重霄，
而身體仍臥在地面上。夢幻裏
我魂魄隨主的仁慈升空飄蕩，
冥冥中因天上的奇景而驚詫；
我渾然不知曉自己身屬何處，
但仍可覺察到四處峭壁陡立。
我向遠處一片森林翹首遙望，
暮色昏沉中林後的山岩聳立；
夕陽斜照在醒目的山岩上面，
餘暉如火似荼，令人難以置信。
我從未見過人間的精美壁毯
能傳達如此壯麗的自然奇景。

環顧四周，所有的山坡上都有
像水晶一般晶瑩的懸崖峭壁。
山岩下圍繞著彩霞般的樹林，
及像印度靛青那樣藍的村舍。
樹葉宛如精製純銀一般閃亮，
在繁茂的樹枝上輕輕地顫抖。
當落日餘暉照射到崖邊樹林，
流光異彩反射出奪目的光芒。
爲此地帶來這種奇異景觀的

---

4. 這是中世紀英語詩歌中常見的一個傳統，詩歌中所描寫的許多故事都是在夢幻
中發生的。

正是那顆極名貴的東方明珠。
在那奇異珍珠的光輝照耀下，
就連天上太陽也都黯然失色。

這壯觀的自然奇景使我驚歎，
暫時忘卻了心中所有的悲哀。
累累碩果散發出誘人的芳香，
勾起了我對那些果實的欲望。
樹叢之間翻飛著成群的禽鳥，
它們大小各異，色彩斑斕鮮豔。
人間最完美的七弦琴和樂師
也難以再現它們美妙的歌聲。
因為禽鳥們歌唱時鼓動雙翼，
將動人的音樂送上九重雲霄。
世間難以領略此等悅耳歌聲，
惟天上才能欣賞這靡靡之音。

命運指引著我一路探寶尋幽，
穿越這妊紫嫣紅的森林仙境；
此間旖旎風光堪稱美不勝收，
筆墨和口舌均難以渲染形容。
我一路上精神煥發，翻山越嶺，
如履平地，並無巨石河流阻擋。
越進森林深處，景色越發綺麗，
隨處都可見果樹、香料和鮮花；
灌木叢、溪澗，還有曲折的小溪
像纖細的金線穿過陡峭石壁。
我朝其中一條溪澗信步走去，

天哪，這景色是多麼令人神往！

在神奇小溪流經的峭壁上方，
到處都可見色澤豔麗的綠玉。
溪流湍急，形成旋渦，激起浪花；
水聲潺潺，奔流向前，一瀉千里。
清澈的澗底也可見怪石嶙峋，
就像鏡子一般折射耀眼光芒——
宛如皓皓明星，當人們入睡時，
在冬夜皎潔的天空閃閃發光。
因為那溪灘上的每一塊卵石
全都是綠、藍寶石，及其他珍寶，
整條溪澗頓時間都大放異彩，
哦，這奇景絕無僅有，獨具匠心。

III

所有這奇景——四周山坡與溪谷，
樹林和流水，還有美麗的草地——
都使我的喜悅倍增，悲哀削弱，
心裏壓力解除，痛苦也被撫平。
我信步來到一條奔騰溪流邊，
心中充滿了歡悅和幸福遐想。
我沿著如畫的溪澗順流而下，
眼界更加開闊，頓覺心花怒放。
正如命運偏愛歷經磨難的人，
無論她帶來安慰或深重苦難，
她若選中了秉承其意志的人，
後者喜怒哀樂便會與日俱增。

此間美景比比皆是，不勝枚舉，
即便我有時間，也難一一道來。
沒有一位凡人能夠親身體驗
此地幸福和極樂的一絲一毫。
故而我認為玉液瓊漿的天堂
就在那寬闊溪流的光輝彼岸。
我祈望著這清澈流水能將我
送往那充滿甜美歡樂的地方。
在溪澗對面的山坡和峽谷裏，
我希望能看到帶圍牆的城堡。
然而溪水過深，不敢貿然涉水，
這使我對彼岸更添無限嚮往。

這種無限嚮往勾起我的欲望
去親自探尋彼岸的美好風光，
因為儘管此岸山水美不勝收，
可彼岸景致又何止強千百倍。
我駐足環顧，在周圍四處尋覓，
試圖找一處淺灘能涉水過河。
然而我越是想找出安全之處，
就越感到險象環生，危機四伏。
極度恐懼似乎攝住了我的心，
雖然我企盼對岸的極樂世界。
可新的景觀不斷在眼前顯現，
使我的憧憬越來越切盼神往。

彼岸神奇景觀凡人無法描述，
我看見山清水秀的溪澗對面，

有道水晶峭壁閃爍耀眼光芒：
無數的光線從那兒放射出來。
在峭壁的底部坐著一個孩子，
一位少女血統高貴，儀態萬方；
她身穿素衣縞服，清純而典雅，
我認識她的臉，以前在哪見過。
如精緻的黃金飾品耀眼奪目，
那少女端坐溪灘上，光彩照人。
我目不轉睛地凝視她的臉龐，
越看越覺得我跟她非常熟悉。

我仔細端詳她那張俊美的臉，
越發覺得其貌端莊，有帝后相；
一種銷魂狂喜降臨在我身上，
此等親身體驗堪稱前所未有。
我渴望能幸獲殊榮，跟她交談，
但拘謹和靦腆使我止步不前。
我看到她千姿百媚，儀態萬方——
美貌閉花羞月，令我心慌意亂。
此時她轉過身朝我投來一瞥，
臉色姣美白皙，宛如象牙雕刻：
頓時一見鍾情，心頭狂跳不已，
對其不勝仰慕，愈添嚮往之意。

IV

出乎我的意料，恐懼油然而生：
似乎腳下生根，肅然啞口無言，
眼睛睜如銅鈴，嘴巴牢牢緊閉，

鴉雀無聲，恰似廳堂裏的獵鷹。
我希望她是天上的仙女下凡，
我害怕轉瞬間一切雲消霧散，
她會不辭而別，從我眼前消失，
使我沒有機會聆聽她的聲音。
這位天仙般的純潔無邪少女
婀娜多姿，纖小嫵媚，細挑苗條。
她嫋嫋婷婷地悄然站起身來，
花容玉貌，身上掛滿珍珠飾物。

珍珠美輪美奐，其價無以倫比，
它們使凡人得到上帝的恩惠；
少女像百合花一般清純美麗，
綽約多姿，步伐輕盈走下河岸。
她素衣裹身，宛如潔白的花朵，
在她的腰間，以及上衣的周圍，
都掛滿了無價的珍珠，我認為
這些都是我見過的絕世珍品。
上衣褶皺重疊，據我揣度臆測，
裝飾著雙倍的珍珠和裝飾品；
她的裙子也具有同樣的式樣，
上上下下飾滿了名貴的珍珠。

少女頭上戴著一個瑰麗冠冕，
飾有絕色珍珠，並無其他寶石，
頂端為一顆晶瑩的白色珍珠[5]，

---

5. 這顆晶瑩的白色珍珠和跟詩首敘述者丟失的珍珠前後呼應，暗示著它們之間的
　聯繫。

間以嬌豔花朵，堪稱完美無缺。
她的頭上並無其他環形飾物，
白色修女頭巾將她全身裹住；
她神情肅穆，頗似公爵或伯爵，
膚色嫩白細膩，勝過鯨骨象牙。
她的頭髮像金絲玉縷般閃耀，
輕輕地披散在她的肩膀上面；
她深陷的衣領裏也絕不缺乏
裝飾成織錦花邊的名貴珍珠。

在她的手鐲和每一道鑲邊上——
在手上，在腰間，以及在領口處——
除了潔白珍珠，並無其他寶石，
還有白色罩衣更是光鑒照人。
然而有顆奇妙珍珠晶瑩剔透，
牢固安置在她胸前的正中央。
誰若端詳打量這顆無價珍珠，
他定會六神無主，喪失判斷力。
我以為世上無人能使用語言
來恰如其分地描述這一情景，
少女胸前那顆絕世名貴珍珠
是那麼白淨、純潔和完美無瑕[6]。

身上點綴珍珠，那位清純少女
在河對面緩緩走下溪流堤岸。

---

6. 對於少女胸前那顆珍珠的描寫，如「晶瑩剔透」、「無價」、「絕世名貴」、
「純潔」、「完美無暇」，等等，再次使讀者聯想到詩首敘述者丟失的那顆珍珠。

從此地到希臘沒有人能比我
更高興看見她來到清流之濱。
她對我要比姑表姨侄更親近[7]，
因而我的歡躍更是有增無減。
她向我打招呼，這位絕世佳麗，
朝我深深鞠躬，神情優雅恬靜，
從頭上取下珍貴無比的冠冕，
用甜美的聲音稱呼了我一聲。
匹夫之輩的我真是三生有幸，
能應答這位掛滿珍珠的佳麗。

V

「哦，珍珠，」我說，「尊貴的珍珠少女，
你是否我所哀傷悲悼的珍珠，
我獨自一人日夜思念的寶貝？
自從上次失手將你掉入草叢，
我乃寤寐思之，一心想找回你，
憂鬱沉思，焦慮不堪，倍受折磨；
而你卻來到了這個天堂樂園，
享盡榮華富貴，解脫人間苦難。
是何命運將你珍珠帶到這兒，
而給我招來無窮憂愁和苦悶？
自從我們鸞孤鶴，兩相分離，
我便縈縈孑立，成了孤家寡人。」

那渾身珠光寶氣的珍珠少女

7.就是從這一行詩句中，評論家們推測出詩中的「珍珠」實際上是敘述者夭折的
  女兒。

抬起頭，用灰褐色眼睛看著我，
戴上她那有東方明珠的冠冕，
然後神情肅穆地對著我說道：
「先生，你剛才說是永遠失去了
你那最心愛的珍珠，此話差矣。
它現在已被收藏在珍寶櫃中，
就像在這風景優雅的花園裏，
這兒可以安居樂業，盡情遊戲，
此處從未聽說過喪失和哀悼。
說眞的，你可在這兒找到寶藏，
假如你是一位好心的珠寶商。

「然而，好心的珠寶商，倘若你因
失去心愛的珍珠而悒悒不歡，
未免有點捨本逐末，輕重倒置，
因爲你失去的不過是朵玫瑰，
它按自然規律，開花而又凋謝；
而在那個有神性的珍寶櫃裏，
名貴珍珠則受到甄別和檢驗。
你可以把你的命運稱作小偷，
鑒於它顯然爲你而無中生有，
你爲不幸的消除而怨天尤人。
你並非是個合適的珠寶商人。」

這位女郎在我眼裏就是珍珠，
而她的言語更像是字字璣珠。
「說眞的，」我說，「尊貴的珍珠姑娘，
你解除了我心頭最大的苦惱；

我請求你能寬恕我犯的過錯。
原以爲我的珍珠已完全喪失，
現又將它找回，我會歡呼雀躍，
並將與它一起留此美好林地；
我將歌頌吾主及其正義法律，
因上帝爲我帶來了齊天洪福。
倘若我能到達彼岸與你同在，
那我便是最幸福的珠寶商人[8]。」

「珠寶商人，」純潔的珍珠姑娘說，
「凡人爲何喜歡調謔？愚蠢之極！
你們說話時往往是一語三意，
而這三種意義皆爲以訛傳訛，
你們不知自己究竟在說什麼；
因爲言語超越了你們的智力。
你說你相信我是在山谷之中，
因爲用眼睛你可以看得見我；
此後你還宣稱——說你自己將會
與我一起住在這個美好樂園；
最後你竟說要跨越這條溪流[9]——
可這點，珠寶商全都無能爲力。

---

8. 在這一節中所用的引喻跟《馬太福音》中耶穌所用的藏寶於田與尋珠的比喻有關：「天國好像寶貝藏在田裏，人遇見了就把它藏起來，歡歡喜喜地去變賣他一切所有，買這塊地。天國又好像買賣人尋找好珠子，就去變賣他一切所有的，買了這顆珠子」（13：44–45）。此書所引的聖經用語全都是依據中國基督教協會印發的《新舊約全書》（南京，1989年）。
9. 這條溪流實際上是人間和天堂的分界線。

VI

「那種只信親眼所見的珠寶商。
我一向都認為他們不足稱譽，
甚至應該受責罵和嚴厲訓斥——
倘若他們信上帝會撒謊騙人，
信誓旦旦地答應救人類性命，
而最終卻促使肉體歸於死亡。
你把上帝教誨看作一紙空文，
除非親眼所見，否則一概懷疑，
這全是狂妄自大的一種標誌，
任何虔誠信徒都不應該如此——
即對任何事物的真實性懷疑，
只靠理性判斷才能最後定奪。

「你該捫心自問是否出言狂妄，
就如凡人不該無理頂撞上帝。
你說你自己將住在這塊領地。
似乎你應該先請求上帝同意，
但你很可能得不到這種恩准。
你希望能跨越這條寬闊溪流。
可你必須首先屈從另一計畫，
你的肉體必須蛻變成為泥土，
因它曾在伊甸樂園受到罹難，
我們的遠祖未能很好珍惜它。
故每人必須先經歷可怕死亡，
才能跨越此河，接受上帝審判。」

「美麗的姑娘，」我說，「莫非你還要
給我帶來悲傷？讓我憔悴而死！
如今我已經找到失去的寶貝，
難道還得在我死前失去它嗎？
爲何我不得不將它失而復得？
讓這珍珠給我帶來極度痛苦！
珍寶若讓人哭泣，那又有何用？
爲其受盡艱辛，然後再痛失它？
而今我再也不會怕爲它憔悴，
也不管會被流放到天涯海角，
若我失去那無可匹敵的珍珠！
人們怎擺脫無窮無盡的憂愁？」

「你所考慮的只是憂傷和悲痛，」
珍珠姑娘說道，「你爲何這樣做？
由於微小的損失而悲哀不已，
常會使許多人受到更大損失。
你倒是應該反過來祝福自己，
並永遠歌頌主，無論是禍是福，
因爲憤怒不會爲你贏得收益，
若有需求就須受苦，不必難受！
因儘管你可以像母鹿般騰躍，
威脅並大聲發洩瘋狂的怒氣；
當你無路可走，向前或是退後，
你必須等待上帝的最後法令。

「評判上帝，對造物主指責不休，
但主決不會因此而改變進程，

你的意見於事無補，勞而無功。
儘管你以淚洗面，從未開過心，
停止非難指責，別再無謂爭辯，
迅速而真誠地尋求上帝恩寵；
你的祈禱可以獲得上帝憐憫，
因而仁慈將會顯示它的力量。
主的安慰能夠解除你的苦難，
並通過你的損失而微微閃光，
因為，阻撓或狂怒，哀悼或歡樂，
一切還得由上帝來處置評判。」

VII

於是我對那位珍珠姑娘解釋：
「假如我胡言亂語，說話沒遮攔，
請別看作是我對上帝的憤怒；
我的心因損失而失去了平衡，
就像湧出了泉眼的湍急流水[10]。
我一向置身於造物主的仁慈！
請不要用殘忍言辭來責罵我，
儘管我有過錯，我親愛的珍珠，
你要慈悲開恩，對我儘量寬慰，
懷著憐憫之心回想以下事實：
對於煩惱和我，你能加以調和，
你曾經是我所有幸福的基礎。

「我的幸福和悲傷，你兩者皆是，

10.參見《詩篇》22：14：「我如水被倒了出來……。」

然而我的哀愁要遠甚於快樂，
自你不慎落入草叢，蹤跡全無──
我再也不知我的珍珠在何方。
如今你又重現，撫平我的傷口。
當我們分手時，你我已成一體，
但願我們現在從未怒氣攻心──
我們難得會面，在林間或山旁，
儘管你仍鎮定，談吐幽默機智，
我卻賤如糞土，說話語無倫次。
但基督的仁慈，及馬利亞、約翰──
這些都是我全部幸福的基礎。

「我看你滿面春風，充滿了幸福，
而我卻因愁腸百結，飽受挫折。
故你一向滿不在乎，從不在意，
儘管我經常遭受不白的冤屈。
但眼下我在此與你重新相逢，
我並不想爭辯，只想請你賞光，
不計前嫌，原原本本地告訴我，
你過得怎麼樣，從頭到尾說來。
因為我很高興看到你的狀態
已經真正轉變成榮耀和極樂；
而我所能感受到的所有快樂，
正組成了我所有幸福的基礎。」

「現在主會祝福你，高貴的先生，」
美麗動人的珍珠姑娘接著說，
「歡迎你來此仙境散步和等候，

因為你現在的話我聽來順耳。
趾高氣昂的心態和狂妄自傲，
我敢保證，在這兒被深惡痛絕。
上帝根本就不喜歡喝斥責備，
因為他周圍的人都謙卑為懷。
當你將出現在他的廳堂內時，
就得溫順謙卑，極盡虔誠恭敬；
吾主羔羊[11]就喜歡這樣的神情，
他組成了我所有幸福的基礎。

「你說我過著美滿幸福的生活，
因而你希望瞭解我目前狀態。
當失落珍珠時，你最瞭解真相，
我當時正值妙齡[12]，處豆蔻年華，
於是吾主羔羊通過他的神性，
將我明媒正娶，結為百年之好，
把我封為天后，永享榮華極樂，
直至海枯石爛——上帝絕不食言——
並擁有天國所有的世襲財產。
作為天主情侶！我亦永不變心！
他的德行、他的價值、他的崇高，
組成我所有幸福的牢固基礎。」

---

11. 在《啟示錄》中耶穌被稱作羔羊：「他們與羔羊爭戰。羔羊必勝過他們，因為羔羊是萬主之主，萬王之王」（17：14）；並且提到了「羔羊婚筵」：「我們要歡喜快樂，將榮耀歸給他。因為羔羊婚娶的時候到了，新婦也自己預備好了」（19：7）。詩中這位珍珠少女就是「吾主羔羊」要「明媒正娶」的新娘。

12. 女嬰夭折時不足兩歲，還未曾被自己的罪孽所污染，死時純潔無瑕，故稱妙齡。

VIII

「有福的姑娘，」我說，「這是真的嗎？
假如我說錯了話，千萬別生氣。
莫非你就是蔚藍天國的王后，
全世界人民都頂禮膜拜的她？
我們信任孕育天恩的馬利亞，
她身為處女時就懷上了聖嬰；
誰若能從她的頭頂摘走王冠，
必定廣施恩惠超過了馬利亞。
出於她行善積德的獨特稟性，
我們都稱她為阿拉比的鳳凰[13]，
後者飛離造物主時完美無瑕，
其風度翩翩就像是謙恭之后。」

「謙恭之后！」珍珠姑娘接過話頭，
她跪倒在地上用手捂住面孔，
「無比的聖母和最可愛的聖女，
每一種恩惠和賜福的創始人！」
然後她站起身，準備乘此機會
制止並反駁我剛才所說的話：
「先生，人們來此尋覓，並獲獎賞，
但此地從未有過篡位野心家。
那位王后掌握天國所有財產，
地球和地獄也在其控制之中；

13.鳳凰也是中世紀文學中被視為是獨一無二和完美無瑕的象徵，除了聖母之
　外，耶穌本人也經常被比作鳳凰。喬叟也曾在《公爵夫人之書》中將公爵亡
　妻布蘭奇比作鳳凰（982）。

但她不會剝奪任何人的遺產，
這正因爲她是一位謙恭之后。

「就在全能上帝的天國宮廷裏，
有一種獨一無二的非凡特性：
每一個來到這兒的男男女女
全都成爲天國的王后或君王，
而且都不會剝奪互相的權利；
他們每一個人都爲彼此自豪，
而且假如他們力所能及的話，
都希望頭上王冠能以一當五。
但我的聖母，耶穌的生身母親，
她掌管著我們頭頂上的天國；
而且對我們她從不惹人生氣，
因爲她就是我們的謙恭之母。

「就像保羅所說，通過謙卑恭敬，
我們都可成爲耶穌基督信徒；
就像頭顱、手臂、腿和肚臍那樣
連接主眞實和受磨煉的聖體。
每一位基督徒也是同樣如此，
全都是全能上帝身上的臂膀。
故須留意是否有仇恨或積怨
滯留或固定在你的肢體之中。
你的頭腦裏杜絕氣憤或惱怒，
儘管你在手臂或手指上套環；
就這樣我們對待愛情和快樂，
有如謙卑恭敬的國王和王后。」

「我確實相信，」我說，「謙卑和恭敬，
以及你們中間存在偉大仁愛。
但為了讓我的話不使你悲痛——
……14

你的確已升上了頭頂的天國！
並成為青春年少的天國王后！
聖子還有什麼榮譽可以獲得？
他已在俗世經受了嚴峻考驗，
並且在其一生中都苦修懺悔，
用肉體疾苦來贖買自身幸福。
難道還有什麼榮譽可以得到
比謙恭之王的稱號更為崇高？

IX

「謙恭之王做事未免過於自由，
假如你所說的全屬貨真價實。
你在我們世上生活不到兩年15 ——
既不會取悅上帝，也不會祈禱，
連何為天父和信條都不清楚——
他怎會在頭一天就封你為后！
我不能相信——所以請上帝保佑——
上帝會這麼不公，出如此差錯。
小姐，我敢擔保，作為伯爵夫人
在天國占一席之地尚屬公平，
或是做一個更低層的貴婦人，

14.手抄本在此處殘缺一行詩。
15.此行詩句使早期一些評論家們確信，珍珠少女去世時還不滿兩歲。

但作爲女王，這稱號未免太高！」

「主的仁慈無邊無際，沒有盡頭，」
那位珍珠姑娘接著又對我說，
「因他所建立的全都貨眞價實，
而且他所做的也是毫釐不爽。
正如在你們彌撒中馬太所說，
在全能上帝的眞正福音書中，
他時常即興發揮，用寓言傳道，
將它跟光明天國聯繫在一起：
『我的王國，』他說，『就跟天國無異，
那兒有位領主擁有大葡萄園。
當收葡萄的季節即將到來時，
時間如金，葡萄園裏急需幫工。

「『農民們都深知季節的重要性；
領主一大清早就趕緊起了身，
因爲他要爲葡萄園招聘工人，
而來求職者中有他中意的人。
新雇幫工都跟領主立下合同，
爲每天一便士的工錢而幹活，
勞累流汗，還得忍受各種痛苦，
剪枝打捆，當然還需摘取葡萄。
大約三點鐘，領主動身去集市，
發現仍有人在那兒無所事事。
「你們爲何閑著？」他問這些農人，
「你們難道不知道現在是幾點？」

「我們天剛亮就已經來到這兒。」
大家異口同聲，都是這樣回答。
「從太陽升起就一直站在這裏，
但從來沒人來招呼我們幹活。」
「那去我的葡萄園，盡你們所能。」
（領主這樣說著，同時訂下合同，
確定公平工資，晚上還加工錢。）
「我通過契約和好意來招募你們。」
於是他們來到葡萄園裏幹活，
而一整天那領主都來回奔波，
爲他的葡萄園招募新的幫工，
直到日頭西斜，白晝即將過去。

「『那天傍晚，暮色蒼茫，天已近夕，
就在太陽下山的前一個時辰，
他仍見精壯男子在集市閒逛，
便神情嚴肅地上前仔細詢問，
「你們爲何在此閒逛了一整天？」
他們回答說是欲找工作無門。
「去我的葡萄園，年輕的自耕農，
各盡所能，找些合適的活幹。」
過後不久，暮色便已開始降臨；
就在夕陽西下，夜幕低垂之際，
他招來了那些閒散的自耕農。
光陰流逝，那天就這樣過去了。

X

「『領主也注意到了夜色的降臨，

他叫來管家說：「請給大家工錢，
發給他們我所欠他們的工資。
而且，為了使他們不會埋怨我，
請他們都列成一行，排隊領錢，
每個人都給發足一便士工錢。
從隊伍末尾那個彎腰者開始，
一直發到排頭那捷足先登者。」
此時排前面者開始大聲埋怨，
說自己辛辛苦苦幹了一整天：
「後面那些人只幹了一個時辰，
相比之下，我們似乎應得更多。

「『「理應如此，因為我們活幹得多，
在毒辣日頭下工作揮汗如雨，
而那些人幹活不到兩個時辰，
你卻讓他們拿到同樣的工錢！」
這時領主對他們中的一個說：
「朋友，我不會讓步給你們加錢，
帶上你們的工錢趕快走人吧。
假如你同意我一便士的工錢，
為何現在又開始反悔和罵街？
難道你沒認定一便士的工錢？
超出合同之外，並無商量餘地。
怎麼，難道你還想要更多工錢？

「『「此外，我難道沒有合法的權利
隨意支配我自己所有財產嗎？
或者你眼睛是否瞄向了罪惡，

就因我善良和從不欺騙別人？」
『我辦事，』基督說，『向來就是如此，
從後來的開始，到先來的為止，
先來者最後拿，無論手腳多快；
因召來人多，但選中的卻不多[16]。』
就這樣窮人們往往得到報酬，
儘管他們來遲，或者手腳不便；
而且他們幹的活雖回報不多，
但上帝仁慈卻要比這多得多。

「我從聖母那兒所得到的快樂
和幸福，以及人生的興旺發達，
要比芸芸眾生得到的都要多，
後者靠隱惡揚善來請求審判，
儘管我開始幹活時天色已晚！
直到黃昏時節，我才進葡萄園。
全賴天主開恩，呵護我的工錢；
按全額付足，一個子兒也不缺。
然而別人比我幹了更長時間，
他們過去勞作流汗，長年累月，
但卻連一個工錢也拿不到手——
即使今年也不可能時來運轉。」

接著我又侃侃而談，坦誠告知：
「你的說法似乎過分，有失偏頗。
上帝正義立竿見影，恆久不變，

16.上面珍珠少女所轉述的耶穌寓言取自《馬太福音》20：1—16。

否則《聖經》掉價，成為無稽之談。
《詩篇》中有一句詩歌言簡意賅，
明白無誤地表達了這個觀點[17]：
『主啊，你按各人所行給予報應，
因你公道，是全能的聖明天父。』
對那從早到晚辛勤勞作的人，
你若視而不見，先給別人發錢，
那就會造成偷懶者不勞而獲，
而辛勤勞作者則會兩手空空！」

XI

「關於天國中分配多寡的問題，」
珍珠姑娘回答，「並無不公之嫌，
因為每人都得到了全額工錢，
無論他的報酬是否微薄豐厚。
因為高貴的天父並非吝嗇鬼，
儘管他有時溫和，有時則嚴厲；
他的慷慨饋贈就像高壩放水，
或像從天池直瀉而下的溪流。
對於虔誠信徒他的遺產豐厚，
並將他們從罪孽中解救出來；
而他們對於幸福絕不會缺乏，
因為上帝恩澤堪稱漫無邊際。

「但現在你卻要試圖使我相信，
說我沒資格在這兒得到工錢，

17.《詩篇》中的相應詩行應該是這一句：「主啊，慈愛也是屬乎你，因為你照
　　著各人所行的報應他」（62：12）。

你是在說我來天國已經太晚，
不配得到這如此巨額的獎賞。
你何曾聽說過哪位虔誠信徒，
無論他祈禱時顯得多麼聖潔，
從來沒有因某種過失而偶爾
喪失光明天國無限量的報償？
情況往往是當人們年紀越大，
就越容易放棄正義，犯下罪孽。
必須用仁慈恩惠來指引他們，
因上帝的恩惠足以做到這點。

「可純潔無瑕者有足夠的恩惠；
自從他們來到人間，剛出娘胎
就能夠有幸接受聖水的洗禮；
然後他們又被帶到了葡萄園，
從那時起——那是個黑暗的時刻——
死的力量使無辜者卑躬屈膝，
後者一生中從未犯下過罪孽。
高貴的主就以此來報答信徒：
只要遵循主的訓喻，就進天國；
主又為何不該允許他們勞作？
是的，為何不該伊始即付報酬？
因上帝的恩惠足以做到這點。

「眾所周知，那崇高的人類最初
完全是為完美幸福而被創造；
而人類的始祖卻摒棄了幸福，
其目的只是為了咬一口蘋果。

我們都為那個蘋果而受詛咒，
被剝奪了快樂，要悲慘地死去，
從此註定要忍受地獄的炙熱，
在陰間內飲恨吞聲，永無安寧。
但不久便出現了救命的良方：
那便是殘忍十字架上的鮮血，
以及危在旦夕時的生命之水；
上帝恩惠足以拯救人類命運。

「那泉眼源源不斷地噴湧恩惠，
從豁開傷口裏流出鮮血和水[18]。
那鮮血將我們贖出地獄苦難，
把人從二次死亡中解救出來；
而那聖水實際上代表了洗禮——
從長矛的創傷口處不斷湧出——
它能夠沖走和滌淨七大死罪，
亞當就因後者而淹死了人類。
現在世界上已沒有任何東西，
除他帶走的，阻礙我們得到幸福，
後者在那神聖時刻已經恢復，
上帝的恩惠足以做到這一點。

                    XII

「上帝的恩惠足以做到使那些
罪人脫胎換骨，倘若甘願懺悔，

18.《新約·約翰福音》19：34這樣描述釘在十字架上的耶穌：「惟有一個兵拿槍扎他的肋旁，隨即有血和水流出來。」由於耶穌是為了替人類贖罪而死，所以從他傷口處流出來的血和水便被人們視作對於人類的恩惠。

但罪人須痛心疾首，悔過自新，
並忍受隨之而來的贖罪苦行。
這正義判決從未有陰差陽錯，
總是能夠拯救清白無辜之人。
上帝絕沒有頒發過任何法令，
會致使玉潔冰清者驚惶失措。
罪人們也許會被悔恨所困擾，
並且通過仁慈最終獲得恩惠；
但那些從未嘗試過狡詐的人，
困守清白乃是安全而明智的。

「因此就像我熟悉的情況那樣，
上帝通過審判來拯救兩種人：
正義的人將能看見主的面孔，
無罪的人將最終能與主同住。
《詩篇》有一段落中是這樣寫的：
『主啊，誰將登上你所在的高山，
或最終居住在你神聖的天國？』
對這個問題上帝的回答如下：
『那種從不用手來做壞事的人，
他的心既純潔而又天真無邪，
他終將在神聖天國站穩腳跟[19]。』
清白無辜者總會公正地得救。

「毫無疑問，正義的人也最終會
到達那座最美麗的天國之城——

19.《舊約・詩篇》14：1－2：「耶和華啊，誰能寄居你的帳幕？誰能住在你的聖
　山？就是行為正直，作事公義，心裏說實話的人。」

他們既不曾染指於俗世虛榮，
也沒用任何狡詐來欺騙鄰居。
所羅門[20]早已看清這正義之人
將如何獲得恰如其分的榮譽。
這榮譽將直接約束他的行爲，
並向他扼要顯示上帝的天國，
就像對他說，『看那可愛的小島！
你假如勇敢，就可以住在那兒。』
然而確鑿無疑，並且屢試不爽，
清白無辜者總會公正地得救。

「關於正義之人，另有一種說法──
你是否留意大衛在《詩篇》中說：
『主啊，求你不要審判你的僕人，
因在你面前，沒有人堪稱正義[21]。』
就這樣，當你接受主的審判時，
我們所有案件都得由他判決，
假如你自稱正義，將會被拒絕，
正如我找到的那段《詩篇》所說。
但求灑血在十字架上的基督，
他的手被殘忍地釘在木頭上，
能夠在審判結束時讓你通過，
由於清白無辜，而非因爲正義。

---

20. 據《舊約‧列王紀上》1-11節記載，所羅門（Solomon）因順從上帝而富有智慧，在其治理下，國泰民安。

21. 《舊約‧詩篇》143：1－2：「耶和華啊，⋯⋯ 求你不要審問僕人，因爲在你面前，凡活著的人沒有一個是義的。」

「讓那些能夠斷文識字的人們
自己閱讀《聖經》，以便親自瞭解
耶穌如何來到一塊古老土地，
而人們紛紛將孩子領到跟前，
爲了能得到他的祝福和治癒，
祈求他輕輕觸摸那些孩子們。
他的門徒責備人們別糾纏主，
由於這原因許多人望而卻步。
然而耶穌溫和地對門徒們說：
『請容忍！讓孩子們到我這兒來；
因天國正是爲他們所準備的[22]。』
清白無辜者總會公正地得救。

XIII

「耶穌將那些孩子們叫到身邊，
並說人們若要進入他的天國，
除非在童年時就已升上天堂，
否則他們將永遠沒機會如此。
清白無辜，眞心誠意，純潔無瑕，
沒有一絲一毫褻瀆主的罪孽，
當這樣的人來到居家敲門時，
主人會毫不猶豫地打開門閂。
世上有一種幸福絕不會停止，
珠寶商在一堆寶石中尋找它，

22.《馬太福音》19：13—14：「那時，有人帶著小孩子來見耶穌，要耶穌給他們
按手禱告，門徒就責備那些人。耶穌說：『讓小孩子到我這裏來，不要禁止
他們，因爲在天國的，正是這樣的人。』」相似段落還見於《路加福音》18：
15—17；《馬可福音》10：13—15。

並賣掉所有財物，皮裘和布衣，
以買回那顆晶瑩無瑕的珍珠。

「這顆以高價換來的絕世珍珠——
珠寶商爲它而付出全部家產——
就像是上帝居住的光明天國：
如地球和大海的創造者所說。
因它晶瑩無瑕，純潔而又清澈，
況且圓潤無比，光澤明亮剔透，
這都是正義之人的共同特點。
看，它位置恰好在我胸脯正中！
吾主羔羊，他爲人類灑盡鮮血，
將它作爲和平象徵放置於此。
我奉勸你放棄那愚昧的俗世，
而去購買你那顆絕世的珍珠。」

「燦爛如純淨珠寶的珍珠姑娘，」
我說，「你佩戴著那名貴的珍珠，
那塑你姣好形體和做你衣裳
的造物主全知全能，大智大勇。
你的美貌絕非來自於大自然，
皮格馬利翁[23]從未畫過你面孔，
亞里斯多德[24]也從未在其著作
中描述過你這些特徵的本質。

23.在希臘神話中，賽普勒斯（Cyprus）王子皮格馬利翁（Pygmalion）因善於雕塑
　　而聞名。他嘔心瀝血地成功塑造了一個美女的形象，後來竟愛上她，每天以
　　深情的眼光注視著她。最終雕像活了過來，使有情人終成眷屬。
24.亞里斯多德（Aristotle, 384-322 BC）是古希臘哲學家，因博學和多產而聞名。

你的玉貌紅顏勝過了百合花，
你的秀雅儀態既謙恭又殷勤——
告訴我，珍珠姑娘，是何等天使
才能持有這晶瑩無瑕的珍珠？」

「我那橫掃千軍的非凡羔羊，」
她說，「我可親可敬的命運之神，
選我作為他的伴侶，我雖不才，
但這一婚配卻已經正式生效。
當我告別了你們俗世的悲哀，
主便將我置於他的賜福之下，
『快到我這兒來，我甜蜜的愛人，
因你身上沒半點缺陷和瑕疵[25]。』
他既給我力量，又給了我美麗；
高臺上他用鮮血染紅我衣袍，
給處女之身的我戴上了王冠，
並用晶瑩無瑕的珍珠點綴我。」

「嘿，純潔無瑕，光彩照人的新娘，
你具有天香國色的皇家特徵，
那非凡羔羊究竟是何等人物，
他竟會娶你來作為他的新娘？
你確實超越了所有的其他人，
跟上帝共用如此高貴的生活！
試看多少娥眉雲鬢，絕色美女，
使得基督經歷了眾多的衝突；

25.《雅歌》4：7：「我的佳偶，你全然美麗，毫無瑕疵。」

而你卻驅走了所有那些美女，
由於你的婚姻而壓倒了對手。
你超群絕倫，無比自豪和堅強，
不愧爲一卓越和純潔的王后。」

XIV

「純潔無瑕，」那位可愛的王后說，
「我確實一生清白，未受過玷污，
因而我可以莊嚴地接受這點。
但『卓越王后』我可是眞不敢當。
作爲神聖羔羊配偶確實幸福，
我們共有十餘萬個妙齡少女，
正如《啓示錄》中所說的那樣。
聖約翰曾看見她們成群結隊，
在錫安這座美麗的小山頂上。
這位使徒在夢幻中看見她們
梳妝打扮，爲參加山頂的婚禮[26]，
那兒即所謂耶路撒冷的新城。

「我講的是耶路撒冷眞實故事，
假如你想知道主是何等人物——
我的羔羊、我的郎君、我的珠寶，
我的快樂、我的幸福、我的摯愛——
先知以賽亞這樣充滿同情地
描寫天主基督的溫順和謙卑：

26.《啓示錄》14：1：「我又觀看，見羔羊站在錫安山上，同他又有十四萬四千
　　人，都有他的名和他父的名寫在額上。」19：7：「……羔羊婚娶的時候到
　　了，新婦也自己預備好了。」

『那位榮耀的無罪之人被殺害，
卻完全沒有任何重罪的理由，
他像綿羊般被牽到宰殺之地，
又如荒野羔羊被剪毛人捉住。
猶太人在耶路撒冷審判他時，
他就這樣緘口噤聲，啞然無言[27]。』

「在耶路撒冷我情郎慘遭殺害，
而且跟罪犯釘死在十字架上。
時刻準備忍受人類所有悲哀，
他立志為贖清人類罪孽獻身。
他們用拳頭來擊打他的臉龐[28]，
而後者顯得多麼清秀和神聖。
為了人類的罪孽他捐軀就義，
而他自己卻從未有任何弱點；
為我們基督經受了嚴刑拷打，
並被釘在了粗陋的十字架上。
像溫順羔羊他並沒怨天尤人，
為了人類他殞命在耶路撒冷。

「耶路撒冷和約旦，還有加利利——
好人聖約翰在那兒施行洗禮[29]，
他的話跟以賽亞可互為呼應。

27.《以賽亞書》53：7：「他被欺壓，在受苦的時候卻不開口，他像羊羔被牽到宰殺之地，又像羊在剪毛的人手下無聲，他也是這樣不開口。」
28.《馬太福音》26：67：「他們就吐唾沫在他臉上，用拳頭打他；也有用手掌打他的，說：『基督啊，你是先知，告訴我們打你的是誰？』」
29.《馬太福音》3：13：「當下，耶穌從加利利來到約旦河，見了約翰，要受他的洗。」

當耶穌前去見聖約翰的時候，
後者對耶穌作了如下的預言：
『看這上帝羔羊，像石頭般眞實，
它將帶走由全世界芸芸眾生
已經犯下的所有罪孽和邪惡。
然而一生清白，未有過失的主，
卻將所有的罪名都攬於一身。
他那一代人可以爲後世作證，
他爲我們而捐軀於耶路撒冷[30]。』

「就這樣，我郎君灑血耶路撒冷，
他曾兩次被稱作贖罪的羔羊，
每一位先知的預言都已證實，
因爲他的精神舉止溫順謙恭。
第三次引喻也顯得同樣重要，
《啓示錄》這樣明白無誤地寫道：
就在聖徒們端坐的寶座中間，
使徒約翰用樸實的語言報告，
耶穌打開了一本方正的書卷，
書卷外面蓋有一行七個封印；
憑這書卷，所有生物都尊崇主，
無論在地獄、地球和耶路撒冷[31]。

---

30. 《約翰福音》1：29：「次日，約翰看見耶穌來到他那裏，就說：『看哪，神的羔羊，除去世人罪孽的。』」《以賽亞書》53：10：「耶和華卻定意將他壓傷，使他痛苦；耶和華以他爲贖罪祭。他必看見後裔，並且延長年日，耶和華所喜悅的事必在他手中亨通。」

31. 《啓示錄》5：1—5：「我看見坐寶座的右手中有書卷，用七印封嚴了。我又看見一位大力的天使大聲宣傳說：『有誰配展開那書卷，揭開那七印呢？』在天上、地上、地底下，沒有能展開、能觀看那書卷的。因爲沒有配展開、配觀看那書卷的，我就大哭，長老中有一位對我說：『不要哭！看哪，猶太支派中的獅子，大衛的根，他已得勝，能以展開那書卷，揭開那七印。』」最後一句中那「猶太支派中的獅子，大衛的根」就是指耶穌。

XV

「這只耶路撒冷羔羊通體純白，
賞心悅目，全身沒有一根雜毛。
而且羔羊身上不沾半個污點，
因為他的白毛既細密又光潤。
因此每一個沒有污點的靈魂，
都可成為跟羔羊相配的伴侶。
儘管他每天都引來大批新娘，
但我們中間卻沒有爭風吃醋，
而是每個人都甘願以一當五——
人越多越快活，願上帝賜福我！
在一群人中，我們的愛會加深，
也能獲得更大榮耀，而非相反。

「關於把珍珠戴上我胸脯的人，
我們只留下了最美好的記憶。
因那些佩戴最名貴珍珠的人
絕不會留意那雞毛蒜皮之事。
儘管我們的肉體會變成泥土，
而且你會感念哀悼，傷心掉淚，
但我們始終都會有這種意識。
只死一次的願望已得到奠定，
羔羊帶來快樂，消除心頭焦慮，
主在宴會上始終給人以驚喜。
每個人都眉飛色舞，歡天喜地，
但這絕不會損害別人的榮譽。

「假如你還不信我的忠實敘述，
《啓示錄》裏還有另外一段記載：
『我看見，』約翰說道，『在錫安山上
羔羊挺立，孔武有力，天下無雙，
跟他在一起，與他並肩而立的，
還有十四萬四千名妙齡少女。
我發現所有這些少女額頭上
都寫著羔羊及其天父的名字。
接著我聽見天上傳下的聲音，
它就像百川匯流的咆哮轟鳴，
又宛如響雷滾過黝黑的山嶺，
我相信這些聲音絕不會消失。

「『然而，儘管這聲音能振聾發聵，
以及儘管它的和聲震耳欲聾，
我聽見喧鬧中有一新的聲調，
它是如此珠圓玉潤，悅耳動聽！
有如歌手用手指撥動豎琴弦，
並唱起一支抑揚激越的新曲，
聲調鏗鏘嘹亮——令人振奮向上！
她們排成整齊隊伍，同聲歌唱，
優美歌聲回蕩在上帝寶座前。
還有那四隻服從上帝的活物，
以及穿白衣，神情嚴肅的長老，
然而他們也在唱她們的頌歌。

「『但沒人能身懷如此歌詠絕技，
儘管他們通曉所有技藝本領，

除了這群妙齡少女，世上沒人
能唱這支歌曲。她們跟隨羔羊，
因作為上帝收穫的首批果實，
她們都是來自最遙遠的國度。
而當她們被婚配溫順羔羊時，
她們的外表和顏色也都像他，
由於謊言和不實之辭都從未
因任何不幸而碰過她們舌頭。
然而這群純潔無瑕的少女們
絕不會離開那位純潔的郎君[32]。』」

「但請你務必要接受我的歉意，
珍珠姑娘，」我說，「儘管我發此問。
我不應該向你這樣刨根問底，
因你已被選中為基督的新娘，
而我只配跟三教九流打交道。
你光彩奪目，是朵綺麗的玫瑰，
並住在風景如畫的溪流岸邊，
生活的快樂在此絕不會消失。
純潔和質樸無華的珍珠姑娘，
我要請求你一件很簡單的事，
儘管我土頭土腦，什麼都不懂，
但請讓我的祈禱顯一回靈吧。

---

32. 珍珠少女的這番描述主要是基於《啓示錄》5：1—5，儘管在聖經中跟隨錫安山上那只羔羊的十四萬四千人是保持童貞的青年男子，而非少女。中世紀的神學家們對於《啓示錄》中這一段有各種不同的闡釋。

XVI

「不管怎麼說，我懇求你這一回，
無論你是否能夠幫我實現它。
既然你如此漂亮，又沒有惡意，
請別拒絕我怪異蹊蹺的請求。
難道你在城堡裏面沒有宅第，
也沒有可相會和居住的莊園？
你爲我講述了耶路撒冷王國，
親愛的大衛在那兒登上王位，
但這高貴城市並不是建立在
草堆旁，而是聳立在猶大王國。
既然月光下你顯得純潔無瑕，
你的住處也應該是纖塵不染。

「你說那些冰清玉潔的少女們
成千上萬，形成如此龐大群體，
毫無疑問，你們應該擁有一個
龐大城市——因爲你們人多勢眾。
如此漂亮的一大批名貴珠寶，
假如散在野外未免有點褻瀆。
在我所逗留的這條溪流岸邊——
而且四周並沒見到任何建築——
我看你孤身一人在這兒徘徊，
並俯視這條美麗溪流的景色。
假如你還有其他的漂亮宅第，
快帶我去那令人快樂的城市。」

「你所說的那城市在猶大王國，」
絕色的珍珠姑娘這樣回答我，
「它就是那神聖羔羊所選中來
為人類罪孽受苦殉難的城市——
這也就是指古老的耶路撒冷，
因為先人罪孽就在那兒贖回；
但新城遵上帝命令從天而降[33]，
《啟示錄》中使徒將它奉為主題，
在那兒潔白無瑕的神聖羔羊
引來了他風姿如月的新娘們。
正如他的新娘都是冰清玉潔，
他的新耶路撒冷也白璧無瑕。

「然而更準確地說，這兩個城市，
它們都被人稱作耶路撒冷城——
但這對你來說其意義的差異
就等於『上帝之城』或『和平夢幻』。
在舊城中我們重獲先前和平；
為此那羔羊選擇了忍受痛苦。
在新城中除了和平別無其他，
而它將會天長地久，永不停息。
那就是我們日夜趕往的城市，
自我們肉體腐朽時便是如此；
在那兒榮耀幸福將永遠遞增，
因這是一個冰清玉潔的團體。」

33.《新約·希伯來書》12：22：「你們乃是來到錫安山，永生之神的城邑，就是
天上的耶路撒冷。」中世紀英國文學作品中經常把天堂稱作新耶路撒冷。

「純潔無瑕，溫順而謙卑的少女，」
這時我對那朵可愛的鮮花[34]說，
「帶我去那個舒適的居住之處，
讓我親眼見一下你漂亮邸宅。」
那珍珠姑娘說，「主絕不會同意！
你不可以擅自進入他的城堡，
但我已爲你獲得羔羊的准許，
他特別恩准你去考察和參觀。
你可以從外面看那純潔城堡，
但你卻沒有任何能力可以在
城堡裏的街頭巷尾踏上一步，
除非你也毫無污點，純潔無瑕。

XVII

「若要我把這城市展示給你看，
它位處這條溪流的源頭上方。
而我在溪流對面，即你的對面，
一直往上走，直到看見座小山。」
於是我不願意再停留在原地，
而偷偷穿過枝繁葉茂的樹林，
直到我能遠遠望見一座小山，
並在向前趕路時凝望那城市。
就在位於我下方的溪流對面，
它閃閃發光，比太陽還要明亮；
就跟使徒約翰在那《啓示錄》中
所描述的如出一轍，栩栩如生。

---

34. 「可愛的鮮花」在這兒是對「美麗少女」的一個比喻。

就像使徒約翰在夢幻中所見，
我看到了這頗負盛名的城市，
嶄新和富麗堂皇的耶路撒冷，
它似乎按上帝旨意從天而降。
這城市完全用閃亮純金鑄成，
像塊擦拭得光滑剔透的水晶：
上面還鑲嵌有極珍貴的珠寶；
城牆根基上共有十二個層次，
這十二層基礎都用珠寶修飾，
每個底座都是塊單獨的寶石。
使徒約翰在《啓示錄》中就這樣
出色地描述了這奇妙的城市[35]。

因爲約翰在《聖經》中已有記載，
該敘述使我瞭解了寶石名稱。
第一塊寶石的名稱是叫碧玉，
我在第一層底座上看到了它，
在最底層的基座上閃著綠光；
第二層底座的珠寶是藍寶石；

---

35. 以下對於新耶路撒冷的描述是基於《啓示錄》21：10－21：「我被聖靈所感動，天使就帶我到一座高大的山，將那由神那裏從天而降的聖城耶路撒冷指示我。城中有神的榮耀。城的光輝如同極貴的寶石，好像碧玉，明如水晶。有高大的牆，有十二個門，門上有十二位天使，門上又寫著以色列十二個支派的名字。東邊有三門，北邊有三門，南邊有三門，西邊有三門。城牆有十二根基，根基上有羊羔十二使徒的名字。對我說話的，拿著金葦子當尺，要量那城和城門、城牆。城是四方的，長寬一樣。天使用葦子量那城，共有四千里，長、寬、高都是一樣；又量了城牆，按著人的尺寸，就是天使的尺寸，共有一百四十四肘。牆是碧玉造的，城是精金的，如同明淨的玻璃。城牆的根基是用各樣的寶石修飾的：第一根基是碧玉，第二是藍寶石，第三是綠瑪瑙，第四是綠寶石，第五是紅瑪瑙，第六是紅寶石，第七是黃璧璽，第八是水蒼玉，第九是紅璧璽，第十是翡翠，第十一是紫瑪瑙，第十二是紫晶。十二個門是十二顆珍珠，每道門是一顆珍珠。城內的街道是精金，好像明透的玻璃。」

只見一塊完美無瑕的綠瑪瑙
半透明地鑲嵌在第三層底座；
第四層是青翠欲滴的綠寶石；
紅瑪瑙是第五層底座的珠寶；
第六層是紅寶石──那使徒約翰
在《啓示錄》上還專門提到了它。

約翰在書中還提到了黃璧璽，
即第七層底座上裝飾的寶石。
第八層是清澈潔白的水蒼玉；
雙色的黃玉是第九層的珠寶；
第十層底座上裝飾著綠玉髓；
第十一層上有名貴的紅鋯石；
第十二層──即城牆的最高底座──
是紫色中夾深藍紋的紫水晶。
在那些底座的上師徒的面即是城牆，
用碧玉建成，跟玻璃一樣透明；
我瞭解這些是因爲使徒約翰
在《啓示錄》中繪聲繪色的描寫。

正如約翰所預言，我也看到了
那些寬闊陡峭的十二層底座；
城市聳立在正方形的基座上，
城牆又長又寬，而且宏偉高大；
空曠街道用玻璃般純金鑄成，
碧玉城牆就像琉璃瓦般閃光。
城堡裏面的住房全都裝飾著
各種所能收集到的稀世寶石。

而且這個城市的每一個廣場
其測量距離均爲十二個弗隆[36]，
無論其高度、寬度，還是長度，
因爲使徒約翰是這樣描述的。

XVIII

正如約翰本人所說，我還看到：
那地方每一邊都有三個大門。
這樣我一共看到有十二扇門，
那些大門都用黃金白銀裝飾，
每一扇門都是一顆名貴珍珠，
一顆絕不會褪色的完美珍珠。
每顆珍珠在《聖經》中都代表著
猶太民族的名稱，按日期排列。
也就是說，按它們誕生的年份；
因此最早的也就排在最前面。
所有的街道全發出耀眼光芒，
它們晝夜都不需要日月光照。

它們並不眞需要日月的光照，
上帝本人就是照亮街道的燈，
神聖羔羊即無所畏懼的明燈，
由於他這城市才能燈火通明。
我的視力可穿透城市和邸宅，
因爲透明寶石不能阻擋光線。
你可以看到高高的王位寶座，

36.弗隆是英國長度計量單位，相當於八分之一哩或201米。

王位前面還站著所有的天使，
就如使徒約翰所闡明的那樣，
高貴的上帝本人端坐在上面。
從王位處直接流出一條大河──
它比太陽月亮還要更加明亮[37]。

太陽或月亮從未這樣明亮過！
滔滔的洪水在那兒不斷湧出，
並且洶湧地流過每一條街道，
沒有汙物、沒有浮渣、沒有泥漿。
此外，那城堡裏沒有一座教堂──
那兒從未建過禮拜堂和寺院。
全能上帝就是人們去的教堂，
神聖羔羊即那兒的贖罪祭品。
城堡裏的大門從來不上門閂，
而是每一條通道都永遠開放；
凡是在月光下染過汙跡的人，
都不可能進入城堡尋求避難。

月亮並不能減損那兒的力量，
因它污點太多，其物質太粗糙。
此外，那地方從來就沒有夜晚，
爲何會有月亮爬上那兒天空？
而與那個寶貴的光源相比較，
後者照耀著那條河流的邊緣，
天上那些行星便會相形見絀，

37.從上帝的王位流出的大河象徵著聖靈。就像從耶穌的傷口所流出的血和水象
　徵著恩惠一樣。

就連太陽本身也都黯然失色。
而河的周圍都是明亮的樹林，
後者會結出十二個生命果實，
每年有十二次它們結出果實，
並在每次滿月時都重獲新生[38]。

在月光下發生的是巨大奇蹟，
沒有一個凡人的心能忍受它，
正當我凝視著這神奇的城堡，
眼前壯觀奇景使我心曠神怡。
我靜靜地站在那兒，呆若木雞，
因這仙境美景實在令人驚奇，
所以我都忘卻了休息和疲憊，
為這純潔的光輝而狂喜銷魂。
我敢於以肯定的口吻來斷言，
若有凡人肉體經受了該恩賜，
儘管所有智人給予精心照料，
其生命仍會暴卒於月光之下。

XIX

一輪皓月在天際邊冉冉升起，
而日光卻還未完全消失之時，
忽然間，在若明若暗的朦朧中，
我意識到有一個長長的佇列。
在這個雄偉壯觀的城堡之中，
成千上萬妙齡少女從天而降，

38.《啟示錄》22：2：「在河這邊與那邊有生命樹，結十二樣果子，每月都結果
子，樹上的葉子乃為醫治萬民。」

她們全都同樣裝束，嬝嬝婷婷，
就像那頭戴冠冕的珍珠姑娘。
而且她們頭上也都帶有王冠，
裝飾華貴珍珠，身裹白色紗衣；
每個人的胸脯中央都有那種
註定會帶來快樂的賜福珍珠。

她們歡欣鼓舞，列隊翩躚走過
像玻璃一樣發光的純金路面。
我知道，她們一共有十萬之眾，
而且所有少女都穿同樣衣服。
很難分辨哪一張臉最為幸福！
那羔羊自豪地走在佇列前面，
後面緊隨著七把赤金的號角；
他所穿的衣服就像華貴珍珠。
白衣少女列隊走向王位寶座，
盡管隊伍浩蕩，但卻井然有序，
優雅宛如彌撒中的婀娜少女，
她們都春風滿面，樂陶陶向前。

那羔羊的到來所引起的歡樂，
用凡人的語言簡直難以形容。
當他走近時，那些年高的長老
全都匍匐地跪拜在他的面前；
他還招來了成群結隊的天使，
在那地方撒遍了濃郁的薰香；
然後出現榮耀和快樂的高潮，
大家齊聲歌頌那發光的珍珠！

天國淑女們盡情謳歌那走在
隊伍前列的羔羊，這嘹亮歌聲
可以穿透地殼，直刺魔鬼地獄。
說真的，我感覺到銷魂的狂喜。

凝視神聖羔羊所感到的狂喜──
以及稱羨崇敬進入我的胸襟。
因他是我所聽過用言語描繪
最崇高，最快樂，最值得珍視的；
他的衣衫是那麼的雪白純淨，
神情質樸無華，性格純正高尚！
但他的心口附近有一處傷口，
皮開肉綻，豁開了一個大窟窿。
從他白皙腰間鮮血噴湧而出。
嗨，我心想，是誰犯下了這罪行？
任何心胸都會為此充滿悲哀，
而先前那兒都曾洋溢著歡樂。

而羔羊的歡樂令人難以想像！
儘管他被刺中，受到了致命傷，
但他的表情上卻看不出這點，
他的眼神仍是那麼快樂喜慶。
從他的淑女天仙中我看到了
她們是如何充滿了生命活力。
我在行列中瞥見了珍珠王后，
後者我曾在山谷中對面晤談。
主啊，她給同伴們帶來了如此
巨大的歡樂，這位純白的天使！

這景象使我急欲跨上那彼岸，
以滿足我對銷魂狂喜的嚮往。

XX

歡樂追蹤著我的眼睛和耳朵！
我的凡心會變成狂熱，每當我
看見那珍珠美女。我只想插翅
跨越溪流，即使這會使她生氣。
為了要清除任何障礙，我急欲
加快速度助跑幾步，然後躍起——
若無人阻攔，即縱身躍入溪流，
哪怕因此喪命，也得游完全程。
但我的決心很快就受到動搖！
當我剛要不顧一切躍入溪流，
突然有人呼我，從而冒險受阻——
因它與我君王的意願不相符。

我這樣不顧一切，想要衝破這
奇異的分界線，使主大為光火；
儘管我猛衝時魯莽而又驕矜，
但很快我就被主所牽掣制止，
因正當我要衝上溪流的堤岸，
神力將我強行從夢幻中拉回。
於是我在美麗花園中被喚醒；
我的頭枕著小山頭上的土地，
而我的珍珠就是在那兒失落。
我悚然驚醒，陷入迷茫的境地。
接著，痛心疾首中我對自己說，

「但願一切都是按照主的旨意！」

我對於重返現實而黯然神傷，
因被逐出了那個光明的城堡，
脫離了所有那些莊嚴和高貴。
對天國的渴望使我悲痛欲絕，
於是我便開始悔恨地悲歎道：
「哦，華貴而又聞名遐邇的珍珠，
你可知向我顯示那閃光仙境，
對我可能會意味著什麼東西！
因為假如你真的已得到快樂，
並如我所見，帶上那絢麗花環，
這悲慘地獄的苦難就會消失，
因我知道你獲天國君王垂青。」

我以謙卑希求天國君主垂青，
不敢奢求原不屬於我的東西，
而是靜穆肅立，順從而又謙恭，
正如絕色珍珠所請求我那樣，
因我認定也許還能見到上帝，
並且探訪到天國更多的奧秘。
但凡夫俗子卻總是一個心眼
想獲得他所不該得到的東西。
因此我的快樂很快就被剝奪，
訣別遠離於我曾有過的幸福。
主啊，誰若狂妄自大，目無天尊，
到頭來必招災惹禍，一敗塗地。

尊崇天國君王，勇於悔過自新，
便可輕易做一個善良基督徒；
因無論白晝黑夜，我都發現主
就是上帝、天尊和最好的朋友。
我躺在這山間的碧綠草地上，
爲珍珠的丟失而昏厥和甦醒。
從此後我一直對主忠誠不貳，
靠基督的賜福，我牢牢記住。
賜福以麵包和酒的形式出現，
就如教士向我們顯示的那樣。
主讓我們成爲他的忠實信徒，
並像華貴珍珠那樣取悅上帝[39]。

　　　　　　　　　　　阿門，阿門。

---

39. 詩的結尾與詩的開頭遙相呼應，不僅說明詩中敘述者所看到的珍珠少女和新
　　耶路撒冷只是他的南柯一夢，而且還暗示整個詩中的敘述也像珍珠的外表一
　　樣呈圓形，在繞了一大圈之後，又回到了起點。

高文爵士與綠衣騎士[1]

俟名

第一節

1

話說特洛伊城陷落，烽火平息，
巍峨的古城牆全被燒成灰燼；
自從那位逆豎[2]因過失與罪責
而受審判罪——他仍是一世梟雄；
高貴的埃涅阿斯及其顯赫子孫
馳騁疆場，克地稱王，所向無敵，
囊括了西歐島嶼上的全部財富。
尊貴的羅慕路斯[3]進軍直取羅馬，

---

1. 請參看對於《珍珠》這一題目的注解。該詩由四部分組成。第一部分講述在亞瑟慶祝新年除夕的晚宴上，高文爵士接受了綠衣騎士的挑戰；第二部分描述高文履行諾言，歷盡艱辛，終於打聽到綠衣騎士教堂的方位，在離教堂不遠的城堡歇息下來；第三部分中，高文堅定地抵禦了美貌女主人的色相引誘，但為自身安全考慮，瞞著城堡主人私藏了他妻子相送的綠腰帶；在第四部分的決鬥中，高文得知先前那城堡的主人原來就是綠衣騎士，騎士因高文私藏腰帶違背了誓言，將他頭皮砍傷，以示警告。高文懷著羞愧回到亞瑟王宮，原原本本的向大家講述經過。人們敬重他的勇氣和誠實，最終決定每人都佩戴一條綠色的肩帶。
   受法國宮廷優雅愛情詩的影響，中世紀長篇敘事詩的結構逐漸變得更為緊湊，並且越來越注重對於細節的描寫。該詩就是這樣一部精細刻畫的佳作，具有極高的文學價值。雖然作品主題是嚴肅的道德說教，但作者卻靈活運用文學技巧，使情節刻畫十分細膩生動。例如在結尾採取了變化文體的方法，最終的道德審判並非以第一人稱道出，而是分別借詩中其他人物之口說出。因他們所闡述的觀點各異，所以更加發人深省，令人回味無窮。
2. 這兒的「逆豎」（þe tulk）可能是指安坦諾（Antenor），即維吉爾（Virgil）著名史詩《埃涅阿斯紀》（Aeneid）主人公的父親。據載特洛伊城淪陷，希臘人搬走之後，安坦諾與埃涅阿斯曾接受過自己同胞的審判。根據中世紀的傳說，埃涅阿斯及其後代為義大利創建了羅馬帝國，而不列顛的創始人布魯特和亞瑟王也均是他的後裔。
3. 羅慕路斯（Romulus）與他的學生兄弟雷慕斯（Remus）是傳說中的羅馬城締造者。

隨即大興土木，建築富麗堂皇，

並以自己名字命名，沿襲至今。

蒂修斯[4]在塔斯卡尼營造邸宅，

倫巴達斯[5]在倫巴第也華廈如雲。

而與法國隔海相望的不列顛島，

則有幸運的布魯特[6]鎮守海疆，

　　　　其樂融融。

　　那戰爭、廢墟和奇蹟

　　終年變更，氣數不定。

　　故使得極樂與災戾

　　交替出現，循環往復。

2

這位神勇武士建立不列顛以後，

繁衍出了渴望戰鬥的驍勇後代，

那些動盪時代的惹事生非者。

幸運的是，自從遠古以來，

這兒的奇蹟就比哪兒都要多。

然而在所有的不列顛國王中，

據我所知，亞瑟王的聲譽最高。

因此我要講述一個真正的奇蹟，

亞瑟王歷險記中的重要事件。

請稍安毋躁，聆聽我的故事：

---

4. 蒂修斯（Ticius）是埃涅阿斯的後代，而塔斯卡尼位於義大利北部，首府爲佛
　羅倫斯。蒂修斯爲塔斯卡尼奠基人這一說並不見經傳。史書上提到過的創始人
　是塔斯喀斯（Tuscus），還有一個叫蒂琉斯（Tirius）。

5. 倫巴達斯（Langaberde）是倫巴第（Lumbardie）的創始人，後者也位於義大利
　北部，首府爲米蘭。

6. 布魯特（Brut）是埃涅阿斯的重孫，不列顛的創始者，參見本詩選中萊阿門的
　長詩《布魯特》。

下面我就要講述在城裏聽說
　　的那民謠；
　　　抄寫員已原原本本
　　　將本國的古老傳說
　　　用文字連綴成了
　　　膾炙人口的故事。

3

耶誕節期間，亞瑟王在卡米洛宮中
跟眾多有勢力的貴族和王侯，
他們都被公認爲是圓桌的成員，
一起參加盛大的慶祝，得體而又快活。
這些豪俠的騎士一再舉行比武，
爲取樂而進行馬背上的槍術比賽；
接著又在宮廷的狂歡中唱歌跳舞。
就這樣同樣的宴席接連擺了十五天，
那兒的各種食物和遊戲應有盡有，
宴會上的歡聲笑語令人銷魂陶醉，
白晝裏熱鬧非凡，夜晚又有舞會！
在大廳和套房裏人們都歡天喜地，
那些貴族和仕女也都興高采烈。
他們在一起共同度過了良宵美景，
這些基督麾下最爲尊貴的騎士，
和天底下最美麗可愛的仕女，
以及有史以來宮中最英俊的國王。
因這種夥伴關係正處於全盛時期，
　　　名揚四海，
　　　他們都是替天行道，

其著名國王靈魂高尚：
而山嶺上的這支鐵軍
難以輕易給它定名。

4

除夕的鐘聲敲響，迎來新年的誕生，
一日間大廳裏第二次擺上宴席。
午夜的彌撒剛結束，國王及其隨從
就從小教堂裏直接走進了大廳。
教士和俗人們對他們齊聲歡呼，
這個新的耶誕節日給人們帶來福音。
然後貴族仕女們上前互贈禮物，
高聲叫著對方名字，並抓住對方手，
喧鬧地談論著那些禮物的話題。
仕女們開懷大笑，儘管她們是輸家，
而贏者當然不會生氣，您盡可相信。
他們盡情說笑，直到宴會準備完畢。
接著他們去淨手，然後列隊入席，
其順序按身份高低，尊貴者在前；
人群中，嬌豔嫵媚的王后圭尼維爾
坐在豪華的高臺上，後者懸掛的帷帳
採用昂貴的綢緞，上面還有華蓋，
那是來自圖盧茲和突厥斯坦[7]的掛毯，
上面全是刺繡，還有最好的寶石，
價值連城，恐怕要花費巨大的財富
才能買下。

---

7. 圖盧茲（Tolouse）位於現在法國。突厥斯坦（Tars）位於歐亞交界之處，這兩
個地方在中世紀時手工業發達，生產的掛毯精細漂亮，遠近聞名。

王后身段窈窕迷人，
褐色眼睛閃著光輝；
若有人見過更美的女子，
那他顯然是在撒謊。

5

亞瑟王非要等所有人都分到食物。
他魅力過人，像孩子一樣快活，
嚮往激烈的人生，最不喜歡的是
長久的臥床休息，或是閑坐無事；
他充滿青春活力，而且思維敏捷。
但此刻他心裏正想著某件事：
因他已宣佈在這盛大的節日，
他進餐之前非要首先聽到某個
令人刺激，從未聽過的冒險故事，
某個他能夠相信的重要奇蹟，
有關祖先、戰爭或其他崇高的主題；
或等一個陌生人來向他的騎士挑戰，
冒生命危險進行馬背上的槍術比武，
每個人都讓對方憑藉幸運的賞賜，
而有機會得到他所應有的榮譽。
這就是亞瑟王主持宮廷盛宴時
跟他手下隨從在大廳餐桌上
　　　的老習慣。
　　他在人群中鶴立雞群，
　　這位高大的賢明君主，
　　永遠顯得堅定和強健，
　　像新年一樣朝氣蓬勃。

6

強壯的國王昂然而立，神態威嚴，
在高桌前娓娓動聽地談論著瑣事。
高文爵士[8]端坐在圭尼維爾的旁邊，
王后的另一邊坐著「硬手」阿格拉範，
這兩位都是顯赫的騎士，國王的外甥。
坐在那餐桌上端的則是鮑德溫主教，
尤林的兒子伊萬坐在他的身旁。
這些人都在高桌上受到貴賓的待遇，
周圍的餐桌上還有許多勇猛的騎士。
隨著嘹亮的號聲，侍者端上第一道菜，
號角上裝飾著色彩鮮豔的紋章旗幟，
還有震耳欲聾的鼓聲和悠揚的笛聲，
狂喜的顫音蓋過了一切，並引起迴響，
使眾人的心也隨著這音調而激揚不已。
然後美味佳餚被分到客人的盤裏，
豐富的新鮮食物都用大盤盛裝，
使餐桌上幾乎找不到多餘的空間，
因為桌布上放滿了各種盛湯的
　　　　純銀器皿。
　　　就餐者都開懷暢飲，
　　　狼吞虎嚥，來者不拒，
　　　每人都有一打盤子，
　　　濃啤酒和紅葡萄酒。

8.在有關亞瑟王和圓桌騎士的法語詩體浪漫傳奇中，郎斯洛是最傑出的圓桌騎
士，但在同類的英語詩歌中，最著名的圓桌騎士則是亞瑟王的外甥高文。

7

我暫時不用去描述他們的進餐，

因為顯然所有的人都有足夠食品；

此時突然從外面傳來另一種新的聲響，

以便能使亞瑟王有機會坐下來吃飯；

因為號角聲剛剛平息還不到一分鐘，

第一道菜也在大廳裏剛剛分完，

忽然從大廳門外闖進一位陌生騎士[9]，

其身材魁梧，超過世間所有的男子。

從喉嚨到大腿都鼓滿了腱子肉，

他腰肢強健，四肢修長而又粗壯，

我想他簡直堪稱是半個巨人；

然而說到底他更像是條漢子，

而且還是個最標緻的騎手，雖然偏大；

因為儘管他寬背闊胸，虎頭虎腦，

但臀部和腰腿線條優雅，身材矯健，

而且全身各部位比例非常勻稱，

　　　　　賞心悅目。

　　人們看到他的顏色，

　　全都驚得目瞪口呆；

　　無論身體還是衣服，

　　他從頭到腳都呈綠色[10]。

8

綠色的罩衣裏住了那位彪形大漢，

---

9. 這位詩中的主要人物之一是一個不知來自何處的神秘人物，其身份直到詩的末
　尾才得以披露。

10. 綠色是這位陌生騎士的主要特徵，更增加了他的神秘性。

一條緊身的外衣在腰間束住，
外面配著一條漂亮的長袍，邊上飾有
世上最好的裘毛，而且全是整塊
精製的貂皮，還有相配的頭巾
從他頭髮上掛下來，披在肩頭上；
貼身的緊身褲也是同樣的綠色，
在小腿部有綁腿，下面的踢馬刺
呈金黃色，以刺繡的綢緞作爲襯底，
但騎者的腳並沒有鐵靴的保護。
他所有的衣著都是翠綠的顏色，
包括他皮帶上的鐵扣和一套珠寶，
後者耀眼奪目，裝飾著華貴的衣裳，
以圍繞他全身和鞍具的綢緞爲襯底。
我不願贅言描述各種瑣碎的細節，
無論是拷花的或是刺繡的花鳥蟲草，
全是翠綠的裝飾品，到處點綴著金絲。
坐騎胸前的飾物，以及臀部的鎧甲，
還有韁繩上的琺瑯質球飾和鐵釘；
他腳下的馬鐙也全都染成了綠色，
就連華麗的鞍墊垂和彎弓也是如此，
後者因裝飾著綠寶石而閃閃發光。
騎者胯下的戰馬也有類似的色彩，

　　　碧綠鮮豔；
　　它骨骼高大而強健，
　　性格暴躁，力大無比，
　　馬嚼韁繩也難以馴服──
　　這是綠衣騎士的坐騎。

9

是的，那位驍勇的騎手周身碧綠，
就連他頭髮的顏色也跟他的馬一樣，
並呈扇形在他肩上優雅地飄動；
還有一大把鬍子飄拂在胸前，
他的濃髮瀑布般從頭上直瀉而下，
圍繞肩的下部而被整齊地剪去，
所以他的手臂有一半被頭髮所蓋住，
就像蓋著國王的披肩，直至頸部。
那匹高頭大馬的鬃毛就像鬍鬚那樣
被精心捲曲和梳理，上面還大量編織著
螺旋形金線，在綠色中閃爍著光輝，
綠色鬃毛與金色絲線相互交錯。
馬飄垂的尾巴和額毛也同樣如此，
兩者都用鮮豔的綠色絲帶束縛，
並在末端用精美的寶石加以裝飾，
而有根皮帶穿過它們，上面交錯編織著
許多閃亮的金色鈴鐺，錚亮而又清脆。
這般好馬，這般騎士，在整個世界上
都從未有人看見過或是聽說過，
　　　　誰也沒有。
　　他似乎就像道閃電，
　　出手迅疾，令人驚歎。
　　人們認爲，以他的臂力，
　　一旦出手就意味死亡。

10

然而他並沒有穿鎖子甲和戴頭盔，

也沒有格鬥時所需的胸鎧和盔甲，
既無防禦盾牌，又無銳利長矛；
但是他一手捧著簇冬青樹枝[11]，
後者在樹叢落葉頹敗時仍鬱鬱蔥蔥，
另一隻手拿著柄偌大而駭人的戰斧，
顯而易見這可怕的武器削鐵如泥，
斧頭的頂部足足有一米多長。
綠色純鋼鍛成的頂端尖釘閃著金光；
鋒利的斧刃寬闊錚亮，寒光逼人，
像飛快的剃刀那樣銳利無比。
這彪形大漢緊攥著巨大的斧柄，
那斧柄從頭到尾都纏著鐵皮，
上面雕刻著綠色的優美圖案。
斧柄上還繞著根飾帶，頂端是個繩結，
並形成一個個環圈，緊緊套住斧柄；
那飾帶上還繫有昂貴的流蘇，
精心刺繡的碧綠球飾鮮豔奪目。
這位騎者長驅而入，來到大廳中央，
肆無忌憚地徑直來到高臺面前。
他對大廳裏的人群全都視若無睹，
也沒半句客套，劈頭就問：「這大廳的
主人在哪兒？我很想親眼見識一下，
並且有些話想要當面跟他講。」
　　　　他盛氣淩人，
　　　横衝直撞地繞著圈子，
　　　斜視著每一位騎士；

―――――――――――――

11.冬青樹象徵著耶誕節的好運。

　　然後停下來仔細打量
　　究竟誰是這兒的主人。

11

大廳裏的人目瞪口呆，久久打量著他，
因大家都不知道這究竟意味著什麼：
使一個騎者和他的馬變成這種顏色，
就像青草一樣綠，或似乎比它更綠，
那色彩要比鑲在金子上的青翠更誘人。
那些站著打量他的人悄悄朝他走去，
非常想知道他究竟準備幹什麼。
他們雖見過怪事，但對此卻聞所未聞；
所以都把他當作是來自仙境的幽靈。
故連勇士也感到膽怯，不敢回答，
大家都呆若木雞，被他的聲音所驚駭。
整個華麗的大廳就像死一般寂靜；
彷彿人們突然陷入了夢想，大家都
　　　　鴉雀無聲；
　　這靜穆並非出於恐懼，
　　有人遵照榮譽規則，
　　要等大家都崇敬的人
　　來回答那個不速之客。

12

亞瑟王意識到了高臺前要建立的功勳，
便彬彬有禮地打招呼——他並非膽怯——
對來者說：「尊貴的騎士，歡迎大駕光臨。
我是這兒的主人，亞瑟即我的名字。

請屈尊下馬就座，跟我們共度良宵，
直到在適當的時候說出你的來意。」
「但願在天的神靈保佑我，」騎士說，
「可我並不想在這帶角樓的大廳裏耽擱。
國王陛下，你的名聲是如此崇高，
你的城堡和騎士都被世人稱作一流，
後者騎馬打仗是最驍勇的盔甲武士，
是世上最英勇善戰和最優秀的壯士，
在生死搏鬥中最善於先聲奪人；
如我親眼所見，這兒的騎士果然不假。
現在讓我告訴你爲何我要來這兒。
從我拿的多青樹枝，你可以肯定
我來這兒的本意是和平，而非戰爭；
否則我會全副武裝地出現在這兒，
穿上鎖子甲，戴上頭盔，兩者都在家，
手拿我那閃閃發亮的盾牌和長矛，
我還會隨身攜帶其他所有的武器；
但由於我不想打仗，所以只穿便衣。
假如你像傳說中那樣英勇無畏，
你就該欣然接受我的挑戰要求，
　　　　進行比武。」
　　於是亞瑟王這樣回答：
　　「假如你，尊貴的騎士，
　　只想要徒手的搏鬥，
　　我們將很高興接受。」

13

「不，我到這兒來並不是想要搏鬥，

這兒只有些乳臭未乾的毛頭小夥子，
假如我穿上盔甲，騎上戰馬，
沒人能跟我比，因你們力量有限。
所以我想在這兒做個耶誕節遊戲，
因在耶誕節和新年，到處都有年輕人。
假如這個大廳裏誰有勇敢的精神、
堅如鋼鐵的意志和瘋狂的魯莽，
敢於砍人一斧頭，並挨對方砍，
我將把這把好戰斧借給他用；
這斧子結實而又鋒利，隨他怎麼砍。
而且我將挨第一斧，沒有任何遮蔽。
哪位勇士若想試一下我說的遊戲，
就讓他趕快跑過來拿這個武器，
並完全擁有它，我不會再要回它。
然後我將立定在這地板上隨他砍——
只要他答應我將能回敬他一斧，
　　　　　不受限制。
　　　但我會給他一年時間
　　　再加一天的暫緩期[12]。
　　　現在來吧，讓我聽聽
　　　有誰敢於前來應戰。」

14

倘若他一開始就震懾了眾人，那現在
宮廷侍從們，無論貴賤，更是緘口如瓶。
那不速之客騎在馬上，原地兜著圈子，

12.由於故事發生在除夕夜，這也就是指第三年的元旦。

他血紅的眼睛在眼眶裏骨碌碌打轉，
對所有人都皺起直豎的鮮豔眉毛，
他凝神注視誰將起立，鬍鬚微微搖動。
當沒有人來答應他時，他大聲乾咳，
接著高傲地挺起身，說出下面這番話：
「什麼，難道這就是所謂大名鼎鼎，
聲譽傳遍四面八方的亞瑟王宮廷？
你們的自尊在哪兒？威風也沒了嗎？
你們的勝利、勇氣、自負都化為泡影？
圓桌騎士們傳奇般的歡宴和聲望
竟被某人隨口說出的一句話所打破，
大家都因害怕未曾開始的較量而畏縮不前！」
說罷，他仰天哈哈大笑，使主人痛心，
亞瑟王英俊的臉上因充血而憋得通紅，
　　　　　羞愧難當。
　　他為此而七竅生煙；
　　手下騎士也怒髮衝冠。
　　無所畏懼的亞瑟王
　　向綠衣騎士走了過來。

15

「天哪，」亞瑟王說，「你的要求愚蠢透頂，
但假如你硬要幹蠢事，我們也可奉陪。
這兒沒有人會被你的大話所嚇倒。
看在老天爺份兒上，現在把你的斧子交給我，
而我將把你所懇求的東西賞賜給你。」
他一下子衝到對方面前，奪過其斧子，
綠衣騎士怒睜雙眼，緊釘在地板上。

亞瑟王拿到斧子後緊握住斧柄，
狠狠地揮動手臂，似乎馬上就要砍。
那彪形大漢伸長脖子站在他面前，
比大廳裏的所有人都要高出一頭多。
他斂容肅立，凜若冰霜，用手拂著鬍鬚，
安詳自若地脫下身上的外衣，
面對揮舞的巨斧，並無絲毫膽怯和驚愕，
彷彿只是身邊客人給他端來了一杯
　　　佳釀美酒。
　　坐在王后身旁的高文
　　此時欠身大聲要求：
　　「等一下，國王，讓我來。
　　我願代您跟他比試。」

16

「假如您願意，尊敬的主人，」高文對國王說，
「請命令我離開座位，站到您的身旁，
請允許我這樣做而不犯欺君之罪，
倘若我的王后不因此而怪罪於我，
我將斗膽在眾人面前向您提出忠告。
因為我認為您這樣做與禮節不符，
當您宮廷裏有人提出如此傲慢的請求，
儘管您欣然同意由您親自來滿足他，
但您周圍坐滿了這麼多赳赳武夫，
而且我認為他們都是天下最勇猛的，
尤其在鏖戰中沒有比他們更英武的騎士。
我知道自己是其中最虛弱和最愚蠢的，
說真的，我若喪命，損失也將是最小的。

我被人看得起，只因為您是我的叔叔。
除了身上有您的血統，我別無長處。
既然此事愚蠢之極，不該落到您頭上，
而我首先提出請求，請把它交給我；
我如果說得不妥，就請大家評判，
　　　　我心悅誠服。」
　　眾人開始竊竊私語，
　　然後大家異口同聲：
　　國王應該退出較量，
　　讓高文擔當起重任。

17

於是國王命令這位優雅騎士起立。
他立即起身，彬彬有禮地走過去
跪倒在主人的面前，拿起了武器；
國王莊重地遞過斧子，並舉起手
為他乞求上帝的祝福，並欣然鼓勵他
要振作堅定的精神和強健的力量。
「愛卿，多加小心，」國王說，「要一斧定乾坤，
假如你砍得乾淨俐落，我敢肯定
等你挨對方砍時將不會有問題。」
高文提起巨斧，向綠衣騎士走去，
後者毫不畏懼，毅然決然地等待著他。
然後那剽悍的綠衣騎士對高文爵士說，
「在砍頭之前，請再重申我們的契約。
我請求你，勇敢的騎士，是否能夠
告訴我你的真名，因為我信賴你。」
「千真萬確。」騎士回答，「我名叫高文，

無論發生什麼事，我都會砍你這一斧；
並在一年以後前來接受你的回敬，
無論你想用什麼武器，而且我絕不會
　　　　　作出反抗。」
　　　對方也同樣向他發誓，
　　　「我是世上最快樂的人，
　　　因為要砍我的人是你，
　　　高文爵士，我稱心如意。」

18

「天哪，」綠衣騎士說，「高文爵士，我很高興
我在此所求的東西能從你手中得到。
而你能勇敢地站出來，並談吐得體，
完全做到了我向國王所提出的請求，
只是你必須同意，並發誓說實話，
要親自來找我，在所有能想到的地方，
並在找到我以後，挨我的一斧子，
作為今天你在眾人面前砍我的回報。」
「我將如何去找？怎麼才能找到你的家？」
高文問道，「上帝作證，我對此一無所知；
騎士，我既不知你名字，也不知你住在哪裡。
只要給我明確指示，並告訴我你的名字，
我就會盡全力找到去那兒的路程。
這就是我的誓言，並完全以名譽擔保！」
「這個新年已經足夠了，你不必再說，」
綠衣騎士對文質彬彬的高文爵士說道，
「實話告訴你，當我被你砍了一斧，
即當你做到這點以後，我馬上讓你知道

我的房子、我的家和我自己的名字。
這樣你就可以遵守協議前來找我，
而假如我沒告訴你，那你就可隨意
好好待在你自己的家鄉，不用去尋找
　　考驗和磨難。
　　現在抓緊你的武器；
　　讓我們見識你的英姿。」
　　「不勝榮幸，」高文說道，
　　一邊揮舞著那把巨斧。

19

綠衣騎士神情自若地站在地上，
他的頭微微前傾，以露出皮肉。
他濃密的長髮已被盤上了頭頂，
裸露出脖頸，以便能讓別人砍。
高文抓住了戰斧，並將它高高舉起，
他的左腳在地上向前跨了一步，
並迅速用斧子砍向裸露的脖頸，
鋒利的斧刃斬斷並粉碎了頸骨，
深深陷入柔滑肌膚，將其切成兩半，
於是那閃亮的鋼斧便劈到了地面。
漂亮的頭顱從脖頸掉到了地板上，
人們輕蔑地把它在地上踢來踢去[13]，
血湧出體腔，在綠色映襯下格外鮮豔。
但那無頭之人並未摔倒，也未踉蹌；
而是仍然邁開有力的腿跳向前去，

13.在民間傳說中，魔法師把自己的頭砍下來之後，假如不能在短時間內再接到
　　頭頸上，他就會死去。所以圓桌騎士們想不讓綠衣騎士拿回他自己的頭。

從貴族的人群中強行擠了進去，
抓住他那顆美妙的頭，一下子舉起。
然後他走到戰馬前，抓緊了韁繩，
把腳放在馬鐙裏，一下子就躍上馬背，
抓住頭髮，把那顆頭提在手上。
他穩穩當當地端坐在馬鞍上，
似乎什麼事都不曾發生，儘管他
　　　　沒有頭顱。
　　　他左右扭動著軀幹，
　　　即那流血的可怕身體；
　　　在他開口說話之前
　　　引起了許多恐慌和疑惑。

20

因爲他用手把頭高高舉在空中，
讓臉轉向高臺上那位聞名的騎士；
那頭睜開雙眼，炯炯有神地看著大家，
張開嘴，用威脅的口吻清楚地說道：
「準備好做你答應過的事情，高文，
尋蹤而去，直至你找到我，我的好夥伴，
遵守你在這些騎士面前立下的誓言。
找到綠色教堂，眞心實意地接受
我對你砍這斧的回敬，你必須在
新年那天給我恰如其分的回贈。
眾所周知，我名叫綠色教堂的騎士；
因此只要你打聽，就可以找到我。
所以一定要來，否則你會被稱作懦夫！」
然後他猛地掉轉身去，抖動韁繩，

手裏提著頭，箭一般地衝向大廳的門，
馬蹄敲擊地面的石頭，冒出一串火星。
他出門後去了哪兒，誰也不知道，
也沒有任何記載說他來自哪個郡。
　　　怎麼辦呢？
　　高文和國王朝綠衣騎士
　　咧開大嘴笑出聲來；
　　但他們顯然都同意
　　這是人間的一樁奇事。

21

雖然尊敬的亞瑟王心裏感到吃驚，
但他還是不露聲色，用文雅的措辭
對美貌的王后明白無誤地解釋說，
「親愛的夫人，千萬別爲今天的事而懊喪：
耶誕節期間碰上這類奇事正好能解悶，
就像是在演一場短劇，引來歡聲笑語，
因爲貴族和仕女們都喜歡宮廷的頌歌。
不管怎麼說，我現在可以享受這些佳餚，
因爲我確實已經看到了一樁奇事。」
他朝高文爵士看了一眼，溫和地說，
「愛卿，你現在可掛起戰斧：該砍夠了吧。」
於是巨斧被懸掛在高臺頂的背景幕布上，
以便使大家都能夠看到和欣賞它，
並且用眞實的證據來講述這椿奇事。
然後國王和忠實騎士一起來到餐桌旁，
侍者以最隆重的方式爲他們倆人
端上了各種美味佳餚，每種都是雙份，

除了食物之外，還有行吟詩人的表演。
整天他們都在歡宴慶祝，直至夜色降臨
　　　此間海岸。
　　現在高文可得當心，
　　別讓危險減弱勇氣，
　　當你必須前去面對
　　自己所接受的挑戰。

第二節

22

此即亞瑟王在新年見到的精彩場面，
因他渴望聆聽人們講述崇高的業績。
儘管宴會剛開始時仍然有些冷場，
但現在人們已有了合適的話題。
高文很樂意能在大廳裏爲大家助興，
儘管其後果觸目驚心，毋須贅言。
因人們在暢懷痛飲後若能夙願得償，
那麼時光就會飛快地流逝，日新月異；
從一開始就難以預料事情的結局。
是的，耶誕節過後又迎來了新的一年；
物換星移，時序變遷，季節更迭。
耶誕節後緊接著就是苦澀的四旬齋[14]，
人們因改吃魚和素淨食品而憔悴。
此時天氣向凜冽的冬天展開春季攻勢，
嚴寒節節敗退，烏雲也漸漸消散，
閃閃發光的嘩嘩陣雨給大地帶來溫暖，

14.四旬齋是指復活節前爲期四十天的齋戒及懺悔，以紀念耶穌曾經在荒郊鄉野
　裏禁食。

陣雨過後，廣袤的大地便出現了鮮花；
草地和樹叢都披上了一層綠裝；
鳥兒準備築巢，整日價快樂地歌唱，
隨之而來的春天[15]給丘嶺山谷帶來了
　　　一片生機。
　　樹林灌木鬱鬱蔥蔥，
　　鮮花也都爭相開放，
　　從美麗的森林地帶
　　傳來最甜蜜的啼囀聲。

23

於是乎暖風拂面的夏季翩然而至，
西風之神給種子和草木注入了生氣。
野外的植物就像在伊甸園中那樣
蓬勃成長，葉子上掛著晶瑩的露珠，
盡情沐浴在金色的溫暖陽光之中。
隨後收穫挾著蕭瑟秋風匆匆地趕來，
敦促它趕在嚴冬到來之前加緊成熟；
一陣陣狂風卷起田野裏乾旱的塵土，
並迫使它從地面徑直飛向天空。
怒號的北風狂暴地在空中跟太陽搏鬥，
葉子被寒風從樹上抽落，狼藉滿地，
以前碧綠的青草此時也變成了灰色。
當初從草根發出的嫩芽現已成熟枯萎；
就這樣流水年華造成了眾多的昨天，

15.由於中古英語中沒有表示春天的「spring」這個詞，所以詩人在原文中用「þe
soft e somer」這個片語來加以替代。這進一步證明「summer」這個詞可以兼指
春夏的。

嚴冬將遵循自然恆久不變的法則歸來，

　　我敢發誓；

　　於是米迦勒節[16]的月亮

　　帶來冬天降臨的資訊，

　　高文不得不開始考慮

　　他將面對的兇險旅途。

24

但他在亞瑟王宮廷裏住到了諸聖日[17]，

直到亞瑟王爲高文舉辦盛大宴會，

在圓桌大廳裏進行開懷暢飲和狂歡。

優雅騎士和盛裝仕女們都憂心忡忡，

爲高文爵士的命運而暗自感到悲傷。

可他們臉上還是掛著快樂的笑容，

竭力想爲調侃而開些無傷大雅的玩笑。

晚宴後高文爵士嚴肅地向亞瑟王提起

時間緊迫，他必須出門去履行諾言：

「現在，我生命的主人，我想跟您告別。

你一定非常清楚那個契約的內容——

我不想對你重複那些微末的細節。

但爲接受那回敬的一斧，我得明天出發

在上帝的指引下去尋找綠衣騎士。」

於是最有名的騎士都會聚在一起，

伊萬和埃裏克，及其他驍勇的武士，

「好鬥的」多丁納爾爵士，即克拉倫斯公爵，

16.每年的9月29日是英國紀念基督教中天使長米迦勒的宗教節日。

17.即每年的11月1日。

朗斯洛、萊昂內爾和「虔誠的」盧肯，
力大無比的博斯爵士和貝蒂維爾爵士，
及「守門人」馬多爾等許多令人稱羨的騎士。
所有這些騎士都來到了國王的身邊，
非常關心地紛紛爲高文爵士出謀劃策；
大廳裏所有的人心裏都感到難過，
因像高文那樣虔誠和優雅的騎士
將被迫冒險接受砍頭的命運，連刀也

　　　　　不讓佩戴。
　　高文面帶笑容地說道，
　　「無論命運是福還是禍，
　　我爲何還要在此耽擱？
　　眞的勇士應無所畏懼。」

25

他在宮裏住了一宿，天剛濛濛亮時
便整裝待發，於是搬來了全副兵器盔甲。
首先僕人在地板上鋪開了大紅的地毯
和一大堆鍍金鑲銀，閃閃發光的甲冑。
強健的爵士踏上地毯，開始穿盔甲。
他的緊身上衣採用昂貴的土耳其斯坦面料；
然後是式樣講究，做工精細的宮廷披肩，
邊緣上附有裘皮，針腳縫得很密。
接著人們又將鋼靴套入勇士的兩腳，
並用漂亮的脛甲護住了他的雙腿，
配之以擦得通明錚亮的護膝鎧甲，
用金製的球形鉸鏈在他的膝部連接。
再往上是腿甲，後者巧妙地包住了

他肌肉發達的大腿，並用皮帶扣住。
緊接著便是用銀色鋼環串聯的鎖子甲，
其襯底是華美的布料，裹住了武士身軀。
他的手臂和肘部都護有閃亮的盔甲，
耀眼而又鮮豔，還有金屬的手套
及所有能夠防衛任何突發事件的
　　　優美甲冑；
　　以及華麗精美的外衣，
　　可引以自豪的金馬刺，
　　還有條豔麗的綢帶
　　將佩劍繫在他的腰間。

26

當他穿上盔甲時，那甲冑顯得華麗無比，
就連最微末的繫帶或扣環都金光閃閃。
在披掛停當後，他在高高的聖壇上
聆聽了為尊崇上帝而舉行的彌撒。
接著他又去找亞瑟王及其圓桌騎士，
以殷勤的禮節向國王和王后辭別。
此時格林格列特[18]已經備好了馬鞍，
馬鞍因飾有眾多金色流蘇而耀眼奪目，
並為此重要場合而進行了新的裝釘。
韁繩經拷花裝飾，並包以鮮豔金箔；
馬的前鞦具和鞍邊飾垂也都同樣考究。
臀鎧和鞍彎跟馬鞍的前後穹式樣相配，
它們全採用紅色裝飾，並有赤金飾釘，

18.高文爵士給自己坐騎起的名字。

後者像太陽的光線一般閃耀和發光。
還有他的頭盔，佩有堅固的搭扣
和內側襯墊，他抓起它匆匆吻了一下；
然後把它戴上頭頂，並從後面扣住。
在閃亮的護頸鎧甲上繫有一根鮮豔絲帶，
寬闊的絲帶上飾有刺繡，還點綴著
最漂亮的寶石，縫口處有禽鳥的圖案；
如在長春花叢中上下翻飛的鸚鵡，
還有斑鳩和同心結，圖案精美華麗，
彷彿須眾仕女在閨房中忙碌七年方可
　　　　大功告成。
　　　他頭上的精製頭盔
　　　無疑比飾帶更珍貴，
　　　所嵌鑽石巧奪天工，
　　　光芒閃爍，耀眼奪目。

27

接著侍從展示了他赤色的閃光盾牌，
上面用純金繪製出五角星形的圖案[19]。
他用肩帶把盾牌掛在粗壯的脖子上，
它專門為他訂製，兩者相得益彰。
為何五角星圖案相配這位勇猛的武士，
我想在此解釋一番，儘管會耽誤時間。
它是由所羅門精心設計的一個圖案，
由於它古老的稱號，象徵著真理，
因為這個圖案是由五個點所組成，

19.在高文爵士盾牌上的五角形圖案在中世紀的英國頗為流行，並且具有眾多的
　象徵意義。在詩中它代表了高文本人的紋章。

而每一條線都跟另一條線連接交叉，
無窮無盡，正因爲如此它才被稱作
無窮結，全英國都是這樣稱呼。
他在貼身武器上用這圖案最合適，
因他的忠心永遠是那樣無以復加，
他所做的善行也像那純金一樣，
完全沒摻任何雜質，其象徵的美德
　　　有目共睹。
　　　在盾牌和盔甲上面
　　　都飾有這鮮明標誌，
　　　他永遠都不會撒謊，
　　　像騎士般溫文爾雅。

28

首先他被公認爲具有健全的五官，
其次他的五指從未使騎士失過手，
而他在世上最信賴的是那五個傷口，
即信條所稱基督在十字架上的殉難。
每當這位勇士在戰場上縱橫馳騁時
他心裏最掛念的就是對基督的忠誠，
因爲他的勇氣完全依賴於神聖天后
從聖嬰身上所感受到的五種欣喜[20]，
因此這位優雅騎士將天后的偶像
專門蝕刻在他堅固盾牌的內側，
每當看到她的形象，他便會勇氣倍增。

20.按照中世紀的神學理論，這五種欣喜分別是天使傳報、耶穌誕生、耶穌復
　活、耶穌升天和聖母升天。

這騎士所遵循的第五種五重美德[21]
分別是對同伴的友誼和慷慨大度，
以及無可指摘的殷勤和節制力，
還有最珍貴的憐憫心。這五種純潔美德
在這尊貴騎士身上表現得淋漓盡致：
所有這些五重性特徵都互相連接，
從不單獨存在，也不會終極停息；
而是環環相扣，連貫成一個整體：
既不駢肩累跡，又不分道揚鑣，
在任何一個角上都找不到斷裂之處──
無論從星形何處開始或結束都同樣如此。
他盾牌上就鑲著這個閃亮的飾物，
用深紅色垂線襯托出那最鮮豔的赤金，
此即被文人學者所頂禮膜拜的
　　　　五角星形。
　　現在高文披掛停當，
　　高高舉起手中長矛，
　　向在場的所有人告別──
　　儼然是壯士一去不復歸。

29

他用馬刺猛踢戰馬，疾速出發上路，
馬蹄敲擊岩石，濺起一串串火星。
所有見證這情景的人都心情沉重，
相互間黯然神傷地竊竊私語，
慨然悲歎道，「天哪，這真是作孽，

21.在這一詩節中，「五官」、「五指」、「五個傷口」、「五種欣喜」、「五
　重美德」均和五角星的數字象徵意義有著微妙的聯繫。

這麼高貴的騎士居然要去送死。
無人可以在宮中取代他的位置。
倘若他處事謹慎，凡事不走絕路，
這位尊貴騎士無疑將是一世之雄，
成爲國家的賢明領袖和著名君王。
那樣將比任人宰割要好得多，
而且只是爲了自尊就遭妖人毒手。
世上曾有哪位國王接受過建議，
把這種比賽算作耶誕節遊戲？」
在場的所有人都淚流滿面，
眼睜睜地看著那位尊貴的騎士
　　　　匆匆離去。
　　　他沒有延宕或遲疑，
　　　戎馬倥傯，行色匆匆。
　　　正如書中所說的那樣，
　　　踏上了一條危險旅程。

30

這位正直的騎士穿越了不列顛王國，
他爲上帝而去，並非爲了遊戲。
他孤獨一人熬過了漫長的多夜，
饑不擇食時就用野菜來填充肚子。
在森林中除坐騎外便孤立無援，
穿越峽谷時身邊只有上帝的照應——
但他馬不停蹄地來到了北威爾士。
在其左邊能看見安格爾西島嶼[22]，

22.安格爾西島嶼位於威爾士西北部的海邊。

他孤零零地穿越了海邊的低窪地，
朝著坐落於海岸邊的聖泉[23]而去，
直到他抵達那淒涼的威拉爾荒原，
那兒的土著人既不敬神，也不求人。
高文在此地逢人便問，到處打聽
有關那位元綠衣騎士的任何消息，
以及附近是否有座綠色教堂，
但所有回答都是「沒有！」——從未有人
一生中曾經見過或聽說過這位

　　　　綠衣騎士。
　　高文在崇山峻嶺中
　　走過無數偏僻小路。
　　他的心情開始絕望，
　　因找不到那座教堂。

31

多少次他攀越北威爾士的懸崖，
騎馬遠離自己親友，深入異國他鄉。
當他翻山越嶺，風餐露宿之時，
常常會遇到敵人，而且每一次
都兇殘無比，他必須以死相拼。
在山裏遇見的冒險奇事是如此之多，
這兒就連描寫其十分之一都不可能。
因為他與惡狼和毒龍殊死搏鬥，
他要對付從岩石後面爬出來的精怪，
抵擋兇猛的野牛、棕熊，還有野豬，

23.聖泉可能是指貝沃克修道院附近的聖井。羅馬人修築的大道經那兒一直抵達迪河。

以及從嶙峋溝壑裏跳出來的巨人，
若非基督的關照和勇氣的支撐，
他無疑早已萬劫不復，拋屍荒野。
然而寒冬要比浴血苦戰更加嚴酷；
當冰冷而昏暗的天空降下凍雨，
當頭澆濕了他所經過的田野和小路。
高文蜷縮在他的盔甲裏，幾乎被凍僵；
他夜復一夜地漫遊在深山之中。
原來穿梭於亂岩之中的潺潺溪水，
如今化爲懸掛於頭頂的堅硬冰柱。
就這樣高文忍受著艱難困苦，
在荒野山川之間一直搜尋到了
　　　　聖誕前夕。
　　　騎士遙向聖母瑪麗
　　　發出了虔誠的祈禱，
　　　希望她能指點迷津，
　　　幫他找到棲身之地。

32

次日清晨高文騎馬經過一座高山，
山邊有一個茂密而廣闊的森林。
其兩端各有一座陡峭的高山，
森林中有幾百株巨大而古老的橡樹。
榛樹和山楂樹互相纏繞在一起，
隨處可見毛糙和蓬亂的苔蘚。
光禿灰白的樹枝上棲息著禽鳥，
它們唱著哀怨的曲調，凍得嗦嗦發抖。
高文爵士騎著格林格列特從下面經過，

默默走向一片沼澤地和泥潭。
他害怕自己最終會趕不上參加
紀念救世主的儀式，後者就是於同晚
由貞潔處女降生，以解救世人靈魂。
高文嘆惜道：「尊貴的主啊，我懇求你，
還有我們溫文爾雅的聖母瑪麗，
快指引我去一個有彌撒儀式的庇護所；
我謙卑地請求明天參加你的晨禱。
現在我馬上就向聖父乞求萬福
　　　　　以及信條。」
　　他一邊騎馬，一邊祈禱，
　　爲自身罪孽痛哭流涕。
　　他在胸前劃一個十字，
　　祈求道，「願基督保佑我！」

33

當他在胸前劃了三個十字以後，
高文便看見一座由深溝圍繞的城堡，
它座落於山頂一塊空曠的平地，
在那兒有蔥郁的樹林四周環抱：
世上再也找不到更漂亮的城堡！
它佔據有利地形，並有參天大樹
在城堡周圍形成一道天然屏障，
連互綿延長達兩英里，或許更多。
高文爵士遙望那壯觀的城堡，
只見它在茫茫林海之上爍爍閃耀。
他虔敬地脫下心愛的頭盔，衷心

感謝和藹可親的耶穌和聖朱利安[24]，
他們雪裏送炭，恩准了高文的祈禱！
「現在我祈求得到個好住處，」高文說道。
他用尖利的鍍金馬刺催促坐騎，
縱韁向前疾馳，恰好找對了路徑，
不久就把騎士帶到了城堡大門口的
　　　　吊橋跟前。
　　　然而那座吊橋高懸，
　　　而且城堡大門緊閉，
　　　城牆堅實，固若金湯——
　　　凜冽寒風難以撼動。

34

騎士勒緊韁繩，在壕溝邊停住了馬，
那用來防禦城堡的壕溝又深又寬，
從水中矗立的城堡牆壁寬大厚實；
它們向上延伸到城堡罕見的屋頂，
直至那些堅硬的花崗岩飛簷尖頂。
城牆上構築著式樣新穎的雉堞，
上面還有眾多的塔樓和角樓，
那兒有供觀察和戰時放箭用的槍眼，
這麼好的碉堡高文以前從未見過。
他還看見裏面高大華麗的住宅：
它也有自己的塔樓，並配以高高的尖頂，
那珍貴的圓錐形塔樓尖頂上面
還帶有精心設計和雕刻的頂冠。

---

24. 聖朱利安（St. Julian）是保佑旅行者的聖徒。

白堊色的堅固煙囪也是精雕細琢，
跟塔樓和角樓一樣高聳和純白。
還有些經過彩繪的尖頂散佈在各處，
它們與寬闊的雉堞交相輝映，
使城堡顯得就像是用硬紙剪裁而成。
馬背上的高文爵士對此驚歎不已：
他希望自己能身處那寬敞的城廓裏，
並一直平安住到那聖誕佳節

　　　　過完爲止。
　　他高聲呼喊，很快就
　　走出位快活的守門人，
　　在城樓上詢問來者姓名，
　　並熱情招呼遊俠騎士。

35

「先生，」高文說，「您能否轉告城堡主人？
我正尋找一個安全的棲身之處。」
守門人答道：「彼得在上，我祈禱並相信
您在這兒準會受到最熱烈的歡迎！」
說完便悄然隱退，一會兒他又回到牆頭。
一群人彬彬有禮地走出來迎接客人，
他們放下了吊橋以後，魚貫而出，
接著就跪倒在凍得硬梆梆的地面上，
以最高規格的禮儀來歡迎這位旅行者。
木製的巨大城門爲高文爵士而專門打開。
他請求他們起立，然後他騎馬上橋。
當他翻身下馬，把韁繩交給僕人以後，
他的戰馬便由後者牽進了馬廐。

然後眾騎士及其扈從從城樓上下來，
熱情地邀請來訪的武士進入大廳。
高文摘下頭盔，把它交給騎士們，
他們又把它轉交給扈從們悉心保存，
同時還接受了高文閃亮的寶劍和盾牌。
高文爵士殷勤備至地向騎士們致意；
那些英勇戰士都上前表示敬意，
並彬彬有禮地簇擁這鐵甲騎士進屋。
大廳火爐裏燃著熊熊的火焰，
城堡的主人急忙從臥室裏出來，
以便跟客人在大廳裏客套寒暄。
「尊貴的爵士，」他說，「您是最受歡迎的客人，
請隨意享用任何東西，就像這是在
　　　　　自己家裏。」
　　　於是高文答道：「天哪！
　　　但願基督給您恩惠，
　　　就像您對待我自己。」
　　　倆人兄弟般互相擁抱。

36

高文凝望著熱情款待他的貴族，
這城堡主人真是個相貌堂堂的武士；
他身材高大健壯，而且年富力強。
兩鬢濃鬚像水獺的顏色那樣油亮，
他昂然挺立，兩腿硬朗，穩如鐵塔。
表情威嚴凜然，但言辭明智溫和；
高文心裏暗自揣摩，他準是一個
叱吒風雲的將才和家產殷實的領主。

那貴族領他到了一個豪華的大房間，
並派了一個僕人專門來伺候他。
許多舉止得體的侍從很快前來
把他帶到了一個華麗舒適的臥室；
那兒掛著乾淨和鑲金邊的絲綢窗簾，
還有圖案精美，質地華貴的床罩，
邊上飾有漂亮寬邊，雪白發亮的裘毛；
在結實的窗簾繩上滑動的是赤金環圈；
還有產於圖盧茲和塔爾西的壁毯，
掛在光潔明亮的牆上，或鋪在腳下。
侍從們一邊交談，一邊給他卸甲冑：
即他漂亮的鎧甲和醒目的盔甲。
接著有人送來罩袍，侍從們又幫他穿上；
於是高文換上了乾淨和華美的衣服。
他剛把新衣服套上自己的肩膀——
因爲它非常適合他的魁梧身材——
他渾身上下頓時變了個模樣，
彷彿春天突然降臨到了此地，
使他容光煥發，放射出七彩的光芒！
基督從未創造過更英姿勃發的騎士，
　　　　　眾口一詞。
　　無論世上哪個地方，
　　似乎都無法找到人，
　　能在兵戎相見的戰場上
　　與高文的神力匹敵。

37

離壁爐熊熊炭火不遠處有張椅子，

那兒專門為高文爵士罩上了椅套，
還放上了細針密縷縫製的精美坐墊。
高文身上披了件漂亮非凡的斗篷，
它用上等的絲綢做成，配有絢麗刺繡，
還有美觀的裘毛鑲邊，由一大塊
雪白華美的白鼬皮作為襯裏。
他端坐在那把莊重華麗的座椅裏，
面對爐火的烘烤，心裏美滋滋的。
有人將一張有支架的桌子送到屋裏，
桌面上蓋著一塊乾淨漂亮的桌布，
上面擺著銀制的鹽瓶、勺子和餐巾。
高文如願沐浴後，便前去進食，
飯菜是由身邊技藝高超的僕人所做。
那兒有味道鮮美的牛排和肉湯，
魚也是精心烹調，並且雙份提供，
有的在麵包屑裏烤，有的在炭火上煮，
有的清蒸，有的則花整天時間來熬湯。
這些菜肴對高文來說尤其美味可口，
深感這頓盛筵的廚師應受到誇獎。
侍從們為贏得高文爵士的贊許，
　　　　對他說道：
　　「暫且忍耐這清湯淡飯，
　　晚宴很快就會開始。」
　　高文欣然表示感謝，
　　因酒力已達到頭腦。

38

接著他們懇請他回答他們的疑問，

高文彬彬有禮地滿足了這些要求。
他首先回答他是來自哪個王宮：
他本是亞瑟王著名宮廷中的騎士，
那兒的「圓桌騎士」英名遠揚，威鎮四方；
與他們萍水相逢，受到熱情款待，
並應邀到聖誕晚宴的正是高文爵士。
當城堡主人獲知客人眞實身份時，
他豪爽地放聲大笑，感到非常高興。
城堡的侍從們也都歡喜雀躍，
全都來到大廳裏瞻仰高文的丰采，
因爲他的勇猛已經名震四海，
他本人也被譽爲完美的騎士典範。
「這是世上無與倫比，最勇敢的騎士，」
當他出現時，每個人都這麼告訴旁人。
「現在我們無疑將見證最優雅的風範
及無可挑剔的遣詞造句和會話技巧。
我們將欣賞到最高雅的語言藝術，
因爲文雅的化身已前來造訪我們。
我們肯定是得到了上帝的垂青，
因爲他已恩准高文爵士作爲我們客人。
當我們爲慶祝耶誕節而歡聚一堂，

　　　暢飲高歌時，
　　我們將從這騎士身上
　　學到何爲雍容大雅。
　　我還希望能夠學到，
　　求愛時如何談吐自如。」

39

當晚宴完畢，高文爵士站起身時，
天色已近黃昏，夜幕正在降臨。
牧師們一起回到最別緻的小教堂，
按照預定的慣例敲響教堂鐘聲，
以開始聖誕前夜的晚禱儀式。
城堡主人攜夫人走在隊伍的前列；
後者輕盈優雅地走進教堂包廂。
高文爵士滿面春風地跟隨在後面，
主人輕輕挽住其袖口，領著他走；
一邊老朋友般親熱地直呼他的名字，
並說他是世上最受歡迎的客人。
高文衷心表示感謝；兩人再次擁抱。
整個晚禱儀式中，他倆都正襟危坐，
而夫人卻頻頻掉頭盯著高文看。
她帶著溫順可愛的侍女從包廂出來，
夫人美若天仙，容貌超群出眾，
無論身材和氣質都是世上絕無僅有。
高文相信她甚至比圭尼維爾[25]更美，
他趨步向前，向這絕色的夫人致意。
另有一位仕女牽著她的左手前行。
她要比身邊的年輕夫人年長許多，
並在宮中顯貴們中間頗受敬重；
但兩人反差越大，其中一個就越稀罕，
枯朽老嫗更能襯托出天仙美女。
年輕的夫人表情羞澀，面若桃花，

25.圭尼維爾（Guinevere）是亞瑟王的王后，以美貌而著稱。

而其身邊女伴則臉上長滿了皺紋。
前者戴著頭飾，上面掛有偌大的珍珠，
並顯露出渾圓的雙乳和雪白的頭頸，
它們耀眼奪目，宛如山頂的白雪。
她的女伴則用粗劣的頭巾作爲遮掩；
它白得刺眼，掩飾了她黑瘦的下顎，
絲綢巾將她前額蓋得嚴嚴實實，
頭巾上的刺繡圖案呈格子和角樓形、
兩道黑眉毛露在外面，像起水泡的嘴唇。
除鼻子、眼睛之外，其餘都遮蓋了起來，
看起來頗不雅觀，尤其顯得蒼老。
一個更爲威嚴的宮廷仕女在當時
　　　　　無處可尋。
　　　她的身材粗笨而彎曲，
　　　她的屁股偌大而寬闊。
　　　這反而更加襯托出
　　　她身邊那位絕色美女。

40

高文爵士凝視著這位優雅的美女，
經主人允許，他彬彬有禮地走上前去；
先走近年老的侍女，誠懇地對她鞠躬，
然後轉身輕輕擁抱了可愛的女主人，
謙恭有禮地吻了臉，並眞心恭維她美麗。
當她們熱烈歡迎他時，他表示希望
能永遠跟隨她們，做忠誠而癡情的僕人。
她們一邊跟騎士交談，一邊引導他
來到一個臨時佈置得富麗堂皇的房間，

她們派人去取香料，後者立馬送到，
同時送來的還有暖人心扉的美酒。
然後城堡主人輕快地跳起身來，
提醒大家當晚都要盡情歡樂。
他把自己的斗篷掛在一枝長矛的槍桿上：
誰若在聖誕夜玩得最為盡興，
便能得到它作為獎賞，主人大聲宣佈。
「我自己也將在這兒競爭得到這斗篷；
在失去它之前，我一定要全力獲獎！」
就這樣主人用爽朗的笑聲感染大家，
並用遊戲來取悅他的朋友和客人

   高文爵士。

  直到夜幕完全降臨，
  主人命令點起燈火。
  高文這才得到允許，
  欣然離去，上床休息。

41

次日清晨，當大家都衷心懷念
為拯救我們靈魂而死的聖嬰[26]誕辰時，
幸福的祥雲籠罩著世間的家庭，
並給那些住所帶來光明和歡樂。
無論餐廳內外，人們都在盡情說笑；
而高臺上擺放著最精美的菜肴。
在餐廳正中的交椅裏坐著那位老嫗。
她的旁邊就是這座城堡的主人。

26.聖嬰即指耶穌基督。耶誕節就是紀念他的誕生。

高文坐在那優雅快活的夫人身邊，
位於桌子中央。豐盛的食物端上桌來，
按慣例貴賓總是首先得到殷勤的伺候，
然後才能依次照顧到其他的客人。
宴會中既有酒肉，也有欣喜和歡樂；
要描述宴會的輝煌當然非我筆力所及，
說真的，我還沒敢想去描繪它。
但我知道高文爵士坐在夫人身旁。
這麼標緻的一對給兩人都帶來慰藉；
因其文雅的調情對各自都有吸引力。
這完全是正常的，既清白又貞潔；
他倆文字遊戲的技巧真可謂是

　　　　爐火純青。

　　喇叭聲夾雜鼓樂聲，
　　悅耳地交錯在一起。
　　每個人都在盡情說笑，
　　他倆自然也不例外。

42

就這樣頭兩天的慶祝活動歡樂異常，
第三天也同樣好玩、愉快和熱情洋溢；
聖約翰節[27]的歡樂既平和又充實，
對仕女貴族來說，這也是最後一天盛筵，
所以準備第二天一早就告辭的人們
在一起徹夜痛飲，遲遲不想離去；
大家都嬉戲歡鬧，隨音樂翩翩起舞。

27.聖約翰節為12月27日，即耶誕節後的第三天。按照基督教聖經的古老傳統，聖
　約翰既是「施洗者」，又是《新約》中第四部福音書的作者。

當他們最後離開大廳時，已是夜深人靜，
每個人都按照習慣回到自己家裏。
高文爵士也向主人告辭，但後者
卻殷勤地把他請到自己房間的壁爐旁，
在那兒他衷心地感謝高文爵士，
因爲高文給了他最高的榮耀，
使他能成爲這尊貴騎士的耶誕節主人。
「我相信有生之年我定會飛黃騰達，
因高文曾經是我聖誕宴席上的客人！」
高文回答，「願仁慈的上帝給您回報！
尊貴的爵士，所有榮耀都屬於您自己。
我願爲您效勞，並永遠服從您的意旨。
從今往後，尊敬的主人，我將會執行
　　　您的命令。」
　　主人問他是否可能
　　在城堡再住一段時間。
　　「不行，」高文馬上回答。
　　「我不能再住在城堡裏。」

43

於是城堡主人溫文爾雅地詢問
有什麼要事使他不得不匆匆離去，
究竟爲何他要離開自己的國王，
獨自於聖誕期間來到這窮鄉僻壤。
「說眞的，爵士，」高文回答，「您已猜到了原因。
我來此是爲了一椿重要而緊急的探險。
我被召來尋找一個神秘的地方，
但我至今對它的方位仍一無所知；

我很想在新年來到之前找到它，
哪怕要走遍不列顛。願主為我引路！
因此，主人，我非常懇切地請求您；
您能否坦白地告訴我，是否聽說過
一個有綠色教堂的地方或樹林，
及那個教堂中渾身都呈綠色的看守人？
我跟他已為一場決鬥立下重誓：
我必須要在即將到來的新年早晨
跟他決鬥。那地方是我們以前定下的。
假如上帝容許，我想見那位對手的渴望
遠甚於讓我得到無窮的財富！
因此你若允許，我必須開始搜索，
以便在三天之內找到那個騎士。
如找不到的話，我寧可一頭撞死。」
主人聞此放聲大笑：「你根本不用著急！
我保證能準時把你帶到那個地方，
也就是那個綠色教堂。別那麼緊張，
你可以儘管去睡覺，請放寬心。
假如你在新年早晨從這兒出發，
一個時辰就可以到達那兒。在那之前
　　　　請留宿城堡。
　　曬曬太陽，勇敢的騎士，
　　在這兒安心住到新年。
　　我會派人領你去教堂，
　　離這兒僅有兩英里。」

44

高文爵士聽後甚感欣慰，哈哈一笑：

「我的主人，請接受我衷心的感謝！
既然目的已達，我高興地接受您邀請；
我將住在這兒，按您的意旨行事。」
城堡主人讓高文爵士坐在身邊，
並且還召來了陪酒助興的仕女。
於是兩個男人又繼續飲酒作樂。
主人跟高文對酌痛飲，不覺酩酊大醉；
他欣喜若狂，變得有點瘋瘋癲癲。
他語無倫次，滔滔不絕地大聲說道：
「愛卿，你已經發誓要按我的意旨做，
你能否說到做到，遵守你的誓言？」
「是的，爵士，」高文回答。「我當然會的。
住在城堡裏時，我將服從你的命令。」
「你長途跋涉，已經精疲力竭，」他說。
「自從跟我們狂歡以來，你還未曾休息。
我肯定你現在缺乏睡眠和營養。
明天你要很晚起床。我要你躺在床上，
直到明天的彌撒開始再起來吃飯。
假如你能這樣做，我妻子會來陪你，
在宮中給你做伴，直到我回來。
　　　　信守諾言！
　　但我將會很早起床，
　　騎馬攜狗出去打獵。」
　　高文同意這些條件，
　　決定按主人要求做。

45
「但我們得首先訂立一個契約，」主人說。

「我在森林荒原中獲得的獵物將歸你；
而你得到的，無論好壞，都跟我交換。
所以現在你發誓，用誓言來確定此交易：
我們得到的都將給予，無一例外。」
「天哪，」高文回答，「我同意您的條件！
當然，我很高興你喜歡做這種遊戲。」
「假如有僕人斟酒，就讓我們來喝一杯，」
城堡主人說道；就此兩人相視大笑。
於是兩位騎士與仕女們談笑斟飲，
醉眼朦朧地把酒敘情，直至後半夜。
然後以法蘭西典型的快活和騎士風度，
他們站起身來，輕聲地跟對方道了晚安，
相互間溫柔地親吻，以示告辭。
有許多步伐輕盈矯健，舉火把的僕人
最後將他們引回各自的臥室
　　　　就寢安歇。
　　　此時他們已反覆重申了
　　　自己的誓言和契約；
　　　愉快的城堡主人深諳
　　　如何跟客人遊戲解悶。

第三節

46

第二天天不亮客人們就已起床，
那些要離去的騎士必須召集起扈從，
後者匆匆地給馬備鞍或上輓具，
繫緊馬具上的皮帶，並裝好行李口袋。
然後騎士們身著全副騎馬的裝束，

嫻熟地跨上馬背，拿起了韁繩；
各自分頭上路，踏上回家的旅程。
城堡主人起得幾乎跟他們一樣早；
他跟侍從們都穿上了騎馬的行裝，
聽完彌撒後，簡單地吃了早餐，
便在號角聲中匆匆趕往獵場。
當黎明的曙光剛剛照亮大地時，
主人和侍從們已騎上了高頭大馬。
養狗人將獵狗們分別配對上套，
然後打開狗舍的門，放出所有獵狗，
並吹響三聲短促而淒厲的號角。
獵狗們發出震耳欲聾的咆哮聲；
但它們很快就安靜下來，馴服於
那一百名獵人，據說他們全都
　　　出類拔萃。
　　養狗人隨行來到獵場，
　　解開每只獵狗的皮帶；
　　森林裏到處回蕩著
　　尖銳刺耳的號角聲。

47

森林中的野獸頓時間膽戰心驚，
驚恐的鹿群跳躍著穿過山谷。
奮力向上攀援，尋找安全的掩蔽所，
但人們用拍打樹叢和高喊將它們趕回，
雖然鹿角高聳的小雄鹿和體格雄健，
鹿角又寬又大的公鹿全都被放過。
因在禁獵季節，國王明令禁止，

無論任何人都不能夠捕殺雄鹿[28]。
但雌馬鹿卻被吆喝聲趕到了一塊兒，
母鹿們也被驅趕到了深谷之中，
那兒隨處可見從耳邊嗖嗖穿過的飛箭。
稍有動靜就會引來一支利箭；
寬大的箭鏃會立即咬住棕色的獵物。
當它們在溪邊流血待斃時，哀聲慟天！
獵狗們不斷襲來，對它們緊追不捨，
獵人吹著響亮的號角，誓將其趕盡殺絕，
震耳欲聾的吶喊聲恰似山崩地裂！
山谷中的雌鹿們在溪邊困做一團，
它們被生擒活捉和肆意宰殺。
捕獵者在山腳的獵場上大顯身手。
獵狗們力大如牛，它們齜牙咧嘴，
猛地撲向鹿群；其動作急若鷹隼，
　　　　快如閃電。
　　騎士們全都興高采烈，
　　時而馳騁，時而下馬；
　　周而復始，不知疲倦，
　　直至太陽西斜，夜幕降臨。

48

就這樣城堡主人在外盡情狩獵消遣，
高文爵士卻在錦緞被褥中安歇；
他一直睡到陽光照亮了屋內的牆壁，
華蓋和床簾嚴嚴實實地遮住了他。

28.在中世紀英國，禁捕公鹿的禁獵季節是每年的九月十四日至下一年的六月
　　二十四日。

在半睡半醒之間，他彷彿聽見
門被偷偷打開時發出的輕微響聲。
他從沉重的被褥裏伸出頭來，
抓住床簾一角，輕輕地把它撩起；
高文警覺地向外瞭望發生了什麼事。
原來是那位天香國色的夫人
輕輕地打開又關上了他臥室的門，
然後躡手躡腳地來到他的床前，
撩起床簾，悄悄地爬到了他床上。
她無聲無息地坐在他的床頭，
長時間地凝視著他，等他醒來。
高文爵士仍在裝睡，輕輕地打著呼嚕，
心裏卻在琢磨自己究竟該怎麼辦，
以及會有什麼後果。他想此事過於離奇；
但他對自己說：「我應該問問她，
通過交談最終弄清楚她究竟要幹什麼。」
所以他伸了下懶腰，表示自己已醒來，
看到她坐在身旁，顯得非常驚訝；
並飛快地在胸前劃了個十字，似乎請求
　　　　上帝保佑。
　　她的面容端莊美麗，
　　兩個臉頰白裏透紅；
　　她的儀態婀娜優雅，
　　說話時面帶迷人微笑。

49

「早安，親愛的高文爵士，」夫人向他問好，
「你睡覺太不警覺，我輕易就溜了進來。

轉瞬間你就被俘虜！你必須休戰講和，
否則我要把你捆在床上——千眞萬確！」
夫人朗聲大笑，沉迷於這種遊戲。
高文回答如下，「早安，我的夫人，
我將按您的吩咐做；我很願意
向您投降，並且懇求您的寬恕。
我會注意我的職責，並服從您的意旨。」
他就這樣戲謔地回答，並快活地大笑。
「可愛的夫人，假如您能高抬貴手，
開恩准許您可憐的俘虜起床，
我將恭順地服從您，穿好我的衣裳，
以便穿戴整齊後，好跟您在此說話。」
但那位夫人答道，「我不允許你這樣做！
你不准離開這張床。我有個好主意：
我將囚禁你，無情地把你關在這裏，
以便能跟我俘虜的眞騎士促膝談心。
我知道你就是名叫高文的那位騎士，
你的堅忍剛毅可謂是遠近聞名，
你的謙恭有禮、勇氣和仁慈聲譽，
不僅萬流景仰，而且婦孺皆知。
現在你就在這兒和我單獨在一起，
我的夫君和他的侍從正遠離我們，
而留在城堡裏的人都仍在熟睡。
我也已關上你的房間門，並加了鎖。
因爲你這位騎士必須服從我的意旨，
故我要趁這機會與你交談，以領略
　　　連珠妙語。
　　我身體全供你享用，

　　心甘情願，歡天喜地。
　　你可對我隨心所欲：
　　我願永遠地伺候你。」

50

「老天在上，」高文說，「您太過獎了！
可我根本算不上是所謂的高雅騎士。
要達到你剛才所說的那些溢美贊辭，
我永遠也做不到！我最瞭解我自己——
但上帝作證，假如您真的給我權利，
用言辭或效勞侍奉您，我將深感榮幸。
倘若能使您高興，我自己也會很快活。」
「高文爵士，我若貶低你當之無愧的聲譽，
那我就太粗野和不領情了，」夫人說。
「你英勇無畏的名聲已經眾所周知，
跟我一樣，有許多女人最想做的事
就是把你緊緊地抱在她們懷裏，
並跟你本人談情說愛，嬉戲調情。
你若能安慰其悲傷，平息其欲望，
她們就會給你金錢和所有的家產。
我謹向天主致以最謙卑的感謝！
因為我懷抱世人最稱羨的騎士，
　　　　全靠天恩。」
　　說完對他嫣然一笑，
　　這位羞花閉月的美女。
　　騎士以質樸的語言
　　化解了她凌厲的攻勢。

51

「夫人，」高文說，「聖母瑪麗會報答您！
我真的發現您很仁慈和善良。
儘管人們讚賞和模仿自己的同代人，
但我根本不值得作為別人的楷模！
這應該是您的頌詞，因為您珍視
和讚賞同胞。」「聖母作證，這不是真的！
假如我真的稱得上是大家閨秀，
或是手裏攥著世上所有的財富，
而且決定要找一位理想的丈夫，
你的謙恭有禮、仁慈和英俊外表，
你的舉止、翩翩風度和溫和性情——
這些過去只是傳說，現在已得到證明——
天曉得，我會把你當作最佳人選！」
「然而您已經嫁了一個更好的男人；
雖然我為您對我的讚譽而感到驕傲，
但作為您的僕人，我把您視為主宰。
今後我將以基督的名義做您的騎士。」
他們就這樣交談，直至前晌過半。
夫人不斷地向騎士挑逗調情；
而高文依然優雅得體地保護自己，
因儘管她是世上最美貌的女子，
但騎士掛念的卻是迫在眉睫的
　　　　沉重代價。
　　因為那致命的一擊
　　不久就要落在他頭上。
　　此時夫人起身告辭，
　　他沒挽留就滿口應允。

52

她瞟了他一眼，笑著說了聲再見；

然後她一番嚴厲的話令騎士震驚：

「願贊許談情說愛的主報復你，

因爲你不是那個叫高文爵士的騎士。」

「爲什麼這樣說？」高文突然感到驚恐，

他最怕自己言行與騎士規範[29]不符。

但她不遺餘力地讚美勇士說，

「即使是像傳說中高文爵士那樣的騎士——

他因言行優雅而被視爲騎士典範——

跟一位貴婦人耳鬢廝磨許久，也絕不會

告辭時不按照禮節親吻她一下，

或在言語說盡以後，求助於微妙暗示。」

「要是您喜歡，」高文說，「我也不反對。

我將從命跟您親吻，就像騎士

害怕違背您意旨；您無須再懇求。」

於是她立即向高文俯過身去，

緊緊地抱住他，溫柔地吻了一下騎士；

相互間都以基督的名義祝福。

就這樣她出了門，沒再徘徊盤桓。

他馬上就準備起床，洗涮完畢，

然後喚來內侍，挑選服裝更衣。

整理停當後，便興致勃勃地去聽彌撒，

然後又去赴爲他精心準備的宴席。

他快活玩耍，直至夜幕降臨，

　　　　　皓月當空。

29.中世紀的騎士規範主要指效忠君主，保護婦弱，勇敢無畏，建功立業。

從未有英俊的騎士
在老少兩位貴婦之間，
如此得心應手，周旋自如，
並從中獲得極大樂趣。

53

這期間城堡主人一直沉浸於狩獵，
在荒野山川中獵殺雌馬鹿和雌鹿。
夕陽西斜時，他已捕獲了無數獵物——
在此很難列出個完整的清單！
狩獵完畢以後，獵人們聚在一起。
他們很快就把死鹿堆成了一堆。
在扈從簇擁下，資深獵人走上前來，
挑選出最肥的獵物，放在一起，
按照習俗熟練地切開它們的皮肉。
測試表明該鹿堪稱上乘的祭物：
在最瘦的部位也有兩指厚的脂肪。
接著他們又切開喉嚨，抓住食管，
嫻熟地用尖刀刮擦，然後再縫上肚子。
下一步是砍去鹿腿，並剝下鹿皮。
打開鹿的腹腔，小心翼翼地挖出內臟，
以防不小心鬆開腸結的紐帶。
然後他們抓緊食管，一下子就
切除掉了喉頭，並拉出了腸胃。
肩胛部是用銳利的尖刀劃開，
為保持肋肉的完整，尖刀從小洞中穿過。
然後胸腔從中間劈開，一分為二。
接著他們又用尖刀從頭頸重新開始；

一直切到軀殼的胯部，扔掉了

從鹿的脅腹處挖出的所有下水。

獵人們把血淋淋的下水從脊骨處

一下扯了下來，直到雌馬鹿的腰腿處，

整個過程嫻熟快捷，令人眼花繚亂。

接著他們抬起內臟，把它切了下來，

而這就是人們通常所謂的「下水」[30]；

　　　　據我所知。

　　獵人們又從胯部開始，

　　奮力砍斷背上的骨頭；

　　於是乎沿著鹿的脊骨，

　　整個軀幹被劈成兩半。

54

他們砍下了鹿頭和它粗壯的頭頸，

然後他們用刀把肋肉與脊骨分開。

軟骨被扔在地上餵聚集的烏鴉[31]。

他們用尖鉤穿透厚厚的肋肉，

在腰腿肉的跗關節處掛起這整塊肉。

然後獵人們論功行賞，分配所獲獵物。

在一張鹿皮上獵狗們爭搶著

鹿肝和彎彎扭扭的一大團腸子，

還有鹿血浸泡的麵包——全混雜在一起。

在獵狗吠叫聲中獵人們吹響號角，

帶著獵獲的鹿肉開始踏上歸程，

30.嚴格說來，「下水」是指從背部到腰部的動物內臟。

31.按中世紀英國的迷信或習俗，獵人們常把獵物胸骨末端的軟骨扔給烏鴉吃。

嘹亮的狩獵號角聲此起彼伏。
當黃昏降臨時，獵人們已經接近了
城堡的大門，在那裏高文正等他們
　　　　　狩獵歸來。
　　大廳已被爐火映紅，
　　其主人朝那兒走去。
　　高文與主人小別重逢，
　　兩人之間相聚甚歡。

55

按主人吩咐，大廳裏又坐滿了人。
仕女們攜帶著女僕飄然而至。
在眾人面前，城堡主人命令扈從
給大家搬來當天獵獲的所有鹿肉。
他快活地招呼高文──遊戲已經開始──
然後他展示了自己眾多的戰利品，
並指給他看肋肉上剩下的閃亮油脂：
「你喜歡這遊戲嗎？是否為此而稱讚我？
我獵取的東西能使你衷心感謝我嗎？」
「當然，」高文回答，「這麼多的獵物
我至少有七年冬天沒看見過了。」
「我把它們全給你，高文，」城堡主人說，
「因按照我們的契約，它們全歸你。」
「說得對，」高文答，「我要說的跟您一樣：
即我在這座城堡裏所得到的一切
按我們的遊戲規則，我都要給您。」
說完高文緊緊地抱住慷慨的主人，
友好而彬彬有禮地吻了他一下。

「請接受我的所獲；我沒能得到更多。
假如有的話，我會很高興都給您。」
「這遊戲眞不錯，我很高興接受。
但它也許會更刺激，假如現在
您能告訴我，你是在哪兒得到這禮物的。」
「我們只同意互贈禮物，」高文說，「沒別的。
你已得到契約所規定的東西。別指望
　　　得到更多。」
　　倆人哈哈大笑，互相
　　以高雅的風度致謝。
　　晚餐很快端上桌來，
　　有很多新鮮的菜肴。

56

後來他們在大廳壁爐旁促膝交談，
扈從們爲他們端上香醇的美酒。
在開心逗樂中他們共同商定，
要重修他們以前達成的契約：
即交換他們在第二天的偶然所得，
無論其多麼新奇，在晚上會面時。
他們在眾人面前締結了這個契約，
隨即便用啤酒乾杯暢飲來表示慶祝。
最後每個人依次離開了大廳；
大家做完謝恩禱告後都回屋睡覺。
當黎明雄雞司晨，啼叫第三遍時，
主人及其扈從又一骨碌跳下床來，
匆匆吃完早餐，並聽過了彌撒，
他們換上獵裝，天還濛濛亮就去

追逐獵物。
獵人們吹響了號角，
跨過了寬闊的平原，
獵狗們在荊棘中穿行，
相互追逐，向前迅跑。

57

很快獵狗在沼澤地旁嗅到了獵物，
吠聲大作，獵人們發出一連串呼喊，
驅使著獵狗們前去追趕獵物。
尖利的吆喝聲使獵狗們加快了腳步，
足有四十多隻狗旋風般地去循跡追獵；
那些大獵犬發出震耳欲聾的吠聲，
使周圍的山岩都迴響著轟鳴。
當號角吹響後，獵犬們更是如虎添翼，
前呼後應，從森林中一塊沼澤地
風馳電掣地撲向陡峭的懸崖。
在沼澤地懸崖旁的一個圓丘上，
那兒佈滿了新近倒下來的斷壁殘岩。
獵狗們在亂石中間疾速穿行尋覓，
然後它們包圍了那圓丘和懸崖，
確信獵物就隱伏在包圍圈中，
因大獵犬的吠叫聲表明它在那兒。
獵人們拍打著灌木叢，逼迫獵物露面，
突然間它齜牙咧嘴地跳將出來。
這是頭體格龐大，目光兇狠的野豬，
因年老而早就形單影隻，離群索居；
它性格乖戾，模樣恐怖，偌大無比。

當它齜牙嗥叫時，那場面令人膽寒。
它撒開四蹄，撞倒了三條獵犬，
一溜煙地逃離了重圍，毫髮無損。
獵人們齊聲發喊：「嗨，抓住它！」
他們拼命吹響號角，以召來獵狗。
吆喝聲和犬吠聲響成了一片；
獵人們和獵犬們蜂擁而上，去
　　　　　追殺獵物。
　　　　那野豬仍困獸猶鬥，
　　　　不時向獵狗發起反擊。
　　　　被它咬傷的獵狗們
　　　　不住地咆哮和哀號。

58

弓箭手上前朝野豬張弓引箭，
銳利的飛箭不斷地命中目標；
但那箭頭無法穿透盔甲般的皮革，
也不能傷及野豬額頭的鬃毛。
儘管那力量足以使箭杆折斷，
但每當命中野豬時，箭頭都被彈回。
就在野豬被飛蝗般利箭所困擾時，
它突然瘋狂地朝獵人們沖來，
肆無忌憚地狠狠撕咬和衝撞他們。
許多人因畏懼它而退避三舍，
但騎著駿馬的城堡主人衝向野獸，
像激戰中的騎士那樣吹響了號角；
集合起獵犬，穿過茂密的灌木叢，
他追逐著野豬，直至太陽下山。

就這樣他們盡情歡娛，直到黃昏；
而我們優雅的騎士卻在床上安睡，
高文在家悠閒自在，身上穿的是
　　華麗睡衣。
　　女主人並沒有忘記
　　一早趕來問候高文；
　　她不斷向騎士獻殷勤，
　　以說服他回心轉意。

59

於是她悄悄走近床簾，注視著騎士。
高文爵士馬上轉身向她表示歡迎，
她以熾熱的言語作出熱烈的反應；
溫柔地倚著他，臉上掛著甜蜜的微笑，
含情脈脈地對他說了下面這番話：
「爵士，我難以相信你就是高文，
因為他舉止高雅，而且心地善良；
你卻不懂何為仁慈和謙恭有禮，
即使教你優雅禮節，你也是置若罔聞。
你已經完全忘了我昨天教你的東西，
那就是用我所知最真實的信物。」
「什麼？」驚訝的騎士說，「我可不知道。
但假如您所說都是真的，那就全怪我。」
「我當時教你如何接吻，」美麗的夫人說。
「假如有人給你恩惠，你必須馬上接受；
凡循規蹈矩的宮廷騎士都應如此。」
「親愛的，請別這麼說，」勇士回答。
「因為我不敢這麼做，怕被人拒絕，

倘若我冒昧被拒，那就是我的錯。」
「我相信，」夫人說，「誰也不會拒絕你！
再說，以你的神力可制服任何女子，
只有傻瓜才會拒絕世上最好的騎士。」
「天哪，」高文答道，「您說得句句在理；
但威脅者在我們國家被人唾棄，
不懷好意的禮物也同樣不受歡迎。
我服從您的意旨，您若願意，我就吻您；
您可以把我隨意招之即來，揮之即去，
　　　　　我願奉陪。」
　　　於是夫人俯下身去，
　　　熱烈親吻他的臉龐。
　　　他倆久久地談論愛情，
　　　及它帶來的痛苦和歡樂。

60

「騎士，我想問你，」夫人後來又說，
「對下面這事的看法，假如它不冒犯你：
即像你現在這樣年輕和充滿活力，
並享有謙恭有禮和仁慈的聲譽——
因按照騎士準則，最值得稱讚
和最珍貴的美德和信條莫過於愛情；
而涉及真正騎士冒險經歷的故事，
無論其題目，或是有關騎士功績的正文，
都講述騎士們如何為了愛情
而冒生命危險，或經受可怕磨難；
憑藉勇氣向兇殘惡毒的敵人復仇，
並依靠自身美德而贏得無窮的幸福——

我想知道爲什麼你身爲騎士中的俊傑，
你的美名和聲譽早已傳遍天下，
然而我兩次單獨跟你促膝交談，
爲什麼我從未聽到過你以任何方式
從嘴裏吐出一次愛情這個字眼。
但如果你眞正想實現自己的誓言，
你就該讓一位年輕女郎直接瞭解
優雅愛情的眞正技巧和言行準則。
難道萬人稱羨的騎士對此竟一無所知？
或是你認爲我太愚鈍，學不會調情？
　　　　眞不像話！
　我單獨到你的臥室
　來討教愛情的優雅遊戲；
　乘我丈夫不在的時候，
　快把你的經驗教給我。」

61

「說眞的，」高文說，「願上帝報答您！
我眞的非常高興，而且深感榮幸，
像您這麼高貴的夫人竟會來到這兒，
跟我這位僕人和騎士消遣娛樂，
您如此屈尊，眞讓我受寵若驚。
但讓我受此重任，來闡釋眞正的愛情，
並把騎士的愛情故事和冒險經歷
講給您這樣一位情場高手聽──
您對愛情藝術的諳熟要百倍地
強於我或世上任何一個其他人──
這件事在我看來簡直荒唐透頂。

但爲了使您高興，我仍將盡綿薄之力，
因我對您負有效忠義務，並將永遠
做您的僕人，願上帝保佑我！」
美貌的夫人不斷地誘惑和試探他，
想把他引向邪惡，或她另有所圖。
但他的自我防禦堪稱無懈可擊，
雙方並沒覺得明顯的不快或罪孽感，
　　　　只有快樂。
　　他們長時間歡笑嬉戲，
　　最後她親吻了騎士。
　　向高文爵士告別後，
　　她便獨自揮手離去。

62

高文爵士起床後先去聽了彌撒；
接著又去用餐，盡情享受美味佳餚。
騎士整天都在跟仕女們嬉戲消遣，
但城堡主人卻在鄉間騎馬來回馳騁，
追逐那只在山裏橫衝直撞的野豬，
後者咬傷了他最好獵犬的後背，
困獸猶鬥，直到弓箭手把它逼出重圍，
使它不顧一切地逃到開闊地帶，
當獵人們圍攻時，那兒飛箭如蝗，
儘管兇狠狂暴，野豬有時仍會退縮，
但最終它精疲力竭，再也跑不動了，
便乘著慣性衝到了一個洞穴處，
位於一條小溪邊凸出的岩石旁。
它背靠小溪堤岸，因暴怒而豬鬃聳立；

白沫從它扭曲的嘴邊不斷地冒出。
它磨著雪白的獠牙。跟它一樣疲憊的
還有徘徊在近旁的獵人們，後者
從遠處騷擾野豬，因大家都害怕這
　　　兇猛野獸。
　　它已傷害了這麼多人，
　　以至大家都不願意
　　被它的獠牙撕成碎片，
　　這野獸既兇猛又瘋狂。

63

但城堡主人親自騎馬趕到了那兒，
看見獵人們束手無策，野豬暴跳如雷，
勇敢的主人當即跳下他的駿馬，
他抽出自己雪亮的寶劍，走上前來，
大步趟過小溪，向那只野豬走去。
野豬意識到這位赳赳武士的逼近，
它兇狠地豎起鬃毛，響亮地噴著鼻息，
大家都為主人的安危捏了一把汗。
那殘暴的野獸立即朝他撲來，
武士和野獸在湍急的溪水中頓時
扭打成一團。但野豬占了下風，
因為武士在出手時瞄準了薄弱點，
將長劍刺進了野豬的胸部凹陷處，
並一直插到劍柄。野豬的心臟破碎，
嗥叫著被水沖往小溪的下流，
　　　命歸西天。
　　近百隻獵犬擁上前去，

瘋狂地對它發起攻擊；
獵人們把它拖到岸上，
獵犬們最終咬死了它。

64

號角齊鳴，喇叭聲震耳欲聾。
在場的獵人們都自豪地盡情歡呼，
在指揮追捕的資深獵人鼓勵下，
就連雌獵狗也對野豬狂吠亂咬。
接著一位精通狩獵手藝的獵人
開始有條不紊地來宰殺野豬。
首先他砍掉了它的頭，將其高高掛起，
然後順著脊樑骨切開了它的背；
掏出內臟後，將它們放在炭火上焙，
把它們跟麵包攪拌後，餵獵狗吃。
接著他從光亮寬大的脅腹上切下條肉，
並按習俗的要求，拉出腹中的下水，
將野豬的兩片軀體緊緊地縛在一起，
懸掛在一根粗大的圓木椿上。
於是他們抬起這龐大的野獸回家，
並捧著野豬頭，走在城堡主人的前面，
因為他在小溪中殺死野豬，顯示出
　　　　非凡膂力。
　　直到他在大廳見到高文，
　　時間似乎過得很慢。
　　後者終於應召而來，
　　接受他應得的禮物。

65

主人在大廳裏快活地大笑和高喊，
當他看見高文爵士，高興地說個不停。
所有的仕女及其僕人到齊以後，
他展示了野豬的肩胛，並開始講述
那個乖戾野豬的身材和神力，
以及他們在森林裏的那場惡鬥。
接著高文爲此英雄業績向他祝賀，
稱讚這是他得到最好驗證的功勞，
因爲如此健碩的野獸，高文說，
這麼兇悍和龐大，他以前從未見過。
當巨大的豬頭傳給他時，高文衷心讚歎，
並爲了使主人開心，誇張地表示恐怖。
「我的客人，」城堡主人說，「這獵物歸你了，
我們的契約早已這樣決定，你知道。」
「確實如此，」騎士回答，「同樣肯定的是
我也將把我得到的東西全部給您。」
他緊緊地抱住對方，友好地吻了他，
接著他又以同樣的方式吻了一下。
「現在我們扯平了，」主人說，「石板已擦淨。
直到今晚，我們之間的契約都已
　　　　得到執行。」
　　「聖賈爾斯在上！」他說道。
　　「你是我認識的最佳騎士！」
　　得到這麼多的禮物，
　　你很快就會變富的。

66

然後人們在支架上放好了桌面，
並都鋪上了桌布，大廳裏燈火通明，
牆上的托架裏插著蠟燭火炬，
僕人們爲宴席端上豐盛的菜肴。
大廳裏歡聲笑語，客人們喜氣洋洋，
圍坐在火爐四周；並以各種方式，
在宴席上和晚飯後，唱了眾多的歌曲——
聖誕頌歌和宮廷音樂中的主題合唱曲——
這種奇妙的樂趣人們難以描繪。
我們優雅的騎士時刻陪伴著女主人；
但她以迷人的方式頻頻拋來媚眼，
暗地裏誘惑和勾引這位健壯的武士，
使高文感到愕然，內心覺得煩惱。
然而他的教養不容許他完全冷落她。
所以他強打起精神，儘管他的風雅會
　　　　招來非議。
　　客人們飲酒遊戲，
　　盡情地尋歡作樂。
　　最後在主人的召喚下，
　　他們才依次離去。

67

但主人仍把高文留在大廳的壁爐旁，
並建議在新年前夜再做一次遊戲。
雖然高文爵士請求天一亮就告辭，
因爲他預定的決鬥時間正在逼近。
主人不願意讓他走，懇求他再待一天。

「我發誓，」他說，「請相信我的誓言，
你一定會如期趕到那個綠色教堂，
騎士，就在新年的黎明，太陽升起之前。
所以請呆在你的臥室裏，放心休息；
而我去森林狩獵，並將遵守誓言，
在狩獵結束時跟你交換我們的所得。
我已試探過你兩次，你都信守了諾言。
『第三次，擲出好球！』你明天好好想一想；
讓我們及時行樂，切莫錯過大好時光，
因爲厄運隨時隨地會從天而降。」
高文彬彬有禮地接受了這個請求，
主人大喜，斟酒暢飲，然後他倆告辭，
　　　　回屋休息。
　　整個晚上，高文爵士
　　睡得既香甜又安靜；
　　但主人卻按自己習慣，
　　一大早他又起床更衣。

68

聽完彌撒，主人與扈從匆匆吃完早點。
早晨陽光燦爛；他叫人牽來了駿馬。
扈從們都已騎馬守候在大門前，
這群騎馬的獵人正等著他出發。
森林銀裝素裹，樹葉上落滿了白霜，
東方初陽映紅了漫天的朝霞，
美麗的陽光驅走了天空中的黑暗。
獵人們在樹林旁解開了獵狗的皮帶，
山谷和周圍的叢林中迴響起號角聲。

有的狗發現並追尋著狐狸的蹤跡，
它們機靈地兜著圈子逼近狐狸。
一隻獵狗嗅到了氣味，它昂頭招呼
同伴們來到它身旁，緊張地嗅著空氣，
獵狗的追蹤終於走上了正路。
它們很快發現狐狸在前面逃竄；
一旦看見目標，它們加快了腳步，
一邊追趕，一邊發出吠叫和咆哮。
但狐狸靈巧地逃避後，從原路折回，
它會躲在灌木叢中，聆聽獵犬的動靜，
直到最後它越過了小溝旁的樹籬，
偷偷地從山谷的旁邊溜了出來，
以爲靠此策略就能逃過獵狗的追殺。
但它無意中撞進了一個獵狗集結處，
在那兒有三隻大獵犬同時向它襲來，
　　　　　全是灰狗。
　　那狐狸大驚失色，
　　急速地退回原處。
　　它衝到另一條小路上，
　　向密林深處跑去。

69

聆聽那些獵狗的吠叫真令人痛快，
當它們全都碰到了一塊兒，追逐狐狸，
因一旦看見它，它們全都狂呼亂叫，
就連陡峭的懸崖都像要震塌似的。
當獵人們看見它，便會齊聲發喊，
而咆哮的獵狗會攻擊和追逐它。

它經常受到獵人的威脅，並被罵作賊；
由於獵狗們緊追不捨，使它無法停留。
在開闊地帶處，它常常遭到追逐，
故它又逃進森林，這狡猾的列那狐[32]。
它屢屢把城堡主人及其扈從引入歧途。
就這樣它一直逃到後晌過半；
而優雅的騎士卻在宮中酣睡，
四周圍著床簾，在這寒冷的早晨。
但女主人因墮入情網，夜不成寐，
為了實現向高文爵士求愛的目的，
她一大早就起身來到了高文的臥室。
她身穿觸及地面的迷人長裙，
邊緣上鑲嵌著漂亮的上乘裘皮。
她未剪傳統髮式，而是用昂貴的珠寶
串在一起，點綴著她精緻的髮網。
她的容貌姣美，裸露著雪白的頭頸，
她的乳房和背脊處都開領很低。
她走進臥室後，隨手關上了門，
打開一個下窗，輕聲呼喚騎士，
並活潑地用豐富的辭彙和愉快的口吻
　　　　責怪騎士。
　　「啊，爵士！怎麼還在睡覺？
　　早晨天氣多麼晴朗。」
　　他仍是昏昏欲睡，
　　但現在他不得不聽。

32.列那狐是法國中世紀寓言詩和民間故事中的狐狸主人公，以機智和狡猾而著
稱。

70

從夢幻的深淵，高文喃喃讖語——
就像服喪者心裏充滿了哀傷的念頭——
在命裏註定的那天，他必須趕到
綠色教堂，去面對兇悍的綠衣騎士，
並從後者手中接受那致命的一擊。
但當她到來時，他很快就清醒過來，
將瞌睡甩在腦後，自然得體地應答。
美貌的夫人笑容滿面地向他走來，
朝他英俊的臉俯下身去，優雅地吻他。
他也施展騎士風度，笑顏相迎。
當他看見她是如此亮麗和穿著考究，
因她的容貌和氣質均無可挑剔，
他感到心中湧起一股激動的熱浪。
甜蜜和親切的笑容使他倆感到欣慰，
直到他們心中升起一陣狂喜，臉上
　　　　眉飛色舞。
　　他倆忘情地歡笑交談，
　　其樂融融，心曠神怡。
　　若非馬利亞警告騎士，
　　危險本會隨時降臨。

71

因那絕世無雙的公主對他緊追不捨，
把他逼得無路可逃，使他不得不
要麼接受她的愛，要麼冒犯地拒絕她。
他恪守優雅言行，以免被稱做卑鄙小人；
但他更擔心墜入罪孽的深淵，

以及背叛對待自己不錯的城堡主人。
「上帝保佑！」騎士說。「千萬別讓它發生！」
所以對談情說愛他一笑了之，躲避著
從她嘴唇裏掉出的所有露骨的調情。
那美人對勇士說，「你將受到指摘，
假如你對於躺在身邊的女子無動於衷，
後者將成為世上最傷心的情人！
除非你有一個你更鍾愛的意中人，
一個你發誓要承擔義務，並將
永不分離的少女──我想情況正是如此！
請告訴我真相，我現在請求你。
看在世上所有愛情的份上，別用欺詐
　　　　隱瞞真相。」
　　騎士說道，「聖約翰在上！」
　　說罷他微微一笑。
　　「我真的沒有心上人，
　　也不想很快就有。」

72

「這番話，」夫人說，「真是最糟糕的消息，
但你的回答雖然令我痛苦，卻很誠實。
假如你現在吻我一下，我馬上就離去，
像失戀的少女，永遠懷念逝去的愛情。」
接著她歎息著俯下身，溫柔地吻了他，
然後她直起身，又補充說道，
「在告別時，親愛的，請滿足我的一個要求，
請給我一個紀念物，例如手套。
這樣，在思念你時就可減輕我的悲傷。」

「說真的，」騎士說，「我希望手頭有
世上最珍貴的禮物可以送給您，
因為您有資格——我發誓這是真的——
得到比我所能提供的更好的禮物。
但至於愛情的信物，小玩藝兒意味褻瀆。
這似乎不符合您的身份，若現在只拿
高文區區一個手套作為珍藏的禮物。
因為我此行是為了一樁異地差事，
且未帶奴僕和裝有昂貴禮物的行李。
這使我感到非常難過，優雅的夫人，
男子必須做他該做的事；不必悲傷，
　　　　無須埋怨。」
　　「不，我最誠實的騎士，」
　　那位優雅動人的夫人說，
　　「儘管得不到你的贈物，
　　你將得到我的禮物。」

73

她送他一個用赤金精製而成的戒指，
上面醒目地鑲嵌著一顆閃亮的寶石，
後者光芒四射，宛如一個小太陽；
你完全可以相信它價值連城。
但優雅騎士拒絕接受，並很快地說，
「上帝在上，仁慈的夫人，別送給我！
我沒東西送您，也不會接受禮物。」
雖然她急切地要送，但他堅辭不受，
並把他拒絕的理由推給了騎士的信仰。
她為他的拒絕感到難過，便說道，

「你拒絕我的戒指若是因爲它太貴重，
那無疑你會感覺好得多，假如
我把腰帶送給你作爲小禮物。」
她馬上就從身上解下了一條腰帶，
後者在漂亮的斗篷下面束在她腰間。
這是條帶金邊的綠色絲綢腰帶，
在腰帶邊緣上有手工縫製的刺繡裝飾。
她以幽默輕鬆的方式請求騎士
接受這個不起眼也不值錢的小禮物，
但他說自己不能接受任何珍寶，
無論金錢還是禮物，直到上帝恩准
他實現自己發誓要完成的任務。
「因此我請求您千萬不要生氣，
不要再堅持你的目的，因我肯定它
　　　　絕不可能。
　　　對於您給我的恩惠，
　　　我欠您一百倍的情；
　　　無論酷暑還是嚴冬，
　　　我都要做您的騎士。」

74

「你是否唾棄這條絲綢腰帶，」她立即回應，
「因爲它似乎不起眼？是的，它的確如此；
腰帶不長，因此它的價值也不會高。
然而誰若知道腰帶裏縫進了什麼東西，
就會認爲它可嘉、珍貴和完美；
因爲誰只要繫上這根綠色腰帶，
並使它緊貼著自己的身體，

無論多麼兇惡的敵人都無法砍傷他，
因他已對世上的殘暴狡詐刀槍不入。」
高文對此躊躇再三，對他的決鬥來說，
這似乎是供其防身的天賜之物。
當他前往綠色教堂引頸就戮時，
這將是避免人頭落地的絕好策略。
於是他便聽憑她繼續規勸遊說。
她又把腰帶送給騎士，催促他接受。
在他同意後，很高興地把它送給他，
為她的緣故，她請求他，藏好這個禮物，
別讓她丈夫看見。騎士最後同意
要忠誠於夫人；除他倆之外，對別人
　　　　一字不提。
　　他一遍遍地感謝她，
　　全是出於他的真心。
　　這時夫人又第三次
　　吻了那忠實的騎士。

75

夫人在告辭高文後便悄然離去，
因為她再也不能從騎士身上得到樂趣。
當她走後，高文爵士很快起床更衣，
他換上了自己最華麗的衣服，
但把夫人剛送他的腰帶擱在一邊，
藏在一個以後可以找到的地方。
接著他就直接去了城堡裏的教堂，
私下找了一位牧師，並請求他
聽取自己對人生罪孽的懺悔，

及告訴自己今後該如何拯救靈魂。
在懺悔罪孽之後，他當場就獲赦免，
至於大大小小的罪孽，他也請求寬恕。
當他懇請牧師淨化他的靈魂時，
得到了確鑿的回答，他的純潔可使他
坦然面對末日審判，即使馬上就發生。
於是他又接著跟仕女們歡鬧嬉戲，
比以前唱了更多的聖誕頌歌，
並得到更多的快樂；歡歌笑語，直至
　　　夜幕降臨。
　　他對每個人都笑臉相迎，
　　大家都說，「自從來這兒，
　　我們從未見過這騎士
　　表現得這麼高興。」

76

暫且讓高文久久流連於花前月下，
城堡主人仍在平原上馳騁狩獵，
他已殺死了那只追蹤了一天的狐狸：
當聽見獵狗追逐狐狸的吠叫聲時，
他騎馬越過一個樹籬，去尋找獵物，
突然間列那狐從一個灌木叢中衝出來，
後面跟著一大群緊追不捨的獵犬。
主人警覺地等待野獸的到來，
他抽出雪亮的寶劍，向狐狸刺去。
那狐狸閃過劍刃，向斜刺裏跑去；
但這時有一隻獵狗猛地撲過去，
咬住了狐狸前腿；獵犬們蜂擁而上，

發出令獵物魂飛魄散的威儡聲。
主人急忙跳下馬，將狐狸舉起，
使其躲過那些狂暴獵犬們的尖牙；
他將狐狸舉過頭頂，高聲吆喝起來，
那群獵狗也跟著他狂吠不停。
獵人們聞聲趕來，一路上吹著號角，
在獵犬吠叫聲指引下找到了主人。
當這群強悍無畏的獵人都聚集以後，
那些攜帶號角的人們號角齊鳴，
那些沒號角的人則高興地呼喊。
世上最令人快樂和振奮的聲音
就是追逐狐狸時人們的吆喝聲在
　　　　　空中回蕩。
　　　獵犬必須得到犒賞，
　　　獵人愛撫地拍它們頭；
　　　然後他們抓住列那狐，
　　　當場將它開膛剝皮。

77

天色將晚，獵人們紛紛踏上歸程，
一路上盡情地吹著他們的號角。
最後城堡主人在家門口翻身下馬，
發現大廳火爐旁坐著優雅騎士，
即那位滿面春風的高文爵士——
後者因仕女們的陪伴而喜形於色。
他穿一條下擺拖地的藍色長袍
和一件大小合身的軟皮裘衣。
他肩頭還披著件色彩相同的斗篷，

式樣入時，邊緣上裝飾著華美貂皮。
當他於大廳中央跟主人會面時，
高文爵士興高采烈地對他說：
「爵爺，請允許我首先給您信物，
以完成我們對天發誓要遵守的契約。」
接著他擁抱城堡主人，吻了他三下，
就像騎士致敬時那樣竭誠和穩健。
「基督在上，」對方回答，「你遲早會發大財，
假如在交易中你總是以少換多。」
「交易時您不必斤斤計較，」高文說，
「因我已經把得到的東西都給了您。」
「聖母馬利亞在上，我得到的比你還少；
因為我打了一整天獵，只得到了
這骯髒的狐狸皮，只有魔鬼才會要它！
它與你給我的珍貴禮物比，相形見絀，
因為你已經給了我三個純潔的親吻，
　　　　令我難忘。」
　　「夠了！我非常感謝您，
　　憑基督十字架起誓。」
　　於是主人向他細訴
　　狐狸如何被捉和宰殺。

78

宴會上有詩歌吟誦、歡笑和美味佳餚，
大家都開懷暢飲和盡情歡樂；
仕女們被滑稽故事逗得捧腹大笑。
城堡主人和高文也都喜笑顏開，
儘管倆人並未樂不可支或酩酊大醉。

主人和扈從說了許多幽默的俏皮話，
直到後來客人們紛紛起身告辭。
騎士們都喜氣洋洋地回屋休息，
高文謙卑地首先向主人告辭，
並借此機會殷切地向他表示感謝：
「願天主為您的仁慈而報答您，
還有來此地後您對我的殷勤款待！
假如您願意，盡可把我當作您的騎士，
可是您知道，我明天必須出發，
是否能派一名您答應要給的嚮導，
以便把我帶到綠色教堂，在那兒
於新年早上我將接受上帝安排的命運。」
「說真的，」主人答道，「我會不折不扣地
履行我向你許下的所有諾言。」
他當下指定了一位僕人作為嚮導，
指引急切的高文爵士翻山越嶺，
以最近的路線穿越層層疊疊的
　　　茂密森林。
　　高文以崇高的禮節
　　敬謝過城堡的主人。
　　接著他又以騎士風度
　　向美麗的夫人辭行。

79

就這樣，他用祝願和親吻告別眾人，
向大家一遍又一遍地表示衷心感謝，
人們也同樣以良好祝願回贈騎士，
並以淒涼的歎息將他舉薦給基督。

然後高文又去向侍從和僕人告別，
對他碰到過的每個人都表示感謝，
因他們都向他提供了服務和照顧，
為他的舒適生活而整天忙忙碌碌。
大家都不忍心去跟他說再見，
就像他以前一直跟他們生活在這兒。
接著僕人們舉火把將他引回臥室，
梟趣雀躍地帶他去上床休息。
我說不準當晚他是否能睡得香甜，
因面對第二天的嚴峻考驗，他心裏
　　　　思索萬千。
　　　讓他靜靜地躺在屋裏，
　　　他已接近尋找的東西。
　　　請您安靜，稍等片刻，
　　　我馬上就講給您聽。

第四節

80

夜晚漸漸逝去，新年已經到來，
正如天數所定，白晝驅走了黑暗。
但新年伊始卻面臨惡劣的天氣；
烏雲將寒流強烈地壓向地面，
淩厲的北風足以凍僵裸露的肉體。
大雪鋪天蓋地，螫刺著每一隻野獸；
呼嘯的狂風挾雪花從天而降，
驅趕著山谷中巨大的滾滾雪流。
高文躺在床上，聆聽著窗外狂風怒號，
雖然閉著眼睛，但卻睡意全無；

每一聲雞鳴都意味著決鬥的臨近。
天還沒亮，他就已經穿好了衣服，
因他房間裏點著一盞閃亮的油燈。
他召喚自己的內侍，後者應聲而至，
騎士命令他快去拿來盔甲和馬鞍。
僕人急忙拿來了盔甲，並備好戰馬，
然後把高文爵士打扮得威風凜凜。
首先他穿上厚衣服，以抵禦嚴寒，
然後又套上保存完好的盔甲：
胸鎧和腹鎧全都被擦得錚亮，
就連鎖子甲上的鐵銹也不見蹤影，
那盔甲簡直煥然一新。高文對僕人
　　　連連稱謝。
　　當他裝束停當，高文
　　儼然是從不列顛島
　　到希臘最好的騎士。
　　他派人牽來了駿馬。

81

當他穿上那套最華貴的甲冑時——
他那飾有純潔無瑕功績之象徵的外衣
以天鵝絨為襯底，周圍環以晶瑩寶石，
四周還飾有華美的刺繡縫邊，
衣服襯裏用的是最好的裘皮——
他並未解下絲綢腰帶，夫人的禮物；
為了自身利益，高文不會忘記它！
當他把寶劍佩上凸起的臀部時，
高文將那愛情信物在腰間繞了兩圈，

並急切地用它在那兒打了個結。
那綠色腰帶繫在騎士身上非常相稱，
在紅布的映襯下顯得很般配。
但高文繫綠色腰帶並非爲了漂亮，
身上掛精美垂飾也非出於驕傲——
後者因末端鑲金而閃閃發光——
而是爲了在當天決鬥中保護自己，
因他必須承受那致命的一擊，不能
　　　用劍反擊。
　　當他裝束停當之後，
　　高文再次前往大廳。
　　對所有的剽悍騎士，
　　他都一律表示感謝。

82

格林格列特這匹高頭大馬整裝待發。
它在馬廄中得到了最好的照料，
此刻它四蹄蹭地，準備馳騁遠方。
高文爵士凝視著身上閃光的外衣，
默默地對自己說，「現在我向眞理發誓，
在這城堡裏，優雅禮節得以嚴格執行，
願城堡主人能得到一生的快樂！
願美麗的夫人永享眞正的愛情！
出於仁慈之心，他們熱情款待了
一位陌生的過路客；願天國的君主
報答您們和您們所有的同伴！
假如我還能在世上活得更久，
我一定盡可能地重重酬謝您們。」

接著他就踩著馬鐙，翻身上馬。
嚮導送來盾牌，他將它背在肩上，
並用靴子後跟的金馬刺蹬了下坐騎；
格林格列特騰空躍起，未經快走便
　　　撒蹄疾奔。
　　他的嚮導緊隨其後，
　　手持梭鏢和長矛。
　　「願上帝保佑此城堡，
　　並使好運在此常駐！」

83

吊橋放下後，寬闊的城堡大門
被拔去門閂，城門朝兩邊洞開。
高文經過吊橋時在身上劃著十字，
嘴裏讚頌著跪在騎士面前的守門人——
後者祈求上帝保佑高文平安無事——
接著便與嚮導匆匆往前趕路，
以求及時到達那個危險的地方，
去接受當天必須面對的致命一擊。
他們經過了樹木凋零的山坡，
攀上冰雪覆蓋，道路崎嶇的懸崖。
在高高的雲層下面，不祥的迷霧
籠罩在沼澤地上，與群山交融爲一體；
每座山頭都像戴上帽子和披上斗篷。
山頂噴出的溪流沿山坡滾滾而下，
形成勢不可擋，奔騰閃爍的瀑布。
就這樣，他們一路上經過莽莽荒野，
直到東方破曉，初升的朝陽驅走

重重迷霧。
他們身處高山之巔，
周圍全是白雪皚皚。
嚮導突然停住腳步，
告訴主人等候片刻。

84

「高文爵士，我現在已經把您帶到這裏，
這兒離您要找的地方已經很近，
即您曾費盡心機想要趕到的地方。
但我必須告訴您，因爲我瞭解您，
而且您是我衷心崇拜的一位騎士：
您若聽我一句，或許能化險爲夷，
因您要去的地方眞可謂兇險之極。
在那荒原上住著一位混世魔王，
因爲他強悍兇殘，喜歡動武挑釁，
而且他的臂力堪稱蓋世無雙；
他體格魁梧，超過任何四位騎士之和，
無論後者來自亞瑟王或赫克托的宮廷；
在綠色教堂他眞可謂是橫行無忌。
凡膽敢藐視他武力而經過此地的人，
無不立時死於他那力拔千鈞之手。
因爲他暴戾恣睢，天性冷酷無情；
無論農夫或牧師經過他的教堂，
無論僧侶、神父或任何其他人，
他都格殺勿論，以保全自己性命。
因此我說：就像您坐在馬上一樣肯定，
您若去那兒，騎士，就將必死無疑。

請相信我的誓言，哪怕您有二十條命，
　　　也無濟於事。
　　他在此地已橫行多時，
　　無數路人已化為冤魂。
　　您無法抵擋他的砍殺，
　　因它的確勢不可擋。

85

「因此，尊貴的高文爵士，千萬別惹他！
快繞開此處，去別的什麼地方。
以上帝的名義，快走，基督會保佑您！
而我回去之後，將會在大廳裏
以上帝和聖徒的名義莊嚴起誓
（用『願上帝和神靈保佑我』等誓言）：
我將嚴守秘密，一生中決不洩露
您因害怕對手而臨陣逃脫的事實。」
「非常感謝，」高文悶悶不樂地回答，
「你這麼說全是為了我的安危，
而且我確信你會忠實地保守秘密；
但無論你如何緘口不言，一旦我放棄，
按你所建議的方式溜之大吉，
我就會成為一個不可原諒的懦夫。
我將去綠色教堂面對命運的安排，
並與那位兇神惡煞去理論一番，
無論是禍是福，全憑在天之神
　　　發落處置。
　　儘管那傢伙強悍兇殘，
　　手裏握著駭人的大棒，

天主自然會做安排，
安全解救其忠實僕人。」

86

「聖母在上，」嚮導說，「既然您主意已定，
那麼您就得承擔所有的煩惱。
倘若您定要去送命，我也不想再阻攔。
這是您要戴的頭盔和手執的長矛，
沿著這條小路向前，繞過懸崖，
直到您抵達路盡頭的一個深谷，
再往左邊看，您就可以看到在平地上
矗立著您要尋找的綠色教堂，
以及那個日夜守衛教堂的可怕騎士。
尊貴的高文，我以上帝的名義向您告辭。
無論給多少錢，我都不會跟您去，
也不作爲嚮導再向前跨進半步。」
話音未落，這位林中騎者調轉馬頭，
使勁地用腳跟的馬刺蹬他坐騎，
一溜煙地疾馳而去，只剩下騎士
　　　　孤身一人。
　　「向上帝發誓，」高文說，
　　「我絕不哭泣或呻吟；
　　我已服從主的意志，
　　主不會辜負我的信任。」

87

於是高文催動坐騎繼續向前，
在一個山坡旁邊穿過了灌木叢；

並沿著坎坷的斜坡徑直下到了深谷。
接著他四處搜索，但滿目荒蕪，
根本就找不到任何形式的建築；
兩邊盡是些壁立千仞的陡坡，
以及參差不齊，怪石嶙峋的山崖；
重重疊疊的山岩似乎高聳入雲。
於是他停下來，勒緊手中的韁繩，
四下尋覓那綠色教堂的蹤影。
但他什麼也沒找到──此事甚為蹊蹺──
只見不遠處的空地上有個小土丘，
或是溪流岸邊上的圓形古塚；
那山澗水流湍急，沿著彎曲的路線，
白浪翻滾，洶湧奔騰，一瀉千里。
騎士催馬前進，來到土丘跟前，
只見他翻身下馬，將手中的韁繩
繫在一個翹棱多節的樹枝上面，
然後他直奔土丘，圍繞它走了一圈，
試圖想知道它究竟是何場所。
它四面都有一個黝黑的小洞，
而且那上面雜草叢生，盤根錯節；
土丘內部竟是個空曠的洞穴，
或是山岩中的一個罅隙。高文百思
　　　不得其解。
　　「哦，上帝，」高貴的騎士說，
　　「難道這就是綠色教堂？
　　此地半夜或許能見到
　　魔鬼在吟唱晨禱曲。」

88

「這地方真可謂荒涼偏僻，」高文說，
「它是座陰森可怕，雜草叢生的教堂，
正好能配得上那位綠衣騎士，
讓他在這兒玩那套魔鬼的把戲。
憑我的五重才智[33]，我覺得是魔鬼本人
為謀害而引誘我立下決鬥契約。
這個不祥的教堂遲早會觸黴頭！
它也是我所到過的最邪惡的教堂。」
頭頂高聳的鋼盔，手執利劍長矛，
他大步走上那荒涼土丘的圓頂。
接著他在那兒聽到，從小溪對岸
一塊巨石上傳來可怕的巨響。
吭！那聲音簡直不亞於山崩地裂，
就像是有人在石頭上磨巨大的鐮刀。
呼！那聲音又像是磨坊的水激起漩渦。
吭！它發出可怕的轟鳴，令人不寒而慄。
「天哪！」高文又說道，「這連連的巨響
我以為是因我而發，它預示著我
　　　　命運叵測。
　　讓上帝意志來決定吧，
　　害怕並不能幫助我。
　　我定要站穩腳跟，
　　絕不被巨響聲所嚇倒。」

33.之所以提「五重才智」，是因為高文本人的騎士紋章是五角星。

89

於是騎士以宏亮的聲音大聲喝道：
「是誰統治這個地方，並約我來這裏？
高文我作為堂堂騎士已來到此地。
假如這兒有誰找我，就趕快站出來，
要麼現在就出來，要麼永遠別露面。」
「等一等！」有人從頭頂的山坡上叫道，
「你馬上就會得到我發誓要給你的東西。」
但一時間他繼續發出刮擦的巨響，
在下到谷底之前仍然磨刀霍霍。
然後他爬下懸崖，鑽出一個洞口，
手執令人生畏的武器從拐角處走出來：
那是一把用於賭命的丹麥戰斧：
那巨斧的鋒利刀刃呈弧線狀，
鋒芒畢露，削鐵如泥，足有四英尺寬——
憑那腰帶起誓，一寸都不少！它寒光逼人。
那綠衣騎士的裝束與以前並無二致：
他的臉孔和雙腿，頭髮和鬍子；
只不過他沒騎馬，只用兩腳量地。
他把戰斧拖在地上，大踏步走來；
來到小溪旁，他並不涉水跨越，
而是撐著戰斧之柄一躍而過。
他迅疾穿過白雪皚皚的平地，
　　　　來勢兇猛。
　　高文爵士上前迎戰，
　　絲毫沒有卑躬屈膝。
　　對方叫道：「你盡可相信
　　我絕不會輕易失約。」

90

「高文，」綠衣騎士說，「願上帝保佑你！
我保證你來此地會受到歡迎，
並承認你是長途跋涉，遵時來到這裏。
你很清楚我倆起誓要執行的契約：
整整一年以前，你已經砍過我的頭，
而這個新年該輪到我回報你。
我們在這土丘上會面，身旁並無他人，
比武時也沒有裁判來橫加干涉。
快摘下你的頭盔，來接受你的回報。
你別呻吟或徒勞無益地白費唇舌，
上次你一下子就砍下了我的頭。」
「不，」高文回答，「憑給我靈魂的上帝起誓，
我絕不會因任何可怕傷口而怨恨你；
你只能砍一下，我不會動彈半分，
也不會試圖阻擋你舉戰斧砍我，
　　　　悉聽尊便。」
　　他彎下腰，伸長脖子，
　　露出白淨的嫩肉，
　　裝做滿不在乎的樣子，
　　因他最怕洩漏恐懼。

91

接著綠衣騎士很快準備就緒，
拿起那可怕的武器來砍高文，
他用盡全身的蠻力將它高高舉起，
奮力掄圓戰斧，想把他砍死。
假如它像瞄準的那樣落將下來，

那這位勇敢的高文爵士必死無疑。
可是當駭人的斧頭呼嘯地落下時，
高文爵士禁不住抬頭朝它瞟了一眼，
而且他的肩膀稍微退縮了一下。
對方便突然停住了半空中的斧頭，
並以傲慢的口吻嚴厲斥責爵士。
「你不是高文，」綠衣騎士說，「他渾身是膽，
無論高山、深谷或大軍都不能嚇倒他；
而你現在還沒被砍到就畏懼退縮，
我不知道高文爵士原是個懦夫。
當你砍我時，我並沒退縮或逃跑，
也沒在亞瑟王的宮廷中狡辯推諉。
我的頭滾到了腳邊，但我並未逃跑。
而你還沒碰到刀刃就已畏縮不前。
所以在你我之間選擇，我肯定是
　　　　獨佔鰲頭。」
　　高文回答，「我再也不會
　　像剛才那樣退縮；
　　但假如我的人頭落地，
　　它就絕不會再長出來。

92

「快動手吧，老兄，一定要乾淨俐落；
讓難以逃脫的命運早日來臨，
因為我將承受這一斧，絕不躲避；
我對天發誓，一定不讓你的斧子落空。」
「那就來吧！」綠衣騎士舉起斧子喊道，
他疾言厲色，儼然是怒氣衝天。

可他只是虛聲恫嚇，並未眞正動手，
那斧子落到半空中又停了下來。
高文已下定決心，身體紋絲不動，
站著就像是根石柱，或是樹樁，
眞可謂是根深蒂固，安如磐石。
接著那綠衣騎士又舉起了戰斧：
「現在你已有準備，所以我必須動手。
但願你無愧於亞瑟授予的騎士頭銜，
並看它是否能使你免受皮肉之苦！」
高文凜若冰霜，聲色俱厲地說：
「快砍吧，言而無信的傢伙！別再裝模作樣。
你好像自己心裏也充滿了恐懼。」
「說眞的，」對方答道，「你言過其實了，
我發誓將不再拖延，把你的事情
　　　　做個了斷。」
　　他又叉開腿，準備動手，
　　嘴唇撅起，雙眉緊鎖；
　　無怪乎高文心底一沉：
　　他現在已無退路。

93

綠衣騎士高舉戰斧，猛地劈下來，
鋒利斧刃碰到了高文裸露的頭頸。
儘管戰斧來勢兇猛，但只擦傷了皮肉，
只是在脖子邊上輕輕地割了一刀。
那駭人的利斧正好劃開了皮下脂肪，
使殷紅的鮮血從他肩頭落到了地上。
當高文爵士見到白雪映襯的鮮血，

不禁大吃一驚，並腳跳到一丈開外，
他匆匆地將頭盔戴到了頭上，
聳聳肩膀，把盾牌放到了胸前。
揮舞著閃亮的寶劍，他厲聲說道
（自從多年前他被生出娘胎以來，
他從沒有一次像現在那麼快活過）：
「現在請放下武器，不要再揮舞它，
我已經毫無防禦地承受了你一斧，
假如你再砍，我就要奮起反擊，
並且後發制人——你可以相信這一點——
　　　　置你於死地。
　　你只能夠砍我一下——
　　在亞瑟王的宮廷中
　　所訂契約就是這樣——
　　騎士，夠了，不要再砍！」

94

那位強悍的騎士倚戰斧悠然而立，
斧柄著地，身體則靠在斧頭上。
他凝視著站在面前的高文爵士，
欣賞著騎士毫不畏懼的神態。
和全副武裝的英姿，心裏暗暗喜歡。
接著他又扯開他那宏亮的嗓門，
聲若洪鐘地對高文爵士說道：
「勇士，別那麼怒氣衝衝，充滿敵意。
這裏沒有人對你懷有叵測之心，
我只是履行在亞瑟王宮廷訂下的契約。
你挨了我一斧頭——這樣我倆就扯平了。

我終於給你解除了一切其他的義務。
假如我多心眼的話，我也許會
再狠狠地砍你一斧，讓你嘗點苦頭。
開始我虛晃一下，只是想嚇唬你，
並沒有給你劈成兩半。這樣做沒錯，
是根據我倆在第一晚訂下的契約；
因爲你眞心誠意地信守諾言，
像正人君子那樣給了我你得到的禮物，
後來的恐嚇是爲了第二天的契約，
當時我妻子吻了你，你又把吻給了我。
就因爲這兩件事，我兩次都對你
　　　　虛張聲勢。
　　你知道，君子坦蕩蕩，
　　沒有必要感到害怕。
　　但第三天你違了約，
　　那皮傷是對你的懲罰。

95

「因爲你繫著的腰帶本屬於我，
我很清楚是我妻子把它給了你。
至於你的親吻和舉止我瞭若指掌，
因爲讓我妻子勾引你是我的主意。
我讓她試探你，而你眞的就像
是世上最最完美無瑕的騎士。
說眞的，若把高文跟其他騎士相比，
其價值就像是用珍珠比白豆。
但你還是違了約，爵士，出了小差錯。
由於其根源並非爲求愛或貪婪，

而是出於珍愛生命，故我原諒你。」
高文爵士聽後愕然，呆如木雞，
心裏悔恨交加，渾身直打哆嗦，
鮮血從胸部一下子湧上了臉龐，
綠衣騎士的一番話令他羞愧難當。
好半天這位優雅騎士才憋出一句話：
「老天詛咒那可惡的懦弱和貪婪！
是它們的惡習和墮落損害了德行。」
接著他抓住並解開了綠色腰帶，
將它狠狠地摔在了綠衣騎士跟前。
「但願這虛假而邪惡的腰帶遭遇厄運，
因我害怕您的斧頭，懦弱教我
與貪婪同流合污，並侵蝕了我的本性
和騎士所應具有的慷慨和忠誠。
現在我既卑鄙又虛偽，貪生怕死，
因背叛和謊言總是伴隨著悲哀和
　　　　羞愧難言。
　　　我謹向您承認，騎士，
　　　這一切全是我的錯。
　　　我願聽憑你的發落，
　　　從今後將遠離醜聞。」

96

於是綠衣騎士仰天大笑，溫和地說：
「依我看你已經彌補了所有過錯；
你已經完全坦白了自己的過錯，
並在我的斧頭下償清了你的補贖。
我認為你得到了寬恕，並已純潔無瑕，

就像你出生以來從未犯過罪孽一般。
我把這條鑲金的腰帶送給你，
因它跟我的衣服一樣綠。高文爵士，
或許你會記住這次考驗，當你與其他
騎士精英平起平坐之時；因它標誌著
在綠色教堂發生過的一次騎士比武。
現在請回到我的城堡去歡度新年，
我們將擺開宴席，大張旗鼓地
　　　歡慶節日。」
　　城堡主人好言相勸，
　　　「你跟我的妻子，我想
　　　能使你們言歸於好，
　　　儘管她曾是你仇敵。」

97

「不行，」騎士一邊說，一邊抓住頭盔，
莊重地把它摘下來，向主人表示感謝，
「我已經待得太久了——祝您好運，
願上帝賜於您最崇高的榮譽！
並代我向您漂亮的妻子致意；
還有那位形容枯槁的老仕女，
她倆聯手使絆，矇騙了她們的騎士。
但此事不足為奇，因女人的詭計，
常使傻瓜發狂，陷入悲慘境地。
早先亞當就是被女人所欺騙；
所羅門不止一次上當；參孫同樣如此，

由達利拉³⁴帶來不幸；還有大衛本人
因受到拔示巴的蒙蔽而吃盡苦頭³⁵。
既然這些人也曾被女人所害，那種
既愛慕又不信女人的騎士當屬萬幸。
我只提到了歷史上最有名的人物，
他們儘管吉星高照，但仍落入了
  女人圈套。
  由於此番風流人物
  尚且難脫女人干係，
  倘若說我中了圈套，
  那還仍然有情可原。

98

「但您的腰帶，」高文說，「願上帝報答您！
我很願意繫著它，並非因為它有金邊，
也不是為了它的絲綢或垂飾，
更不是為了其價值、精巧手藝或名聲，
而是為了把它當作一個過錯的象徵；
春風得意時會使我羞愧地想起
墮落肉體的過失和懦弱，以及
它如何會招來最邪惡兇殘的罪孽。
因此每當赫赫戰功使我倨傲時，
只需看一眼這根腰帶便令我汗顏。
但我有個請求，希望不會使您為難：

34.猶太英雄參孫力大無比，其力量源泉在於他的一頭長髮。他妻子達利拉將這
  秘密出賣給了敵人，結果造成參孫的頭髮被剃，英雄受害。
35.拔示巴原是大衛手下烏利亞的妻子，因沐浴時被大衛窺見而引出一段姦情。
  大衛為了娶她為妻，特意指使約押讓烏利亞戰死。上帝為了懲罰大衛，便讓
  後者與拔示巴的兒子得重病而死。（《舊約・撒母耳記下》11）

既然您是我寄居城堡的主人，
並曾給予我殷勤款待——但願那
高高在上，統領天國的上帝祝福您——
敬請賜告您的真姓大名，我別無所求。」
「我會告訴你我的真名，」綠衣騎士回答。
「當地人都稱我為奧德塞的貝蒂拉克[36]。
由於住在此地的仙女摩根[37]神通廣大，
我的城堡被她的魔法所控制；
因為墨林[38]的大部分魔法她都精通，
很久以前她曾神魂顛倒的迷戀過
那位傑出的智者；騎士們肯定知道其
　　　　顯赫名聲。
　　　於是乎『仙女摩根』
　　　便成了她的美稱；
　　　她能降伏天之驕子，
　　　隨她意願加以馴服。

99

「她派我以這模樣去鬧亞瑟的王宮，
其目的是試探國王的高尚和自尊，
以及圓桌騎士如雷灌耳的名聲；
她對我施魔法，以嚇唬你們大家，
並且想把王后圭尼維爾活活嚇死，
當她受到過度驚嚇，眼見那綠衣騎士

36.奧德塞（Hautdesert）一詞的本意是「荒原」，在此可能是指那個中了魔法的
　　城堡的名稱。
37.據傳說，仙女摩根（Morgan le Fay）是國王尤林斯（Uryens）的妻子，與亞瑟
　　王即是同父異母的兄妹，又是不共戴天的敵人。
38.墨林（Merlyn）是亞瑟王浪漫傳奇故事中的巫師和賢人，以精通魔法而著稱。

提著自己的頭，對大廳裏所有人說話。
她就是你在城堡遇見的那個老仕女：
也是你姑母和亞瑟的異父同母姐妹，
以及廷塔吉爾公爵夫人的女兒，
公爵夫人與尤瑟生下了亞瑟王。
所以我殷切地請求你回到姑母身邊，
到城堡盡情歡樂；我的人都喜歡你。
而我自己也像天下所有人一樣，
對你的誠實懷有深深的敬意。」
但高文回答說「不行！」——他堅辭不受。
他倆擁抱吻別，都將對方舉薦給
天國的君王，然後在冰天雪地中
　　　依依惜別。
　　高文爵士快馬加鞭，
　　急忙趕回亞瑟身邊；
　　而那位綠衣騎士
　　也回到他該去的地方。

100

高文爵士跨著戰馬格林格列特，
翻山越嶺，靠天恩保全了性命。
他有時寄人籬下，有時則露宿荒野，
並在眾多深谷冒險中打敗了敵人——
關於這個我不想在此加以贅述。
他頸部的傷疤現在已經痊癒，
而那條閃亮的綠色腰帶他斜挎胸前，
像飾帶那樣繞過右邊的肩頭，
並於左腋下的腰間最終打結，

以作爲他玷污人格的罪孽標誌。
就這樣，他安然無恙地回到了宮廷。
當人們得知高文爵士回來的消息，
卡米洛宮上下頓時一片歡騰。
國王和王后依次親吻這位優雅騎士，
許多其他騎士也爭相向他致意，
他們都紛紛詢問他的冒險經歷，
他一五一十地講述了自己的磨難——
在綠色教堂發生的事情：主人的款待，
夫人的調情，以及那根綠色腰帶。
他向大家展示頸上的那塊疤痕，
那是勇士的斧砍所致，以宣告他的
　　　　背信棄義。
　　他因羞辱而痛苦呻吟，
　　對穢行皆供認不諱。
　　當他展示恥辱標記時，
　　已經滿臉漲得通紅。

101

「看，我的陛下，」高文說，舉起綠色腰帶。
「它證實了我頸上所承受的罪責，
這腰帶標誌著我的傷害和墮落，
並體現了我內心的懦弱和貪婪。
這個背信棄義和不可信賴的象徵，
只要活著我就要佩戴在胸前；
因人們可隱瞞但卻不割捨罪孽，
所以死結一旦形成，便永遠也解不開。」
國王和宮內的所有人都來安慰騎士，

隸屬於圓桌的所有騎士和仕女
都為此調謔戲諧，並最終一致決定：
每一位圓桌騎士都必須佩戴飾帶，
即在胸前斜挎一條碧綠的綢帶，
以表示對高文爵士的崇高敬意。
對於圓桌騎士們來說，這腰帶
成了名望的象徵和永久性的榮譽——
浪漫傳奇故事中對此有精彩描寫。
上述業績全都發生在亞瑟王時代，
對此布魯特之書[39]早已有所描寫。
自從特洛伊城前的硝煙平息，
驍勇的布魯特渡海來到不列顛，
　　　　　從那時起
　　　有許多的冒險故事
　　　曾經在此國家發生。
　　　願頭頂荊棘的基督[40]
　　　帶給我們他的祝福！　　　　　　阿門。

HONY SOYT QUI MAL PENCE
（有邪念之人應感到羞愧。）

39.即指萊亞門的長詩《布魯特》。這首詩是一部記述傳說中不列顛歷代君王的
　編年史。
40.基督在被釘上十字架之前，頭上已戴上了用荊棘編成的花環，以作為一種刑
　罰。

農夫皮爾斯（選段）[1]

威廉·蘭格倫

序曲[2]

春天風和日麗，陽光正和煦，

我套上綿羊般蓬鬆的毛氈衣，

裝束成一位雲遊四海的修士，

出門去浪跡天涯，探訪奇聞。

五月的一天早晨，我似乎中了魔，

於莫爾文山[3]上遇見一椿怪事。

我行路過於勞累，便稍事歇息，

---

1. 譯文選自蘭格倫（William Langland）的《農夫皮爾斯》（*Piers Plowman*）（沈弘譯，中國對外翻譯出版公司，1999年）。該詩B文本除序曲外，共分二十個詩節，全長7242行。這兒選取了序曲、第一、五、十七、十八等五個詩節。
   現存《農夫皮爾斯》的中古英語手抄本多達五十餘種，而每一部手抄本的內容都不盡相同。學者們按照這些手抄本中的詩歌文本長短和日期先後，將其分爲A、B、C三大類，其中A文本爲序曲加十二個詩節；B文本增加到了二十個詩節；創作日期最晚的C文本最長，除序曲外，共有二十二個詩節，7338行。本譯文所依據的是劍橋大學三一學院圖書館所藏的一部B文本手抄本（MS. Trinity College, Cambridge B. 15. 17）。
   該詩是一首典型的頭韻體宗教諷喻詩，主要運用夢境說教和諷喻象徵的手法，但其中也不乏現實主義的細節描寫和對社會腐敗的針砭。全詩共分兩大部分，共由八個夢境和兩個夢中夢所構成，序曲和前七節構成第一部分，第二部分包括其餘13個詩節。作者首先在夢境中呈現了十四世紀英國的社會風貌和分別展示了「七大罪孽」的懺悔。隨後他化身威爾（Will），在尋找眞理的過程中聽到了各種對於「善」（Dowel），「中善」（Dobet），「至善」（Dobest）這三種境界的解釋。最終他終於頓悟，決心一定要找到作爲基督化身的耕者皮爾斯。該詩包羅萬象，結構複雜，但貫穿全詩的主線即主人公威爾（Will）的思想成長過程。詩中的人物是作者諷喻的載體，是概念化人物。但每個人物同時又都是在複雜社會現實中可以找到其影子的現實人物。這種描寫是對人物性格的高度概括。因此也使得作品的寓意更加生動和深刻。
2. 在序曲中詩人描述了位於「眞理」高塔和「虛僞」地牢間的「俗世」平原景象。那兒的人們追名逐利，其中教士們靠贖罪券來搜刮民脂。接著作者又描繪一場老鼠議會的鬧劇，將當時的英國議會形象地比喻成群鼠利慾薰心，惡貓肆意橫行。
3. 莫爾文山（Malvern Hills）位於英國中西部烏斯特郡（Worcester）的赫裏福德（Hereford），這兒很可能是詩人的故鄉，同時也做爲皮爾斯夢幻的背景。

在一條小溪的寬敞堤岸上面
躺下來倚身凝望清泉流波；
水聲潺潺，片刻催我進入夢鄉。

　於是我做了一個奇妙的夢——
夢見自己置身曠野，一望無際，
可當我朝東仰望天上太陽[4]時
卻見山巔處有一座巍峨高塔，
幽深的山澗裏則包藏著地獄，
深淵一團漆黑，令人毛骨悚然。
兩者間還有擠滿人群的平原——
貴族與賤民全都混雜在一起，
忙忙碌碌地追逐俗世的名利。

　有人忙於耕作，無暇尋歡作樂，
而是汗流浹背地插秧又播種，
為饕餮之輩準備享用的食物。
其他人則追求虛榮，衣著華麗，
並以此來偽裝和炫耀自己。
另有許多人致力於祈禱懺悔，
以求最終能獲得天國的極樂——
此即堅守靜室的修女和修士，
他們不想在外面到處遊蕩，
去收斂財富，或是滿足色欲。

　還有人靠經商謀生，家境頗豐——
用世俗眼光看，他們興旺發達；
另有些與世無爭的說唱藝人
靠賣藝和取悅別人維持生計。

4.在《聖經》中，東方和太陽都是上帝的象徵。

但某些猶大後裔，油嘴滑舌的小丑，
他們編造離奇故事，裝瘋賣傻——
其實滿可以靠勞動養活自己！
這裏我不想轉述聖保羅的原話[5]，
但「說髒話者」[6]確是魔鬼的奴僕。

　　還有匆忙趕路的流浪漢和乞丐，
肚子和包裹裏都塞滿了食品，
他們乞討機關算盡，爭食拳腳交加。
天知道，他們上床時酒醉飯飽，
起床時又滿嘴髒話，這夥強盜！
瞌睡和懶惰跟他們寸步不離。

　　我又見朝聖者和香客成群結隊
去參拜聖雅各[7]和羅馬的聖徒；
他們一路上輪流講述著故事，
並獲准一輩子都說無用的謊言。
我聽到有人在胡謅朝聖故事：
每個故事他們都任意杜撰，
一聽便知話中諸多虛假成分。

　　一隊隊修士手持帶鉤的棍棒
前往威爾辛厄姆[8]——後面跟著婆娘：
這幫好吃又懶做的彪形大漢

---

5. 據《新約・使徒行傳》13：10-11，保羅（Paul）在傳道中被行法術的以呂馬
（Elymas）阻礙，保羅對其說「你這充滿各樣詭詐奸惡，魔鬼的兒子、眾善的
仇敵，你混亂主的正道還不止住嗎？現在主的手加在你身上，你要瞎眼，暫且
不見日光。」

6. 引文原為拉丁語，出處不詳。

7. 著名的聖雅各（Saint James）神龕在西班牙加利西亞（Galicia）的康泊斯特拉
（Compostella）。

8. 威爾辛厄姆（Walsingham），英國諾福克郡（Norfolk）的一個城鎮，以其聖母
馬利亞（the Virgin Mary）神龕而著稱，是繼坎特伯雷（Canterbury）之後最有
名的朝聖地。

身披教士黑袍，以區別於普通人，
他們充當修士只爲生活舒適。
我也看到四大教團的遊乞僧[9]
在爲獲取錢財而向人們佈道：
因偏愛華麗服裝，他們任意
剪裁《聖經》，以適合自己身材。
許多神學大師都會打扮自己，
由於佈道興盛，金錢滾滾而來。
自打仁愛從商，做貴族懺悔牧師，
幾年來盡出些稀奇古怪的事。
除非教會與遊乞僧重歸於好，
世上最深重的罪孽[10]就會降臨。

有個贖罪僧在像牧師那樣佈道：
他拿出蓋滿主教印的教皇諭令，
宣稱自己有權赦免不守齋戒
和背信棄義等種種深重罪孽。
群氓欣喜若狂，對此深信不疑，
上前跪吻他手中的教皇諭令。
而他卻用敕令遮迷他們雙眼，
並用一紙空文換取金銀首飾。
——人們就這樣貢養著貪婪之徒，
及盲信那些卑鄙下流的惡棍！
要是神聖主教能夠盡守其職，
他的印就不會用來欺騙人民。
可這惡棍佈道並非經主教准許——

9.中世紀隱修僧侶的四大教團分別爲加爾默羅會、奧古斯丁會、多明我會和方濟
　各會。
10.即指基督教教會的永久性宗派分裂。

教區牧師與贖罪僧狼狽爲奸，
私分了本該救濟窮人的錢財。
　　我聽見牧師們在向主教訴苦，
說自從瘟疫流行[11]教區一貧如洗，
請求主教批准他們移居倫敦，
彌撒若有銀幣伴奏那該多美。
主教、見習修士，神學大師和博士——
他們借基督之名主宰人們靈魂，
並削髮剃度來聽取教民懺悔，
爲之佈道祈禱，以及賑濟窮人——
可他們都住倫敦，四旬齋[12]也不例外。
有人在王宮爲國王管理錢財，
或公然在稅務法庭和大法院
向市長索要報酬及無主財產。
還有人去做老爺貴婦的奴僕，
像管家那樣爲他們操持家務。
他們念彌撒及禱文有口無心，
難免要被基督永世打入地獄！
　　我頓時醒悟到賦予彼得的權力，
正如《聖經》所說，即「捆綁」和「釋放」——
及彼得按神旨將權力交由愛監護，
並與四位美德化身[13]來分享它，
這四個紅衣主教即天國守門人，
他們對某些人砰然關上大門，

---

11. 愛德華三世（Edward III）統治時期，英國曾有過1348-9年，1361-2年，1369年和1375-6年等四次大的鼠疫流行。
12. 指從聖灰星期三到復活節的那四十天。這是基督教徒們虔誠齋戒，以準備慶祝耶穌復活的時間。
13. 基督教的四大美德爲謹慎、節制、堅毅和正義。

又向另一些人展示天國極樂。
教廷的紅衣主教，儘管稱號相同，
並有足夠權力來指定教皇行使
彼得的權力，我不想妄加評論。
選教皇既需要愛，也得有學問，
我即使有想法，又豈敢直言不諱。

此時國王由騎士簇擁著駕到，
平民權力將他領上統治的寶座。
而常識率其培養的文人學士，
匆匆前來輔佐國王和保護人民。
國王、騎士和謀士們一致決定
平民須向他們提供衣食住行。
常識把平民分為不同的行業，
並指定農夫為大家生產糧食，
辛勤勞作從此成為農夫職責。
國王與平民又憑藉常識明，
建立法律和秩序——使人知其位。
有一位削瘦的瘋子[14]走了過來，
跪在國王面前，正義凜然地諫道：
「願上帝保佑陛下和您的國家，
願您作為聖明君主受臣民擁戴，
賢明統治將在天國得到報償！」
此刻有位天使[15]自天悠然而降，
嘴裏念叨著拉丁文——賤民不懂

---

14. 評論家一般認為他就是蘭格倫本人。
15. 天使這個詞在中古英語中有時也可指「先知」和「傳教士」。它在這裏可能暗指羅切斯特主教湯瑪斯‧布倫頓（Thomas Brenton），後者在理查二世登基時所作的著名佈道文就是用拉丁文寫成，其中引用了「老鼠議會」的寓言。

該如何用它爲自己進行辯護，
所以活該倒楣受罪——天使說道：
「你口稱『我是國王和統治者』——差矣！
你須執行基督王至高無上的法律，
既要執法如山，又要慈悲爲懷！
用憐憫劍鞘來包裹正義利刃，
並且播種你希望收穫的東西：
用正義剝奪憐憫，會自食其果；
而播種憐憫，你也將收穫憐憫[16]。」

一位饒舌者，滿腦子至理名言，
聽完這番話便這樣回答天使：
「國王只有統治才能名符其實，
若不執行法律，國王名存實亡[17]。」

這時平民齊聲高喊拉丁語名言，
以提醒國王——其意你自可揣摩——
「國王的命令對我們就是法律。」

話音剛落，突然跑出一群大鼠，
後面還跟著小鼠[18]：上千隻老鼠
集會討論其公共治安的問題；
因爲有只貓[19]不時地溜出王宮，
窮追猛撲老鼠，對其百般戲弄，
鼠輩們受其淩辱，吃盡了苦頭。

「我們遇難驚恐萬狀，不敢抬頭！

---

16. 引文爲拉丁語。
17. 同上。此話與上面提及瘋子的話互爲呼應，因而饒舌者可能也是指蘭格倫本人。
18. 這兒的大老鼠暗指英國下議院（其英文意即平民）中有影響的議員，小老鼠則指那些影響不大的議員。
19. 影射國王愛德華三世，或其攝政大臣，岡特的約翰。

倘若稍有反抗，它就變本加厲——
把我們攥在手心，其爪尖銳無比，
直到疼得死去活來才肯放手！
我們如能想出妙計來制服它，
就可揚眉吐氣，從此和平安逸。」
　　一隻以口才著稱的大鼠起身，
當眾提出個絕妙無倫的計畫：
「我見過，」他說，「倫敦城裏有些人
脖子上總戴著亮晶晶的項鏈，
及做工精巧的項圈；他們就像
野狗亂竄於院落和公園之中，
聽說他們有時還去別處闖禍。
我老想，要是給他們套上鈴鐺，
大家就可聽見聲音，及時躲避。
所以，」老鼠接著說，「理智告訴我
必須去買銅鈴或閃亮的銀鈴，
把它繫於項圈，再套上貓脖子。
這樣就可聽見惡貓去了哪裡，
是否在休息，或正要出來玩耍；
假如它心情不錯，那我們就可
把頭探出洞去，在它面前露臉；
若是它在生氣，那就退避三分。」
　　鼠類歡呼雀躍，對此計表示贊同。
可當銅鈴買來並裝上項圈時，
竟沒有老鼠，為贏得法蘭西王國，
膽敢將銅鈴套上那貓的頭頸，
搭上英格蘭王國也無濟於事！
老鼠們都搭拉著臉，垂頭喪氣，

為計畫流產和功夫白費感到羞恥。

　有隻頭腦精明，模樣幹練的小鼠[20]，

撥開擁擠的鼠群，大步走上前，

朗朗話聲壓倒了會場的嘈雜：

「即使殺死惡貓，也會有第二隻

來折磨我們和孩子，躲也躲不及。

所以我建議大家別去激怒它，

千萬不要拿銅鈴去惹事生非。

只要它追逐野兔[21]，就不會吃我們，

但須用鹿肉進貢，切莫侮辱它。

微小損失畢竟強於長期悲傷：

即便打發惡棍，也會亂作一團！

因為我聽父親曾說過，七年前，

『那貓小的時侯，王宮裏亂糟糟[22]』。

誰讀過《聖經》，就知道這句話——

『君王若是孩童，國家大禍臨頭[23]！』

晚上老鼠出洞，人就睡不安穩。

因為我們小鼠毀壞人的麥芽，

還有你們大鼠撕碎人的衣服，

招惹王宮的貓來追逐耍弄你們；

老鼠一旦得道，便會無法無天。

　「我認為，」那鼠喊道，「此事後患無窮，

---

20. 貝涅特（J.A.W.Bennett）在《論〈農夫皮爾斯〉的寫作日期》（1943）一文中
　　說這老鼠也許是指彼得‧德拉邁，後者於1377年在下議院提議建立一個委員
　　會來輔佐年幼的新國王理查二世。

21. 可能影射岡特的約翰（John of Gaunt）1377年回老家狩獵，或1378年他指揮抗
　　擊法國人的戰役。

22. 理查二世於是1377年7月加冕登基時剛滿十歲。

23. 引文爲拉丁語，參見《舊約‧傳道書》10：16：「邦國啊，你的王若是孩童，
　　你的群臣早晨宴樂，你就有禍了！」。

所以千萬別去惹那些大小貓，
也別再議論買項圈我沒交錢。
即使我交了許多，也不會張揚，
只須讓貓隨心所欲幹它的事——
管它有否戴項圈，或願逮何物。
務請明眼人記住此話——謹守本分！」
　　（此夢有何寓意，大家盡可自猜，
我不便明講，因這是上帝的眞理！）
　　約有近百人頭戴白色小綢帽，
他們似乎是一群開業的律師，
爲掙錢而口若懸河，闡釋法律，
卻從不肯爲助仁愛耗費口舌。
你若想不掏錢就讓他們開口，
不如去斗量莫爾文山間的迷霧。
　　在人流中有貴族、市民和農夫，
我還看到許多別的人，其中有
眾多麵包師、釀酒商和肉店老闆，
羊毛織工、亞麻織工及男女裁縫，
補鍋匠、市場收稅人，還有石匠，
礦工，及形形色色的手工藝人：
突然間又有各種勞工苦力上場——
那些人從早到晚挖溝又掘地，
靠哼小曲度日，「主佑愛瑪夫人！」
廚子小役扯著嗓子喊，「賣熱餅子！
快來買呀！還有肥鵝和肥豬肉！」
酒店老闆的叫賣聲更是此起彼伏：
「阿爾薩斯白酒，加科斯紅酒，
還有佳釀萊因酒和拉羅謝爾酒！」

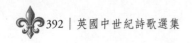
—— 這些我在夢中看見，並還有更多。

第一節[24]

這高山寓意何在，還有黑暗幽谷

及喧囂的平原？—— 且聽我一一道來。

從高塔上走下一位窈窕淑女，

身著亞麻布衣，她親切地問我：

「你睡著了嗎？看平川上那些人——

正熙熙攘攘地從事徒勞遷徙。

那些穿越塵世的絕大多數人

崇奉俗世名利，此外別無所求；

對超塵拔俗的天堂毫無興趣。」

　　儘管她楚楚動人，可我仍不敢仰視，

便回答：「請原諒，夫人，我不太明白。」

　　「山巔高塔，」她說，「是真理的府邸，

他希望你們永遠遵循其教誨。

因真理乃信仰之父，人類創造者[25]，

他賦予人以肉體、五官及理性，

使其在塵世能用以尊崇真理。

為此他命令大地為人類造福，

提供羊毛、亞麻布和生活用品，

使人豐衣足食，而又清心寡欲。

---

24. 在這一節中，威爾遇到聖教夫人（Lady Holy Church），後者從「真理」高塔上走下來，向威爾解釋他所見高山、幽谷和平原的寓意。並且勸誡他要潔身自好，不受魔鬼的騙誘。在結尾處，點明了追求真理的重要性。

25. 《新約·約翰福音》14:6：「耶穌說：『我就是道路、真理、生命，若不藉著我，沒有人能到父那裏去。』」

出於恩賜，他規定三樣東西公有[26]：
我想重複一下這些基本必需品，
並按順序排列——務請銘刻在心。

「首先是遮身禦寒的衣褲布衫，
其次是各家餐桌上的葷素食品，
最後是解渴的飲料——但切勿過量，
以免在應該勞動時爛醉如泥。
古時的羅得就因爲貪杯縱飲
而與女兒亂倫，步撒旦的後塵[27]：
他受魔鬼的引誘，沉湎於烈酒，
以至淫欲熏心，與倆女兒通姦——
他的蛻變墮落都歸罪於酗酒。
『來！讓我們勸父親喝酒，與他同寢，
這樣我們就好爲他存留後裔[28]。』
美酒和女人便如此降服了羅得，
使他因暴飲而生下邪惡子孫。
你要潔身自好，對美酒敬而遠之。
節制是帖良藥，能醫治饑渴和欲望。
並非美味佳餚都有益於心靈，
反之忠言逆耳，良藥也會苦口。
不要偏信肉體，因它受騙子教唆——
那就是出賣忠良的卑鄙世俗。

---

26. 古代基督教希臘教父聖約翰·克裏索斯托（St. John Chrysostom, c.347-407）在關於《新約·提摩太前書》的第十二次佈道文中指出：「上帝向我們提供的每一件生活必需品都是公共財物⋯⋯財產公有制是比私有制更好的生活方式，而且它更順應自然。」聖西普裏安（St. Cyprian, c.200-258）和聖格列高利一世（St. Gregory I, c.540-604）等早期基督教教父都宣導過這種教義。

27. 有關羅得（Lot）因酗酒而亂倫的故事，詳見《舊約·創世記》19:30-38。

28. 同上，19-32。引文爲拉丁語。本節的大部分拉丁語引文來自四世紀由聖哲羅姆（St. Jerome, 347-419）翻譯的通俗拉丁語文本聖經。

因魔鬼與你的肉體串通一氣，
來腐蝕你的靈魂；玷污你的心。
你須日夜惕勵，此即我的忠告。」

　　「是的，夫人，」我說，「感謝您的教誨。
但世人死攥不放的財帛金錢——
它們又是屬於誰？請您告訴我。」

　　「去讀《福音書》，」她說，「當人們拿錢
來神殿問耶穌是否要崇拜凱撒時，
上帝對此已解釋得明白無誤。
他問人們：那錢上銘刻的字型大小
以及那人物肖像是代表誰的？
『凱撒，』他們說，『我們都能看清。』
『凱撒的物，』上帝說，『當歸給凱撒，
神的物當歸給神，否則便是褻瀆[29]。』
——因正當的理智應該統治大家，
而常識則來為眾人保護錢財，
指引生財之道，為人排憂解難，
因節儉與常識往往同心協力。」

　　接著我恭敬地問那天姿麗人，
「山谷中那個陰森可怕的地獄——
能否告訴我它的寓意，夫人？」

　　「那是魔鬼城堡，」她說，「誰來自那兒
都會詛咒自己出生的那一刻！
那裏住著一個怪物，叫做邪惡，
他生育了虛偽，並建造了地獄。
就是他引誘亞當夏娃犯下罪孽，

29.《新約‧馬太福音》22:21。引語中部分為拉丁文。

並唆使該隱謀殺了自己兄弟；
他用猶太人的銀子收買猶大，
後又將他吊死在接骨木樹上[30]。
他與仁愛作對，並欺騙所有人：
誰篤信他的財寶即刻便會遭殃。」

　　我驚詫面前的夫人究竟是誰，
她能對《聖經》中箴言如數家珍；
於是我便懇切地祈求她留下姓名。

　　「神聖教會，」她說，「你應該認識我。
我為你洗禮，並將信仰教給你。
你曾立誓言要履行我的教誨，
而且真摯相愛，永遠對我忠誠。」

　　於是我跪倒在地，懇請她寬恕，
求她發慈悲，為我的罪孽祈禱，
並教我如何虔誠地信仰基督，
及如何去實現造物主的意願：
「別再提塵世間財寶，聖教夫人——
但求告訴我該如何拯救靈魂。」

　　「試遍所有珍寶，」她說，「唯有真理最好。
為驗明真理，我訴諸『上帝即愛[31]』，
因真理像上帝本身那麼高貴。
他深諳世間真諦，口授金玉良言，
並身體力行，對人類充滿善意；

30.中古英語文學作品中經常提及猶大在一棵接骨木樹上自縊的傳說。蘭格倫的同時代人曼德維爾（Mandeville）在其流傳甚廣的遊記中甚至宣稱他在朝拜聖地時曾親眼見過那棵樹。

31.《新約·約翰一書》4:8：「沒有仁愛之心，就不認識上帝，因為上帝即仁愛。」聖教夫人的引語為拉丁文。按照基督教教義，真理與仁愛是不可分離的。詩人在本節中反覆強調了這一點。

像基督那樣，他也是天地之神，
這些都是《路加福音》中的原話。
學者們應將這些話廣泛傳播，
因教徒黎民對眞理都仰慕已久。

「國王和騎士理應時刻與眞理同行，
馳騁疆場，直至將敵人徹底掃蕩，
並將俘虜的罪犯緊緊地捆住，
等眞理對他們進行最終裁決。
古時候大衛王責令手下騎士
對其戰刀起誓，永遠效忠眞理[32]。
這顯然是騎士必須遵循的職責：
它決非偶爾在星期五恪守齋戒，
而要捍衛眞理及獻身眞理的人們。
決不因求愛貪財而背離眞理——
違反這點，便是騎士團的叛逆。

「王中王基督冊封了十團騎士——
基路伯、撒拉弗等九團，還外加一品[33]。
他親自賦予他們偉力——皆大歡喜——
並封他們爲天使長，統領全軍；
他將三位一體眞理教給騎士，
要求他們服從命令——僅此而已。

「路西弗雖也在天上接受諭旨，
（他是除上帝外容貌最美的天使）

32.據《聖經》記載，大衛因國王掃羅的暗害而出逃以後，曾率數百人與掃羅的
　　追兵周旋。詳見《舊約・撒母耳記上》22:2和23:8-29。
33.按基督教教義，天使的九個等級依次分別爲撒拉弗（seraphim）、基路伯
　　（cherubim）、寶座（thrones）、王國（dominions）、權勢（powers）、德性
　　（virtues）、主權天使（principalities）、天使長（archangels）、天使
　　（angels）。這兒的第十個等級特指後來被逐出天國的路西弗（Lucifer）及其
　　追隨者。

但他背信棄義，喪失上天至福，
旋而驅出天國，變成猙獰妖魔
墮入黑暗地獄，永世不得翻身。
還有無數壞天使一同遭到驅逐，
悻悻然隨路西弗來到了地獄，
因他們聽信後者的胡言亂語：
『我要稱霸北方，與至上者比肩[34]。』
誰若篤信此言，天理難以相容；
於是九天九夜，妖魔紛紛墜落，
直到至善上帝補上天國窟窿，
加固混沌空間，使之重歸平靜。

　　「惡天使被逐出天國時歸宿各異──
懸在半空，掉落地上，或墜入深淵；
而路西弗被鎖於地獄的底層，
他自矜驕傲，將永受痛苦煎熬。
凡犯下惡行者死後都受懲罰，
被打入地獄，與惡魔朝夕相伴；
而按《聖經》教誨，恪守德行的人，
至死堅持真理，堪稱正人君子，
他們的靈魂必將永居於天堂，
被三位一體的真理尊為聖徒。
因此我舉上述例子，再次重申：
試遍所有珍寶，唯有真理最好。
請轉告無知群氓，因學者早已得知──
世上最貴重的珍寶就是真理。」

　　「可我沒有天賦，」我說，「請再賜教：

34.《舊約·以賽亞書》14:13-14。引文為拉丁語。

真理如何產生，又怎樣進入我心裏？」
「你真糊塗，」她說，「簡直愚不可及。
小時候准沒學過多少拉丁語——
『唉！我那貧瘠而又虛度的年華[35]！』
你心裏就有一種自然的天賦，
它指引你熱愛上帝勝過自己，
並抵制天罰的罪孽，萬死而不辭——
我深信這就是真理，他循循善誘，
你務必要洗耳恭聽，從善如流。

「因真理說仁愛是天國的聖藥，
誰服用了它，罪孽便蕩然無存。
真理的所作所為都傾注了愛，
他啓示摩西仁愛是高尚聖操，
和平的根本，及最珍貴的美德：
由於貴體沉重，天國盛不住它，
致使它又飽嘗了俗世的塵土。
可一旦在世修煉了血肉之軀，
便會輕若鴻毛，賽過菩提樹葉；
其敏銳犀利，遠甚於纖毫針尖，
無論盔甲和高牆均不可抵敵。

「因而仁愛是天國的一位統領，
並像市長，是國王與平民的調解人；
它理所當然是法律的制定者，
對人們犯下的罪行斷訟論罪。
體驗仁愛吧——它來自主的力量，
因你心中噴湧著生命的源泉。

35.這是一句通俗的拉丁語箴言。

心靈的自然感受孕育著力量——
它屬於創造所有人類的聖父；
後者慈愛地關注著我們，並讓聖子
爲解救我們的罪孽忍辱捐軀。
他不想懲罰折磨自己的群氓，
而用謙卑的祈禱來尋求寬恕，
並對害死他的人們表示憐憫。
　「其實上帝本身就是一個楷模——
他強大而溫柔，甚至寬恕那些
送他上絞架並刺穿他心臟的人。
　「故我勸富人對貧民憐恤寬宥，
儘管有錢有勢，仍需多多積善；
因無論善惡到頭來必有報應，
壽終正寢時人都將自食其果：
『汝若量物與人，人必還報與汝[36]。』
儘管你們言行一致，童叟無欺，
像洗禮時啼哭的嬰兒那般純潔；
但除非你們眞誠博愛，普度眾生，
慷慨地與人分享上帝的饋贈，
你們的彌撒祈禱將勞而無功，
如醜媼的處女膜般無人問津。
聖徒雅各在其書中已經闡明
沒有行動的信仰無異於虛幻，
只說不做的教條僵死如門釘：
『信仰失去行爲便是死亡[37]……』

36.《新約‧路加福音》6:38。引文爲拉丁語。
37.《新約‧雅各書》2:26。引文爲拉丁語。

「故無愛的純潔將被鎖入地獄；
就像不亮的燈那樣無濟於事。
許多教士固守純潔，卻無仁愛；
一旦時來運轉便會貪得無厭：
對親友和基督教徒忘恩負義，
他們會巧取豪奪，其欲壑難填——
這無愛的純潔理該鎖入地獄。
許多教區牧師整天梳理修身，
但卻利令智昏，簡直寸步難行，
貪婪已將他們緊緊地鎖在一起。
絕非三位一體真理，而是陰間奸佞，
教唆俗人在解囊時吝嗇小氣。
所以福音書中記有如下教誨：
『汝若與人，必有還報[38]——我傾囊佈施。
此即我體現天恩的仁愛之結，
以安慰罪孽深重的芸芸眾生。』

「仁愛為伺奉上帝的生命良醫；
它也是通向天堂的陽關大道。
因而我依據《聖經》再一次重申：
試遍所有珍寶，唯有真理最好。

「我已告訴你真理是寶中之寶，
不想再挽留你，願天主保佑你！」

---

38. 《新約・路加福音》6:38。引文為拉丁語

第五節[39]

國王親率侍臣騎士前往教堂，
去參加當天的早禱以及彌撒。
這時我大夢初醒，心裏充滿惆悵，
後悔未能多睡片刻，再看一些。
然而沒走多遠，又覺頭暈眼花，
頓時瞌睡纏身，再也不能邁步。
我坐下來低聲背誦教義信條，
祈禱聲中它們又伴我進入夢鄉。

這一次我目睹了更多的東西——
因為我看到了前述擁擠的曠野，
理智在國王面前手持十字架
準備向全王國的臣民們佈道。

他說明黑死病純係罪孽所致，
而星期六晚驟起的西南狂風[40]
並無他因，完全是驕矜的明證。
梨樹和李樹統統被刮倒在地，
這個徵象告誡你們應速從善。
山毛櫸以及櫟樹被連根拔起，
尾巴翹上天，形成可怕的凶兆——

39.從第五節開始，威爾描述了第二個夢境。其中「理智」通過佈道，告誡大家要崇尚真理。「懺悔」號召大家悔過自新。於是「七大罪孽」（驕傲、淫欲、嫉妒、忿怒、貪婪、饕餮和懶惰）紛紛進行懺悔。「希望」吹起號角，催人們去尋找真理。這時，農夫皮爾斯出場，他曾是真理的僕人，因此可以充當嚮導。在這一節中，詩人集中描寫各個諷喻性人物，充滿細節，十分生動。就連敘述人威爾這個名字也一語雙關，既指朗格·威爾（暗指威廉·蘭格倫），也明顯具有諷喻意義，代表了道德意志和任性的人類品質。

40.特指1362年1月15日（星期六）發生在「大約晚禱時分」的一場特大暴風雨。當時第二次鼠疫正在英國猖獗。

末日來臨，罪孽即將毀滅世界。

　關於這點我可以嘮叨個沒完，
但我只想講親眼所見，上帝保佑，
理智如何在眾人前侃侃而談。

　他命令敗家子勞動不辭辛苦，
用技藝和汗水掙回揮霍之財。
他懇請倩女收起身上的首飾，
將其放入箱底以備不測之患。

　他教湯姆·斯托攜帶一對棍棒，
以救妻子幸運[41]免受浸刑椅之罰。
他警告沃爾特管教自己老婆，
因她頭飾奢華而他裝束寒酸。
他還責成貝特去折幾根樹枝，
以鞭撻女兒貝蒂，催她去幹活。

　接著他要求商人們懲戒孩子：
「別讓利誘腐蝕他們幼小心靈，
也毋令瘟疫使你們溺愛後代。
我的雙親大人就是這樣教誨，
管教越嚴孩子也會對你越親。
所羅門在《箴言》中也說過此話——
『Qui parcit virge odit filium[42]：
誰若不忍杖責兒子，便會毀了他。』」
　然後他又號召主教和牧師們：
「你們對人的教誨須身體力行，
恪盡厥職——它會把你們引向善。

---

41. 她可能也是酒店老闆娘，因賣壞酒遭顧客圍攻。上一行中她丈夫手上那對棍棒是用來驅散圍觀者的。
42. 《舊約·箴言》8:24。下一行爲詩人的英譯文。

你們言行一致，我們深信不移。」

　　他責成宗教須恪守各項教規：

「以免國王及幕僚削減你餉銀，

務必固守教堂，使之堅如磐石。」

　　他又轉而勸告國王愛護臣民：

「他們既是財富，又是您的依靠。」

　　然後他請求教皇憐惜神聖教會，

在施恩典之前首先檢點自己。

　　「還有你們執法的須渴求真理，

抵制金錢賄賂才能取悅上帝；

誰若違抗真理，主就會對他說：

『我實在告訴你們，我不認識你們[43]。』

瞻仰聖雅各和羅馬聖徒的香客

應朝拜真理，惟有他能拯救大家。

『與聖父聖子同在[44]』——聽從我勸告，

定能繁榮昌盛」——理智這樣結束。

　　此時懺悔上前闡發這一主題，

口若懸河，聽得威爾熱淚盈眶。

驕傲的孔雀[45]此時也匍匐在地，

悔恨良久後抬頭高喊：「請主饒恕！」

並向創造世間萬物的上帝發誓：

她要撕碎罩衫，在裏面穿上髮衣，

以抑制她肉體中狂熱的淫欲。

「我絕不再驕矜自傲，而要謙卑，

43. 這是祈禱或祝福的慣用結束語。引文為拉丁語。

44. 這是祈禱或祝福的慣用結束語。引文為拉丁語。

45. 在中世紀和文藝復興時期的英國文學作品中，孔雀經常是七大罪孽之首驕矜的象徵。斯賓塞（Spencer）在《仙后》中描寫七大罪孽的盛裝遊行時，驕矜之化身路西弗的花車就是由盛氣凌人的孔雀所牽引（I, iv, 17）。

默默忍受非議——過去我可做不到。
我定要溫順地祈求上帝寬恕，
這正是我以前所切齒痛恨的。」

　　而後肉欲喊著「天哪！」向聖母求救，
以寬恕他對上帝與靈魂所犯罪孽，
發誓在七年內的每個星期六
他將光喝涼水，只吃一頓正餐。

　　接著妒忌心情沉重地要求懺悔，
黯然神傷地開始反省「吾之罪孽[46]」。
他臉色慘白，抽風似地全身顫抖，
袍衫襤褸——我不知該如何描述——
衣冠不整，腰間還佩帶著短刀；
前半截衣袖裁自遊乞僧的僧袍。
他的顴骨削瘦，面色暗淡陰沉，
看上去像是根曬蔫了的韭蔥。
他怒氣攻心，遍身燎泡，嘴唇緊咬，
雙手攥拳——腦子裏只有一個念頭，
即如何用行動或言辭伺機報復。
他的每句話都像出自毒蛇之口；
誹謗與指責是他的拿手好戲，
還有詆毀、造謠中傷、及作假證：
他無論到哪裡都是血口噴人。

　　「我羞愧難當，」他說，「想懺悔贖罪。
老天在上！我寧肯看著吉比遭殃，
也不願贏一塊埃塞克斯乳酪。
我有個近鄰差點沒被我整死，

46.此為做彌撒時集體懺悔中的一句套語。引文為拉丁語。

我對鄉紳們散佈流言使他破財，
還憑三寸不爛之舌爲其樹敵。
他的吉慶好運使我痛心疾首。
在各家之間我經常引起爭端，
因我挑撥而造成喪命或致殘。
然而每當在集市上碰見仇敵，
我都熱情招呼，彷彿故友重逢。
因爲他比我強悍，所以不敢惹他；
我若占上風，必將致他於死地！
　　「每次去教堂做禮拜，按牧師吩咐
跪在十字架前爲別人而祈禱——
爲朝聖者、香客、及其他所有人——
我就信誓旦旦地祈求基督詛咒
那些偷走我舊碗和破褲的人。
然後當我視線從聖壇上移開，
瞥見海因身上穿著一件新衣；
便想連同那布料一起占爲己有。
心裏爲其損失竊笑——幸災樂禍；
但卻爲他的盈餘而捶胸頓足。
我也譴責惡行，儘管自己更糟：
誰若爲此責罵我便是我死敵！
但願每個人都成爲我的奴僕，
誰若高我一籌，我就恨之入骨。
我就這樣像條惡狗無人愛憐，
因膽汁充溢而全身膿瘡腫脹。
多年來我沒法像人那樣飲食，
妒忌和惡意根本沒法被消化。
您是否有飴糖蜜餞消我腫脹，

是否有靈丹妙藥將病根除盡，
只須悔過或羞恥，而不刮腸胃？」
　「對，我有！」懺悔仍對其諄諄教誨，
「為罪孽而悔恨就能拯救靈魂。」
　「真是遺憾，」妒忌說，「我秉性難改，
難怪我這麼瘦，因總報不了仇。
在倫敦經商時，我在市民中間
挑選詆毀做密探來詐人錢財。
如某人生意比我好，那我就要
誹謗攻擊他，並搶走他的生意。
靠上帝的恩典，我將盡力贖罪。」
此時忿怒醒過來，圓瞪著雙眼，
他低下頭，抹著鼻子大聲抽泣。
「我是忿怒，」他說，「過去曾是僧侶，
作為修道院的花匠嫁接草木。
所以我在乞丐身上移植了謊言，
使之長出謙卑言辭取悅老爺，
並在閨房裏開花以聆聽懺悔。
現已結出奇果——人們篤信僧侶，
向他們，而非教區牧師，懺悔罪過。
牧師們已發現遊乞僧瓜分收益，
這夥有俸教士便來譴責僧侶；
後者也反唇相譏，如眾人所見，
而當他們在各地巡迴佈道時，
忿怒我便狼狽為奸，與其同行。
於是他們譏彈貶損，兩敗俱傷，
直至淪為乞丐，靠我精神支撐；
或飛黃騰達，盛氣凌人；而忿怒我

註定要跟隨奸佞們顛沛流離。

「我有位姑姑是個女修道院長，
她稍有點痛楚便會暈厥昏死。
我到她的女修道院廚房幹活，
在那兒及男修道院都待過很久。
我為院長和修女調製羹湯時
用流言蜚語——喬安娜是私生女；
克拉麗斯父親是騎士——可有綠帽子；
佩娜與教士私通——她當不上院長，
誰都知道去年春天她生了個兒子！
我就用此等惡語來烹調羹肴，
直到人們互相對罵『胡說八道！』
並且左右開弓掌對方的嘴巴；
天哪！她們若是有刀準出人命。
聖格列高利教皇有英明遠見，
他禁止女修道院長聆聽懺悔，
免得丟臉——因女人難以守口如瓶。

「我盡量避免與僧侶生活在一起，
因會有許多嚴屬的人來監督我——
如男修道院的院長和副院長；
假如我傳播流言，他們就開會
罰我每星期五只吃麵包和水；
我像孩子一樣當眾受到喝斥，
然後褪下褲子——光臀忍受杖責！
這就是為何我不願跟他們住。
在那裏我只能吃點殘羹冷飯。
但有時我也晚上偷喝點好酒，
此後我會滿嘴髒話罵上五天五夜，

將所知的僧侶私隱統統倒出，
嗓門如雷，使全修道院都知道。」

　「悔過吧，」懺悔說，「絕不能揭私隱，
無論你是用何種方式獲知的。
不要迷戀美酒，切戒貪杯縱飲，
以免意志消沉，導致怒氣攻心。
『務必清醒[47]！』」說完他就赦免了我，
令我痛改前非，以贖往日罪孽。

　此時貪婪登場，對他實難形容——
這位哈威老爺面目猙獰虛妄。
他眉頭緊鎖，嘴唇厚重，睡眼惺忪；
腮幫垂掛下來，就像兩個皮囊——
在顎下悠悠發顫，堪謂風燭殘年。
他像僕役那樣鬍鬚粘滿油膩；
頭上戴有髮罩，破帽爬滿蝨子，
身上的破罩衫已穿了十二年；
那威爾士法蘭絨如此破爛不堪，
就連蝨子都會對它不屑一顧！

　「我欲罄難填，」他說，「特認罪坦白；
過去我給老闆西姆當過學徒，
為他的生意興隆而四處奔波。
於是開始做點雞毛蒜皮的手腳：
短缺分量是我學的第一門課程。
我上威希爾和溫徹斯特趕集[48]，
按主人吩咐帶去了眾多貨品。

47.《新約‧彼得前書》5:8。引文為拉丁語。
48.位於英國南部安多佛（Dover）附近的威希爾（Weyhill）當時跟溫徹斯特
　（Winchester）一樣，在秋季有規模盛大的集市。

但我做生意若無狡猾的恩典，
天曉得！貨物至今都會賣不出去。

「然後我去向綢布商拜師學藝，
學如何拉長布邊以誆騙買主，
我在條紋布上悟出這門學問——
先用打包針縫住條紋，然後疊好，
再將它們放入夾具反復熨壓，
直到十碼布最後變成十三碼。

「我老婆是織工，經營毛紡生意；
她雇用紡紗工人為其紡毛線。
說實話，她付錢時所用的磅砣
要比我自己的秤重整整四盎司⁴⁹。

「後來我買來麥芽——讓她釀賣啤酒。
她總在濃啤酒裏攙兌淡啤酒⁵⁰；
把它們賣給雇工以及下等人。
最好的啤酒藏在我前廳或內室，
誰要是嘗過它們準會向我買——
每加侖四便士，天作證，絕不砍價，
酒用杯量——這是我老婆的詭計！
人們都稱她酒店女老闆羅斯；
她做買賣生意已有十一年整。
但是我發誓要放棄所有罪孽，
絕不再做秤的手腳坑害顧客，
並帶我老婆去威爾辛厄姆朝聖，
求布羅霍姆十字架使我擺脫債務。」

49.她在天平秤上做了手腳，用一磅毛線的工錢換取一磅四盎司的毛線。
50.當時濃啤酒的價格為四便士一加侖，而淡啤酒每加侖只需一便士。她賣好啤
酒時用杯量也是為了便於攙兌淡啤酒。

「你可曾悔過？」懺悔問，「或者贖罪？」

「是的，有一次跟商人同住旅店，

我乘睡覺時間掏了他們口袋！」

「這不是贖罪，」懺悔說，「而是搶劫；

你犯下此罪理應被送上絞架，

它比你前面告訴我的罪更重！」

「我不識字，以爲搶劫就是贖罪，

我來自諾福克郡，從未學過法語[51]。」

「你一生中有沒有放過高利貸？」

「當然沒有，」他說，「只是年輕時幹過；

我拜倫巴第人[52]和猶太人爲師，

給錢幣稱重量，然後軋最重的，

並將它們放出去，引借者上鉤。

我立下字據以防他過期不還，

逼債比『施捨』給我帶來更多財富。

我把貨物賒給老爺和貴婦們，

然後作爲他們代理人重新買回。

做易貨貿易和放債我如魚得水，

誰借我一金幣都得扣一便士。

我把金幣和匯票帶到羅馬用，

並在倫敦提貨簽，從中又賺許多。」

「你是否向貴族行賄以求保護？」

「我的確行賄，但貴族翻臉不認人，

我使眾騎士變成雇傭兵兼布商[53]，

---

51. 諾福克郡（Norfolk）地方偏僻，離倫敦很遠，在那兒很少有人會説法語。而當時的英國法律大都是用法語寫成。

52. 高利貸制度最初是由義大利的倫巴第商人於十二世紀理查一世執政時期傳入英國的。

53. 貪婪（Coveitise）經常從騎士那裏賤價買入綢緞布料。

但從未得過酬謝，連雙手套也沒有！」

「那你憐憫債臺高築的窮人嗎？」

「我的憐憫就像小販見了野貓，
一旦得手，就會殺貓剝售皮毛。」

「你對鄰居如何，是否款待過他們？」

「我像廚房餓狗一樣彬彬有禮，
在鄰居中間我只有這個臭名。」

「若不痛悔，」懺悔說，「主絕難饒你。
你生前不做急人之難的善事，
後代也難享受你聚斂的財富，
遺囑執行人會將此錢挪作他用；
不義之財會被無賴揮霍一空。
我若是信仰堅定的隱修僧侶，
就決不接受你對教會的捐助，
以免靈魂在地獄受烈火煎熬；
哪怕燙金手稿本也不能打動我，
因我知道你分明是城狐社鼠。
『追求膏粱佳餚，必將淪為奴隸；
滿足粗茶淡飯，可以永遠自立[54]。』

「你是惡貫滿盈──我不能赦免你，
直到你贖罪，還清每一筆債務。
因為理智已將其記入天錄簿，
除非積德從善，否則決不赦免。
『贓物若不歸還，罪孽難以饒恕[55]。』」

---

54. 引文為拉丁語，出處不詳。參見《舊約・箴言》20:7-8：「有人靠車，有人靠馬，但我們信主；他們卑躬屈膝，我們剛正不阿。」

55. 聖奧古斯丁（St. Augustine, 354-430）《信繁》第15封，第20節。引文為拉丁語。

所有接受你賄賂的，上天作證，
都得在審判日幫你贖罪還債；
誰若不信這點，去讀《詩篇》評注，
『主，請饒恕我[56]！』一節便涉及真理：
『由此可見，你一直忠實於真理[57]……』
你的不義之財難以使世人成功。
『近朱者赤[58]』——琢磨此話的確切含義。」
　於是這惡人絕望之餘要去自盡，
懺悔趕緊用下列話進行撫慰：
「時刻惦念主的寬恕，並大聲祈禱——
Misericordia eius super omnia opera eius[59]——
他的慈悲高於任何其他造物，
而世人可做到或想像的邪惡，
與天恩比猶如大海中一顆火星：
Omnis iniquitas quantum ad misericordiam Dei est
quasi scintilla in medio maris.[60]
所以要心懷慈悲——而鄙棄財帛！
你甚至沒理由去買一個麵包，
除非用嘴化緣，或用雙手掙得。
因為你的財富全靠欺騙獲取，
靠此為生，你便會債臺高築。
如不知該還誰，或在何處支付，
可以將它交給主教，求他寬恕，

56.《舊約・詩篇》50:8。引文為拉丁語。
57.《舊約・詩篇》50:3。引文為拉丁語。
58.《舊約・詩篇》18:26。引文為拉丁語。
59.同上，144:9。下一行為譯文。
60.這是上面兩行的拉丁語原文。一般認為出自聖奧古斯丁對《舊約・詩篇》的
　評注。

並請他親自處置，以救你靈魂。
因為他將在主面前為你說情，
不僅為你，還為其他許多人懇請：
他的四旬齋教誨你務須銘記，
他為你求得仁慈以防止罪孽。」

　　這時饕餮也準備起身去懺悔，
徒步到教堂去坦白自己罪孽。
但酒店老闆娘貝蒂向他打招呼，
問他急急忙忙地趕到哪兒去。

　　「到神聖教會，」他說，「去參加彌撒，
那兒我將懺悔，從此再不犯罪。」
　　「我有好酒，饕餮，」她說，「你想嘗嗎？」
　　「這話當真？有沒有加辣的佐料？」
　　「是的，我有辣椒、芍藥籽和大蒜，
及為齋日準備的廉價茴香籽。」

　　於是饕餮跨進酒店，詛咒殿後。
他看見女鞋匠錫西坐在裏面，
還有獵場看守人沃特夫婦倆，
補鍋匠蒂姆和他的兩個兒子，
馬車夫希克以及針線販子休，
公雞巷[61]的克拉麗斯和教堂執事，
牧師皮爾斯和佛蘭德的孔雀，
掘墳者大衛及十來個別的人——
提琴手、捕鼠人、切普賽德街[62]清道夫，
製繩匠、侍從、以及錫鑞匠羅斯，

61.倫敦的公雞巷曾是妓女出沒的紅燈區。
62.切普賽德街是倫敦市區典型的貧民窟。

蒜野的戈弗雷，威爾士人格裏芬，
還有諸多的舊衣商，一大清早
他們就用啤酒歡迎饕餮入席。

　補鞋匠克萊門特脫下了斗篷，
以求用實物交易換個好價錢。
馬車夫希克也扯頭巾於地上，
並讓肉店老闆貝特為他仲裁。
於是大家請商人為交換物估價：
頭巾主人須否為換斗篷作補償。

　他們急忙起身相互耳語商議，
私下為這兩件破衣物爭長論短。
（雙方爭執不下，就得有人吃虧；）
由於他們不能確定東西價值，
便請製繩匠羅賓也出來講話，
指名他為仲裁，以免引起爭端。
馬車夫希克得到了那件斗篷，
但條件是必須請克萊門特喝酒，
使後者換取頭巾也滿意稱心；
誰若是先為此事而感到後悔，
就得請饕餮喝上一加侖啤酒。
酒徒們哄笑爭吵，不時齊喊「乾杯！」
（物品交易與酗酒開始愈演愈烈；）
他們飲酒唱歌直至夕陽西斜，
饕餮足灌下一加侖多的黃湯。
肚子裏像有兩隻母豬在鬧騰；
未等祈禱，就已憋出了幾夸脫尿，
同時從肛門裏發出一聲巨響，
使聽見這轟鳴的人都捂緊鼻子，

恨不得用一把荊豆堵住那屁眼。

　　饕餮搖搖晃晃，用拐杖支住身體，
邁步時活像說唱藝人的瞎狗，
身體時而歪斜，時而又像後傾，
更像是個埋線挖穴的捕鳥人。
踉蹌走到門口，眼裏直冒金星；
腳勾門檻，往前摔了個嘴啃泥。
補鞋匠克萊門特抱住他的腰，
用吃奶力氣才使其上身跪起。
可饕餮是個大漢，扶起絕非易事，
他還伏在補鞋匠膝頭嘔吐不停。
那氣味如此噁心，連赫特福德郡
最瘦的餓狗也要遠遠退避！

　　他的妻子女僕歷經千辛萬苦，
才將他抬回家，並塞進了床裏；
此番縱飲過後，他又臥床不起，
週末連續兩天，從早睡到天黑。
然後從昏睡中醒來，他揉著眼睛；
開口第一句話就是──「碗在哪裡？」
　　於是他妻子責罵他鬼迷心竅，
這時懺悔也同樣喝斥後者說：
「正如你用言語行動犯下罪孽，
現在你要痛心疾首，大聲懺悔。」
「我，饕餮，」那廝說，「承認自己有罪──
我嘴不恭敬，記不清有多少回
詛咒『天地良心！』以及『主聖保佑！』
平白無故說了足有九百多次；
晚飯狼吞虎嚥，午飯也是如此，

飯後沒走多遠就吐得乾乾淨淨，
這浪費的食物本可救濟饑民；
我專在齋日裏吃香的喝辣的，
有時興起我吃睡全在一塊兒。
爲喝酒閒聊，齋日我也上酒店，
一大早就趕到那兒猛食痛飲。」

　　「這番坦白，」懺悔說，「將爲你折罪。」

　　於是饕餮開始抽泣，淚流滿面，
爲過去的邪惡生活感到痛心，
並發誓齋戒──「無論自己多麼饑渴，
以後星期五我滴水不進，魚也不吃[63]，
直到我嬸子禁欲准許開戒爲止──
儘管我以前一直都在詛咒她！」

　　懶惰上場，蓬頭垢面，睡眼矇矓。
「我得坐下，」他說，「否則就會打盹。
我不能站立，彎腰或無膝墊下跪。
假如現在不上床，除非長出尾巴，
吃晚飯我才起床，鈴都喚不醒我。」

　　他用響嗝開始飯前祈禱，捶敲胸脯，
伸伸懶腰，打著呵欠──最終酣睡。

　　「喂，快醒來，」懺悔說，「趕緊去認罪！」

　　「即使末日來臨，我也不願睜眼。
牧師唱詩講經我並不十分清楚，
我只會唱羅賓漢和藍道夫謠曲[64]，

63.按中世紀的基督教慣例，星期五是齋日，只能吃魚，不許吃肉。
64.羅賓漢（Robin Hood）是中世紀英國家喻戶曉的綠林好漢；藍道夫
　　（Randolph）爲賈斯特伯爵。有關他倆的謠曲是當時在民間流傳甚廣的世俗詩
　　歌。

對聖父聖母頌詩卻一無所知。
我發過無數重誓，但轉身就忘；
我從不按牧師吩咐懺悔自新，
既不為罪孽悔過，也從不諱言。
而當我祈禱時，除非惱羞成怒，
我的舌頭離心足足有兩英里。
每天我都忙碌，節日也不例外，
不是喝酒閒聊，就在教堂嚼舌；
很少想到過基督的受苦殉難。

　　「我從不看望病人和戴鐐囚犯；
寧願聽下流故事或通宵狂歡，
或散佈流言蜚語，詆毀眾鄰居，
不去讀《新約》的四大福音書，
也不去守夜和齋戒──聽其自然。
四旬齋中我懷抱情人遲遲不起，
錯過早禱彌撒，就趕修道院晚禱；
但求聽見『彌撒完畢』便心滿意足。
一年之中我幾乎從不做懺悔，
除非病篤情急，才會胡謅幾句。

　　「我做教區牧師已有三十餘載，
但既不會唱『索一發』，也不能念日課；
我在草叢中驅趕野兔的本領
要遠勝過逐句分析《舊約·詩篇》，
或向教民闡明其中微言大義。
我善於年終結算，查地方官的賬，
但對於教會法卻是一竅不通。

　　「我賒賬買東西，只要沒記載
轉身馬上就忘記，人若追問我

以討還欠債，我便會矢口抵賴；
就用這一招我坑害了無數好人。
我也拖欠僕人和婢女的工錢，
最終結賬時大家都戰戰兢兢，
發工錢時我總慍氣，無名火起！

　　「若有人對我行善或雪裏送炭，
我以怨報德，從來不知恩感遇；
因爲我向來具有鷹隼的怪癖——
愛不能打動我，惟有暗箭傷人。
基督徒們在過去經常善待我，
但懶惰我卻無論言語行動
早已把這些都忘記；我浪費了
肥魚鮮肉和許多其他的食物，
如麵包、啤酒、黃油、牛奶和乳酪；
它們在我手裏囤積霉爛，變爲垃圾。
年輕時我遊手好閒，不學無術，
此後又因爲懶惰而淪爲乞丐：
『唉，我那貧瘠而又虛度的年華！』」

　　「你懺悔嗎？」話音剛落，懶惰昏厥在地。
守夜人警覺將水滴入他眼睛，
並沖在他臉上，誠摯地高喊道：
「快快醒來——因絕望將要出賣你。
快說『我爲自己罪孽感到羞恥』，
並捶打你的胸脯，求主發慈悲，
因爲上帝仁慈大於任何罪孽。」

　　於是懶惰翻身坐起，亂劃十字，
在主面前發誓要爲靈魂懺悔：
「今後除非生病，再也不敢懶怠，

每星期天黎明即起去上教堂，
像僧侶那樣參加早禱和彌撒。
飯後再也不敢喝酒耽誤正事，
直到晚禱爲止——我向十字架起誓！
假如能夠做到，我將盡力歸還
過去靠邪惡手段獲取的一切；
即使生計窘迫，也絕不再吝嗇，
我去世前要使人人都各得其所；
而剩餘的錢財，十字架作證，
我將用於朝覲羅馬，尋求眞理！」

　　強盜羅伯特讀到「還人應所得[65]」，
因無法兌現這教誨而痛哭流涕。
然而這可憐的罪人喃喃自語：
「十字架上殉難而死的基督啊，
當我兄弟迪斯馬懇求您慈悲時，
您出於『紀念[66]』之情而寬恕了他；
請可憐這無償還力的羅伯特，
單憑手藝，我難以掙錢還清債務，
所以我請求您再發大慈大悲，
別因我邪惡而在審判日定重罪！」
　　我不知那強盜後來命運如何，
只知道他泣不成聲，淚如泉湧，
並向基督反復懺悔他的罪孽；

65.《新約・羅馬書》13:7。引文爲拉丁語。
66.《新約・路加福音》23:42。引文爲拉丁語。基督殉難前，同時被釘上十字架
　　的兩個死囚之一，即強盜羅伯特的兄弟迪斯馬，對他說：「耶穌啊，你得國
　　降臨時，求你紀念我！」

還發誓要經常擦拭『悔罪』長矛，
永遠帶著它去走遍天涯海角，
以贖他與路西弗姑母『強盜』的姦情。

　　此時懺悔動了慈悲，叫大家跪下。
「我將為所有罪人求救世主開恩，
以彌補吾輩過失，並獲得寬恕。
基於仁慈而創造世界的上帝，
創萬物於虛無，按自身造人類，
並容其犯罪後降瘟疫於人間——
我想這全是為人類好，《聖經》說：
『哦，幸運的罪孽！哦，必要的過失[67]！』
正是由於原罪，聖子來到人世，
投胎於處女以拯救整個人類——
通過聖子，主使自己降為罪人：
『讓我們按自身形象來造人[68]』；又及，
『遵循愛便是遵循主，主與他同在[69]』；
就這樣主借助聖子進入凡胎，
為贖還原罪死於星期五正午；
儘管聖父聖子對死並無痛感，
基督已超越人類僅有的悲哀：
『他在升上天堂時擄掠了仇敵[70]。』
但聖子仍因悲哀閉了一會兒眼，
那時日正當空，聖徒們在吃飯——

---

67. 引自復活節星期六的《公禱文》。原文為拉丁語。
68. 《舊約・創世記》1:26。引文為拉丁語。
69. 《新約・約翰一書》4:16。引文為拉丁語。
70. 《新約・以弗所書》4:8。引文為拉丁語。

您用鮮血滋養愚昧的人類祖先：
『黑暗中行走的百姓看見了光明[71]。』
正是您的強光照瞎了路西弗，
而您的喘息將有福者吹進天堂！

「三天後您又入凡胎復活行走：
娼妓馬利亞在聖母之前見到奇蹟[72]，
您如此安排是爲了撫慰罪人——
『我來召罪人，而非義人，痛改前非[73]。』

「據馬克等四大福音書中記載，
聖子偉業均在凡人盔甲下完成，
『道成肉身，就住在我們中間[74]。』
故而我們可以更加堅定信仰，
向主祈禱懇請，若此爲主的意願，
作爲人類父親及兄弟——寬恕我們，
原宥這些幡然悔悟的罪人們，
他們用言語、思想或行動觸犯過您！」

希望抓住「主使我們復活[75]」的號角，
吹奏出「赦免其罪的人是有福的[76]」，
直到天上所有的聖徒齊聲歌唱：
「主啊，無論人或牲畜您都救護。
耶穌基督，您的仁慈寬大無邊[77]！」

---

71. 《舊約・以賽亞書》9:2。引文爲拉丁語。
72. 按《新約》的說法，抹大拉的馬利亞、聖徒雅各和約西的母親馬利亞，以及
   聖母馬利亞都親眼看見了耶穌復活和升天。
73. 《新約・路加福音》5:32。引文爲拉丁語。
74. 《新約・約翰福音》1:14。引文爲拉丁語。
75. 《舊約・詩篇》71:20。引文爲拉丁語。
76. 《舊約・詩篇》32:1。引文爲拉丁語。
77. 《舊約・詩篇》36:6-7。引文爲拉丁語。

大約有上千人會聚在一塊兒，
朝天上的聖子聖母高聲祈禱，
求恩惠與其同行去尋找眞理。
但因無人明智穎悟，慧眼識途，
他們如困獸般迷失於山川之間。
直到暮色蒼茫時才偶遇路人，
裝束打扮就像個撒拉遜香客。
他扛著狼牙大棒，一根長布條
在上面交錯纏繞，並緊緊裹住。
他腰間掛著一個口袋和破碗，
帽子上佩帶著上百個小玩藝兒：
有西奈的徽章和加西利亞貝殼[78]，
外套上縫滿聖地與羅馬的十字元；
襟前還別有聖女維羅妮卡手絹[79]，
以炫耀他浪跡天涯，見多識廣。
眾人急忙詢問他打從哪裡來。
「從西奈，」他回答，「從聖墓那兒來。
我朝聖過了伯利恆與巴比倫，
亞美尼亞、亞歷山大和其他地方。
從我帽上的徽章你們可以看到
我已走遍山南地北，海角天涯，
爲拯救我的靈魂而拜謁聖骸。」
　　「你是否知道叫做眞理的聖徒？

---

78. 埃及的西奈與西班牙的加利西亞，連同下面提到的伯利恆（Bethlehem）、巴
　　比倫（Babylon）、亞美尼亞（Armenia）、亞歷山大（Alexandria）等地，都是
　　著名的朝聖地。
79. 據基督教傳說，聖女維羅妮卡（Veronica）是西元一世紀的一名猶太婦女。她
　　見基督背負十字架走向刑場，深受感動，將自己的手絹遞給基督擦汗，收回
　　時發現上面有基督面容的印跡。據說在十二世紀，羅馬又重新發現了聖女維
　　羅妮卡的手絹。

能否指引我們找到去那裏的路？」

「天哪，我不知道！」那人這樣回答。

「我見過許多帶棍及聖經的香客，

但從沒人向我問起過這位聖徒。」

「憑聖彼得起誓！」農夫走上前說，

「我認識他如學者熟悉自己的書。

是良心和常識介紹我結識他，

並要我發誓將永遠爲他服務，

在我有生之年爲他耕地種田。

我已跟隨他整整四十個年頭——

既爲他種地，又爲他飼養牲畜，

還料理屋內屋外的各種家務。

我開溝、挖地，按他的吩咐幹活，

時而播種耘田，時而收割打曬，

無論裁衣縫布，還是補鍋修剪，

或是紡織搓繩，全聽眞理使喚。

雖是自誇，但我確是鞠躬盡瘁；

眞理報酬豐厚，且有額外賞金。

對於窮人他是最慷慨的主人：

他支付的工錢從來就不過夜。

他說話親切和藹，像羊羔般溫順。

假如你們想知道他住在哪裡，

我願意馬上就全部告訴你們。」

「有勞皮爾斯！」香客們爭付酬金。

「不，我絕不收錢，」皮爾斯對天起誓，

「給我聖托馬斯神龕珍寶[80]也不行！

80.位於坎特伯雷大教堂內的聖徒湯瑪斯·阿貝克特神龕以朝聖者捐贈的珍寶而
著稱，後來亨利八世自封爲英國國教首領之後，將這些珍寶均據爲己有。

真理將會難以對我原諒此事。
你們若要尋路，就請聽個清楚：
無論男女，出發時都須穿越溫順，
直至到達良心，以讓基督知曉，
你們熱愛上帝甚於天下萬物，
其次是熱愛你們的鄰居——務必
切實做到己所不欲，勿施於人。

　　「然後沿小溪『言辭溫和』順流而下，
你們就能到達渡口『孝敬父母』：
Honora patrem et matrem &c.[81]
在那兒你們若下水洗濯沐浴，
可保你們一輩子都健步如飛。
接著你們便見『不可無故詛咒，
尤其不可妄稱全能上帝之名[82]』。

　　「隨後你們途經農莊，切勿擅入，
因為它是『不可貪戀鄰人牲畜、
妻子、僕婢，以免傷害他的利益[83]』。
千萬別折樹枝，除非它屬你們。

　　「還有兩樹樁，但不能在上歇息，
它們叫『勿偷盜[84]』和『勿殺人[85]』——別停，
從它們右邊繞過去，別往後看；
還須時刻記住祭奠宗教節日。

---

81. 與後面五個注解一樣，所有這些諷喻性的事物名稱均引自上帝在西奈山上啟示給摩西，並銘刻在兩塊石板上的宗教誡規，通稱「十誡」。見《舊約・出埃及記》。
82. 同上。
83. 同上。
84. 同上。
85. 同上。

「然後你們來到『勿作假證』山下，
山上長滿了金幣及其他獎賞，
切記莫要採折，以免靈魂墮落。

「你們還會看見『千萬要說眞話，
絕不爲討好別人而作假見證[86]』。

「接著你們來到一座華麗城堡，
四周圍繞著一條叫仁慈的城壕，
還有堵理智高牆來抵禦激情，
並用基督教雉堞來拯救人性，
撐牆爲『信奉主，否則難以得救』，

「所有正廳偏房全都帶有屋頂，
並非鉛皮，而是仁愛和金玉良言。
吊橋爲『祈求主，你便能獲拯救』；
每根橋墩都由悔罪和祈禱砌成，
城堡所有大門都以施捨爲鉸鏈。

「守門人叫恩惠，是個忠厚好人；
他僕人叫賠償——大家都知道他。
跟他說這口令：『眞理知曉實情——
我完成了牧師吩咐做的懺悔，
爲自身罪孽深感悔恨，即使做教皇，
每想起此事我也會抱憾終身！』

「你們去求賠償請他主人幫忙，
打開最初由夏娃關上的便門[87]，
後者與亞當曾經吃過那酸蘋果：
『夏娃使天堂關上大門，而聖母

---

86. 同上。
87. 《舊約·創世記》3:1-10。夏娃和亞當在伊甸園受魔鬼撒旦的誘惑，違反上帝
   的禁令，偷吃了智慧果。此爲基督教信條中的原罪。

馬利亞又重新使它對罪人開放[88]。』
因他掌管鑰匙，儘管國王在睡覺。
假如恩惠容許你們進入大門，
你們會看到真理就在自己心裏，
掛著仁愛項鏈，你們要服從他，
就像孩子決不違抗父親的意志。

「但要提防忿怒這個奸滑惡棍：
他嫉妒住在你們心中的真理，
會挑動驕矜來頌揚你們自己。
善行的光芒會照瞎你們眼睛，
你們『似朝露般[89]』揮散，而大門緊閉，
並下閂鎖住，把你們拒之門外，
要百年後才讓你們重新回來！
過高抬舉自己便會失去主愛；
只有通過恩惠才能重獲仁愛。

「但有七姐妹[90]是真理的忠實婢女，
並是城堡邊門的真正守護者：
一個名叫禁欲，另一個叫謙卑；
貞潔和仁愛是主的領班婢女，
還有輔助眾人的忍耐與和睦；
為許多人開過門的寬恕夫人——
她從魔窟中救出過無數生靈。

「所有七姐妹的親朋，上帝保佑，
將會在那兒受到歡迎和款待。

---

88. 引自從復活節後第八天到耶穌升天節之間星期一彌撒中的應答輪唱讚美詩。
89. 「朝露」這個引喻取自《舊約·何西亞書》13:3。
90. 她們分別代表基督教信仰中的七大美德：謙卑、禁欲、貞潔、仁愛、忍耐、和睦與寬恕，是醫治七大罪孽的靈丹妙藥。

但你們若是與這七姐妹無緣——
我發誓，那將會很難，」皮爾斯說，
「除非你們獲得上帝格外青睞！」

「天哪！」小偷說，「我那兒沒親人！」
「我也沒有，」帶猴子的雜耍藝人說。

「仁慈的主，」女商販說，「早知如此，
我再也不願走，僧侶說教也沒用。」

「是的，」皮爾斯說，仍想引其向善，
「仁慈是個聖女，掌管大家命運，
她與聖子一樣，與所有罪人同族，
通過他倆幫助——不要期望其他——
你們便可得到恩惠——趕快出發。」

「聖保羅！」赦罪僧說，「他們不認識我，
得去取放赦免券和主教信的匣子。」

「基督在上！」娼妓說，「我跟你一起去，
充當你妹妹。」我不知後情如何。

第十七節[91]

「我叫希望，」他說，「來探訪某騎士，
他曾在西奈山上贈我十誡，
以統治天下——我帶著那誡律。」

「它加印嗎？」我問。「人們能否親睹？」

「沒有，」他答，「我正找執掌大印的人——

91.在第十七和十八這兩個詩節中的夢境中，威爾遇見尋找三位一體的亞伯拉罕
（信仰）和摩西（希望），及趕去耶路撒冷參加比武的撒瑪利亞人。面對遭
打劫而身負重傷的旅客，「信仰」和「希望」遠遠迴避，而撒瑪利亞將此人
救起才重新上路。威爾一路請教有關三位一體的問題。在接下來的比武中，
比拉多將耶穌釘在十字架上，並命令一位瞎眼騎士刺穿他的心。但噴出的血
使騎士復明。騎士雙膝跪地，請求饒恕。

印即洗禮和基督受難十字架。
一旦律法加蓋印，我深諳眞情──
路西弗的統治會頃刻土崩瓦解！」
　　「讓我看你文件，以便瞭解誡律。」
他拿出憲章，是一塊堅硬石板，
上面這樣銘刻著以下的字體：
『你要熱愛上帝和你的鄰居[92]』──
這確實是那誡律──我仔細察看。
上面用鍍金花字體寫有評注：
『這兩條誡命是律法和先知的總綱[93]。』
　　「此即上帝誡律？」我問。「是的，」他答。
「若能遵守律法，我便可以保證
你們不必害怕魔鬼以及死亡。
儘管這是自誇，但我已用此符
拯救了成千上萬的男女老少。」
　　「沒錯，」那先驅說，「我可以作證。
看！我懷裏這些人就篤信此符──
約書亞、猶滴和猶大・麥克博斯[94]，
另有六萬你們看不見的人們！」
　　「你們的話眞奇妙，」我說，「可怎麼
才能信賴你們，以拯救我靈魂？
亞伯拉罕說他見過三位一體，
三個可自由分離的不同形體
卻是同一上帝──先驅如此告誡──
並拯救了那些願悔罪的信徒，

---

92. 《新約・馬太福音》22:37，39。引文爲拉丁語。
93. 《新約・馬太福音》22:40。引文爲拉丁語。
94. 這些都是《聖經》中的人物。

已經不計其數，有些在他懷裏。
既然舊誡規足以拯救和賜福，
那麼又何必要帶來新的律法？
而這位希望說他已見過法律，
卻隻字不提三位一體給他的誡律——
去信仰和熱愛那全能的上帝，
以及像愛己一樣去熱愛他人。
「在我看來，拿一根拐杖走路
顯然要比使用兩根拐杖方便。
同樣理智教我，請十字架作證，
俗人更容易學做一件簡單事，
而非理解兩個太艱深的道理；
使人相信亞伯拉罕的話很難，
但愛一個惡棍，更是難上加難。
相信崇奉三個模樣俊秀的人，
當然比施捨和寵愛無賴更容易。
走吧，」我對希望說，「願上帝保佑，
研習你律法的準保幹不長久！」
　　正當我們一面爭辯，一面行路，
只見一位撒瑪利亞人騎著騾，
心急火燎地從後面趕上來。
他來自一個叫耶利哥的國度[95]——
星夜兼程去耶路撒冷參加比武。
他快趕上先驅、希望這兩者時，
有個人遭強盜打劫，身負重傷，

95.耶利哥（Jericho），死海以北的古城。在《路加福音》的一個寓言(10:30-37)
　中，耶穌提到有人從耶路撒冷到耶利哥去，路遇強盜被打傷，祭司和利未人
　都視若無睹，惟有一位撒瑪利亞人救了他的命。

他躺在地上，手腳均不能動彈，
似乎奄奄一息，難以照料自己，
並且赤身露體，無人前去解救。
　信仰先看見他，但從邊上繞過，
遠遠地迴避，不敢靠近那地方。
　希望也跑過來，他誇海口說
曾用摩西誡律拯救過無數人；
但他看見那人時卻扭頭就跑，
天哪！就像鴨子見到俯衝的隼！
　可是撒瑪利亞人一看見那人，
馬上跨下灰騾，用手牽著韁繩，
上前仔細察看受害者的傷口，
他診脈後發現後者生命垂危，
除非趕緊搶救，否則難以活命。
他馬上拿出並打開兩個瓶子，
用酒和膏油洗淨苦主的傷口，
抹油包紮頭傷，然後抱在膝上，
騎騾來到叫「基督法律」的村莊，
離新的市鎮約有六、七英里遠；
他將傷者送進旅店，對店主說：
「暫且照料此人，等我比武歸來；
收下這些銀錢，充作治傷費用。」
他拿出兩個銀幣，遞給那店主，
補充道：「如不夠，以後再補給你，
因我不能再等，」說完上騾就走，
一路揚鞭催騎，直奔耶路撒冷。
　信仰緊隨其後，試圖迎頭趕上，
希望不甘落後，也在奮起直追，

想趕在到達前跟他聊上幾句。

　　我見後也大步流星，緊追不捨，
以趕上慈悲心腸的撒瑪利亞人，
請他接受我爲僕人。「謝謝，」他說，
「但你會發現我是朋友和夥伴。」

　　於是我感激不盡，並且告訴他
信仰及其夥伴如何見死不救，
拋棄那受強盜傷害的不幸者。

　　「你得原諒，」他說，「他們無能爲力：
世上沒有其他良藥能救活他──
惟用處女之子的鮮血才能治癒。
當他在鮮血中沐浴，接受洗禮，
敷用懺悔和聖嬰受難的油膏，
他就會起立行走──但仍不健壯，
直到吃掉整個嬰兒，並喝盡血。
世上沒有人，無論騎馬或步行，
穿越那荒原時會不遭到洗劫，
除了信仰、希望，以及我自己，
現在還有你與其他的基督信徒。

　　「因盜匪藏身樹林或隱匿河濱，
監視著每個打此路過的旅人，
誰在鞍前馬後，及誰騎在馬上──
他們認爲騎手比行者難對付。
因匪酋見我緊隨信仰和希望，
騎著『肉體』騾馬──它本來自人類──
他便大驚失色，慌忙隱身地獄。
然而三天之後，我敢向你保證，
那惡棍將捉拿歸案，鐵鏈纏身，

再不能騷擾這條路上的遊子：

『死亡啊，我將使你毀滅[96]……』

「那時信仰要做森林的守護者，

將迷途的俗人們引出這林海，

教其沿我走的路去耶路撒冷；

希望將在我送傷患的旅店幹活，

照料所有不聽信仰教誨的病夫，

按其律法要求以仁愛作導引，

用神聖教會的信仰醫治他們，

直至我獲得良藥——並立即帶回。

那時我將再經此地，以便慰藉

所有渴求得到這良藥的人們。

因伯利恆聖嬰將用鮮血拯救

所有遵循希望教誨的虔誠信徒。」

「親愛的主人！」我問，「是否能相信——

就像信仰和希望教我的那樣——

那三個可分離之形體永恆不變，

代表同一上帝？亞伯拉罕這麼說；

而希望後來又要我全身心地

熱愛一個上帝，然後再愛別人，

像愛己那樣愛人——但獨尊上帝。」

「對亞伯拉罕，」他答，「那位紋章官，

你可寄託信仰，並且堅信不移；

但也須服從摩西誡律，我命令你

永遠像愛己般熱愛信徒同胞。

假如良心、常識或異教徒反對，

96.《舊約·何西阿書》13:14。引文為拉丁語。

輪番辯駁詰難——就伸出你的手，
因上帝就像手——且聽我來解釋。
　　「聖父最初像拳頭，有一指捲曲，
但後來他自願將這手指展開，
借手掌力量將其伸到預定位置。
手掌乃手本身，控制手指動作，
以幫助實現手所具有的力量；
因此對我們來說，它就象徵著
天上的聖靈——此即手掌的蘊義。
而那些可以伸展自如的手指
實際上代表降臨塵世的聖子，
他按手掌的教誨去接觸感覺
聖母馬利亞，因此獲得了人性：
『她是由聖靈而受孕[97]……』
　　「所以聖父像帶有手指的拳頭——
因『我將吸引世間萬物來歸我[98]』——
即手掌認爲感覺有益的東西。
這樣三體歸一，就像是一隻手，
三種不同景象均爲一種表現。
手掌伸展手指，並能屈指成拳，
這種匹配關係，恰恰能夠說明
聖靈如何展現了聖父和聖子。
手能緊握東西，將其牢牢抓住，
全靠五個手指與手掌的協調。
同樣，聖父、聖子和聖靈這三者

---

97. 引文爲拉丁語，取自《使徒信條》第四條款。
98. 《新約·約翰福音》12:32。引文爲拉丁語。

也能共同抓住那廣袤的世界——
包括雲彩和雄風，流水與土地，
天堂與地獄，及天地間的萬物。
眾所周知——下列教理毋容置疑——
我們的天主有三個不同形式，
它們自成一體，但卻永不分離，
正如我手絕不可能遠離手指。

「就像我們的拳頭是握緊的手，
聖父即全能上帝，創世和造物主——
『你是世間萬物的創造者[99]……』
而他所有的力量全在於創造。

「手指組成完整的手，以描圖繪畫，
雕刻和打樣也靠手指的技藝。
由此類推，聖子是聖父的智慧，
作為上帝，他與聖父平分秋色。

「手掌為手本體，具有自身力量，
獨立於握緊的拳頭或者手指；
因手掌有力量伸展所有關節，
放開攥緊的拳，後者從屬手掌，
在感覺拳頭和手指的意願時，
手掌可讓手指抓緊，也可放開。

「此即聖靈上帝——它與聖父聖子
並無地位高下，具有同等力量，
三者為同一上帝，如手與手指，
或拳與手掌，無論展開或攥緊——
都是同一只手，無論我怎麼翻。

99.引文為拉丁語，出處不詳。

「若有人在手掌的中央受了傷，
他就握不住東西——這合情合理；
因那些本應捲曲攢拳的手指，
無法握緊抓牢，或是運動自如。

「我的手若殘廢，或被刺穿手掌，
就拿不住任何想抓牢的東西；
但雖然我的五指全都被壓碎，
而手的中央卻仍是安然無恙，
我仍可用多種方法救助自己，
並可移動和痊癒，無論手指多疼。

「由此推論，」他說，「我見一個明證：
誰若褻瀆聖靈，永世不能饒恕，
無論現世或後世，如《聖經》所說：
『凡褻瀆聖靈的，卻永不得赦免[100]。』
褻瀆聖靈者猶如刺穿上帝掌心，
因聖父就像拳頭，聖子如手指，
天上的聖靈就是中央的手掌。
所以誰若觸犯聖靈，就等於是
刺傷上帝手掌，永遠失去天恩。

「三位一體又像是火炬或蠟燭——
當石蠟與燭芯被交織在一起，
點著的火苗就會燃燒這兩者。
而石蠟、燭芯和火苗加在一起，
就構成了明亮的火炬或燭光，
以供勞工們夜間幹活時照明。
聖父、聖子和聖靈也同樣如此，

100.《新約·馬可福音》3:29。引文爲拉丁語。

在世人中間燃起仁愛和信仰，
以贖清所有基督信徒的罪孽。
有時你會看見火炬突然熄滅——
儘管火被吹滅，但燭芯仍悶燃——
火與光俱滅，但火種依然留存。
聖靈也是如此，對於所有試圖
毀滅上帝之愛或生命的惡人，
同樣毫不留情，絕不施捨天恩。

「恰如將滅的餘燼對於那些
在嚴冬徹夜不眠的勞工來說，
不抵正在燃燒的火炬或蠟燭，
聖父、聖子和聖靈這三者不會
施給世人天恩，或者赦免罪孽，
直到聖靈也開始發光和燃燒。
因聖靈的光就像將滅的餘燼，
要等真正的愛降臨，吹燃火苗。
聖靈之光烤暖了聖父和聖子，
將其力量熔爲寬恕——就像冬天
屋簷的冰柱，由於陽光的照射，
會霎時間融化爲蒸氣和水珠。

「聖靈天恩若遇三位一體神力，
便交融爲寬恕——但只對仁慈者。
就像石蠟本身掉在餘燼之上，
兩者便會一起冒出熊熊火焰，
以慰藉黑暗中得不到溫暖的人。
同樣，聖父也會寬恕謙卑之心——
沉痛懺悔，竭力想要將功補過——
只要後者真心悔改，洗心革面。

罪人若臨死前仍未償清孽債，
仁慈會因其謙卑而勾銷欠債。
就像點著燭芯便可燃起火苗，
以安慰在黑暗中受苦的人們，
同樣，只要人們懇求基督寬恕，
他也會盡棄前嫌，爲我們祈禱，
以求得天上聖父的仁慈恩惠。

　　「你可以擊石求火長達四百年——
但若沒有預先準備好麻屑、火絨，
你的功夫和辛勞便都會白費；
若無易燃物傳引，終難形成火焰。
無怪乎聖靈上帝對奸詐惡人，
絕不寬容施恩——基督有言爲證：
『我實言相告：我不認識你們[101]。』

　　「若對同胞冷酷，祈禱全都無用——
儘管你可施捨，晝夜不停懺悔，
並買下潘普洛納[102]和羅馬的所有
免罪符和贖罪券，但若冷酷無情，
聖靈絕不聽你，理智也不幫你。
冷酷澆滅靈光，使其不再閃亮，
也不能被點著，或是熊熊燃燒。
使徒保羅便能證明我是對的：
『我若能說萬人的方言[103]……』

　　「因此要注意，你們俗世的智者，

101.《新約·馬太福音》25:12。引文爲拉丁語。
102.潘普洛納（Pampilon）是西班牙那瓦勒省省會。該城相傳於西元前75年由龐
　　培創建。西元778年被查理大帝拆毀。後由那瓦勒國王桑喬三世重建，定爲國
　　都。1512年併入卡斯蒂利亞王國。
103.《新約·哥林多前書》13:1。引文爲拉丁語。

富有而又明智——管束你們靈魂。
奉勸你們對同胞決不要冷酷；
因為我聽說你們有許多富人
光點火不燃燒，像是無光的燈塔！——
『並非稱我為主的都能進天國[104]。』

　「戴夫斯死後下地獄就因冷酷，
不肯向乞丐施捨錢財和食物。
故我奉勸每個富人以此為戒，
將財寶還給博施濟眾的上帝。
因生性冷酷的人已命中註定
要永世跟戴夫斯在地獄受罪。

　「故冷酷違背自然，它定會熄滅
聖靈的恩典，後者即上帝本性。
因自然的造物被冷酷所毀壞——
就如兇狠盜匪，出於貪婪妒忌，
而去殺人越貨——用言語或雙手。
惡棍們斷送的正是聖靈所鍾——
即生命和仁愛，人體內在火焰。
因德善之人可將其比作火炬。
或是蠟燭，用以尊崇三位一體；
我真誠地相信，誰若謀害義人，
便是熄滅了上帝最珍愛之光。

　「儘管冒犯聖靈有諸多的方式，
但這卻是人們褻瀆聖靈的
最卑鄙行徑——即為貪婪而同意
毀棄基督用生命贖回的東西。

104.《新約‧馬太福音》7:21。引文為拉丁語。

倘若有惡人蓄意要摧毀仁慈，
他又怎能請求寬恕，或得憐憫？
「清白與上帝最親，它日夜高喊：
『以眼還眼！以牙還牙！絕不饒恕
使我們流血，令人類蒙難的罪孽：
主啊，給我們伸流血的冤[105]！』
於是就連仁愛也高喊『復仇，復仇！』
因神聖教會和仁愛疾言厲色，
我絕不信主會愛無仁愛之徒，
或在他祈求饒恕時憐恤原宥。」

　　「假如我也犯下此罪，瀕臨死亡，
為曾經冒犯聖靈而深感痛心，
並且虔誠懺悔，懇請得到天恩，
謙卑地求主寬恕──還能否得救？」

　　「是的，」撒瑪利亞人答，「你痛心疾首，
或許能用悔罪使正義變成憐憫。
但真理可作證，此事絕無僅有：
即一個被國王法官判決的犯人
會因其懺悔而赦免所有罪孽。
由於受難者對惡行提出公訴，
即便國王也難寬恕，除非雙方
對結果表示滿意──如《聖經》所說：
『罪孽難以忘卻，直至得到報應[106]。』
這也適用於邪惡虛偽的小人，
他們執迷不悟，直到彌留之際。

_____

105.《新約・啓示錄》6:10。引文為拉丁語。
106.聖奧古斯丁語。參見本詩第五節273行注。

於是絕望的恐懼驅走了天恩，
使仁慈難以穿透他們的心靈；
本應救助的希望也變成泡影——
這並非上帝無能，或神力不足以
彌補所有的過失，如《聖經》所說，
主的仁慈大於所有人類惡行——
『他的慈悲覆庇所有的造物[107]。』——
但須有賠償使正義變成憐憫，
若囊中如洗，悔恨便足以償債。

　「如《聖經》所示，有三種東西可以
迫使人們離鄉背井，四處躲避。
其一是兇狠而又尖刻的悍妻；
丈夫因懼怕喝斥而逃之夭夭。
其二是陋屋漏雨，水滴濕床褥，
逼迫人去四下尋覓棲身之地。
然而當煙霧遮迷了他的雙眼，
那就會比悍妻和濕褥更淒慘。
因柴火的濃煙會灼傷他眼睛，
使其眼花失明，並且聲音嘶啞，
一邊嗆咳，一邊詛咒天降煩惱，
怨人為何不燒乾柴，扇旺火苗！

　「我所說的這三樣東西蘊義如下：
悍妻不服管束，像猥鄙的肉體，
因天性使肉體永遠抗禦靈魂。
倘若肉體墮落，我們會有遁辭，
即『肉體脆弱』，及『祈求上帝寬恕，

107.《舊約·詩篇》145:9。引文為拉丁語。

痛思悔改之人均能輕易赦免。』

「那滲入陋室，淋濕床褥的雨水，
就是困擾我們的疾病和悲哀，
如使徒保羅教誨人們的那樣：
『因力量在人軟弱時才顯得完全[108]。』
儘管有人在受苦時怨天尤人，
不堪苦行贖罪，但是理性明曉
疾病使他們有理由委屈報怨；
所以他們命歸黃泉之際，上帝
並不因其怕吃苦而嚴厲懲罰。

「但那遮迷雙眼的柴火和煙霧
就是熄滅天恩的貪婪和冷酷。
因冷酷違背所有生物的理性；
病入膏肓，因悔恨而痛不欲生者
莫過於冷酷無情，不能暢開心扉，
獻出好言與善意——後兩者冀求
涵容和寬恕天下所有的罪人，
愛人如愛己，以彌補一生過失。

「我不能再耽擱，」他說完催馬揚鞭，
一陣風似地離去——我悚然驚醒。

第十八節

我鶉衣跣足，再次外出去漫遊，
不顧風吹雨打，或是貧窮困苦；
像懶怠無賴般終日東遊西轉，
直到厭倦塵世，渴求入寢歇息。

108.《新約‧哥林多後書》12:9。引文為拉丁語。

我昏昏入睡——轉眼已是四旬齋，
高枕無憂，一直挨到「棕枝主日[109]」。
夢中我見到兒童詠唱「主之榮耀」，
老人也隨管風琴高歌「讚美上帝」，
還有基督殉難與爲人類補贖。

　　有人赤腳騎驢，揚鞭疾馳而來，
像撒瑪利亞人或農夫皮爾斯；
他年輕又精壯，卻無長矛馬刺，
活像個即將冊封騎士的鄉紳，
等待接受鍍金馬刺和開叉靴。

　　信仰在窗邊高喊：「看！大衛之子[110]！」
如紋章官在比武時引見騎士。
耶路撒冷的猶太老人引吭高唱：
「奉主名而來的理應得到稱頌[111]。」

　　於是我問信仰這事有何蘊義，
以及誰將在此比武。「耶穌，」他答，
「以贏回魔鬼奪取農夫的果實。」

　　「皮爾斯在此？」我問，他眨眨眼睛。

　　「俠義耶穌將用皮爾斯的武器，
並穿戴他的頭盔和『人性[112]』甲冑。
基督以農夫皮爾斯的戎裝出戰，
只爲了掩飾他就是『全能上帝』；

109.即復活節的前一個星期日（Palm Sunday）。據《新約》中的記載，基督受難
　　前騎驢最後一次進入耶路撒冷城時，群眾手執棕葉，踴躍歡迎。爲表示紀
　　念，天主教教堂在這一天多以棕枝爲裝飾，教徒們會持棕枝繞教堂遊行。
110.根據《新約》記載，耶穌及其門徒進入耶路撒冷時，前行後隨的民眾曾高喊
　　「稱頌大衛之子！」
111.《新約·馬太福音》21:9。引文爲拉丁語。
112.引文爲拉丁語，出處不詳。

因沒有武器能傷及『主的神性[113]』。」

「誰與基督比武？」我問，「猶太法學家？」

「不，」信仰答，「是必死的魔鬼和虛偽。

死亡詛咒發誓要毀掉和滅絕

陸地上和水中的所有生物。

生命則斥其撒謊，並以命相許，

無論死亡玩何花招，三天之內

必定奪回農夫皮爾斯的果實，

將它還給主人，並擒住路西弗，

永遠推翻和挫敗邪惡的死亡：

『死亡啊，我必置你於死地[114]！』」

此時彼拉多率眾人「坐定法庭[115]」，

以觀死亡的決鬥，然後下裁決。

猶太人和法官全都反對耶穌，

整個法庭都在高喊「釘十字架！」

有個囚犯來到彼拉多面前說：

「這個耶穌嘲弄蔑視猶太聖殿，

宣稱要將其拆毀，並在三天內

把它重建——就是這人誇下海口——

而且使殿堂的式樣保持原狀，

卻比原來更高大和富麗堂皇。」

「釘十字架！」法警喊，「我發誓他是巫師！」

「帶走，帶走！」另一人喝道，用荊棘

編織出一個綠色的帶刺冠冕，

殘忍地戴在他頭上，戲弄他說：

---

113. 同上。

114. 《舊約‧何西阿書》13:14。引文爲拉丁語。

115. 引文爲拉丁語，出處不詳。

「請安，拉比[116]！」說罷便用葦子打他，
三根鐵釘將赤身的王釘上十字架，
毒藥用棍子送到耶穌的唇邊，
他們逼奄奄一息的主喝鴆毒，
說：「你若眞有本事，就救自己吧；
眞是基督王子，便走下十字架；
這樣我們才信生命不讓你死！」

　「『成了[117]，』」基督剛說完，便垂下頭去，
淒慘而蒼白，就像死去的囚犯；
生命與光明之主閉上了雙眼。
頓時白晝隱匿，紅日黯然失色。
天旋地轉，牆撼崖崩，搖搖欲墜。
電閃雷鳴中死屍也走出墳墓，
告喻人們爲何風暴肆虐終宵。

　「因生命與死亡，」那死屍解釋道，
「在黑暗中交手，展開生死搏鬥。
沒有人能知道誰將會占上風，
直到主日拂曉。」說罷回歸冥府。

　有人說殉難者便是上帝之子：
「這眞是神的兒子[118]。」
也有人說他是巫師——「放下刑架時，
先要弄清他是否已眞的咽氣。」

　還有兩個強盜也同時被處死，
就在基督左右——這本司空見慣。
有個法警上前敲斷他們雙腿，

116.《新約・馬太福音》26:49。引文爲拉丁語。
117.《新約・約翰福音》19:30。引文爲拉丁語。
118.《新約・馬太福音》27:54。引文爲拉丁語。

並依次打折了盜賊們的手臂，
但卻沒敢碰一下主的聖體，
因他是騎士和君王，自然已裁定
任何惡棍都不能觸及他身體。

　　但據載有個叫朗吉諾[119]的瞎眼騎士，
手持尖利長矛，從遠方趕來，
正站在彼拉多和眾人的面前。
於是他們便不顧其反復推辭，
迫使瞎眼的猶太騎士與耶穌比武。
因他們，騎馬或步行的，全是儒夫，
不敢碰基督，或將他解下刑架。
但年輕的瞎騎士刺穿了主的心，
矛頭濺出的血啟開了騎士雙眼。

　　於是他雙膝跪地，請求耶穌饒命：
「主啊，我並非有心置你於死地！」
他仰天長歎說，「我追悔莫及！
犯下此滔天罪行，全憑你發落。
可憐我吧，公正的主！」——他淚如泉湧。

　　信仰嚴厲地喝斥那些猶太人
稱其為永遠受詛咒的可憐蟲：
「為此彌天大罪，你們將受報應！
讓瞎子刺俘虜純屬下流卑鄙。
可惡的敗類！凌虐死人的遺體，
無論公開或秘密，絕非騎士行為。
儘管傷勢沉重，主仍大獲全勝。
「因你們中最勇敢的頭等騎士，

119..朗吉諾（Longeus）這個名字首先見於偽經的《尼科迪默斯福音》。有關他的
　　故事轉載於《黃金故事》第47章。

已將其命運完全交耶穌處置。
一旦黑暗消退，死亡必將慘敗；
你們已完蛋——因生命無往不勝。
你們的特許權必將變成奴役，
而奴隸及其子孫絕不會興盛，
也不再擁有土地和耕種權利，
只能苟且偷安，放高利貸爲生，
上帝所有律法都譴責此類生計。
你們氣數已盡，如但以理預言：
至聖者降臨時，汝將王冠落地——
Cum veniat sanctus sanctorum cessabit unxis vestra.[120]」

那奇景和猶太人的卑鄙令人驚駭，
於是我便隱身黑暗，「墜入深淵」，
在那兒我看見，「根據聖經記載」，
彷彿有一位少女從西岸走來，
她站在路中央，面向地獄眺望。
少女名叫仁慈，端莊而又謙卑，
舉止風度翩翩，說話和藹可親。
另有她的姐妹似乎從東方來，
悄悄走過來後，翹首向西凝視——
這眉清目秀的淑女名爲眞理；
她因擁有神力，故而無所畏懼。
當仁慈和眞理這對姐妹相遇，
她們互相詢問打聽那次奇蹟——
那巨響和黑暗，以及破曉黎明，

120.即上一行的拉丁語原文，《舊約‧但以理書》9:24。

為何地獄門前仍有曙光顯現。

「這件事真是令人駭異，」真理說，
「我正趕去探悉那奇蹟的蘊義。」

「不必驚訝，」仁慈答，「它象徵喜慶。
有個少女馬利亞未婚而受孕，
僅用聖靈的言語交談和恩典
便懷上了孩子；嬰兒長大以後，
清白無瑕地來到了污濁塵世；
上帝作證，我講的全都是實話。

「自從嬰兒出生已有三十年整，
但在那天中午他卻受刑而死——
這就是為什麼會日蝕的原因，
它表明人類將可以脫離黑暗，
而光明和朝暉會照瞎路西弗。
教父和先知常就此佈道規誡——
經聖母幫助，基督將拯救人類，
十字架將贏得智慧樹[121]的新生，
殉難也將奪回死亡的犧牲品。」

「說得漂亮，」真理說，「但卻荒唐透頂！
因亞當、夏娃、亞伯拉罕及其他
教父先知躺在煉獄裏受煎熬，
那光亮又焉能使他們翻身，
或幫其脫離地獄——住嘴吧，仁慈！
別信口開河——我真理才知實情。

121.福蒂納圖斯（Fortunatus, c. 540-c.600）《誡律詩》第二節。福蒂納圖斯生於義大利特雷維索，曾做過普瓦主教。他是古代與中世紀時期一個重要的過渡性人物，後被尊為聖徒。按中世紀傳說，耶穌殉難十字架的木頭來自智慧樹的種子。

人若墜入地獄，絕難再度逃離；
先哲約伯就不贊成你的說法：
「人下陰間就決不能再上來[122]。」
　　這時仁慈溫文爾雅地酬對說：
「憑經驗，我希望他們都得救。
至於以毒攻毒——我能據理申辯，
蠍子的蜇咬乃是劇毒之首；
人若被咬無藥可治，必死無疑。
但用死蠍敷癰，卻可散毒消炎，
以其自身之毒制服疥瘡之毒。
故我以命擔保，耶穌之死可救
由魔鬼引誘造成的所有死亡。
正如人類受奸邪之騙而墮落，
那泰初的天恩也可獨善其終，
去矇騙魔鬼——這恰恰應了古話：
『魔高一尺，神高一丈[123]。』」
　　「請別出聲！」眞理說，「我彷彿看見，
從距此不甚遙遠的寒峭北國，
正義朝這裏匆匆趕來；請稍待，
她比我倆年長，定然多見博聞。」
　　「不錯，」仁慈答，「我看見南域和平
身著忍耐之衣，正向此處走來。
仁愛早鍾情於她，我敢打包票，
他已給她捎信，告知光明蘊義，
她能告訴我們爲何光照地獄。」

122.《舊約‧約伯記》7:9。引文爲拉丁語。
123.福蒂納圖斯《誡律詩》第三節。

穿忍耐外衣的和平走到跟前，
正義便上前恭維她的典雅服飾，
並接著問她穿著這漂亮衣裳
想上哪兒去，以及準備拜見誰？

「我的意願，」她答，「是去迎接那些
因罪孽深重而沉淪地獄的人們。
亞當、夏娃、摩西，還有下地獄的
其他許多罪人；仁慈將會歌唱，
我會聞歌起舞——奉勸你也如此！
因耶穌比武得勝，歡慶即將降臨：
『夜間雖有泣聲，但早晨必有歡呼[124]。』

「我的情人仁愛已經來信告知，
胞妹仁慈和我將要拯救人類，
上帝施恩，准許我和平與仁慈
永遠成為人類命運的擔保者。
看這特許令！」和平說，「『我安然居住』，
此狀永久有效，『我將睡覺安息[125]』。」

「什麼，你瘋了？」正義問，「還是喝醉了！
你真以為光明能夠打開地獄，
拯救人類靈魂？此事決不可能！
創世伊始上帝就已親自判定，
亞當、夏娃及他們所有的後代，
倘若碰智慧樹或吃那樹果實，
便註定要死亡，並下地獄受苦。
而後來亞當違背上帝的禁令，

124.《舊約·詩篇》30:5。引文為拉丁語。
125.《舊約·詩篇》4:8。引文為拉丁語。

去偷吃智慧果，也就是摒棄了
上帝的寵幸愛護和諄諄教誨，
去聽從魔鬼狡辯及愛侶意願，
違背理性──正義我與眞理宣佈：
罪人永遠受苦，祈求也無濟於事。
故其咎由自取，我們不必爭吵，
他們所咽苦果是致命的罪惡。」

　　「可我想證明，」和平答，「苦海有邊，
待到終了時，災禍也能變成福。
因人若未受苦，難以理解幸福；
嘗得黃連苦澀，方知飴糖甘甜，
而從未挨過餓，又焉知何爲饑。
倘若沒有黑夜，我想絕對無人
能夠眞正懂得那白晝的意義。
習慣於養尊處優的有錢闊佬
何嘗知道什麼是苦惱或暴死。
所以上帝出於善意降臨人世，
成爲處女之子來解救全人類。
他借被人出賣體驗瀕死悲哀，
解脫所有煩惱，才是安息開端。
我敢對天起誓，除非一貧如洗，
沒人能夠領悟『富足』一詞含義。

　　「故而上帝善待人類始祖亞當，
使他富裕安寧，享受至上快愉；
後又容他犯罪，體驗悲哀之情──
爲解幸福蘊義而受切膚之苦。
接著上帝親自領受亞當本性，
以體驗他在三處地方的經歷，

無論天堂或塵世——還有那地獄，
既通痛苦悲哀，又解歡欣喜悅。
　「群氓們也是如此：愚蠢和罪孽
將教會他們何爲痛苦和極樂，
因人在太平盛世皆不知戰爭，
若未經苦難磨煉，也難曉幸福。」

　此時有長者圓睜著濃眉大眼，
這心直口快的老人名叫聖經。
「我以聖體的名義發誓，」聖經說，
「這嬰兒誕生時天上明星高照，
世上聖賢全都眾口一詞斷言——
在伯利恆城有個聖嬰降臨，
以拯救人類靈魂和掃蕩罪孽。
　「世間四原素，」聖經說，「都可作證。
空氣首先宣稱這是創世的主：
那天上精靈摘取了一顆慧星，
用它作爲火炬慶祝聖嬰降臨；
光明伴隨天主來到濁世人間。
水也稱他上帝，涉水如履平地；
使徒彼得親眼目睹這個奇蹟，
望見他在水面疾步行走，便喊：
『請叫我從水面上走到你那裏[126]。』
嗨！當萬物的創造者蒙難之時，
哪怕天上烈日也會黯然失色，
就連地球也爲了天主的殉難

126.《新約・馬太福音》14:28。引文爲拉丁語。

痛苦得嗦嗦發抖,使山岩崩裂。

　「看!上帝遇難就連地獄也難自持,

而是張開大嘴吐出西面之子[127],

路西弗即使怨恨,也只能相信。

巨人基督已鍛造出新式武器,

以擊潰剿滅所有擋路的敵人。

我聖經甘願焚毀,若耶穌沒有

以人的力量復生,令聖母歡悅,

慰藉所有同胞,使其擺脫苦惱,

並粉碎和抵消猶太人的勝利;

除非尊崇十字架和耶穌復活,

及信仰新律法,他們必死無疑!」

　「等一等!」眞理說,「我聽見和看到

一個幽靈命令地獄打開牢門:

『啓開你們的大門[128]。』

光芒中有聲音對路西弗高喊:

『地獄之王,趕快啓開這扇大門!

因加冕的榮耀天主已經到來。』」

　撒旦[129]長歎一聲,對其嘍囉們說,

「這光未經許可就帶走了拉撒路;

我們面臨的將是麻煩和混亂!

天主一旦闖入,就會帶走人類,

將其送入天堂,並捆住我手腳。

教父和先知們對此早有預言——

127.《新約·路加福音》2:25提及西面是公正而虔誠之人。根據僞經的《尼科德謨福音》,基督殉難時,西面的兩個兒子死而復生。

128.《舊約·詩篇》23:9。引文爲拉丁語。

129.跟上帝一樣,魔鬼在詩中也被表現爲三位一體,其化身分別爲撒旦、路西弗和魔鬼。

天主和光芒會救他們出地獄。」

　「聽我說，」路西弗答，「我熟知天主，
和那道光芒——我認識由來已久。
死亡和魔鬼的詭計都傷不了他，
天主說到做到——但讓他掂量危險！
他若剝奪我權利，就得用暴力；
因按權利和理智，地獄中眾人，
無論好壞，其靈魂身體均歸我管。
因那天國君主曾經親口說過，
亞當若吃蘋果，人類就會死亡，
與魔鬼為伍——這可是他的原話。
說這話的天主乃是真理本身，
從那時起已過了整整七千年，
我不信法律能讓他為所欲為。」

　「此話不假，」撒旦說，「但我仍害怕；
因你是用狡詐闖進了那樂園，
並裝扮成大蛇坐在蘋果樹上，
引誘人類上當，趁夏娃獨處時
向她編造謊言——話中包藏玄機；
你使人墮落，從樂園貶入地獄。
這勝利靠欺騙，得來並不光彩！」

　「上帝不會受騙，」惡鬼說，「或上鉤。
人中奸計墮落，我們全無功績。」

　「當然，」魔鬼答，「我怕真理會帶走他們。
這三十年來他四處奔波傳教。
我曾用罪孽引誘，並詢問過他
是否上帝或聖子——但不得要領；
就這樣他流浪已有三十二年。

我見此情景便趁機托夢前去

警告彼拉多之妻耶穌爲何人[130]；

因猶太人恨他並致他於死地。

我寧願他活長些——因他若一死，

其靈魂便不能再受罪孽騷擾；

而那身體生前總是奔波不停，

以拯救所有願意悔罪的人們。

現在我看見有個靈魂飛馳而來，

他光彩照人——我深知這是上帝！

我想大家該儘快從這裏逃走——

最好不要讓他在此發現我們。

路西弗，我們因撒謊喪失了戰利品。

你先使我們從天國墜入深淵；

我們聽信謊言，隨你望風而逃；

你再次撒謊又使我們失去亞當，

及對土地和海洋的統治權力：

『這世界的王將要被趕出去[131]。』」

　　那光芒再呼開門，路西弗回答：

「Quis est iste?

你是誰？」路西弗問。那光芒應對：

「Rex glorie,

雷霆萬鈞之主，賢操美德之王——

Dominus virtutum.

黑暗地獄首領，快打開這些門，

讓基督進來，他是天主的聖子！」

130.根據《新約・馬太福音》27:19的引喻，中世紀的人們認爲魔鬼曾在夢中催促
　　彼拉多的妻子去救耶穌，以便不讓他用死來爲人類贖罪。

131.《新約・約翰福音》12:31。引文爲拉丁語。

　　話音剛落，彼列的地獄柵欄崩裂，
牢門當著獄吏的面砰然洞開。
　　教父和先知們，「在黑暗中的人們[132]」
齊唱聖約翰之歌：「看神的羔羊[133]！」
路西弗駭然，因光芒將他照瞎。
　　於是上帝把信徒置於光芒之下，
對撒旦說道：「看！我的靈魂在此
為所有罪人贖身，並救助義人。
他們由我創造，故而理應如此。
儘管理智按正義的法則宣稱，
凡誰吃過蘋果，統統必死無疑，
但我不想讓其永遠葬身地獄。
因他們犯罪全因你謊言所致；
陰謀詭計得逞，違背所有理智。
你化作毒蛇潛入我宮廷花園，
用奸詐手段奪走我心愛之物。
　　「就這樣你這扮作美女的毒蛇，
像賊一般行竊；舊律法曾斷言
玩火者必自焚──此話包含真理：
『以眼還眼，以牙還牙[134]。』
故靈魂換取靈魂，罪孽抵禦罪孽，
作為人，我要補贖人類的過失。
舊律規定以手還手，以腳還腳，
還要以命償命──我據此律宣佈：
亞當及其後代要永遠效忠我，

132.《舊約・以賽亞書》9:2。引文為拉丁語。
133.《新約・約翰福音》1:36。引文為拉丁語。
134.《舊約・出埃及記》21:24。引文為拉丁語。

死亡所摧毀的，我將用死來復興，
清償罪孽所害，使人起死回生；
正義需要信仰，天恩必勝狡詐，
故路西弗，別認爲我違背法律，
贖我臣民既符律法，又合情理：
『我並非廢除律法，而是要成全[135]。』
「你傷天害理，從我處攫走臣民，
依賴欺騙和犯罪；信仰教會我
用贖身，而非其他，來救出他們，
故你欺詐所得將用天恩贏回。
你路西弗裝扮成奸詐的毒蛇，
通過詭計騙取了上帝的寵兒；
而我這天國的君主則以人形
慷慨地報答你奸佞──以毒攻毒！
正如亞當與人類因樹而死亡，
他們也將因木十字架而復生；
所以奸詐被騙，因其狡獪墮落：
『他竟掉入自己所挖的陷阱[136]。』
到頭來你聰明反被聰明誤，
而我的恩惠則將更廣袤無邊。
你釀下的苦酒要由自己來喝；
死亡大師必咽下自製的毒藥！
「我是生命之主，平素只喝仁愛，
如今因這飲料卻要殞命人間。
我爲人類靈魂征戰，故而乾渴，

---

135. 《新約・馬太福音》5:17。引文爲拉丁語。
136. 《舊約・詩篇》7:15。引文爲拉丁語。

無任何飲料能解我舌敝唇焦，
直到葡萄酒流入約沙法谷[137]，
使我能開懷暢飲『死人的復生』。
屆時我將作爲天主率天使前來，
把人類的靈魂搭救出地獄。

「妖魔鬼怪都將站在我的面前，
俯首貼耳地聽從我判決調遣。
但內在人性促使我寬恕人類，
我雖非同時受洗，卻是同胞手足，
絕不能讓他們永居死亡深淵：
『我向你犯罪，惟獨得罪了你[138]。』

「按塵世的習俗，罪犯處死刑時
若未絞死便須緩刑，哪怕罪孽深重。
假如一國君王能夠親臨刑場，
死囚便可求他饒恕自己生命，
因法律規定國王可宣佈特赦。
所以我這王中之王將會在
全部惡人都被判死刑時出現；
若法律准許我施恩，那些惡人的
生殺予奪便全在我的掌握之中。
一旦他們對兇殘罪行有所悔改，
我便按正義行善，此話千眞萬確。
儘管聖經要求我對惡人復仇——
『壞人註定不得好報[139]……』——

137.參見《舊約·約珥書》3:2。上帝預言要在約沙法谷審判惡人，故這地方被視
　　爲世界末日的最後審判之處。
138.《舊約·詩篇》51:4。引文爲拉丁語。
139.引自教皇英諾森三世（1160－1216）所著《鄙視俗世》第三章對公正法官的
　　定義。

他們將在一個叫『煉獄』的監牢

徹底清洗罪孽，直到赦令下達。

我的許多兄弟將會得到寬恕；

因人雖能讓同胞受凍和挨餓，

卻不能看其流血而無動於衷。

　　『我聽見隱秘言語，是人不可說的[140]。』

「我的公正和正義將統治地獄，

而我的仁慈支配所有進天堂的人。

若不救助臣民便是殘酷暴君——

尤其是陷入困境，急需幫助時：

『求你不要審問你的僕人[141]。』

　　「故按律法，」主說，「我會帶走所有

相信我會再降臨人世的信徒。

你路西弗將為欺騙夏娃的謊言

而蒙受羞辱！」——說完即將其鐐銬加身。

亞斯托勒[142]率眾嘍囉躲入角落；

他們不敢仰視最威嚴的天主，

而是乖乖地讓主領走其選民。

　　天使們撥動豎琴，引吭高歌：

『肉體犯罪，故須補贖，聖體君臨[143]。』」

　　和平奏起風笛，唱出如下歌曲：

「Clarior est solito post maxima nebula phebus；

140.《新約‧哥林多後書》12:4。引文為拉丁語。

141.《舊約‧詩篇》143:2。引文為拉丁語。

142.亞斯托勒是腓尼基人崇拜的月亮女神。在中世紀文學作品和彌爾頓的《失樂
　　園》中，她都被描述為撒旦手下的惡魔之一。

143.引文為拉丁語，取自耶穌升天節的早禱文。

Post inimicicias clarior est et amor[144].

暴風驟雨過後太陽格外明亮；

烏雲密佈之時氣候更加溫暖；

經歷戰爭與災難，愛情和友誼

最爲純眞，因仁愛與和平得勝。

世上沒有一種敵意或者邪惡

仁愛不能任意將它變成和諧，

通過忍耐，和平可制止所有危險。」

「我休戰！」眞理說，「仁慈說得有理！

讓我們結成聯盟，並擁抱親吻。」

「沒人會知道，」和平答，「我們曾爭吵；

因全能上帝確實是無所不能。」

「對！」公正說罷，莊重地親吻和平，

後者也回吻她，「一而再，再而三[145]」。

「仁慈跟眞理和解；公正與和平親吻[146]。」

眞理吹起喇叭，高唱「讚美上帝[147]」；

和平也彈起古琴，隨其聲唱道：

「看，兄弟和睦相居是何等善美[148]！」

這群少女載歌載舞，直至天明，

復活節的鐘聲敲響——將我驚醒，

我呼喚妻子基蒂和女兒凱特：

「快起床去慶賀上帝的復活，

144.這兩行拉丁語引自一部中世紀流行的《寓言集》，作者是英薩利的阿蘭諾斯。其後的七行詩是詩人對這兩行內容的意譯和闡釋。

145.引文爲拉丁語，出處不詳。

146.《舊約‧詩篇》85:10。引文爲拉丁語。

147.引文爲拉丁語，出處不詳。

148.《舊約‧詩篇》133:1。引文爲拉丁語。

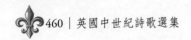

對十字架頂禮膜拜，叩首親吻！
因它為人類得救承載過聖體，
它力量神奇無比——曾嚇退魔鬼，
邪惡幽靈不敢靠近它的陰影！」

情人的懺悔（選譯）[1]

約翰・高爾

第四卷（1083-1462)

懺悔師：

「就在摒棄所有勞動

並憎惡一切職責的

這三種懶散鬼中間，

有一種被稱作懶惰，

就是他孕育了人類

好逸惡勞，四體不勤

等種種懈怠的惡習。

嚴冬他不取暖驅寒，

酷暑也不動手搖扇；

所以無論清爽流汗，

在屋內或是在戶外，

別指望他動根指頭，

1.　　《情人的懺悔》（*Confessio Amantis*）在刊印之後不久即被譯成葡萄牙語。
它是十四世紀詩人高爾的代表作品，也是他三部主要作品中唯一用英語完成的
作品。他的其他兩部較早的作品分別爲法語的《沉思者之鏡》和拉丁語的《呼
號者的聲音》。高爾在《情人的懺悔》序言中告訴我們，有一次國王理查二世
把他請到泰晤士河上的一條船上聊天，交談中理查二世請求他用英語寫一首新
的作品，以便國王本人能夠御覽和欣賞。高爾欣然答應了這個請求，於是便誕
生了《情人的懺悔》這部作品。該詩用法語詩歌中最常見的八音節雙韻體所改
編而成的四音步抑揚格對句詩詩體寫成，除序曲外，共分八卷，長達34000多
行。

本書中選譯了第四卷中的一個插曲，共379行。譯文所依據的文本爲G. C.
參考利1901年爲英國早期文本學社所校勘編輯的文本（G. C. Macaulay, ed. *The
English Works of John Gower*. 2 vols. London: Oxford University Press, 1901, 1969）。這
個版本迄今仍是最權威的版本。

此詩通過描寫維納斯和神父「天資」的關係（後者既是前者的家庭成員又
是她的精神之父，既是她的下屬又是她的上司），反映了以維納斯爲代表的人
類之愛和以「天資」爲代表的神秘宇宙力量之間的微妙關係。

除非他在投骰賭博。
別人可去賣命掙錢，
為爭名利心力交瘁，
但他決不服侍權貴，
長年累月寄人籬下，
除非是情況特殊，即
他確鑿無疑地發現，
在權貴老爺庇護下，
他可更少費心勞神，
養尊處優，盡享清閒。
因他不想勞碌辛苦，
為心上人奔波效力，
而要賦閒，優遊自在；
就像饞貓不想濕爪，
就吃到生猛的鮮魚。
然而如此異想天開，
十有八九他會碰壁。
　我的孩子，你若也是
這種德性，快快懺悔。」

情人：
　「不，神父，向上帝發誓，
余雖不敏，但對愛情
卻從不敢鬆懈怠慢，
一息尚存，永遠不會。」

懺悔師：
　「那麼，孩子，請告訴我，

你到底忙了些什麼，
來愛戀和仰慕崇拜
你寤寐思之的女郎？」

情人的懺悔：
　「我的神父，在此之前，
在每個地方和場所，
對於心上人的吩咐，
我都是全身心投入，
事必躬親，煞費苦心；
若是她未吩咐的事，
那我就只能滿足於
做我能想到的事情。
鞠躬盡瘁，死而後已，
無論屋內還是大廳，
當我看到機會降臨；
當她去參加彌撒時，
我每次都爭先恐後，
想方設法去接近她，
以便能夠給她引路，
帶她去教堂並回來。
我的努力並未白費；
有時甚至做得更好，
雖然不能撫摸裸體，
卻能把她挽在懷裏。
但過後卻真受不了，
白日做夢，想入非非；
因我會時刻回想起

跟她在一起的情景，
並說，『天哪，她多溫柔，
多麼豐滿，多麼嬌小！
我真想完全佔有她，
毫無顧忌，任意享用！』
於是我歎息和沉思，
就這樣，忙碌的思想
因懶惰而化爲烏有。
但儘管我克己忍耐，
等下一次機會來臨，
爲我的心上人效勞，
我仍盡忠，萬死不辭。
因我整天一門心思
尋找機會，苦苦等待，
琢磨著該做些什麼。
所以一旦機會到來，
她要我做的事，我做；
她要我去的地，我去；
爲她高興，我招之即來。
就這樣她完全克服了
我平生的懶惰惡習，
故我必須爲她效忠，
俗話說，情急無法則。
就這樣我被她吸引，
服侍，鞠躬，期待，順從，
我的眼睛圍著她轉，
她的意願即我初衷，
她要坐著，我就跪下，

她若起身，我就站著。
但若是她要做手工，
如去織布或者刺繡，
於是我便無所事事，
只能窺視她纖長手指；
時而沉思，時而嘮叨，
時而歌唱，時而憂鬱，
就這樣我變換表情。
她若一時情緒低落，
不想要我跟在身旁，
而把眼光轉向別處，
於是我便再次等待，
消磨那冗長的日子，
我最害怕跟她告辭。
此外我還性情開朗，
為了裝假逗人娛樂，
我裝扮成她的小狗，
時而上床，時而下地；
接著又扮籠中之鳥，
無論聽差年紀多小，
或者侍女多麼愚鈍，
我都會逗他們發笑，
全為後者說我好話。
你會見我忙得團團轉，
而非無聊，閑得發慌。
她若想要騎馬出行，
去朝聖或別處旅行，
我一定會不請自來，

親手將她抱上馬背，
輕輕地放在馬鞍上，
然後牽著她的韁繩，
對此我絕不敢偷懶。
倘若她想乘坐馬車，
那我也許會做保鏢，
連夜突擊練習騎術，
以便能騎馬護送她。
這樣我可與她交談，
有時還能唱支情歌，
即奧維德[2]寫的那種，
然後說，『悲傷的快樂，
哦，還有哀怨的富足，
此乃是愛情的本質，
愛神定會將他折磨！
誰也無法迴避愛情，
都得服從它的法則。』
就這樣我鞍前馬後，
無論心靈還是身體，
一路上都忙個不停，
就像我所說的那樣。
請您告訴我，好神父，
我是否犯有懶惰罪？」

懺悔師：
　　「我的孩子，除非說出

2.奧維德是古羅馬的著名詩人，《愛情詩》、《愛的藝術》和《變形記》的作者，以其愛情詩而著稱。

我沒聽到過的真情，
否則難以得到補贖。
然而人們可以看到，
如今街上到處都是
這種缺心眼的蠢貨，
他們似乎不屑瞭解
愛情本是何物，直到
後者將其盡數摒棄；
於是他們被迫順從，
阿諛巴結，曲意奉承，
諂媚忙得不亦樂乎。
孩子，你可別學他們，
愛神寬宥你的過錯；
但假如你一味拒絕
接受愛情，你也許會
無所用心，就像從前
有個公主執迷不悟，
直到愛情將她懲罰。
下面我給你講一個
跟此事有關的故事。
　　我讀到在亞美尼亞[3]
有國王叫赫魯普斯，
他有個漂亮的姑娘
做女兒，如人們所說，
她名字叫羅西菲麗。
這個芳名盡人皆知，

---

3. 亞美尼亞（Armenye），位於亞洲與歐洲交界處。

因她既聰慧又美麗，
並將做王位繼承人。
但她有懶散的毛病，
懈怠愛情，終釀苦果；
沒有人能夠說清楚
是何物竟阻礙了她，
由於太缺乏想像力，
而不能夠情場得意——
她永遠無緣此學問。
就這樣她情竇未開，
對於戀愛懵然無知，
直到統轄情愛宮的
維納斯女神，再加上
丘比特[4]及其弓和箭，
令她頭腦更加清醒。
因他們奇怪這少女
花信年華，正值妙齡，
卻既不想婚姻大事，
也無緣於風流韻事，
對於妙齡少女來說，
這兩者均不足爲奇。
當時情況就是如此；
所以那善於擲火鏢，
令高傲者卑躬屈膝
的愛情之神丘比特，
爲懲罰她而製笞鞭，

---

4. 丘比特（Cupide）是羅馬神話中的愛情之神，愛情女神維納斯之子。傳說他是
一個盲童手裏總是拿著弓箭，誰若是被他的箭射中，便會陷入愛情。

以便驅走她的任性。
此後沒多會兒，我想，
她就坐失天賜良機，
使她改變整個性情，
即以前那笨拙舉止。
且讓我慢慢說給你聽。

當五月春光明媚時，
她有一天外出散步，
而且是在黎明之前。
很少侍女知道此事；
她悄悄地走出門去，
來到鄰近的花園裏，
踏在柔軟的草地上，
徑直來到林中空地，
那兒有條大河流過，
瞥見美景，她便說道，
『我想在此待一會兒』，
並令她的侍女退下，
留下她孤零零一人
思忖自己該怎麼做。
她看見春天的鮮花，
聽到小鳥悅耳歌聲，
目睹成群野獸經過，
公鹿、母鹿、雌雄馬鹿，
耳鬢廝磨，成雙結對；
於是一場爭執便在
愛情與心靈間展開，
使她根本無法逃避。

她抬起頭四下張望，
忽然看見一隊仕女，
藍衣素服騎馬款行[5]，
沿著樹林邊緣走來。
她們胯下坐騎全都
毛色純白，膘肥體壯，
且每人都端坐橫鞍[6]。
馬鞍製作富麗華貴，
上面鑲滿珍珠黃金，
這珍寶她從未見過。
無論罩衣還是斗篷，
她們全都穿著一致，
藍白相間，各占一半[7]。
衣服上裝飾刺繡著
各種賞心悅目的圖案。
她們體形嬌小修長，
其超凡脫俗的美貌，
世俗之物無法抹煞。
頭上頂著美麗花冠，
個個都像王后一般，
克魯蘇宮所有黃金
也絕對不能夠買下
那其中最小的花冠。
就這樣她們策馬前行。

---

5. 有關騎馬女子神秘幻覺的類似描寫，可參見本書上冊中所收的詩歌《奧費歐爵士》。
6. 這是專供女子騎馬，雙腿可擱在馬身同側的特製馬鞍。
7. 藍色象徵忠貞，白色象徵純潔。由於這些女子為愛神侍女，故衣服呈藍白色。

公主看到此番情景，
大驚失色，戰戰兢兢，
閃身躲入灌木叢中，
屏住呼吸等其通過；
因為當時在她看來，
對於那些仙女來說，
她不配去冒昧詢問
她們是誰，從哪兒來。
但即使放棄身家財產，
她也想要得知真情，
於是偷偷伸出頭去；
當她四下張望之時，
她看到從樹林深處
走出個騎馬的女子，
她的坐騎是匹黑馬，
骨瘦如柴，滿身瘡痂，
蹄若埋釘，蹣跚而行，
惹那位女子發脾氣。
可憐那馬身陷困厄，
儘管如此，它腦門上
卻有一顆白色星斗。
馬鞍已經破爛不堪，
那悲女子端坐上面，
但無論如何，馬頭上
還有個華貴的轡頭[8]，
鑲嵌有黃金和寶石。

8. 馬嚼子和韁繩。

她的衣衫有點襤褸。
儘管圍著她的腰間
纏有四百多個栓套[9]，
在那兒曾拴馬無數。

　　當她這樣走近公主，
後者才開始看清楚
那女子也面目姣好，
青春年少，含苞欲放；
所以公主站在那兒，
沉思片刻，終於明白
這個騎馬的悲女子
可以告訴她，那一隊
騎馬女子究竟是誰，
於是她走上前，叫住
那女子，『喂，姐妹，告訴我，
誰是那些衣著華麗，
氣質高雅的女騎者？』
　　愁容滿面的悲女子
以非常溫和的聲調
答道，『夫人，我告訴你。
她們有些人曾經是
愛神的侍女，並堅信
她們將會鐵杆效忠。
再見，因我不能耽擱。
夫人，我要去做女僕，
所以必須儘快趕路。

9. 即供騎者停留某地時拴馬用的套圈。

因此，夫人，請你原諒，
我不能再跟你多談。』
　　『啊，好姐妹，我懇求你，
告訴我爲何這麼急，
及佩戴這麼多栓套。』
　　『夫人，當我小的時候，
有個當國王的父親。
但我愚鈍，無論如何
也不願去服侍愛神，
現已付出沉痛代價。
因我過去沒有愛情，
故我坐騎如此羸弱，
我的衣衫如此襤褸；
在每年的五月上旬，
這些仕女騎馬出行，
我都必須緊追不捨，
就像你所見的方式，
前者韁繩都拴我身，
我成了她們的馬椿。
我再沒有別的職能，
在人眼裏一錢不值，
因我在聰慧好學時，
對愛情卻頗具反感，
不願去念那些能夠
傳授愛情的浪漫故事。』
　　『現在懇請你告訴我，
那華貴的彎頭何用？』
　　她聽後便轉過臉去，

開始抽泣，回答如下：
『你現在看到的彎頭
在馬上是如此華貴——
夫人，在我亡故之前，
當我仍然如花似玉，
內心有過愛情考驗，
後者將我完全征服，
從那以後我便留心，
以爲愛上某個騎士。
它只持續兩個星期，
便再也不能夠延續，
因我已經瀕臨死亡。
嗨，後悔已經來不及！
我眞該早點愛上他！
在我還未啓蒙之前，
死亡就已猝然降臨，
根本無法獲取愛情。
儘管如此，我也寬心，
因我良好意願已達，
是愛神安排的命運
令我使用此般彎頭。
你已聽到我的回答。
夫人，請以上帝名義，
拿我爲例警示世人，
對於愛情不能懈怠，
讓其反思我的彎頭。』
說完此話，她飄飄然
像雲彩般緩緩逝去，

公主再也看不見她。
她因恐懼心情沉重，
便這樣對自己說，『唉！
我跟她並沒有區別。
但若我還能活下去，
我一定要痛改前非。』
就這樣她走回家去，
完全改變原先性格；
她在心頭暗暗發誓，
將來絕不拴人坐騎。

　孩子，你須引起警惕，
千萬不能變得懶散，
尤其是你對於愛情。
因你也許應該懂得，
在那些上流民族中，
愛情已成一種行業，
為了永遠渴求真理，
每人都應忠於愛情。
就像悲女受到懲罰，
騎士也該吸取教訓，
誰若懶惰，不願伺奉
愛神，他也許會經受
比她周身纏繞栓套
更痛苦的折磨，因此
善男定要引以為戒。」